跳舞的时装

中韩作家小说精品集

赵晏彪　申相星等著

中国出版集团
中译出版社

图书在版编目（CIP）数据

跳舞的时装：中韩作家小说精品集 / 赵晏彪，申相星著. -- 北京：中译出版社，2016.12

ISBN 978-7-5001-5001-5

Ⅰ. ①跳… Ⅱ. ①赵… ②申… Ⅲ. ①中篇小说－小说集－中国－当代 ②短篇小说－小说集－中国－当代 ③中篇小说－小说集－韩国－现代 ④短篇小说－小说集－韩国－现代 Ⅳ. ①I247.7②I312.645

中国版本图书馆CIP数据核字（2016）第269214号

出版发行 / 中译出版社
地　　址 / 北京市西城区车公庄大街甲4号物华大厦6层
电　　话 /（010）68359376，68359827（发行部）；68358224（编辑部）
传　　真 /（010）68357870
邮　　编 / 100044
电子邮箱 / book@ctph.com.cn
网　　址 / http://www.ctph.com.cn

总 策 划 / 张高里　石一宁　赵晏彪
策划编辑 / 范　伟
特邀编辑 / 徐海玉
责任编辑 / 范　伟　马　莹
封面设计 / 孙艳武

排　　版 / 孙艳武
印　　刷 / 北京云浩印刷有限责任公司
经　　销 / 新华书店

规　　格 / 880mm × 1230mm 1/32
印　　张 / 15.5
字　　数 / 400千
版　　次 / 2016年12月第一版
印　　次 / 2016年12月第一次

ISBN 978-7-5001-5001-5　　定价：38.00元

中　译　出　版　社

前言

《跳舞的时装——中韩作家小说精品集》即将付梓之际，从第71届联大传出喜人的消息：联合国通过了关于阿富汗问题第A/71/9号决议，敦促各方加强阿富汗及地区经济发展，呼吁国际社会为“一带一路”倡议建设提供安全保障环境。这是继今年3月安理会通过包括推进“一带一路”倡议内容的第S/2274号决议后，联合国大会再次写入“一带一路”倡议，并得到193个会员国的一致赞同，体现了国际社会对推进“一带一路”倡议的普遍支持。

“一带一路”是中国的战略，能够上升为联合国战略，这充分说明了中国“一带一路”倡议的先进性和普遍性，不但具有积极意义、现实意义，更具长远意义。

又值岁末。同样也是去年（2015年）岁末时节，应韩中文化艺术Contents协会邀请，中国作家协会派作家代表团出访韩国，作为代表团团长，我和同行的作家们参加了在首尔召开的“FTA环境下的中韩文化艺术合作与现存问题”研讨会，并前往韩国龙仁大学，与学生们就“中韩文学之比较”“翻译桥梁的重要作用”等现实热点问题进行了对话。期间，中国作家代表团与韩国青语（音译）出版社、南北统一文学委员会、《创造文学》杂志、《朝鲜文学》杂志、韩国文化报等五十余位作家、诗人、评论家们，关于如何将“韩译汉”和“汉译韩”的文学标准、语文特色规范化等大家关心的问题，进行了深入、广泛地交流与探讨。

在交流会上，中韩两国作家纷纷表示，中韩两国一衣带水，历史交往及文化交流源远流长。2013年习近平总书记提出“一带一路”发展战略构想，引起世界的广泛共鸣；随后韩国也提出“欧亚倡议”，将两国高层所提出的构想对接起来，并以此探索两国之间在文化方面的升级合作，这一切都为中韩两国带来了更多的合作与交流的机会。

随着全球化进程和中国提出的“一带一路”大政方针的实施，中韩两国政治、经济和文化的合作与交流越来越密切，两国人民增进了解的愿望也越来越强烈。曾几何时，韩国的《大长今》等电视剧风靡中国，“韩流”一词甚为流传，而中国的文化从古到今也对韩国及周边国家产生过极大的影响。这种文化的输入与输出，无疑对各国文化的繁荣兴旺起到了不可忽视的作用。如今，中国的电视剧《三国演义》《琅琊榜》《步步惊心》等也已进入了韩国市场，文学界应积极拓展中韩两国文学交流渠道，搭建作家翻译家交流平台，让中韩两国的作家真正走到时代潮流的面前。

韩中文化艺术Contents协会会长申相星先生首先提议，是否可以合作出版中韩作家文集，中韩两国同步出版发行。这恰与我们来之前构想的议题不谋而合，我认为韩国出版中国作家作品集与中国出版韩国作家作品集已有先例，我们的合作应以新颖性、可读性、独特性吸引读者眼球，此作品集应囊括中韩两国部分作家的优秀作品，双方各挑选十位作家的作品，出版一本中韩作家小说精品选，中韩两国作家同台竞技，既有竞争的意味也有唯一性，是一种尝试，也与中国文学“走出去”战略十分契合。

建议得到了大家的支持，因为相互尊重、相互学习是文学进步与繁荣的基础，于是我们双方共同商定，韩方挑选十位作家的小说作品，中方也挑选十位作家的小说作品，申会长负责组织在韩国出韩语版，我方负责组织在中国出汉语版，出版后我们将组织专家评论家们召开作品研讨会，这便是《跳舞的时装——中韩作家小说精品集》的初步构想和形成的缘由。

回国后，我们便开始启动作品集的遴选工作，通过与韩方的进一步沟通讨论，中韩两国从实力派作家中选出20篇小说，所选作品均以现实题材为主，兼顾风格的多样性，于2016年底前出版。内容和形式确定后，我找到中译出版社的总编辑张高里先生，将我们的想法和出版内容进行了商议，张总非常兴奋地表示："'走出去'战略是国家大策，中译出版社在这方面做出了许多探索，这本中韩作家作品选集创意很好，也符合中译出版社践行'一带一路'战略的整体构想，是件大好事。你们组织稿件，我们圈定篇目，一切按市场规律运作，择优入选"。

有了中译出版社的大力支持，我们心里有了底。在近一年的时间里，译者、编辑、审校及出版人员环环相扣，用心完成了每一个环节。如今，中韩文学交流的成果即将呈现于大家，想到去年这个时候与韩国作家们达成约定的一幕，不禁心中一暖。

《跳舞的时装——中韩作家小说精品集》的出版，于民族文学杂志社、中译出版社和韩中文化艺术Contents协会皆属首创，这种合作模式的成功，无疑为今后出版"中蒙""中哈"等中外作家作品集，铺设了一条坦途。

2017年即将来临，我们将继续与韩中文化艺术Contents协会、中译出版社精诚合作，积极筹备“中韩作家散文集”“中韩作家诗歌集”的出版，不遗余力地行走在“一带一路”的国家战略大道上，为推动中韩两国文学繁荣与发展而努力。

赵晏彪

《民族文学》副主编

2016年12月21日

目录

写作笔记

乡土中国的“草根”在城市里生存，他们不再如传统农民一样依附于土地，而是游走在城市的各个角落，构成城市写作中的“底层”。其实他们也有着自己的城市梦想，扎根于游荡的心里，时常如石缝里的小草一样悄然生长。玫瑰庄园的七个夜晚是乡村青年马松试图打开城市之门的尝试，是他对不同人生小心翼翼的探视。在同一个空间里往往存在着不同的世界，作为一个以文学尝试了解人的心灵的写作者，我试图打开不同空间的门，让所谓高贵与卑贱得以相互对视，或许能够唤起某些心灵的呼应。

叶梅，土家族。《民族文学》原主编，现为中国作协主席团委员、中国少数民族作家学会常务副会长、中国散文学会副会长、中国国际笔会中心副会长。曾担任茅盾文学奖、鲁迅文学奖、全国少数民族文学创作“骏马奖”等评委，著有小说集《撒忧的龙船河》《五月飞蛾》《最后的土司》《妹娃要过河》，散文集《我的西兰卡普》《朝发苍梧》《大翔凤》《从小到大》《穿过拉梦的河流》等多部。小说集《五月飞蛾》获第八届全国少数民族文学创作“骏马奖”，散文集《大翔凤》获第十届冰心散文奖。

玫瑰庄园的七个夜晚

叶梅（土家族）

1

夜晚，看不清小径两旁的杂花和草里蹦跶的蚂蚱了，鸟儿和虫子们都睡了，万籁俱寂。是很深的夜。

睡意像一个沉重的铁砣坠在马松的眼皮上，拉扯得脑袋往下耷拉，他脚步踉跄，从草地上走过。沾在脚面的露水很凉，软软的草泥里不时也有硌脚的树枝和石块儿，这些地方显然是不能睡去的。

猛然想到白天看见的那幢带着小尖顶的别墅，红白相间的墙，细巧玲珑的尖顶，粘着颗星星，在阳光下一闪一闪，就像一个童话小屋。正是闪得他心热的时候，旁边过来一个保安，问他干甚？他说收废品。他挟着一个破蛇皮袋，里面有几个矿泉水瓶子，是他在这空荡荡的小区里拾到的。保安推了他一把，说："出去！"

马松懒懒的，也不争辩。他走过很多小区，保安都是说"出去"，好像他们有同一个口令。但晚上马松又进来了，不过不是从灯火辉煌的大门，快过节了，那里摆放着鲜花，还加了绿生生的射灯，马松是从西边墙根草丛中的一个小洞里爬进来的。

前几天他在墙外的树林里转悠，完全是无意间，见草丛里钻出两条狗来，一白一黄，一公一母，前后相跟着无限踊跃地奔向林草茂密的深处。打马松跟前过时，心无旁骛地看也没看他一眼，仿佛是正在国际赛场上的田径健儿。马松当时无事，就好奇这狗的来历，走到墙根前扒开草一看，发现灰墙的砖被掏走了好些，下面的土也被掏成了圆坑，一股凉风飕飕地穿行，原来是个狗洞。马松当即趴下身子试了试，过于狭窄，就又将墙上的砖掏了几块，一收肩膀，人就过去了。

所以，这小区的保安趾高气扬地说“出去”，却不知对马松是没有意义的。只是马松不去嘲笑他们罢了。

马松喜欢这个都市之外的高贵小区，在一些杨树和大槐树的簇拥之中，四处飘荡着田园的气息，庄稼呀马粪呀，还有难得一闻的柴火味儿呀，城市的喧闹被筛子似的田野一格格过滤了，让他想起三峡大山里的种种。当然这里的花草是修剪过的，每一条小道都打扫得纤尘不沾，即使到半夜也灯光灼灼，明亮干净如水洗一般。却是白天夜晚都没什么人，除了偶尔几个保安形只影单地逛上一圈，那一幢幢装修华美的别墅小楼就像搭好的积木，可爱地摆设着，却基本上夜夜无人入睡。

头一回进来给人送冰箱，马松心里就痒得不行，这些房子看上去好生寂寞。如果他是主人，不赶紧热锅热灶地让它们欢腾起来？再如果，他是一个站起来比房子还要高的巨人，他就会弯下腰去逐一抚摸它们，至少用他热热的手，暖一暖那些冰凉的房顶。

可现在自己的双手很凉。虽然还没到冬天，但也是秋意正浓的时节，一到起风，就落叶翻飞，踩一脚，就响起树叶萎缩的脆裂声，让人后背发寒，他一瘦小的个子，只穿了件长袖体恤，在这深夜的秋风里，几乎就跟没穿衣服似的。

一排排别墅的门都无一例外地紧锁着，长长的金属把手，握着再用力也纹丝不动。现在的防盗门是越弄越科学，还用了些线条粗硬的图案，雕花刻草、龙啊凤的。窗户又都加了保险锁，摇一摇毫无反应，让人气馁。这人真的很困，困得有些窝火。不过，大摇大摆地走在暗夜的小区里，也有一份自得，有点儿主人的感觉。他不害怕。因为保安，都穿着大头皮鞋，脚步声老远地响着，还没等他们走近，他就闪到另一条道上了。

现在又转到这幢童话小屋跟前，房顶上的小星星在夜色里一眨一眨，让人心里痒痒的。马松上前去，不抱希望地摇摇门把，果然钢打铁铸一般，又推推窗户，预备掉头就走的，但出乎意料，半扇窗门居然无声地滑开了。白净的塑钢窗门，溜滑溜滑的，就像专门为他马松的手准备着，就那么悄无声响地向一边滑去，然后大大地敞开，由不得人心花怒放，嗖地跳了进去。

一股温温的、混合着木头皮革，还有布和面包的味儿一下子钻进了鼻子，他一动不动地站了一会儿，眼睛慢慢习惯了屋子里的黑暗，窗户透过的夜色稀薄地映射出：沙发、凹凸不平的墙、玻璃反光的柜子，还有几扇神秘的黑洞洞的门。马松有些昏沉的脑袋顿时兴奋起来，面对那些深藏着内容的门，他就像一个不畏艰难的应考学生，面对老师精心准备的难题，他想要一一找出答案。

在确信这幢小楼上下三层都无人以后，这天晚上，马松吃了两个面包，一根火腿肠，还喝了一袋牛奶，味道很新鲜，那些东西就摆放在沙发前宽大的茶几上，很奇怪，简直像是为他预备着的。

后半夜时，月光斜射到客厅的石头墙上，他看清那里挂着一台巨大的电视机，薄得像一幅画，嵌在古里古怪的石头里，而两边的墙上各一幅挂件，吸引了他的目光，那是深蓝底上的白色图案，一对包着头帕的俊秀男女面对面蹲坐着，他们离得很近，嘴唇几乎相连。那是一幅蜡染，马松看出来，那是他三峡家乡的蜡染。

2

第二天睁眼，是被一阵狗叫惊醒的。

差点儿以为是在寨子的老屋里，自家养的那条花狗在叫，可眼前却是明亮的落地玻璃窗，奶白色的窗帘，系着两根长长的枣红流苏，就垂挂在他躺着的沙发上方。马松一下子明白过来：这是别人的家。他骇得跳了起来，惊惶失措地想夺门而逃，可张望之间，却并没有什么威胁发生。

这间大客厅里只有他，孤零零的一人。

马松觉出自己的可笑。细听去，狗叫隔着两三个院子，并不是朝他而来。他又侧身走到窗前看了看，院落前的小道上满地阳光，见不着半片树叶，也见不着一个人。厨房的半扇窗户敞开着，他昨夜就是从那儿跳进来的，还好没留下脚印。

按说，他得赶紧从窗户跳出去，可那一扇扇洞开的房门却在做无言的挽留。他曾经一直好奇，那些别墅，那些华丽的窗帘遮挡着的，都有些什么名堂呢？人们都说，别墅里一般都不会放什么值钱的东西，通常都只被当作第二居所，隔三岔五，半年一年才来一次人；还有的装修完就搁那儿，一锁好多年都没人来。

这家一楼的家具都用布盖着，二楼的卧室和书房也都积了老厚的灰尘，可眼前茶几上的新鲜面包，还有牛奶，说明主人刚来过不久，说不定会很快回来。他心里马上紧张起来，虽然他很是恋恋不舍。这家的顶楼不像他三峡老屋的阁楼上晾放着苞谷、烟叶和辣椒，却乱七八糟地搁着一些箱柜和旧书报，但他喜喜地爬了一回，一道极秀气的楼梯，直直的，小块小块的木阶，散发着原木的香味，很像他家乡的板梯。

狗又叫起来了，这回是哼哼叽叽的，有些含混。

马松躲到窗帘那里，只见窗外的院落前，昨日见过的白狗追逐着小黄狗奔驰而来，小黄狗带着明显的挑逗，跑跑停停，每当白狗快到跟前，它就又转个弯，撒娇似的嘟哝几声，然后又猛跑起来。白狗不生气，由着小黄狗的性子，追一追，停下来观望一阵，看准时机再跑上去，把嘴伸到小黄狗的脸上啃啮。俩狗一路扑打叫唤，从这小楼前的木栅栏缝隙里一钻而入，滚过长势凌乱的草坪，竟来到了窗前。

小黄狗突然抽着鼻子，迅疾地上下左右嗅闻，然后抬起头来，心明眼亮地盯着马松隐藏其后的窗户。马松被它盯得着急，忍不住亮出半截身子，小声“嘘”了一下，想把它赶走。小黄狗的眼神却有了愤怒，“汪汪”大叫了两声。白狗过来，也看见了马松，马松抓起一根火腿肠，在窗前扬了扬，撕下塑料包皮扔了下去。白狗一口叼住了，朝一旁跑了两步，然后送到小黄狗嘴边，小黄狗却不屑，头一摆，将火腿肠甩到了一边。

马松骂了一句，这狗日的！但他知道这狗是好狗，好狗是不随便吃人家东西的，那白狗倒有些像他马松，只要能填饱肚子，不管什么来历。人有时候，不如狗呢。

他小声说：“好好，算你狠，我怕你还不行吗？”他再丢下一根火腿肠，小黄狗还是不依不饶地昂头盯着窗户，不时地叫上几声。马松转身，准备从一旁跳窗走人。

可小道上突然传来动静。

嗡嗡的，轮胎擦过路面的声音。一眨眼，一辆白色宝马轻车熟路地开了过来，不前不后在楼前停下了。紧接着，一个三十出头的女人从驾驶座上钻了出来。马松浑身汗毛一奓，他想躲到储藏室里，一转念，又往楼上跑去。突然响起女人的一声惊叫！

马松在楼梯上吓得腿一软！

定神一想，女人的叫声是在门外，难道隔着窗子就看见了他？他大着胆子扒开二楼的窗帘，只见那女人站在院子里，一大堆五颜六色的纸袋散落在她脚下，女人叫嚷着：“谁家的狗，怎么跑到这院子里来了？”

原来是狗让她受了惊吓。

不过狗们识相，知道人家是正经主人，白狗一点不敢违抗地夹着尾巴跑开了，小黄狗也耸动着屁股，从女人的脚边绕过，多少有些不甘心，回过头又朝窗户叫了两声，换来女人一声呵斥。女人弯腰拾捡起东西，然后朝大门走来。

马松三步两步爬上顶楼，藏在了一口柜子后面，墙角刚好有一点空档，前面摞着几大堆书报挡得还算严实。便听那女人进屋之后弄出许多声响，一阵阵像下雨，是开了水龙头吧，脚步声楼上楼下时停时起。不一会儿大门口又进来一个人，一个女孩儿叫了一声："姐，俺来了。"

四周静静的，听不到城里的车流声，只有风吹树叶唰唰作响，偶尔传来草丛中秋虫的鸣叫，楼下人的对话清晰入耳。女人说："小巧，昨天我就给你们家打了电话，让你过来打扫打扫，怎么到现在才来？"女孩儿清脆地说："俺昨儿立马就要来的，可俺妈头疼得很，俺给俺妈弄药，一弄就弄晚了。心想今儿一早吧，俺给家里熬了粥，正想过来着……"

女人说："巧嘴儿，你人这么巧，还这么孝顺。"

"看姐说的。俺们女孩儿，给家里也挣不上钱，还不多做点儿？"女孩儿手里像是在做活儿，一边伶牙俐齿地说着，"姐，待会儿我给你把玻璃窗也擦擦。"

女人说："下午家里有人来，你先收拾着吧。"

这是个漫长的白天。天窗射进一缕阳光，从早到晚变换着角度，尘埃在那束阳光里不停地狂乱起舞，密密麻麻又空空荡荡，看得久了，就像一群群变幻的小人儿，忙忙碌碌的却不知为何。马松抱着膝几度睡去。蒙眬地睁开眼，阳光还在。

于是他又看那些尘埃的舞蹈。它们是否如他一样，也是有生命的呢？这么顽强，不知疲倦，甚至肆无忌惮似的，他甚至都有些羡慕它们了。他困在这里像一只被夹住的老鼠，老鼠还可以吱吱叫喊，他却是连一点儿声响都不敢发出。他时刻担心这家主人突发奇想地走上顶楼来，接下来会发生什么，他想也不敢想。

下午伴随着饥饿，是一些饭菜的香味飘了上来，好闻的肉香，掺杂着大料的香味儿，咕嘟咕嘟的，是这女人在炖肉吧。炖的时间不短，味道越来越浓，熏得他都快晕了，饿的感觉像一只手在掏着心，且是不停地缓慢地掏着。

随着那束阳光的消失，天窗顶上的天空暗淡下来，屋里突然又有了说话声，一个男人叫了一声，“米妖！”他是听他这么叫的，显然是叫这女人，女人欢快地应道：“你来了？怎么没听见你停车？”男人的嗓门不高，说：“想我时我在天边，想我时我在眼前。”女人笑了：“好哇，给你炖了排骨！要不要喝酒？”锅勺又一阵脆响。都炖肉了，还炒什么菜呢？马松想。

啪的一声，一股甜丝丝的酒味儿冲上楼来，马松闻见了。这酒比不上三峡的苞谷酒香味儿重，他分辨着，三峡的酒好喝，逢年过节栽秧打谷，山寨人户的红白喜事，大块吃肉大碗喝酒，还唱山歌。只是这几年那些喝酒的伙伴都不在寨子里，一个个都出外打工，即便他回到三峡也只能自斟自饮了。

眼下，他只能躲着闻人家男女喝酒。那个叫米妖的女人——这就是她的名字吗？穿一件粉红的睡袍，披着黑中带黄的长发，尖下巴，嘴唇却有些厚。他偷偷地从楼梯缝往下看，这不像一对夫妻，说话客气，又情意绵绵的，夫妻间不会有那么多客套，说你尝尝，你尝尝。那男的嘴里一定是塞满了肉，含糊地应着："好吃，味道真好。"

米妖就娇娇地笑了。这让马松想起那幅挂着的蜡染，蹲坐着的男女，嘴唇就要连在了一起，杯盘交错的声音一会儿停了下来，椅子拉动着，一切声音变得低而含混。这时，窗外的秋蝉却一声接一声地叫，亮闪闪地叫，黄昏的阳光有一阵子似乎毫不动摇，但突然一瞬间，天就黑了。

女人软软地说："开灯吧。"

男的说："嗯。"

楼下有了灯光，橙黄温热的，男人女人小声说着话，一会儿脚步声上了二楼。黑暗中，马松等待了很久。随着关门声，他拿不定主意是否可以站起来，他一直趴在楼板上，像一条蜥蜴，三峡那边叫四脚蛇，他轻轻地从柜子后面爬了出来，还好没有弄出任何声响。

从楼梯口看下去，就像一口斜井，井底的餐桌上杯盘狼藉，一旁的沙发背搭着一件乳黄色夹克，二楼的卧房紧闭着。一会儿，门里响起了奇怪的叫唤，女人窒息般地呻吟，长吁短叹的……。马松饥肠辘辘的感觉知趣地退去，胳肢窝下却潮热起来，身上还有一些隐密的地方也开始冒汗，他焦躁着，咬牙切齿地骂了一句："妈的！"

3

半夜里，马松蹑手蹑脚地从顶楼下来，他得走了。

他仍然从厨房的窗户跳了出去。外面的空气真好，清凉还带着玫瑰花的香味儿，一下子让他脑子清清爽爽的，他头也不回地往西墙那边跑去。走时，那家的厨房亮着壁灯，锅里还剩着一堆油光闪亮的大排骨，他顺手就着一塑料袋抓了几根，还有面包。此外，又捎带拿走了搭在沙发背上的乳黄色夹克，昨夜的凉让他彻骨难忘。

夜还不算太深，他骂骂咧咧又怀着几分侥幸，预备从西墙根下钻出去之后，靠在那片没人的树林里先填饱了肚子。然后去赶末班车，到西直门老牟那边的小区工地找个睡觉的地方。可是扒开乱草一看，他愣住了。

那进出的狗洞不知被什么人给封死，用红砖砌出一个半圆圈，严丝合缝，像一张纸上盖了半个红图章。这活儿看来是下午才干的，边上的水泥还带着没干透的青色。如果他豁出命来踹它一脚，这砖说不定会垮掉，但他试了试，只在脚上的二手皮鞋尖留下一片凶狠的灰印。

他徘徊在狗洞旁，突然嗖嗖的，那一白一黄两条狗没有任何前兆地从乱草中钻了出来。路灯很远，周围一片黯淡，那俩狗的眼珠却像小灯泡一般贼亮，喉咙里低沉地咆哮着，大有扑面而来的架势。马松恼了，马松想，城里人欺负人，城里狗也来欺负人？他在山里从没怕过狗，那都是追野牲口的赶山狗，一嘴尖利的牙，身段灵敏，穿过山林就如一道道闪电，山里人靠它们看守门户、打猎捕兽。寨子里再凶的狗都喜欢马松，喜欢跟在他身后登高爬低，那三峡的狗才是真正的狗，而这狗不过是富人的玩物罢了。

想到此，马松不等两条狗咬到跟前，抢上去飞起一脚，把刚才蓄在腿上的劲全都使了上去，一脚就把冲到前面的白狗踢得贴到了墙上，软软地滑下来，喉咙里变作了哀鸣。一旁的小黄狗也嗖地跑开，好远才站下来。

白狗趴在那里，歪歪扭扭地打不开胯，马松拿出塑料袋的吃食，啃咬起来。他将啃过的骨头扔到白狗跟前，说："狗日的，吃吧。下回碰见我老实点儿，要不我干脆连你的蛋子都踢飞了它，看你还找不找女朋友！"

这狗果然低眉顺眼的，一直等马松吃完东西，又踢了它一脚，说："滚远些！"才歪着头摇晃到一边去了。

马松在草丛中拉了泡屎，用些草盖住，毕竟太阳出来是有味道的，他想。

然后沿着墙走了一圈，快到小区大门时，玫瑰花香更浓了。大门已闭紧，左侧的门房里两个保安在打瞌睡，马松没法从他们跟前走出大门。他只好原路返回。跟昨夜一样，寒气过了半夜，人就忍不住打哆嗦，好在身上多了一件夹克，他两手朝口袋揣去。

突然就觉得有个东西，硬硬的，就着灯光，他拿出来一看，却是一块明光铮亮的手表。他只在大商场逛荡时见过这种表——马松是一个好奇的人，什么都想看看。常常是凑在柜台前定睛一看，价签上的数字会立刻像针一样刺疼他的双眼，他会连忙掉头，假装对别的什么东西有了兴趣，然后讪讪地走开，虽然人家售货的小姐并没有上前照看他。

所以他从没看仔细过，走开的时候，他会不屑地咕哝一句，现在哪个还戴表啊？现在拿上手没想到会这么沉，像一坨铁，硕大的圆盘，幽雅的蓝色，像海水一般深不可测，还嵌着两个小圆圈，粗细不等的指针趾高气扬地走着，非常带劲。他不得不承认这是男人气势的象征，戴这种手表的男人走路不能弯着腰，一定会挺着胸，腿微微向外撇着。马松想，一边戴上这表，手腕嫌细了些儿，表带垮拉着，得拿到表店去一截。

夹克口袋里还会有什么宝贝呢？他内外上下摸了一回，空空的。摸着摸着，他突然愣住了。自己的手机呢？

这样一想，顿时慌起来。山寨版的黑壳子，贴了彩膜，蛮像那么回事，这倒还次要，关键是那里面存着的电话号码，有老牟的，租房、用工中介的，还有三峡老家那边，爹妈屋里，县城的二叔，开餐馆的麻脑壳，都要紧得很。丢了一时从哪里找来？

十有八九是在那家顶楼上，他得找回来。

天色黑蒙蒙的，可就在他一转身的瞬间就发白了。浅浅的淡白色，云彩若隐若现，孕育着新一天的日出，鸟儿在林子里也有了声息，细细的不是叫，只是扑腾着翅膀，或许是刚刚醒来，伸胳膊伸腿的。虽然黎明时分的空气格外清凉，但马松的头却在发热，他一路小跑，他得赶在那家人没起床之前为好。

53 号，那家墙上贴着一块红底白字的小牌子，他熟门熟路地跳了进去。厅里的地灯仍幽幽地亮着，楼上的房间传来让人放心的鼾声。柜上摆放着好些瓶酒，红的黑的白的，马松抓起一个打开的半瓶子喝了一口，嗓子眼里顿时热乎乎的。他几步蹿上顶楼，就找他的手机。

看不清，他只有趴在地板上四处摸索，摸着摸着，楼下有了动静。那米妖在二楼亲热地叫着：“嘿！嘿，你上来！”男子已经下到了一楼，说：“我得走了。”米妖说：“休假就休假，为什么不能多待一天？”男子说：“你知道的，好多事，根本就走不开。”米妖扶着楼梯走了下去，搂住男人的腰说：“那你晚上再来。”

马松趴在楼梯口的暗处，撑着胳膊肘儿看楼下的情景，就像看“人大戏”。他们乡里把城里来的剧团——活生生的人儿演的戏都叫“人大戏”。马松看这男子，觉得他年纪比女人要小，长胳膊长腿带着帅气，只是脸也有些长，像三峡那边小城里烤烧饼，马松就在心里叫他烧饼。

烧饼叹气：“如果是在城里还差不多……”他抚弄着女人的头发，说：“你非要到这里来，大老远的，开车都快两个小时。”米妖说：“这儿多好啊，多安静啊，还有花香，你闻闻，玫瑰的香味儿……把我的被子都熏香了。”女人呵呵地笑起来，笑个没完。烧饼说：“好了，我真得走了。那边还等着我呢。”米妖的笑声戛然而止。

“哪边？”米妖说：“是你的女朋友吧？她跟你约好了？”烧饼说：“不是。我给你说过的，深圳那边今天有人过来谈生意，老板让我去。”米妖松开他往楼上走去，说：“别哄我了，我又不是傻子。”烧饼一把拉住她，说："你看看，说着说着生什么气呀？"抢上去在她脸上亲了一口。米妖推开他："快走你的吧。我困了，还得睡会儿。"烧饼像是有些错误似的说："那我走了。"米妖也不搭理，径直进了房间。

马松看得眼睛发涩，昨夜一直没敢睡踏实，他怕自己打呼噜，有一两次快要做梦，但突然感到鼻子的气息只差一丝就要响出声来，吓得赶紧睁眼，不敢再睡。他也得好好睡一觉了。可突然听见那男子惊诧的叫声："哎，我的表呢？"

他一连声叫道："米妖，米妖，你看见我的表了吗？"

女人却无声响。烧饼快步走上二楼，一边叫着："哎，我的表怎么不见了？你看见了吗？"正叫着，米妖披着粉红睡袍奔将出来，怒气冲冲地："什么表不表的？你不是要走的吗？要走就赶紧走哇！"烧饼指着楼下的沙发说："米妖，我给你说正经的，我的表真的不见了。昨晚我把夹克就放在这儿，表放在了夹克口袋里，可现在夹克和表都没有了。"

这男人气急败坏的样子，让马松多少有些意外，男人都爱丢三落四，伞啊包的小物件时常会忘在餐馆、地铁或是什么柜台上，丢也就丢了。他马松也不是没丢过，到这北方城市来的不到三年里，他丢了一部手机、两块表、三把伞，还有一个钱包。他都自认倒霉，不认又能怎的。

可烧饼却一个劲地说："米妖，表到哪儿去了呢？"米妖仰着脸，一副不爱听的样子。

"你把表交给我了吗？你的意思是，我拿了？"她说。

烧饼似乎没了耐心，说："我的表不见了，你一点儿也不当回事，那可是一万多块钱呢！”

马松暗中愣了，他没想到会这么贵。他在一家小批发市场里，买块“西铁城”才50块钱，当然是水货，但走得也不错，每天也就晚个一两分钟。就听米妖冷笑起来：“嗬，一万多块钱？不简单，是你那位女朋友给你买的吧？她是干什么的？你倒说给我听听，你不是说你从来不干丢脸的事吗？”

“米妖！”烧饼张大嘴叫道，“请你对我放尊重点儿！你说我丢脸，难道你就干净吗？你这别墅哪儿来的？你买得起吗？你倒说说你拿什么换来的？”

啪的一声，一个耳光抽在了男人的脸上，像放了一个炮仗。屋里顿时安静下来，很远的地方，传来火车轰哧轰哧的喘息，十分微弱，平素一定是听不见的，但这会儿有了，让人猜想会去往哪个不可知的地方，就有些揪心，有些伤感。

还有这手表的咔嚓声，在马松的手腕上是如此之响亮，他只好将它捂在胸口，然后趴平了身子，压在他与地板之间。他这时很想用一根看不见的绳将这表放下去，就放在这对人面前，他们突然惊喜起来的表情，会是什么样？

“你走吧。”米妖低低地说：“我不想再见到你。”

烧饼说，变了声气：“你居然敢打我？从来没有一个女人打我，连我妈都没打过我。你凭什么？”他气呼呼地往大门走去：“我会去报案的，我的手表在这屋里丢失了，要么是进来了小偷，要么是你给我藏了起来……”

米妖她沉默着，靠在沙发旁一动也不动，好像有人给她定了穴位。烧饼摔门而去，杨树下的风便长驱直入地吹进来，吹动着女人的长发，遮住了她的脸。好久好久，才有了关门的声音，米妖撩开黑发，笨拙地用手掌擦着眼睛。这女人哭了。

一整天，女人都没出过房间，想是一直躺在床上。天色看着看着黑了，仍然没有一点动静，马松大起胆子下到一楼，到卫生间撒了泡尿。他快憋坏了，其实也没喝什么水，喉咙里干得起了壳，撒出的尿带着一股子火腥味儿。迎面墙上的镜子有铺盖那么大，马松看上去，只有模糊的一张脸。他小心地拧开龙头，让水只有线那么细一股，无声无息的，用手捧了往脸上抹了几把。脑子里还是木木的，也不知道接下来怎么办。

手机还没找到，如果走，那不是白回来了？

4

那个叫小巧的女孩儿一直在跟米妖说话，从她啪嗒一声打开灯，把米妖从房里叫出来，她就没有住口。她说：“姐，你就这么睡了一天？咋都不知道饿呢？俺妈白天烙了饼，就想给你送些来，又怕你瞧不上，俺就说让姐好歹尝尝呗。”

米妖的粉红睡袍散开在白色的沙发上，她坐在那儿，低头吃着东西，说：“挺好吃的。”小巧情绪高昂地说：“那以后只要俺妈烙了饼，就给姐拿些过来。俺们家不会做别的，就会烙饼蒸包子，俺妈蒸的包子可好吃，俺给俺妈说，咱还不如蒸包子卖着挣钱呢。可又想，这边都是别墅，有几个人来买俺的？”

小巧就滔滔不绝地说她家里的一些事，米妖听着听着，突然说：“小巧，你见到这儿的一块表了吗？”

“表？啥表？”

小巧四下张望着：“姐，俺妈可说了，在人家里做事不能打开人家抽屉，俺爹还说了，要是动了人家东西，一耳光就给打回老家去……”米妖忙说：“我只是随口一问。”又说：“哦，那会儿你还没来呢。”

“那是块啥表？”小巧说，“俺帮姐找找。”

米妖说：“不说那个了。还是说你家里的事吧，你们家活得热闹。”

小巧接下话来说：“热闹有啥用？俺爹妈为俺两个弟弟上学的事可都愁死了，昨天不是喊头疼吗？就是城里报不上名，急的。”还要给米妖碗里盛汤，米妖摆手说：“不要了。你把碗筷收起来吧。”小巧说：“姐，还是你活得好，跟神仙似的，俺要是能住上这样的房，死了都闭眼。”

米妖笑起来：“这还不容易，等我走了，你帮我看家不就住了？可千万别说死，等你将来有了钱也买上一套。”小巧说：“俺可不敢做那个梦。俺要是以后挣上钱，在这城里能买上个二手房，就算前辈子积下的大福分了。”说着，手脚麻利地将碗收进厨房，哗啦啦一边洗，一边大声说：“姐，你夜里还喝银耳羹吗？我这就给你熬着。”米妖说：“不用了。今晚我得进城去。”

小巧探出头来，惊讶地说：“这么晚了，姐还要走？”米妖解着睡袍的带子，往楼上走，说：“我有事。”

一会儿，米妖换好衣服走下楼来，小巧侍候在门口，笑笑说：“姐，你的客人走得急是不是？连厕所都没冲。”米妖拎着包，手正梳弄着头发，一听停住了，说：“什么？”

小巧指了指卫生间，说：“刚才我进里边去，臭哄哄的。”她笑着捂了捂鼻子。米妖变脸作色地摔下手里的包，要往那边去，小巧忙说：“姐，我都洗干净了。我是给你说笑呢，家里人，也都常有的事。”

米妖停住脚，皱着眉头说：“小巧，我这儿除了我，可没别的什么家里人，你别把一般朋友弄混了。”小巧愣了一下：“哦，我说错了。姐你别生气，我再不说家里人了就是。”

临走米妖再没说别的。不一会儿，那辆白色宝马打开灯，雪亮雪亮的，将草坪四周照得如同白昼一般。马松伏在顶楼的柜子旁，生怕那灯从窗户直射到他脸上，虽然那不太可能。小巧是随米妖一道出门的，只听她殷勤地招呼着米妖，说：“姐，门前这灯不亮，你小心脚下，有两步台阶呢。”马松想象着这女孩儿的表情，觉得自己很多地方不如她，在这城市里谋生活，她比他强。

这晚，马松觉得很幸福。

小时候最有趣的事是偷洋芋吃。放学之后和几个伙伴，也不管哪家种的，顺路就刨，洋芋梗子还青吼吼的，掏出来的洋芋大的才鸡蛋大，小的像颗扣子，吃不上嘴，就扔了。拣着大的烧，架一堆干树枝子，差不多半个时辰就有了香气，也顾不得烫嘴，半生半熟地啃，真叫香。可心里时刻怕有大人来，逮着就是一顿打；又怕回去晚了，进门就挨噘。三峡那边的地方话，噘是骂的意思，马松的妈时常会提前警告说：“招呼给你一顿噘。”马松一听，就知道何事做得做不得。

但这晚，米妖剩下的那钵肉汤让他一口气喝得底朝天，又吃了三张烙饼，这就是小巧妈烙的。虽然他一个南方人并不爱吃面食，但他喜欢街上小篷车现摊现卖的煎饼，那人系一根白围腰，手上捏一个裹着稀面的小轮子，在架着小火的无沿平锅上就那么一转，就像书法家写字似的，手腕子很轻柔的一下两下，一张圆满的薄饼就成形了，然后“啪”打上一个新鲜鸡蛋，再一推一拉，撒上绿白相杂的葱花，片刻间，那饼的颜色由白变黄，变黄就更好看了，逗着人的食欲，让他感觉这北方的味道。

小巧她妈烙的这饼，比在街上买的多一股硬劲，每一口都得认真地噘，哪怕一开始他有些狼吞虎咽，但那饼却容不得他敷衍，只有使出劲儿来噘，那饼的香甜才一丝一毫地渗入他的牙缝里。

吃完之后，马松又泡了一个澡。

这在他来说，几乎也是曾有过的梦想，之前和老牟他们最舒服的洗澡也就是工棚淋浴，一个喷头下站好几个精壮男人，搓搓洗洗，总有人在旁边催，快快，让我冲一下。洗着洗着，就被人挤一边去了。这还算好的，更经常的是就着工地上的水龙头，扭着身子冲，夏天还行，秋风起来的日子，一碰水就满身鸡皮疙瘩。而米妖这浴缸大的，能将那喷头下站的三四个家伙都泡进来，还能按摩，一不小心碰着了按钮，轰轰地就转动起来，激起一圈圈水花，让人喜出望外。马松靠在浴缸边，打了三遍洗浴液，有茉莉花香、薄荷的，还有一种含了牛奶，他都试了试，一遍又一遍，泡得水都凉了。身上一辈子的垢，也都全泡下来了。

这一整夜，他难以入睡。

他披一块长长的浴巾，楼上楼下地走，胜似闲庭信步。虽然那些房间里大都空空荡荡，不像他一开始想象得那么神秘，但他仍然兴味十足。只有米妖睡觉的那间房，他迟疑了好半天才轻手轻脚走进去，屋里还弥漫着女人的香水味儿，米妖脱下的那件粉红睡袍就那么随意地扔在床上，让他进门时吓了一跳，以为那就是她斜斜地躺在那里，他看也没敢朝那里多看。

后来他发现，墙上挂着的几幅照片，一个穿红色体操服的女子双手按着鞍马一跃而过；还有一幅是几位女子挺胸站立在国旗下，脸微微仰视着，他一眼认出，中间站着的不是别人，正是米妖。

他心里好一阵惊喜。了不得，这女子难怪让他觉得面善，说不定是在电视上见过的，米妖是名人呢。这就好像让他马松也有了某种荣耀似的。

5

接下来的两天，马松忙忙碌碌的。他都忘了自己是谁，也忘了在什么地方。

似乎原本就有什么人派他来这里，要做什么事。他用很多时间在上网，在米妖空阔的书房里有一台电脑，一开机就跃出了网页，小贴示连闪直闪：你的电脑开机速度打败了全国 2/3 的用户。这让马松心里很爽，在网吧没有这么便当。

打开 QQ 之后，他才发现，这几天西山大侠一直在找他，给他留了好几次言，说：巴土草根你到哪儿去了？为什么手机一直关机？你再不回话我就给你爹妈打电话了。你快回来，我们又要搬家了……

西山大侠就是老牟，是老牟将他和几个年轻人从家乡带了出来，临走时，马松的爹妈给老牟家送去一只腊肘子，用棕绳子提着走了十几里山路，沉甸甸的，感谢老牟给马松在这边找了事做。村子里的年轻人都先后出去打工，但马松家在城里没什么亲戚，也没什么门路，只有靠老牟他们帮忙。老牟给马松的爹妈说得很豪爽，说只要有他老牟一碗饭吃，就不会亏待了兄弟们。

但他马松跟着老牟干了几年却没挣上什么钱，老牟其实只是个小工头，将他们带到一个个工地，做各种小工，有一次在三十多层的高楼，老牟让马松去拉一根防护网绳，那天的风刮得飞沙走石，一扭身就把马松卷下去了，如果不是七层那里的安全网接住，马松就成了肉饼。可事后老牟却一句安慰的话都没说，反倒埋怨马松给他惹了麻烦，马松就拎着行李从他那儿出来了。

但偌大城市，他一个人都不认识，他给人搬过家，送过电器，还送过水，都是力气活儿，钱挣得还少。后来有一次过年，老乡们在一起聚会，他就又跟老牟碰上了，两人见面一笑，老牟叫了他一声兄弟，说我吃了你爹妈送给我的腊肘子，不能不管你的事。你不跟着我干可以，但日后无论走到哪儿，总归要给我说一声，让我给你爹妈有个交代。

于是他在 QQ 里给西山大侠回了话，说：我很好，你不用担心。

一会儿，西山大侠的头像就闪动起来，说：谢天谢地，我还怕你从天桥上蹦下去了呢。前两天在崇文门那儿就有一个人跳了桥。

马松懒得理他，他想，再怎么样他又没疯，他干吗要跳桥？他日子才开始，对这世界他看还看不够呢。

后来，他居然点开了米妖的博客。是他想，他都有博客，冠军怎么会没有博客呢？他发现那些照片上的文字写着米耀，米耀才是米妖的名字，可他还是从心里叫她米妖。一点就点开了，米妖的博客里故事很多，早几年退役，开公司，卖服装、工艺品，这屋里挂的那些蜡染，都在她的博客里晒过。但那是前两年的事了，米妖的公司不久前倒闭了。

一个小女孩儿正在练功，下巴紧贴着地，两条腿劈开成一字，右腿这边还加了一摞砖。小女孩儿的眼睛努力正视着前方，甚至还想挤出一丝笑容，但皱着的眉头却对抗着，显出像哭又像笑的样子。

这是米妖贴在她博客上的照片，下面写着：“小时候练功”。还有一张，腰弯下去像张弓，头从腿弯里钻出来，侧面看去，人成了一个球。米妖写了一行字：“我成了一个圆。但我的梦想却始终没有圆。”

还有她受伤的图片，腿打了石膏，厚厚得像个雪人，米妖写着：“前面的路该怎么走？”

米妖吃过的苦，马松觉得比自己还要苦。他给米妖贴了一张纸条：

“你很了不起！”又贴了一个图，一红小人儿打着滚翻腾，拉着一面旗帜，上面大大地写着一个“顶”！

马松看米妖写到了玫瑰庄园，她说每回开车从城里出来，心情都是在烦躁之中，其实烦躁并不只是在行进的路上，而是在每天的奔波周旋里，她是每到受不了的时候，就往玫瑰山庄一走。出城有一阵子特别慢，但只要上了高速，二十来分钟就能看见一片绿树林、白色大棚、拉麦秸的农用车，还有紫红脸庞的农妇，她们守候着脚边小堆的南瓜、豆角，人到了那儿，心就会像一扇门哗地打开了。

米妖说她自从朋友介绍，用所有的积蓄买下这幢别墅之后，就有了一份牵挂，就像是生了一个孩子。其实到如今她还没生过孩子，体操受的伤病让她动了一次手术，她再也不会生育。要是有时间，她很想隔一段到别墅来一趟，剪草坪，浇水，给房间透风，这些打理就好比女人按时的美容，她要让院里的草坪青翠欲滴。她又说，前年栽下的枣树都结了枣，今年她摘下了一大碗，没舍得吃，一直放在窗前，最后成了枣干。

马松特意到楼下寻了一圈，果真在厨房的台儿上看见那碗枣，小小的个儿，很低调地缩在一起，默然地发着暗红的光。他抓起一颗塞到嘴里，还没干透，微甜里带着一丝湿润的酸涩。他将枣放在了窗台上，那里早起能晒着太阳。

西山大侠又在QQ里给他来了一句：你现在哪里？不要胡搞啊！

如果当面，老牟就会用家乡话训他：你莫“张施枉常”啊！

“张施枉常”是三峡一带的方言，说某人有一搭没一搭、好高骛远、没个正经、干不出名堂，就是这个意思。这言辞只是在老百姓的话语里流传，文字却写不出来，马松上初二时讨教过老师，老师白了他一眼，说：我看你就是个张施枉常。

老牟也这样说他，马松我看你这人脑壳长着也不笨，怎么就学不会挣钱？成天心思飘渺张施枉常，尽想那么没用的。这会儿，西山大侠要是知道他待在人家的别墅里，又没弄个什么值钱的东西，却是无所事事地上网聊天，肯定会用比这更狠的话来骂他。西山大侠就恶狠狠地给他留了言，说：我把话说在前头，你狗日有了麻烦莫来找我！

可让马松想不到的惊喜是，米妖居然在博客里给了他巴土草根回复，这女人说："谢谢你。"只写了这么一句，三个字。马松从头看到尾又从尾看到头，他舍不得一眼扫过，必须得一个字一个字地看，确实在他巴土草根的名字下，米妖这么写着：谢谢你！

这个住别墅的女人，这个让他觉着万分神秘又有说不清的同情的女人，用她的手打出的字：谢谢你。马松从她的微博里知道了她这两天的行踪和心情，她说她去解决一件情感上的事，他可以和她分手，但不能侮辱她。"男人没本事就别说女人太现实，女人没实力就别说男人太花心。男孩穷着养，不然不懂得奋斗；女孩富着养，不然人家一块蛋糕就可能打发走了。"米妖从别处摘录下一些话，贴在博客的窗口里，还有："我如一粒尘埃，轻轻地来，将轻轻地去。"不懂女人的马松也能从这些文字里看出米妖的落寞，她活得不快活。城里的女人心思这么复杂，乡下的女人呢？他想。

连着两天，白日几乎和夜晚一样万籁俱寂，连狗叫都听不见，那黄的白的两条狗已离马松远去。时光飞快，不比他在工地上，从早望不到黑，这里似乎还没怎么着，天就黑了，一会儿又亮了，如果不是电脑上的显示，他完全算不出日子来。

这天早上他吃了一惊，他发现，这屋里已经没有任何可吃的东西，餐桌上、冰箱里，甚至贴墙的小柜里，所有的火腿肠牛奶，还有小袋装的榨菜、饼干，除了还有小半瓶酱油，只要能吃的，都已经被他吃得一干二净。掐指一算，他在这屋里已经住了五个夜晚。

他不可能永远这么待下去。他得挣钱吃饭。

那天返回来是为了手机，现在手机早已从顶楼的柜子脚下找到，不知何时早没了电，他打开一下迅速地晃了一眼，有一个中奖的短信，还有一个卖房的中介短信。他想删了它，但还没来得及就彻底黑了屏。

还有什么可待的呢？人家米妖又没委托他忠实地守着阵地，哪怕没吹集结号，他也得走了。一抬头，看见墙上的那些蜡染，除了那对蹲坐的男女，相对应的，旁边还另有一幅，也是深蓝深蓝的底色，一个长发飘动的白衣少女侧着身子，两只柔软的胳膊伸向头顶，左肩顶着一只细腰圆头的花瓶，她手指尖尖的抚持着瓶沿，腰间环绕着两只青鹤，翠玉一般的翅翼羽毛在颤动，少女的眼睛低垂着，凝视着身旁的珙桐花。

马松突然觉得，这画上的少女像极了米妖，和她一样，都有柔韧的腰和肩膀，那是一个他不太懂但确实迷人的女人。

站在静静的客厅里，他突然听到咔嚓咔嚓的声音，很轻很轻，微弱得像蚂蚁在行走，但渐渐的似乎越来越大，到后来，震得他都有些站不住，咔咔咔，咔咔咔，简直就像火车开过来一样。

他明白声音来自手腕上的表。他一咬牙，将表撸了下来。

6

踩在院子里的草坪上时，竟然觉得腿有些发软，马松心想自己真不是个能享福的人，才在人家别墅里住了几天，浑身的劲儿都泄了。

这天起了雾，一大早的，沉闷浓重的灰色雾团就遮蔽了四周的绿树，咳嗽一声都被雾给吸了进去，短促得连鼻子里的回声都没有。人们都说，北方眼下这些雾都是空气污染造成的，环保局不承认这一点，但老百姓异口同声。马松不懂这些，但显然眼前的雾跟三峡家乡那边不一样，三峡的雾是白的，雪白雪白，轻飘飘的，在人的身边绸带一般飘动。

可这雾像铅块一样，挡住了他的脚步。

“站住！”

他听到这一声，真的以为是雾在说话，但很快从雾里钻出三个人来。前面是两个保安，穿着蓝色制服，系着腰带，乍一看像警察，虎着脸；他们身后站着一个女孩儿，他一眼认出来，就是那个小巧。他的眼睛和小巧的眼睛猛然相对，那女孩儿不由自主地往后一退，好像他眼里也带着刺。

隔近了看，这女孩儿十八九的样子，个子不高，细眉细眼的，但衣衫合体，透着一股精明，嘴唇抿得紧紧的，眼神锋利地看他一眼，又看一眼。两个保安打量着他的全身，样子很凶地说：“你跑到人家里干什么？”

“我什么时候跑人家里去了？”

马松心里是有些紧张，但他只要已经出了这幢小楼的门，不是在屋里让这帮人发现的，谁又能把他怎么样？他说：“这门不是锁着的吗？我跟你们一样，也刚刚到这门口。”他两手空空地往前摊了摊，让他们看个明白。他马松是一个守法的公民，什么也没干，就吃了米妖的几根火腿肠，算不上什么事，那两条小狗，比他吃得还多呢。

“那么巧，你从哪儿进来的？到这儿干什么？”

马松说：“我是绿化公司的。”他还拿出一张名片，上面印着：四季春绿化公司，业务员李志。这是他从米妖的桌上发现的，在米妖的博客日记里，说想在这别墅里种花养草，还要种菜，并且从网上查了一串做绿化的，想约他们来着。他顺手将名片装进了裤兜，是想问问这家公司还要不要人。

虽然已是秋天，但别墅院里的绊根草、百喜草还茂盛着，就像女人没有梳过的头发，纠结着一坨一块的。夏天到玫瑰庄园送冰箱时，马松见好多家的草坪一片新绿，阳光下蜂飞蝶舞，夜晚经过却有成群的蚊子。碰到过一位种草人，那人是给这儿的业主们种了草以后来收钱的，俩人聊起天来，说有一种草可以防蚊蝇，叫作弯月画眉草，又叫星星草、蚊子草的。那人说：房前屋后种上一圈，蚊子闻到味儿就远远地飞走了。

还让马松给帮忙联系客户，说你们送冰箱顺带着问问主人家，如果要种，可以随时打电话给我，到时候给你提成。马松当时说好，但后来也就忘了。

现在他把这一套话搬了出来，说秋冬的时候把地整好，就好比和好面让它饧一饧，第二年再来种草，那地就泡酥泡酥的，种什么都能长好。说得两个保安疑疑惑惑的，但还是追着又问了一句：“你打哪儿进来的？刚才在大门口怎么没见你？”

马松说：“咳，这地方我常来，就这么走进来的呀。谁知道你们怎么没注意。”

正说着，雾蒙蒙里，那一黄一白两条狗跑过来了，老远就狺狺地叫，到跟前直盯着马松，白狗忙不迭地摇着尾巴，讨好得不行，小黄狗也老实地夹着尾巴，很是低调地垂着头。马松指着它们说：“看，这院里的狗都认得我了。你们都新来的吧？”

一保安说：“怎么说话呢？”

马松笑了，说：“哥们儿，咱们年纪差不多，都是打工混饭吃的，何必大家过不去？”俩保安拿眼睛看小巧，小巧只不吱声。马松说：“你们还有事吗？要没事我就走了。”说着，就要打他们身旁经过。

“哎，你别走啊！”那女孩儿突然说道，“你大老远的来了，怎么也不问问人家种不种，就走啊？”

马松讥讽地看着她，说：“你不是这家主人吧？”

女孩儿昂着头，不含糊地说：“我是不是这家主人，可我替她管着钥匙。我这会儿就给她打电话，如果是她说的请你来，那你就教教俺们，这大冬天就要来了，草如何种法；如果她没请你来，那你就给这二位大哥说明白吧。”

马松无动于衷地说：“行啊。你想怎么着吧？”

小巧朝保安借了个手机，小巧看来没有这玩意儿，但她会用，一字一字地按着，然后眯缝着两只细眼，将手机紧贴在耳上，生怕别人听见。又背过身去朝一旁走了几步，过了一会儿才转回来，脸色不甘地说：“她还没开机，……待会儿再打。”

俩保安交换了一下眼色，小声对小巧说：“要不让这家伙走算了，他身上也没拿什么东西。”又说：“我们那边还得守大门，换岗的就要来了，你要有事就给经理说去吧。”就朝马松说：“出去出去！别没事在这儿瞎晃悠，这种地方不是随便能进的。”

嚷一阵，俩保安就前面走了。马松站着不动，直盯着小巧说：“你这妹子，真够意思啊！”

那女孩儿眼珠不眨地冷笑道：“你骗不了我，你不是绿化公司的。”

马松说：“那我就把这块地整给你看看。”

本来也就是那么一说。女孩儿的眼神让他不舒服，显然她骨子里已经把他当作了贼，她似乎拿住了他什么，只是无法让他就范，她很生气，也有些无奈，满眼透着轻蔑和不屑。这让马松也很生气，他想你这小丫头，狗仗人势的，难道他马松真比她还轻贱不成？她如果再说一句不中听的，他就干脆破口大骂起来，哪怕是对一个女的。谁让她那么欺负人呢？

没想到小巧却说：“好啊，你就把这块地翻给俺们看看。”

马松愣了愣，说："我没带工具。"小巧说："这个好办，我去旁边村里拿。"马松还没说行否，小巧扭头就走，走几步又回过头来说："你要不是骗子，你就坐在门口等我。"

马松往前走了两步，又自己淡淡一笑，索性在屋前的台阶前坐了下来。真是扯淡，他倒想看看，这个跟他同样从农村来的女孩儿，究竟能将他如何！

雾一直很浓，这不太像北方的天气。他无事摁着自己两手的关节，咔吧咔吧的，指甲缝里很干净，粉红色的指头肚，颜色有些像米妖的睡袍。这两个夜晚他泡够了澡，洗得浑身通透，而且没睡在顶楼的地板上，那里太硬。当然也没去睡米妖那张松软的大床，甚至连跨进那间房的门都小心翼翼，仿佛那个带着香味儿的女人一直就躺在那张床上。他干净得像一个真正的白领，一个现代的文明人。

他感觉自己神清气爽，在带着潮气的雾霾里，精神百倍，而且也没有真正的气恼，有什么大不了的呢？这几夜在楼下的沙发上睡得不错，虽然只是胡乱找到的一床毯子，盖在身上老闻着有一点霉味儿。那是他在一间储藏室的壁柜里发现的，那里有一堆过时的衣被，他还从里面扒出一身内衣和一双旧袜子，将自己身上的换了。

不到半个小时，叫小巧的女孩儿果真回来了，推着一辆破旧的自行车，车后座上夹着铁锨锄头，还有一把镰刀。马松一看就笑了，说："你倒拿得齐全，是想跟我一块儿干吗？"

小巧嘴一撇，指着那堆工具说："你少废话，你不是做绿化的吧？

你就做呀。”

马松就走过去，不紧不慢地拿过铁锨，不太称手，又掂了掂锄头，然后说：“你叫什么名字？”女孩儿说：“和你不相干。”马松脱口叫了她一声：“小巧！”

小巧的细眼一下子瞪大了。

7

院里的草星星点点的黄，像是长了锈，看起来不打眼，像是轻轻一扯就起来了，其实地底下盘根错节、固若金汤，刨出一兜来都得费好大劲。马松用不惯北方人爱用的铁锨，挖地还是用锄头好，只是这锄头是别人的，半天也用不顺手，不一刻，虎口那里就火辣辣的，但马松的心情很好。

很久没干农活儿。他想起三峡那边的山地，种的大多是苞谷红薯和洋芋，土层很薄，青石坡上难得找到一块平地，人称“鸡窝田”，小的一块地只能点几窝苞谷。他上完中学就吵着要出门打工，爹却要带他上坡做“活路”，三峡那边把在地里做庄稼活都叫作“活路”，他干不到半天手上就打起一串燎浆泡，爹叹息道，看如今这些娃娃连苞谷都不会种了，将来哪门活？

爹是一把好手。爹种苞谷要先把地整干净，他一锄锄深挖，力用得匀均，会把那些荒草连根刨起，提到手里磕掉泥巴，然后一把把放到田坎边，等他整完一块地，那些草就像地的花边，一排斜躺着，而地里的泥土就像被箩筛子筛过一样绵细，松软平实得像过年蒸的米糕。马松喜欢看爹种田，看得过瘾。他这会儿不由自主的，在这北方的玫瑰庄园里，想象着爹干活儿的架势，一锄锄高高举起，再深深地挖下去，他是爹的儿，怎么能不学会“活路”呢？

况且，他可以光明正大地待在这幢小楼旁边，还可以进去喝口水，坐上片刻。

那女孩儿满脸狐疑的神色很是有趣，她想不出他是如何知道她的名字，马松当然不会告诉她，那天晚上他趴在顶楼，听她吐枇杷籽一样说话，她就住在这附近的村子里，一家五口租的平房，每个月二百块钱租金，便宜但不带水电；住平房冬天脚上爱长冻疮，因为平房只能烧煤炉，暖和倒还暖和，可脚踩在地上总是冰凉的。

他知道她小巧是米妖的钟点工，甚至还知道她有一个男朋友就在这庄园当保安，她让米妖帮她拿拿主意，米妖说，人好就好。米妖还说钱多不是福，当官也不是福，一家人守在一块儿才是福。马松觉得这话像七八十岁的老婆婆说的，米妖说早了点儿。

小巧在屋里做清洁，马松进去喝水时，她手里拿着块抹布，看样子正打算擦窗台，但看见那盆枣干，就有些疑惑，捧在手里左看右看，自言自语地说：“谁把它放这儿了？”回头见马松进来，立刻一脸警惕：“你别随便乱动啊。”

马松说：“那枣干酸，我是不会吃的。”小巧就奇怪地看着他，说：“你什么都吃过了？”马松说：“我什么什么都吃过了？我吃什么了？”

小巧说："你自己吃的你还不知道吗？"她的目光让马松心里有些发虚，他说："我是来喝水的。"小巧也不搭话，却让过身子，看马松低头从餐桌下找出一个纸杯，然后接着纯净水，那桶水装在一个靠墙的水机上，这几天已经被马松喝得要见底了，流速有些慢，细细的好一会儿才半杯。小巧看着他伸在水机下的手，一言不发。

马松说："你这么看着我干什么？"

小巧说："你又没做什么亏心事，怕人看？"

马松将那杯水一口喝干，很想啪地放下杯子，但纸杯轻飘飘的，一放就歪了，弄得他没了脾气，便说："你年纪小小的，怎么说话这么难听？我这儿连工钱都没跟你谈，就干了这半天活儿，你还阴阳怪气的。"

小巧说："你别跟我说这些。人正不怕影子歪，你干你的活儿，等这家主人回来再给你算钱。"马松说："那她要不回来呢？"小巧说："她今天不回明天回，你整完了地，工钱还可以回头拿。"马松说："中午都过了，该管饭了吧？"小巧说："哪有什么饭不饭的？你把该吃的都吃干净了，还要吃什么？"

这女孩儿把话说得如此直白，马松便不敢再顺着她往下回话，心里想，这女孩儿难道猜出他偷住这别墅了吗？又一激灵，是啦，冰箱里那些东西没了，其中还有她妈烙的饼，那天米妖和她一块儿走时，还剩了好多，即使傻子也能看得出来，老鼠偷吃也吃不到冰箱里去。

可又一想，她凭什么就敢认定是谁呢？捉贼拿赃不是吗？便抢白道："你这丫头在城里待了几年，把城里人的算计都学会了，幸亏这别墅不是你的，要你成了有钱人，不知怎么搓磨那些做工的。”

说着，自己退出门去。肚子真的饿了，他朝大门那边的小卖部买来两包方便面，酸菜牛肉，汪涵做的广告，滋溜一下味道蛮足的样子，然后回来不管不顾的，找出一个小盆状的大碗泡了，滋溜滋溜地吃了下去，那小巧一边擦玻璃，一边瞪着眼。其实他是想给这女孩儿也买上一包的，但他裤兜里只有几张零票，他总还得留一点坐车的钱。

吃完面，午后的阳光有气无力地晃动着，像是跟早上的雾打斗得疲乏，这阳光一点火气都没有，眨眼间，天就朝着黄昏变化而去。马松又挖了一阵，院子里已经有了看相，右边的草地被他梳弄得像男人刚理完发，眉目清爽透亮，跟这一比，没有打理的那边就像疯疯癫癫的，顶一头乱七八糟的毛发。小巧拎一个垃圾桶出来，一眼瞧见，忍不住也有些惊讶，但只是一瞬间，掉过脸来却看着马松，似笑非笑的。

那眼神看得马松不自在。他说：“你别这样看我啊，我这人脸皮薄。”

小巧将垃圾桶往马松跟前伸了伸，说：“这里面有几件衣裳，俺看你穿着最合适。”

马松的脸一下子热了。那里面皱巴巴的揉搓成一团，正是他夜里扔掉的那套发臭的内衣和袜子，他那时怎么会想到被这女孩儿翻拾出来？他干咳了一声，说：“你什么意思？”

小巧又笑笑：“你说啥意思？这衣裳洗洗不也可以穿？扔了多可惜，你说是不？”

马松说：“你把我当什么人了？”

小巧说："你以为你是什么人？"

马松顿了顿锄头，说："我至少不是个坏人。"

小巧说："俺看也不像好人。"

马松说："那就不好不坏吧。世上像我这样的人多了。"又半真半假地说："小姑娘别那么多心眼，当心以后找不到婆家。"又说："说也怪，如今在乡下，就是长得再丑的姑娘也嫁得出去，乡里光棍多。可只要进了城，女孩儿就不值钱了，剩女满街都是。"

小巧呸了一口，跺着脚说："你再胡说八道，我去叫保安来。"马松恼了，说："我又没怎么样你，你叫什么叫？"小巧厉声道："流氓！"她一转身锁上了别墅的大门，走了。马松追着她身后喊道："你们家主人啥时回？"小巧也不答话。

这天晚上，马松自作主张地睡在了米妖的车库里，米妖没锁紧车库门，或许是走得着急，也或许是不在意。车库里有两把破沙发，对在一起能躺下个人，刚凑合睡下，小巧带着一个面皮黧黑的保安过来了。马松看那家伙说半句就朝小巧脸上瞟一眼的样子，肯定他就是小巧的男朋友，人长得不怎么样，脑壳有点小，帽子戴着就往一边垮，问马松："谁让你睡这儿了？"

马松蜷着也不动，说："怎么了？"又说："我住密云，来回一百多里，我回得去吗？你们连工钱都没给，还有半拉子草坪要整，我不住这儿住哪儿？住屋里去吗？你倒是把门打开呀。"

又说了几句，小巧一边脸都涨红了，想跟他急。但她的男朋友将她拉走了，说："让他团在那儿吧。明儿一早赶他走。"

8

半夜里马松还在想，他被撇在院子里的那会儿犹豫不决，真想一步从窗台又跳进屋里去，那原本十分简单。但四周发暗的小树林里，还有院墙的某一侧，万一潜伏着小巧和她那些熟悉的保安们，正目不转睛地等着他往屋里钻，直等他那一跳，他们就一拥而上，他也就黄泥巴掉到裤裆里，怎么也说不清了。

他马松不是来做贼的。但那又有谁会信？

他已经把那块表放到了米妖的粉红睡袍的口袋里，他不想让这个心情不好的女人再添堵。可米妖不知道啥时能回来，万一那个小巧将表从睡袍里掏走了呢？

这样一想，他就睡不着了。这破沙发不能让他的全身摊平，只能一直缩着头，脖子后面就酸疼酸疼。他起身到院子里撒了好几泡尿，秋夜的风吹动着他脚下的落叶，他突然想回家了，这个念头就像草丛中突然钻出了一条蛇，嗖地就出现了。几年来他一次都没回去过，有时连电话也懒得打，几句老话，有什么好说的？村里都把出外打工的当荷包里有钱的人，即使不回家，也会带信来，说村里要修路了，或是要改电线了，让他们集几个资。可马松没钱。

有一次在工棚看电视，剧里一个男人捂着脸说："我很失败。"马松一屁股就从床上坐了起来，他也很想说：“我也很失败。”

村里跟他同龄的小伙儿都成了家，马松也不是不想说亲事，可他看上的人家嫌他没钱，愿意上他家去的，他马松又看不上。老牟说他是好高骛远、心比天高，也就是命比纸薄。马松悲哀地想到小巧那个面皮发黑的男友，自己连他都不如。当然更比不上给米妖摔门的烧饼，他多牛啊，有那么好的女人，体操运动员，美得跟画儿一样，他还舍得摔门而去。他马松谁都比不了。他很害怕自己朝这儿多想，每逢这样想的时候，这城市、这世界就像一口让人透不过气来的焖锅，他恨不得搬起石头砸出个口子。

那么，他何必傻乎乎地把表放回去呢？

米妖本来就没有在意过那块表，烧饼也已经离她而去。如果米妖这时找到它，只会给烧饼增加口实。而对他马松来说，那块表没准儿就能换回一万块钱，可以做很多事，至少到哪家公司应聘时先添一身好行头，然后可以如数交上房租，如今这城市的房租比割肉还狠啊，刀刀不见血。

再或者回一趟家，赶在国庆节前。城里人放长假，三峡那边也该收苞谷了，家里的坡地可以掰回几十背篓苞谷，爹妈无钱请人，都是勾着腰自己一趟趟朝家里背。他回家去把钱往桌上一放，请他七八个壮小伙，几回合都搞定了。再还可以给村里掏上一千块或者再多一些的钱，让他们修路去。修路好哇！上坡的路要是能走拖拉机，爹妈的背就不会驼得那么早了。

可是，既然米妖也活得不容易，既然自己想把表给她，又何必反悔？

只是如果能亲手交给她，这事就比较圆满了。为什么当时没想到亲手交给她呢？是啊，万一小巧去收拾米妖的房间，发现了这表，又起了贪心呢？真该亲手交给米妖。在她的博客里留言，然后再去找她。

这让马松很兴奋。长夜漫漫，他脑子里像过电影一样，翻来覆去，浮想联翩。可问题是，那块表已经放进了米妖睡袍的口袋，有什么办法再拿到手呢？

只有白天想办法了。可到了这个白天，小巧不再出现，也没个保安上前来问他一二，他好像是这家被放逐的一条狗，被关在门外，进也进不去，走也不想走开，他只有实实在在地将那半拉子荒草坪整了出来。中间有几次，隔着几幢楼的楼缝间，他看见闪过一些人影，明明就有小巧，他以为她会走到跟前来，可是没有。

又快到傍晚时，小巧的保安男友来了，说：“你还真干啊！谁给你钱啊？”

马松说：“跑得了和尚跑不了庙，守着这幢楼，她还能不给我钱吗？”

小巧男友说：“嘻，人家一连多少天都来不了一趟，你在这儿扎帐篷等啊？快走你的吧，昨儿是我给你开的绿灯，今天不能再待了，赶紧走吧。有事以后再说。”

庄园大门那儿摆满了鲜花，即使天已昏暗也十分鲜艳夺目，马松在几个保安的特别注视下，大摇大摆地走了出去。恍然记得，今日已是他进到这个庄园的第七个夜晚。

他想他的事情还没有做完。他离开大门，走得远远的，然后踱到西边墙根儿下，草已不像前些日子那样茂密，没费多大劲，他就找到了那个洞口。那是从里面封住的，这边露出的只是红砖，这就比在墙那边要省力得多。他找到一根木棒，使劲捣了一阵，又找块石头砸了一阵，终于松动了。

他仍然从那个狗洞里钻了进去。一探头，意外的是，那一黄一白两条狗正蹲坐在洞旁，似乎在候着他，见了他一点也不诧异。他站起身来才发现，草堆里已经被它们扒出一个草窝，经营得很温馨，三只黄白花纹相间的小狗正依偎在一起，憨态可掬地睡着。他马松大概是它们家第一位比较正式的来访者，它们对他尊敬有加。

马松没在那里多加停留。快过节了，人们都往鲜花锦簇的大门那儿凑热闹，这会儿小区中心还有跳舞的，练太极拳的，谁也不会在意他的行走。他快步向 53 号走去，黄狗和白狗很仗义地颠颠跟在他身后，欢快却不张扬地喘息着，不一刻，就看见那家的栅栏了。

他摆摆手，示意狗停下。现在它们都很听他的话，就跟三峡家乡的狗一样，他一挥手它们就往前冲，一摆手它们就蹲下了。马松说："我得进去一下，你们等着，我一会儿就出来。"

跟初来的那天夜晚一样，一排排别墅的门都无一例外地紧锁着，金属把手的防盗门、粗硬的图案，无论远近都没有听见保安的大头皮鞋，现在他又走到这幢小屋的窗前了，轻轻一推，半扇窗门就又一次无声地滑开，就像专门为他马松的手准备着，那么悄无声响地向一边滑去，然后大大地敞开，他再一次心花怒放，嗖地跳了进去。

黑暗中，一股热热的，好多男人的体味儿，还有廉价香烟的味儿惊心动魄地冲鼻而来，马松什么都还没来得及想，灯就猛然一下子全亮了。客厅那盏巨大的吊灯，即使米妖和烧饼在的那晚也没开过的水晶灯，包括墙上所有的壁灯，有船形的，灯笼形的；有玻璃的，木头的，还有餐厅的吊灯，绿的黄的白的，直射的闪动的，全都亮了。真是五光十色啊，一刹那间，如三千尺的瀑布飞流直下，水花四下迸溅，冲得人头晕目眩。

灯光下，七八个男人围坐在餐桌旁，他们像正在开一个盛大的欢迎会，脸上布满了狡黠得意的笑容。小巧坐在他们旁边，却是受了惊骇的样子，一下子蹦起来，语无伦次地说："是不是……？那天我就看见了，他在这屋里走来走去，窗帘上有他的影子，我在外面都看见了……，你们不信……"

马松被按倒在地。他说："我不是贼。"但他的话只是混杂于被压倒在地的粗重喘息中。不一会儿，外面呜呜的来了警车，蓝光红光闪动着，一伙人将他押了出去。栅栏内外，黑麻麻的人，从来没有这么多的人同时将目光都投到他马松身上，也不知这安静的庄园从哪儿突然冒出来这么多看客。

就在这时，马松看见那辆白色的宝马开过来了，米妖，那个他从心里认识的女人面色惶惑地走下车，她在人群中直盯着他，仿佛他脸上有一幅要解读的字。他被押着从米妖身旁经过，他说："烧饼的那块表我放在了你睡袍里。"

他看见米妖睁大眼睛，更加不解似的，"烧饼？"她说。

她走进大门，消失了。马松被人推了一把，他不得不朝那辆警车的屁股走去，可脚却被什么绊住。黄狗和白狗不知什么时候钻进人的缝隙，在他的脚前纠缠，马松心里热了一下，他能听懂狗喉咙里呼呼的叫嚷，它们叫他不要上车。可这由不得他。

房顶上的小星星一闪一闪，马松扭着身子想看得清楚些，到底是一颗、三颗，还是许多颗？

写作笔记

文学作品应该要体现出普世价值，要赞扬人性的伟大，揭示苦难面前的无畏精神，唤醒人类内心深处的善良。因为这些可贵的品质，在人类历史发展的过程中贯穿始终，成为人与人和睦相处，人与自然和谐相处，世界和平的一个重要基石。作为一名作家，有责任和义务给读者构建一个价值系统，即坚韧与勇敢、包容与和谐、耐劳与牺牲、怜悯与荣誉等。用这些人类原本拥有的闪光品性，去感化读者，唤醒读者，使人们看到生存的意义、生存的价值。这些构筑了文学作品的精神内核，也是文学作品的魅力所在。文学不能只是讲个故事，而是要体现比故事本身更重要的精神世界，通过考问灵魂深处的幽暗与明亮，不断重塑健康而健全的精神。

次仁罗布，藏族。1981 年考入西藏大学藏文系，获藏文文学学士学位。1986 年大学毕业，先后在西藏日报社和《西藏文学》编辑部等工作，现为中国作家协会全委会委员，西藏作家协会副主席，《西藏文学》主编。

2004 年和 2012 年参加了鲁迅文学院第四届、第十二届高级研讨班。先后获得第五届鲁迅文学奖、西藏第五届珠穆朗玛文学奖金奖、第五届西藏新世纪文学奖、第七届全国当代少数民族文学研究创作新秀奖等。

九眼石

次仁罗布（藏族）

李国庆

李国庆是一名商人，近几年生意做得很红火，接连开办了两家文化公司，事业上真可谓是春风得意。只是最近，他发现身体似乎出了问题，而且每况愈下。这不，他现在正躺靠在席梦思床上，眼睁睁地看着高挑白净的女人裸身走向洗手间，却无法与其翻云覆雨。女人光溜溜的身子一下闪没了，接着是重重的关门，那咣当声里蕴含着怨怒，扑面向他砸来。

李国庆觉得真丢脸。

两人一下午都躺在这张宽大的床上。搂着绸缎般光滑的女人身子，他却什么都做不了。这个比他小二十岁的女人虽然没有责怪一句，但她的眼睛里分明透露出失望、沮丧、怨恨等错综的情绪，这使他的自尊心受到了极大的伤害。他听到女人冲马桶的声音，这声音凛冽得令他全身霜冻了般寒战。他抬起胳膊，双手抱住脑袋。哗哗的水流声响了起来，他想象洗手间里开始有热气蒸腾，晶亮的水珠敲打女人雪白的身体，纤长的手指在胸口游动，黑发油亮亮地在肩头垂落……

李国庆的脑子里闪过女人在洗手间的很多个画面，可身体依旧沉沉的没有一点反应。他想接下来该跟女人怎么相处？想到这，他就为下午跟女人约会感到了后悔。他把抱住脑袋的手放下来，从床头柜上的烟盒里抽出一根点燃。烟雾在他头顶上缭绕。他想自己是否太累了身体出现了什么症状，抑或这女人已不能引起自己的兴趣？答案却很清晰：他知道自己依然喜爱这个女人，而最近的体检结果也证明自己的身体一切正常。

那么问题到底出在了哪里？

他把烟蒂掐灭在烟灰缸里。

里面的哗哗水流声一直不断。以往女人冲一下就会出来，顶多两三分钟，可是这次用了很长的时间。她是否故意避开自己，以这样的方式表达她的不满？李国庆认定女人有这个用意后，心灰意冷地开始穿起了衣服。

李国庆撩开窗帘的一角往外望，太阳红彤彤地从林立的大楼末端正坠落下去，天空灰蒙蒙的，下面的马路上汽车川流不息。

洗手间里的水流声停止了，传来轻微的窸窣声。他回坐到窗台下的沙发上，又点燃一根烟。烟抽到半截时，女人头上裹个白毛巾，趿拉着拖鞋走了出来。她看到李国庆坐在沙发上时，先是惊了一下，之后咧开嘴将那排皓齿展现给他。李国庆望着曲线优美的身体，心里一点都不好受。

女人取下头上的毛巾，往身上套衣服。

“你为什么不躺一会儿？”女人的声音清脆而利落。

“时候不早了，该起来了。”李国庆用这句话搪塞过去。想想一下午如此狼狈地待着，他感到窝火。

“穿好衣服我们就离开。”女人头都没扭过来，背对着他气恼地说。

李国庆觉得这句话正契合他的想法，趁早离开这尴尬的地方，免得让自己再次难堪。

“行啊！你慢慢收拾。”李国庆接完茬儿，起身向洗手间走去。

女人愣了片刻，扣扣子的手僵在胸口上。直到洗手间的门轻轻地咔嗒一声关上，她闭上眼睛，长长地叹出一口气来。这声长气叹完，女人又很自如地扣起了衣扣。

李国庆从洗手间出来时，女人拎着红色的皮包，倚窗而立。微暗的灯光下，女人楚楚动人，只是脸上没有了往昔那种娇媚的神情，多了一层焦虑与郁闷。李国庆佯装什么也没有发现，像往常一样把一只手搭到女人的肩头，顺势往自己的胸口上拉，女人顺从地依偎着，两人出了房门。

他们开车出了小区的门，外面马路上灯光已经亮起，来往的车辆挤满了道路。

“今天你是怎么了？”女人盯着前方那辆白色的轿车愤愤地问。

“是太累的缘故吧。”李国庆根本不想谈下午的事，不回答又没法蒙混过去，就轻描淡写地找了个借口。

“是对我厌烦了吗？”女人的眼睛里淌落下泪水。

“不是这样的。”李国庆马上表白。“你是我最爱的人。”他又补了这么一句话。

女人没有再吭声，低下头从衣兜里取出纸巾擦拭眼睛。

李国庆转头看一眼副驾驶座上的女人，心里泛起了无限的怜惜。可他能跟女人说什么呢？十多天前也跟现在一样的状况，何况女人看过医院的检查单子。车子里刹那间变得很安静，两人默契地保持着沉默，各自想自己的心事。在这种安静的气氛中汽车快速向前。

很快，汽车上到高架桥上，在这里遇到了堵车，车子走走停停像蜗牛般爬行。两旁的大楼灯火璀璨。

“如果你觉得我是个累赘的话，尽早告诉我，这样我也有个心理准备。”女人侧过脸去说。

“你这是怎么了？犯什么神经啊！”李国庆觉得女人刚才说的话不可理喻，开始烦躁起来，嗓门儿也提高了几度。

“我说的是实话。”女人斩钉截铁地回答。

李国庆被这句话弄得心绪不宁，胸口被一股恶气堵得滞胀。他心里骂自己今天根本就不该把女人约出来，这是他犯的最愚蠢的一个错误。他跟女人已相处了三年多，她给他留下的印象是腼腆、文静、内敛，他甚至有过后半生跟这女人一起相守的念头。偏偏这身体最近出现了问题，让女人误以为自己对她不再爱恋了。利用堵车的机会，李国庆点了一根烟，换到平时他在车里是不吸烟的。女人注意到了他这不寻常的举动。

“我不会责怪你的。”女人声音低沉地说。

“没法跟你解释了，这身体……”李国庆真是有口难言。

“我希望像你曾经保证的那样，两人生生世世……”女人眼睛望着他，满是期盼。

这女人跟他女儿年龄相仿，只是少了一些稚气，多了一些沉稳。每次看到这张脸蛋，他都能莫名的兴奋。她能让他找回已经失去的那种激情与冲动。

“我是特别爱你的，你要确信这一点。”他吐出一口烟雾，把右手搭到了女人的膝盖上。

令李国庆没有想到的是，女人轻轻推开他的手，用更低的声音说：“看路！”

开始消下去的那口气，又硬硬地堵在了他的胸口上。“该死的身体！”他心里又这样骂了一句。沮丧的情绪悄然弥漫在他心脑，对副驾驶座上的女人也生出一丝怨恨来。

李国庆把烟掐灭掉，车子开到了辅路上。辅路上顺畅了很多，几十分钟后车子停在了路边。女人打开车门下去，甩手关掉车门，钻入人流中，从他的视线里消失掉。

李国庆心里更加气愤。要是往常她会探过身来，跟他来个接吻，然后依依不舍地走下车，站在路边向他挥手，直到车子走远。李国庆呆呆地望着前方，除了匆匆涌动的人流外，女人的踪影早已没有了。哎，她应该理解自己啊，现在只是身体出现了状况，可这并不能证明自己不再爱她了，何况这种事情让一个男人怎么好启齿呢？李国庆想到这里恼怒地敲打了几下方向盘，叹口长气，缓缓地开动了车子。

回家的路上他的情绪一直很低落，他在想自己为什么要找这个女人，还为她付出真情。假若有一天真的跟这个女人结婚的话，他的女儿又会怎么说……

这样思来想去的过程中，他已经来到了东湖边，车子飞速地沿湖边奔跑，两旁的树木纷纷倒向后面。几分钟后，他能看到山坡下层层叠叠耸立着的别墅轮廓。李国庆调整情绪尽量表现出轻松的状态，车子驶入了绿地山庄的大门。

李国庆透过车灯看到自家别墅前的停车位上空空荡荡的，这预示着他的老婆还没有回家。这样倒也好，他无须把不愉快的情绪掩藏起来。

李国庆打开房门，换上拖鞋，拎着包直接上了楼。

洗漱完躺在床上，李国庆感到无比的孤独，窗外传来的虫鸣声又加重了这种愁绪。如今他和老婆之间就是在维持着一种契约关系，至于爱情，随着日复一日的琐碎生活，已经一点一点地消磨掉了。李国庆想着家里的状况，又想着女人今天的表现，心情糟糕到了极点。为了驱散这种糟糕的情绪，他从床上爬起来，打开了电视机。随着一曲《青藏高原》，荧屏上出现了蓝天、白云、雪山、湖泊、草原、经幡，这样纯净的景色他未曾领略过。“真是个仙境！”李国庆刚感叹完，屏幕上接着出现了一位鹤发银须的老者，他慈眉善目，手里托着一个纸盒，上面醒目地写有“九眼石”三个字，同时一个低沉而带着磁性的男声传了过来：“九眼石——采撷雪山珍贵药材，传承藏医古老秘方，真金火炼，让男人重振雄风。”

李国庆听完这段广告词，回想着老者那慈祥的面容，他的心里产生出要去西藏的念头。他想踏上那片圣洁的土地，让自己从这种繁忙和纠结中走出来，让身心得到一次休息，更是为了让自己的生活恢复到原来的样子，他一定要寻找到“九眼石”。

旦增达瓦

九眼石要被卖掉。

旦增达瓦望着父亲从佛龛上取下穿着根红丝线的九眼石，放进手帕大小的黄绸缎里，小心翼翼地将它裹了起来。父亲的几根手指关节有些变形，手背的皮肤松弛、褶皱。他把黄绸缎装进衬衣的口袋里，再把外套的拉锁拉到了脖颈处。

“准备走吧。”旦增达瓦的父亲说。

旦增达瓦把装钱的橘黄色背包背在了身上。

“跟人家好好谈价，今天一定得卖掉。”旦增达瓦的母亲念叨。

“谈个屁，过去就是把东西交给人家，然后拿钱走人。”旦增达瓦的父亲不快地回答。

旦增达瓦知道父亲其实一点儿都不想卖掉这颗九眼石，因为它是曾祖父留下来的。这一切全怪旦增达瓦，他高中毕业后没有考上大学，接着复读又没有考上，从此他对学习产生不出任何兴趣，只想到社会上去找份活儿干。他替人当过伙计，也当过娱乐场所的保安，安利的推销员，这些活儿都干得时间不长，领的薪水也很低。他的父母觉得这样不是个长久之计，就从省吃俭用攒的钱里拿出两千块钱来，让他到驾校去学车。领到驾驶证后托人找了一个雇主，帮人家跑出租车。几年之后，又寻到了现在的这个雇主，帮他开旅游车往西藏各地跑。十天前雇主说要把车给卖了，让旦增达瓦事先有个心理准备。旦增达瓦问雇主车能否卖给他，雇主说只要付得起十八万六千，车子现在就可以归你。旦增达瓦请雇主给他十天的筹钱时间，雇主说既然你要买，那我给你减去那六千，给我个整数。旦增达瓦把想买下车的想法告诉父母时，他的父亲气咻咻地说，那把房子给卖了，我们一家人睡到马路上去；他的母亲也劝他打消这个念头，说父母都是企业下来的，工资将将够维持生活开销，哪能拿得出这么一大笔钱来。几十年积攒下来，也就攒了个五万多。旦增达瓦知道家里的经济状况，就动员父母到亲戚朋友那里去借钱，可是父母坚决不同意，说两人都快要上天葬台了，临死前不想背负债务和欠人情，他们还拿藏族谚语“没有债务就是富人”来训导他。

旦增达瓦虽然遇到了挫折但没有气馁，第二天趁父亲不在给母亲讲旅游旺季时，跑一趟远路，收入就可上万，除去油料费和车子维修费，几个月下来可以净赚五六万。母亲对他说我们两个老人要那么多钱干什么，死了也带不走，可是你的日子还长着呢，我就跟你父亲再商量一下。旦增达瓦的母亲不知道跟父亲是怎么商量的，倔强的父亲同意他买下那辆车，但前提是不能跟亲戚朋友借钱。旦增达瓦纳闷儿那钱怎么筹？母亲偷偷告诉他，父亲为了这笔钱，正在外面找九眼石的买家。几天之后，旦增达瓦的父亲果然找到了一个买家，并敲定了交易的日子。

旦增达瓦和他的母亲没有吭声，等着父亲先出房门。

父亲和旦增达瓦出了四合院大门，走在人流涌动的巷子里。

走了半个多小时后，他们来到一个带着院子的三层小楼前。敲门进去，买家把他们引到了正中的客厅里。经过几个人的再次细心查看、上手把玩、反复讨论，买家这才打开保险柜，从里面取出了一摞摞的人民币，放到桌子上让他们点钱。

“三十一万整。”买家说。

旦增达瓦数钱的过程中，他父亲的眼睛不时地投到桌子上，去看那颗九眼石。他把钱装进橘黄色的背包里，跟买家道了别。

旦增达瓦和他父亲走在闹腾的人行道上，相互间很少说话。旦增达瓦侧过头偷窥父亲，父亲的脸绷得紧紧的，鬓角的发丝已经花白，身上的衣服褪色后有些发灰。旦增达瓦有些愧疚，他要是能考上大学有个固定工作的话，也不至于让父亲把几代传下来的九眼石给卖掉。以前旦增达瓦父亲一直在说，要把这颗九眼石作为家族的福物留给他，保他的子孙们吉祥如意。现如今，却因为他的这一计划，把他父亲的美好愿望给破碎了，父亲肯定心里不好受。

“我们先回去吗？”旦增达瓦问他父亲。

“先把多余的钱存到银行里去。”说这话时，他父亲的表情还是硬邦邦的。

旦增达瓦心里有些愧疚，但想着买下那辆车，辛苦地工作几年，攒足钱后给父母买座面朝阳光的房子，让他们整天暖暖地晒太阳。这么一想这种歉疚感就消散了，涌来的是对未来的希望。

在银行他的父亲从第一沓钱里，抽出三百块装进了衣兜里，再留下十八万车钱，其余的钱全部存了定期。

“我给车主打个电话，说我们送钱过去。”旦增达瓦对父亲说。

“现在别打，我们先到大昭寺去，用这三百块钱给佛祖前点个金灯，祈求你和车子今后吉祥如意。”旦增达瓦的父亲说。

他们排队进入寺院，点了供灯捐了钱，从释迦牟尼佛像前迎请了一条打结的哈达。这些事做完，旦增达瓦父亲的脸才舒缓了一些。

“九眼石怎么只卖了这么点钱？”旦增达瓦瞅准时机跟父亲问。

“你嫌少啊？”旦增达瓦的父亲嗔怪他。

旦增达瓦不敢再问什么了，低着头顺着寺庙的墙根儿往前走。

“做人做事，都要讲良心，佛时刻都在看着你。”旦增达瓦的父亲站在大昭寺门前跟他说。

达瓦旦增应诺了一声。周围磕头诵经的人很多，很嘈杂。

“我一定好好跑车，挣钱让你们过上好日子。”旦增达瓦向父亲承诺。

“你有这份心我们就知足了！”旦增达瓦父亲停顿一下，接着又说，“人可不能成了钱的奴隶，那样会利欲熏心，什么坏事都干得出来。”

“没钱的话日子也过不下去，看我这几年没少折腾。”旦增达瓦说。

旦增达瓦的父亲没有接他的话，而是向坐在路边乞讨的乞丐施舍零钱。他的父亲弯下身子时，那种老态相表露无遗。旦增达瓦的心里有些伤感，他都长成大人了，可却没有个正当的职业，这让年老的父母多操心啊。他跟着父亲走，觉得父亲的身子越发的矮小和孱弱。此刻，他没有了即将成为车主的那份喜悦，更多的是对岁月的无情和无力孝敬父母而喟叹。

回家吃过中午饭后，旦增达瓦和父亲去接车。路上他们特意买了一箱啤酒和水果，走到雇主家里恭敬地递上去，一并给家里的每个人都献了哈达。

买卖是在一种和谐融洽的气氛中进行的，旦增达瓦的父亲和雇主边喝酒边聊天，一旁旦增达瓦和雇主的媳妇在数钱。

酒过几巡，雇主的手机铃声响了起来，他接电话聊了几句之后，告诉对方说他的车子已经卖给旦增达瓦，今后旅行社有什么事，就直接跟旦增达瓦联系。手机挂断后，雇主让旦增达瓦明天去趟“雪域旅行社”，说有个内地老板来拉萨要包车去珠峰。

旦增达瓦和他父亲觉得很庆幸，刚接手就要接游客了。

旦增达瓦拿上雇主交给他的所有证件，带着父亲开着从今往后属于自己的沙漠王越野车离开了。他心里在祈祷即将到来的远行能一路顺畅平安。

旦增达瓦的父亲从衣兜里取出大昭寺里迎请的哈达，挂在车里的后视镜柄上，说:“我们卖掉的这颗九眼石品相不是很好，边上还被剐烂了。”

“哦，是这样啊！”旦增达瓦看着前方的道路，这样应了一声。

旦增达瓦的父亲再没有开口，车里变得静悄悄的。

旦增达瓦转头看父亲，见父亲的颧骨上有了红晕，靠在后背上瘫软着，眼睛闭得紧紧的，鼻孔里发出轻轻的鼾声来。

旦增达瓦看到父亲已经坠入到梦乡里，嘴角漾起了微笑。

当他望着前方平整延伸过去的道路，心里开始憧憬起美好的日子来。

尼玛贵吉

飞机缓缓地降落在拉萨贡嘎机场，从机舱里往外望去，天蓝得透明，云白得令人心颤，四周的山光秃秃的。飞机上的旅客开始打开行李架取行李，机舱里顿时充斥着嘈杂声。

李国庆坐在座椅上，想着这趟旅行能给他带来什么心灵或身体上的变化。

机舱里的人流往舱门口涌动过去，李国庆起身从行李架上取下箱子背包，往飞机的舱门口走去。

李国庆走出空港时，看到一个头发卷曲、身材瘦高的年轻人，两手抻着一张写有他名字的白纸。他向这人走过去，说他就是李国庆。那人很高兴的样子，折叠好写有他名字的纸，装进裤兜里，伸手把箱子给抓了过去。

年轻人走在前面，李国庆跟在后面，他们走到了车前。年轻人把箱子放好，问李国庆："老板，您坐前面还是后面？"

"前面吧。"李国庆想了想才回答。

年轻人赶紧跑去给他开车门，等他上车后轻轻关上门，这才自己上车。

汽车刚驶离贡嘎机场，年轻人就自我介绍："我叫旦增达瓦，这次由我送您去珠峰。"

"我叫李国庆。你的汉话说得不错嘛。"李国庆说完掏出手机给女人打电话，接着又给家里人发了个短信。

"老板，我把您直接送到酒店去吗？"旦增达瓦问李国庆。

"你知道'九眼石'吗？"李国庆侧过脸来问旦增达瓦。

"知道。那可是珍宝啊，价格很贵的。"旦增达瓦回答。

"贵到什么程度？"李国庆接着又问。

"几十万到上百万吧。"旦增达瓦不太肯定地回答。

"一盒药值不了这么多钱吧？"李国庆有些咋舌地说。

"我说的不是药，是戴在身上的珍宝。"旦增达瓦解释。

"我问的是'九眼石'藏药。"李国庆看到一列火车从他们的右边方向驶过去。

"哦，到了城里，药店都有卖的。"旦增达瓦对他说。

旦增达瓦把车停在了酒店门口，取下行李让李国庆好好休息，说明早八点他准时到酒店来接。

李国庆拖着箱子到前台去领房卡，然后走向了电梯口。

太阳的金光镀在酒店窗台上时，旦增达瓦的车子已停在了酒店门口。

李国庆拖着箱子出来，看样子他没有什么高原反应。旦增达瓦把箱子放进后备箱里，车子驶出了酒店。

“老板，看样子昨天您没有什么反应！”旦增达瓦说。

“问题不大，还上街买了几盒‘九眼石’藏药。”李国庆的身子倒在靠背上说。

“您适合在高原上生活。”旦增达瓦说。

李国庆嘿嘿地笑出声来。他们一路交谈着，汽车匀速地驶往日喀则，道路两旁岩石突兀，一条清澈的河水在深渊里流淌。

闲聊中李国庆大致了解了旦增达瓦的家庭情况，也知道这辆车是卖九眼石的钱买的，他开始对九眼石产生了一些兴趣。

“内地人好像叫天珠，我们喊‘斯’，以它身上有多少只眼睛来称呼它，三只眼睛的叫‘三眼石’，九只的叫‘九眼石’……”旦增达瓦解释着。

李国庆边听他讲边注视着外面那种苍凉的景色。这种幽闭的山间道路，让李国庆恍如走进了美国西部的电影里，除了裸露的岩石，还能看到一些金黄的枯草，偶尔也能看到几只羊行进在岩石中。李国庆感叹这样贫瘠的地方，还有人生存着。

旦增达瓦只顾开车，对外面的景色提不起一点兴趣来。路上李国庆让旦增达瓦停了四五次车，跑下去把这种苍凉的美凝固在手机镜头里。

这一路下来，李国庆还是拍下了不少的好照片，他通过微信发出去，得到了很多人的点赞，但他最渴望的是女人给他点赞。他想着“九眼石”，心里确信身体会恢复的。

一声短信铃响了起来，李国庆拿出手机看：你要照顾好自己，我在等着你。这短信让他的心暖暖的。

天擦黑时，车子停在了一个县城宾馆里。

李国庆和旦增达瓦吃完饭各自回房休息，定好明天天不亮就出发。

半夜，旦增达瓦被冻醒了，他去找被子时看到外面在飘雪，地上白花花一片。他担心明早要是雪不停的话，去了珠峰也是白搭，那里云雾缭绕着什么也看不到。旦增达瓦钻进被窝里，不一会儿又睡着了。

他们出发的时候，雪已经停了，但外面黑漆漆的什么也看不到，借助汽车的灯光，小心地择路前行。

天放亮的时候，车子已经上到了山顶，从这里可以远远地望见珠峰。晴空万里，白雪皑皑，几朵旗云飘浮在半山腰，旦增达瓦说这是珠峰在献哈达，见到的都是有福气的人，这让李国庆激动不已。

旦增达瓦劝他赶紧上车，说前面珠峰大本营看到的景色比这里还漂亮。汽车顺着盘山路往谷底走去。

从珠峰大本营回来的时候，已经是中午时分。烈日已经把地上的雪全部融化掉，可以看到透着黛色的高原草甸了。

李国庆实在是太疲惫了，坐在副驾驶座上打起了盹。旦增达瓦嘴里哼着歌，让汽车快速飞驶。在一片开阔的草甸上，柏油路歪歪扭扭地向远方延伸了过去。

路的那一头有个黑点儿一耸一耸的，汽车靠近时，才看清是一个踽踽独行的人。旦增达瓦脚踩刹车，让车速放慢了下来。

临近了才看清徒步的这个人腿好像受了伤，走路一瘸一拐的，手里拿根树枝当拐杖用，身上沾满了泥土和草屑。汽车经过他身边时，那人有意地把头扭了过去。旦增达瓦看前方一望无际，想着这个人什么时候才能走到头，还是顺路捎带一程吧。旦增达瓦把车靠在路边停下来，下车时的关门声把李国庆给弄醒了。

那个人见旦增达瓦下车往他这边走过来时，转身从公路上向草甸那儿跑去，可是跑了几步就摔倒在地。旦增达瓦跑过去将他搀扶了起来。

“是我杀的人。”他用藏语说，眼泪在那张脏兮兮的脸上滑出两道线来，颤抖着把手给伸了过来。

旦增达瓦惊了一下，松开手往前走了几步，又停下来转身走回去。

“腿怎么了？”旦增达瓦用藏语问。

“逃跑时从山上滚下来，腿给摔坏了。”这人害怕得全身在打战。

“先上车吧。”旦增达瓦扶着他向车子走去。

李国庆也从车子上下来了，隔了十多步望着他们。“这人怎么回事？”他问。

“他的腿摔坏了。”旦增达瓦回答。

“你们要把我抓起来吗？”这人看到李国庆戴个墨镜，两手插在裤兜里看着他，便紧张不安地说。边说边试着挣脱。

旦增达瓦把他拽得很紧，让他无法挣脱开，只能顺从地向前走。

这个人的左腿肿得很厉害，把牛仔裤子都要快撑破了，可能伤到骨头了。他们俩搭手把他扶到汽车的后座上去。

“他家在哪里？是这边的居民吗？怎么把腿给弄伤的？”李国庆连着问了几个问题。

旦增达瓦没法回答他的问题，眼前的这个人他连名字都不知道，只从他的话里大致知道了他杀了人，正在出逃。

“你叫什么名字？”旦增达瓦手扶在车门上问这个人。

“尼玛贵吉。”

“是这边的人吗？”

“是在山的那一头，叫夏钦村。”尼玛贵吉说这话时疼痛得嘴咧到了一边去。

“你真杀人了？”旦增达瓦问。

“杀了一个老太婆。”尼玛贵吉腿伸直在后座上回答。

“为什么杀她呢？”旦增达瓦问。

“为了得到九眼石。”尼玛贵吉说。

李国庆听不懂他们在说什么，站在一边抽烟，观察着他们的表情变化。

太阳很晒，草甸上有白色的雾气在蒸腾。

“要不让他吃粒镇痛的药。”李国庆跟旦增达瓦提议。

他们让尼玛贵吉吃了两粒芬必得，还给了饼干和矿泉水。

车子重新启动，向前缓慢行驶过去。

检查站

汽车已经驶过这片广袤的草甸，开始爬行在盘山公路上。

“走了这么久，没有见一户人家，他瘸着腿是要去哪里？”李国庆还是忍不住问旦增达瓦。

“他杀人了，现在在出逃。”旦增达瓦回答。

李国庆被吓了一跳，转身看后座上的尼玛贵吉。尼玛贵吉闭着眼好像睡着了，那张脸仔细观察的话，是一张年轻、清秀的脸。

“看他年龄跟你差不多，怎么会去杀人？”李国庆把旦增达瓦的话当成了调侃。

“他跟我说他杀了个老太婆。”旦增达瓦说。

李国庆犹豫了一下，他从旦增达瓦的脸上看不到任何开玩笑的痕迹，难道尼玛贵吉真的是在逃的杀人犯？“你可不能开玩笑，这是要负法律责任的。”李国庆一字一句地说。

“他自己给我是这么说的。”旦增达瓦这样回答。

李国庆觉得问题严重了，他们这是在包庇罪犯，要是被抓住的话要负法律责任的。

“你明明知道他是个杀人犯，为什么还要搭他上车？”李国庆的情绪很激动。

“难道要让他冻死饿死在旷野里吗？你没有看到他已经受到惩罚了？”旦增达瓦不服气地说。

“你把车给我停下来，我们得好好谈一下。”李国庆因激动开始有些气喘。

“到了山顶我会停下来的。”旦增达瓦说。

车到山顶时，太阳正往西边移动，经幡被风吹得哗哗猎响，煨桑的炉子张着空洞的嘴巴。

李国庆点着一根烟，下车来回地踱步，风把他的头发吹得乱蓬蓬的。旦增达瓦从车窗里望着他焦急的样子，心情也开始变得复杂了起来。

尼玛贵吉躺在后座上睡得很香，不时发出均匀的鼾声。

车门被打开了，李国庆坐了进来。

“我们得把他给弄醒，问清楚到底杀没杀人。要是杀了人的话，一定要劝他去自首。”李国庆命令旦增达瓦。

旦增达瓦探过身子，把尼玛贵吉给捅醒。尼玛贵吉睁大眼看到他们神色凝重地望着自己。

“你真的杀人了？”旦增达瓦问。

“我往她的脑袋上敲了一棍棒，灯光下看到她满脸是血，然后倒在地上死了。”尼玛贵吉说。

“确定她死了吗？”旦增达瓦又问。

“可能死了。”尼玛贵吉说。

旦增达瓦把意思复述给李国庆听。李国庆又续上了一根烟。

“问他为什么要对一个老人下手？”李国庆的脸变得有些发紫。

“刚才他说，是为了得到老太婆的九眼石。”旦增达瓦直接告诉了他。

几辆货车载着满满的货物，轰隆隆地驶了过去。

“我再也回不了家了,这辈子只能在外面流浪。”尼玛贵吉叹着气说。

“再告诉他，杀了人要进监狱的！”李国庆简直是在咆哮了。

“跟他说这些已经没有意义了，他的心里很清楚，现在愧疚都来不及呢，我们还是先带他去医院看病吧。”旦增达瓦提议道。

“绝对不行，一定要先让他去自首。”李国庆以不容置疑的口气说。

“你能不能慈悲一点，先让他到医院，要不这条腿就给废掉了。”旦增达瓦跟李国庆说。

“绝没有退让的余地。”李国庆拿出手机看，这里一点信号都没有。

“最近的检查站也要两个多小时，可那里是没有医院的。”旦增达瓦解释着。

“这跟我无关。”李国庆气急败坏地说。

旦增达瓦望着他，脸上显出失望来。

远方的云被落日染红了，风也收起了飞翔的翅膀，让经幡垂落下脑袋休息。

“我们走！”李国庆跟旦增达瓦说。

“为什么我要听你的？”旦增达瓦不悦地说。

“这车是我包的，是我出的钱。”李国庆也很愤怒。

“这车是我的，请你下去，你的钱一分不差地会还给你的。”旦增达瓦怒冲冲地叫喊。

李国庆被气得直噎气，心想这人简直不可理喻，这样人命关天的事岂能感情用事？旦增达瓦却觉得李国庆的身上少了人情味，只想自己不被牵涉进去。这时尼玛贵吉又轻轻哼了一声，他们扭头往后看去，见尼玛贵吉的嘴张开着，脸被扭曲得变了形。

旦增达瓦启动车子飞快地向山下冲去。

汽车到山脚下时，天色已经暗下来，周围的景色变得模糊不清。

车厢里很沉闷，他们相互之间谁都不说话，眼睛盯着黑漆漆的前方。不时地，他们还能听到尼玛贵吉的凄惨叫声。

远方最先出现了几盏灯光，慢慢地又看到了很多的灯。前方就有一个检查站，车子必须登记通行。

旦增达瓦准备拿着证件去登记时，李国庆一把抢了过去，推门向警务室走去。旦增达瓦有一种不祥的预感，但他没有勇气开动车子往前冲。

几十个人打着手电往车子靠过来，他们打开车门把尼玛贵吉给抱下去。旦增达瓦坐在车座椅上，想着尼玛贵吉肿胀的腿。

有人开了车门，旦增达瓦扭头看到一名警官。警官向他敬个礼，说：“感谢你们帮我们抓到了嫌疑犯。”

旦增达瓦的眼泪无法抑制地淌落了下来。

李国庆和旦增达瓦坐上车往日喀则飞奔。

旦增达瓦能猜想到李国庆是怎么跟警察说的，假如他准备蒙混过关而被抓了的话，不但车开不了，人也得进去。他应该要感谢李国庆吗？尼玛贵吉的腿今后会残废吗？六七年之后他会否拄根拐棍在八廓街里行乞？

李国庆也是疲惫不堪，至于旦增达瓦怎么想他不愿多管了，至少他的这一抉择是最明智的。李国庆听很多朋友说，西藏是片圣地，但他在这么偏远的地方看到了欲望和挣扎。

几个小时的奔波后，他们来到了日喀则的酒店。

旦增达瓦从后备箱取下行李，再拿个鸡毛掸去拾掇后座时，不由得发出一声惊叫。

李国庆赶紧跑过来看时，车灯映照下，一枚黑底白眼、形状纤长的九眼石正安静地躺在后座上，发出幽亮的光泽。面朝他的那颗眼睛，深不见底。

写作笔记

多少人发出这样的疑问："为何会把写作当成生命？"记得祖父去世的时候，我的精神世界瞬间倒塌了，因为我是祖父母一手带大的。祖父的去世让我感受到人活着真幸福，逝去真的很无奈。人能不能万岁？何以长生不逝？

在读文学经典时，我找到了答案：曹雪芹百年了，但《红楼梦》依然；唐宋八大家故去了千年，但他们的著作还在传诵。生命是有限的，文学巨著是无限的，在有限的生命时间里，写下无限的著作，文学是生命的容器，把生命放置在无限的文学容器里，便是不朽。

赵晏彪，满族。毕业于解放军艺术学院中文系。中国作家协会会员，辽宁文学院、巴金文学院客座教授，中国少数民族电影工程领导小组成员、中国少数民族作家学会秘书长、《民族文学》副主编。

已出版散文集《真水无香》《真水亦香》，报告文学集《雁过皇城根》《与波光水流对话》《译道与文化》，长篇小说《中国创造》，中篇小说集《北京往事》等九部专著。

冰心散文奖、孙犁散文奖获得者；《父亲的毒酒》《孝顺》等散文小说被各省市选入高初中语文课本；并被译成多种版本。

舍得外传

赵晏彪（满族）

这是朱舍得有生以来最激动、最幸福，也是从来没有过的失眠之夜。

什么事能让他如此兴奋不已呢？原因很简单，这是他平生第一次觉得父母给他起的这个名字灵验了。他出生在离上海很近的一个小村庄，家里很贫穷，父母都不识字，特意让村里一个有学问的人给孩子起了朱舍得这个名字。顾名思义，就是舍得舍得，有舍才能有得。那年朱舍得初中毕业，正好水晶研究院招一批技术工人，而且研究院要从上海搬迁到北京。许多上海人不愿意去北京工作，他们不愿意离开上海，这就给了朱舍得一次改变命运的机会。去还是不去？去，意味着可以参加工作，可以给家里挣钱了，更重要的是解决了城市户口；不去，尽管还是在上海，但可能就一辈子在农村干农活儿了。是做北京的工人，还是当上海的农民？一时朱舍得拿不定主意。父亲没有文化，但却很有头脑，就像让读书人给家里的孩儿起名字一样，他认为名字起得好可以改变人的命运。同样，工作选择得好同样可以改变命运。那天父亲对他说，舍得呀，爹娘给你起这个名字，就是为了让你能够有小舍才会有大得呀。一辈子在乡下干活儿没有出息，别舍不得上海，北京可是首都呀，也别舍不得家，我们不能跟你一辈子，早晚你要一个人生活。你离开我们是小舍，能当工人就是大得呀。你没听毛主席说嘛：工人阶级领导一切呀！

为了父亲“有小舍才会有大得”这句话，朱舍得离开了上海农村，来到了北京。当时他并没有觉得当工人就是什么不得了的事，他相信一定还会有更大的“得”在等着他。朱舍得一生都勤勤恳恳，可以说他辛辛苦苦一辈子，也可以说他在盼望。但是盼望了几十年，一晃到了退休年龄，朱舍得有些失去信心了。因为马上自己就迎来六十大寿了，本来作为工人他应该是五十五岁退休，但因为朱舍得是十几年的先进工作者，又是高级技师，院里破格让他与干部一样到六十岁退休。这在水晶研究院是破天荒了，其实这已经达到“小舍大得”的境界了。

可朱舍得却不太满足，他认为这是自己干出来的，我一年才拿研究院多少钱，可我这一年给研究院做出多大贡献呀！

他不服输，他坚信做事只要一条道走到底，总会有结果的。事情果然不出他所料，他终于“舍尽得来”，福星高高悬在了他的头顶：他平生第一次获得了市级先进标兵称号；第一次走出国门；第一次住进五星级酒店；第一次可以无拘无束地可劲儿洗澡，不用怕老婆在浴室外大呼小叫地吼他节约用水；第一次感到房间里什么叫灯火通明；第一次吃洋自助餐而且想吃哪口就可以吃哪口，想吃多少就吃多少；第一次躺在宽大的席梦思床上……对于当了一辈子工人的朱舍得而言，这一切简直像做梦。他甚至想，这一辈子自己从来也没有“得”到过什么，都是在无穷无尽的“舍”中生活着，但这一次的“得”的确是大“得”，是多少年的小“舍”换来的，可谓“得”来不易。但也正是这一次的“得”，足以使朱舍得此生无憾了。

人失眠有两种，一种是极度恐慌，另外一种是极度兴奋。老朱属于第二种，所以任凭他怎么控制自己，强迫自己不要胡思乱想，都是徒劳的，他就是没有丝毫的睡意。美美地睁着那双已经略花了的眼睛，怔怔地看着窗外耀眼的霓虹灯，朱舍得总是像孩子般地在心里反反复复重复着那句话：我真的是舍尽得来了吗？

劳模旅游团下飞机的时候已是泰国的傍晚时分，尽管老朱没有看到泰国的全貌，尽管几个小时的飞行令他有些疲惫，但第一次踏上异国土地，这里特有的热辣辣的气息，以及肤色各异、穿着暴露的小姐们不断地从车窗前飞驰而过，这一切都让老朱的心跳加快了数倍。活了五十九岁，不用说出国，就连坐飞机老朱也是大姑娘上花轿头一回。老朱也是人呀，更何况是一个普通的工人，他怎能不兴奋？用他儿子的话说，我们家老爸，真不该叫舍得，他这一辈子，都在舍中活着，年年是先进，一年当中几乎加班的事都让他包了，可院里分房、涨工资、工转干、出国，哪一项轮到他了……我们家老爸应该改名叫朱老舍。

俗话说得好，十年河东十年河西，谁想到这次院里第一次组织出国，他朱舍得竟是以工人身份出国的第一人。这可在他们院里独一份，也是头号大新闻。舍得舍得，有舍才会有得，父母大人的愿望终于实现了，不但老朱这么想，任何人遇上这等好事都会这样想的，不然还是人吗？

老朱的老婆叫崔爱水，是一位教师，北京人，新中国成立前出身于小资本家家庭。由于她出生在北海附近，父亲也因为想到“仁者乐山，智者乐水”的意思，所以给她起名叫爱水，希望女儿能够充满智慧，而且希望水能给女儿带来好运。

人的名字很是奇怪，也许是凭借名字带来的好运气，崔老师天生聪慧。虽然“文革”后她的家庭一直没有地位，她后来又插队下乡，但在恢复高考的第一年她就考入了首都师范大学，毕业后被分配到北京一所著名的小学当数学老师。

崔爱水比老朱小整整十岁，工资比老朱高，待遇也比老朱好，但就是在单位里没有老朱的荣誉多，只是个普普通通的老师。崔老师在学校里尽到了一个老师的责任，在家里也尽到了一个妻子和母亲的责任，虽然脾气不好，但绝对表里如一。由于崔爱水家境比较好，从小受到了良好的教育，她不缺少什么，也从来不贪图什么，所以她爱憎分明，这一点，她也与老朱截然相反。

平常老朱都喊她崔老师，这位崔老师每天回家很晚，吃完晚饭就开始备课、批改孩子们的作业，一直到深夜，除了生病外，她没有一天早睡过觉。可今天是怎么了，难道说是因为在国外？刚刚九点钟崔老师就躺下睡觉了。老朱想跟她说说悄悄话，谈谈出国的感受，可崔老师非但一点儿惊喜都没有，反而开口就教育人：“现在是二十一世纪，你不是天天看电视吗？不就是泰国嘛，也值得你兴奋得睡不着？难怪我当年要嫁给你的时候父母对我说，不是我们要求门当户对，穷人家的孩子最好不要嫁给他，他们什么都没见过、什么都没吃过，一旦有了机会他们什么都要看、什么都要吃，看来真让我父母说中了。你真是一辈子没有见过世面，所以一出国就这么大惊小怪的，靠着偷国家的水倒评了个先进，还让你出国，你们单位真是瞎了眼了。”

挨老婆骂对于老朱来说，已经是习以为常的事了，老朱最大的优点就是知道如何有舍有得——左耳听进去，右耳流出去，或许是出于无奈吧，总之老朱从不生气。但今晚老朱却一反常态地气愤至极。他躺在软软的宽大的枕头里，心里不痛快，口中念念有词：“我们家穷，我没见过大世面，我是生在农村，可朱元璋不也是农民吗？不也是生在农村吗？说不定我们家就是朱皇帝的后代，祖上也辉煌过呢，当年我们朱家打天下时，谁敢跟我这样说话？我没见过世面？你见过世面又能怎样？不就是个小资本家吗？‘文革’时谁尿你们呀，现在嫌弃我了？我没本事，当工人怎么啦？工人阶级领导一切，这会儿还不是因为我你才能跟着沾光出国？有本事的人的确不少，可能免费带老婆出国的人没几个！”老朱一口气把心里的不平和压了几十年的委屈顷刻之间都发泄出来了，可老婆已经睡着了。

在家里老朱没有地位，儿子总是跟他没大没小的，老婆是因为看不惯他的行为而总是对他冷言冷语的。可老朱在单位却活得有滋有味，他是单位里出了名的大好人，多少年的先进工作者、劳动模范，他为人不过奸也不太坏，肯吃苦，几十年来勤勤恳恳，早来晚回。论技术，在水晶研究院的机修车间里，他是惟一的一个八级钳工外加七级电工的全面手，只要有重要的外派任务，院领导第一个想到的就是他朱舍得，一是他技术全面，二是几乎没有他干不了的活儿，三是老朱干活儿不偷懒。

说起老朱在单位里，确实是很不简单的，他不但技术好，而且对荣誉也是拿得起放得下。以前老朱是年年当先进，开始并没有发奖这么一说，后来市场经济了，当先进就会发一点儿奖金，发奖金后大家就会高高兴兴地吃上一顿，还能有点儿剩余，这已是不成文的规矩。然而凡事有一利必有一弊，这也正应了舍得的名字，不舍一些小利益怎么能得到大的利益呢？但崔老师却不像老朱，她一听说老朱拿奖金请大家吃饭，脸色就变了。她指着老朱说："老朱，我不嫌你家是农村的，我也不嫌你没有多少文化，但我讨厌你做人不老实。你们上海人就是太精明，你是地地道道的两面派，你们单位的领导怎么就瞎了眼了？你在外充好人，什么先进、劳模的，可回到家里呢？咱们家都快成了你们机修车间的仓库了，你要是再当先进，我就去单位说穿你。"

老朱反击道："我精明？我两面派？我只不过自己用工具比较仔细，省。我是给国家节省了，节省了当然就归我了。要说两面派，人家当老师的谁在家里不做几份家教？你倒好，当班主任，一心一意地教学生。如果一个晚上你多教三个学生，一个月多挣一万多块钱呢，我们家能这么穷吗？你倒不两面派，你活得多光明正大呀。"

"老朱我告诉你，这样活着我心里踏实，我不会做噩梦，我不会担惊受怕地过日子，光明正大总比你这样活得坦然。"

老朱的知识毕竟有限，再加上他理亏，所以他还是很怕老婆的。怎么办？惹不起老婆只有一个办法：忍气吞声。他干脆向单位领导和大家伙说了，先进不能总我一个人当，大家轮流当吧。

老朱的“高风亮节”又让院里人佩服得五体投地。大家都说，人家老朱是配得上自己的名号的，能当先进却主动不当了，虽然不当先进了，但逢年过节，人家还是首当其冲第一个报名值班。因为小年轻的谁也不愿意值班，好不容易有个年节的，还跟女朋友、老婆孩子出去玩玩呢，谁还在乎那两个钱？但院里总要有人值班呀，所以老朱就年年值班，有人说他是为了钱，有人说他怕老婆，也有人猜老朱是为了在单位省自己家的水啦、电啦的还能管一顿饭……无论别人怎么说，老朱都不在乎。

窗外下起了小雨。若在往常，老朱最喜欢下雨，倒不是老朱有什么小情调，只是因为小时候只要一下雨，家里的屋顶就漏，妈妈总是会把他拥在怀里，抚摸着他的头，轻轻地拍着，唱着家乡的土调；老朱每每就在这雨声和母亲哼唱的家乡土调中睡着了，那种感觉可美了。结婚以后，老朱仍然喜欢下雨时搂着老婆睡觉，那感觉一样很美。

但此时，满心欢喜的老朱不知怎的突然产生了一丝不安，这不安缘于那雨声。本来那滴答滴答敲打着窗户的声音是很美的，可今天这雨声却使老朱心惊肉跳，一阵莫名的惊悸陡然升起于心，这种惊悸把他刚才的兴奋与满足感统统冲跑了。

老朱想家了。刚出国两天就想家？不是，说得准确点儿是想他儿子了，或者说，是担心他的宝贝儿子啦。老朱这辈子虽然一事无成，但有一点却是风光得很。他们朱家兄妹七人当中四个男孩儿，只有他朱舍得生了个儿子，为老朱家长了脸，耀了祖光了宗。所以老朱格外宝贝他的儿子。

但现在他想起儿子却不是因为思念，而是因为他太知道自己的儿子有几两重了，他家的朱小毛办事从不动脑子，也正是因为如此，这雨水声使他想起了家里的水龙头，想到了儿子会不会把水龙头开得太大，水流得满世界都是，因而出了大事呢？

老朱越想心里越发慌，心里越发慌就越睡不着，他竟然有些害怕了。

老朱的家住在单位宿舍新建的楼房里，此楼是水晶研究院在市里下达不再福利分房的红头文件之后盖的最后一栋楼。这是一栋南北通透的六层板楼，位置特别好，既不临街，也没有离院里太近，属于中间地带。惟一遗憾的是老朱住在顶层，而且只是两居室。这原因很简单——老朱是普通工人。现在都尊重和重用知识分子，惟文凭和干部论，凡是干部、工程师都有额外加分，科长加五分，副处长（工程师）加十分，正处长（高级工程师）加十五分，副局长（高高工程师）加二十分，正局长（洋博士）加二十五分；大学生、研究生和博士生虽不在加分之列，但凡是新毕业的大学生一律分给一室一厅，研究生两室两厅，博士生三室两厅。缘由只有一个：为了留住人才。

老朱除了年龄大工龄长，还有一个劳模的光环，本来想着自己可以分得好一点儿，但经不起别人的分加得厉害，所以分数一公布，老朱分新房子根本没有份儿，只能要两间旧房。老朱跟崔老师说：“我没职没权的，分房的事咱们就别争了，占那点儿便宜没意思。”

“什么？”崔老师一听火就上来了，“该是谁的就是谁的，什么叫占便宜呀？你也是院里的职工，尊重知识没错，可你年年是先进工作者，先进工作者是不是应该照顾呀？拿值班那点儿钱，拿院里点儿工具，都是小得，分着房子才是大得。我找你们院长去。”

崔老师从来没有去研究院求过领导什么，最后院领导在平衡会上说了话：“一个老先进，快到退休了还住不上新房，这能体现我党代表广大群众的利益和先进性吗？能够体现我们社会主义的优越性吗？”结果，老朱得到了这套新房中的尾房（楼顶又靠西头）。

老朱和崔老师是响应计划生育政策的表率，他们惟一的孩子——朱小毛被老朱娇生惯养，也难怪，从家庭的角度讲，老朱他们一大家子人也就这么一个男孩儿，能不惯着吗？崔老师开始一直把孩子带在身边，后来孩子上中学了，她也没有时间和精力管他了，孩子每天回家都很晚，一切都是老朱负责。老朱溺爱孩子是出了名的，所以念完高中没考上大学的朱小毛就想去工作。现在的独生子女不能吃苦又不好好读书，却开口闭口要挣大钱，可又干什么都干不长久，朱小毛就是这样的孩子。先是跟中学同学一块儿卖羊肉串，刚刚挣了几个钱就看着房屋中介红火，又搞了个中介公司，本来做正经生意还可以，但干这一行不骗人、不加价想生意红火是不可能的。朱小毛本质不坏，又赶巧政府对房屋买卖有了新政策，所以想靠做中介生意挣大钱比登天还难，结果不难想象，中介办不下去了。中介搞不成了，他又跟朋友去开饭馆，开饭馆是很挣钱的，可要天天盯在饭馆里，很辛苦，朱小毛吃不了那份苦，只好作罢。最后他觉得当出租车司机挣钱多，又有车开，又自由没人管，想出车就出，不想出车谁也管不着，于是东借西借的花十几万元买辆富康开起了出租车。有这样的一个儿子，所以朱家的日子一直不是很富裕，老朱和崔老师节衣缩食的，过得比较清苦。

老朱不甘于受穷，他事事精打细算，比如卖破烂儿，楼下每天都有人喊着“有破烂儿的我买”，可老朱从来不把废品卖给楼下收破烂儿的，总是把废品拿到几站地以外的废品收购站去卖。崔老师自然不知其中道理，那天老朱不在家，她看家里的废品太多了，大夏天的招蚊子，就把楼下卖废品的喊上楼来，这时，老朱从外边买菜回来了。一见老婆要卖他的废品，老朱二话没说，就把收废品的哄走了。崔老师不知道是怎么回事，等关上门老朱才黑着脸对她说：“你不是教数学的吗？你知道他们和收购站的价格差是多少钱吗？他们收报纸一公斤才一块钱，收购站一公斤一块八毛钱，这点儿东西怎么也得十公斤，就差出八块钱来了。”

老朱过日子仔细是出了名的。只要不加班，老朱不是逛商店、泡蔬菜摊儿，就是东边早市砍砍价，西边杂货店寻寻价，无论菜多么便宜老朱都绝对不买。为什么？白天买菜太贵，只有到了傍晚，小贩们急着收摊儿时才会撮堆儿卖，菜价才会比白天便宜一半！

就为这，不知道崔老师和他吵了多少年的架，崔老师说：“我最看不起的就是你这种人，真是上海小男人！”但老朱并不在意，都几十年的夫妻了，男人不男人的管什么用，大男人有的是，不是没有轮到你吗？

老朱有一个优点，无论老婆说什么，他只是在心里骂呀、反攻呀，但绝对不顶嘴。崔老师不理他，他就凑过去说："爱水，你不要假清高，人总要过日子嘛。我给你算一笔账，每天买菜就算便宜两块钱，一个月下来就六十几块钱，要是买鱼买肉的，可就不是便宜两三块钱的事啦。"

这是买菜，要是买其他小商品什么的，老朱还有更绝的招儿呢。老朱不爱看书但特别爱看报，尤其爱看超市里的海报，老朱家的日历上画得密密麻麻的，今天是家乐乐的打折日，明天是波尔马的降价日，后天美妙超市有即将过期的食品……可以说，老朱天天骑着他那辆破自行车，往来于各商店之间，不但摸到了这些商店的打折规律，而且竟然发现了一个天大的秘密！原来，爱美丽大型超市有一个规律性的打折期，就是每周六晚上六点到八点都要进行每周一次的处理商品大专卖，这个专卖场里的商品是非常便宜的。比如手纸，平常二十卷装的七彩牌手纸二十块钱一包，可周六却只卖十一块钱，这对于老朱而言岂不是天大的便宜？所以老朱他们这一个楼门的老头儿、老太太自从知道老朱有如此灵通的消息，对老朱的态度由看不起、讨厌、不屑于交往到后来的 180 度大转弯，纷纷赞扬他说："人家上海人就是精明。"从此以后，他们都愿意跟老朱一块儿去淘便宜货。老朱很自豪，也希望大家跟他一起去淘便宜货，因为他总在媳妇那儿找不到自尊，在这些老头儿、老太太这里找到了。但老朱也有不告诉别人的事，那可是老朱的绝招，对任何人都秘而不宣的：一是家里的电字省得出奇，二是水字少得出奇。

老朱在单位人走灯灭，所以是多少年的节约标兵。然而老朱在家却是永远灯火通明。这一点崔老师有些想不通，老朱不是大方的人，可他为什么把所有的灯都开着啊？老朱家的灯以前不总是开着的。崔老师有个习惯，除了自己的台灯要开着，屋里的灯她也习惯开着，批作业、备课她喜欢亮一点儿。老朱一见崔老师开灯就心痛，因为他总关灯，崔老师没少跟他吵架。过了一段时间，有一次崔老师修改作业，开了台灯，把其他的灯都关了，因为天气太热。可老朱在下楼聊天回来后，不但打开了电视，还把所有的灯都打开了。崔老师不解地问老朱："你们上海人不是小气得出名吗？粮票也能有半两的，今天怎么用电这么大方呀？"

老朱笑而不答。

原来老朱早就开始对电表有研究了，一是不愿意再因为一个灯跟崔老师吵架，二是他是高级钳工，一个小小电表还整治不了它？老朱善于钻研，他仅用了几天的时间，就研究出了可以让电表一个月只走一个字的绝招。他拿着钳子、螺丝刀和一截铜丝站在椅子上，把电表外边的壳打开，然后把铜丝弯成一个 U 字形，对准电表一红一黑的两条出进线口，迅速往上一捅，只见刚才还一圈一圈飞转的表针突然间静止不动了。

所以老朱凡事都抠门，就是用电大方得很哟。

一晃几年过去了，直到老朱他们这个小区换新电表，老朱的绝招才彻底失了灵。就为换这新电表，老朱可没少给人家添堵设障碍，但国家的政策不能不执行，或许像老朱这样的绝招早已被国家有关人员给识破了，才有了这次的电表改革。为此老朱有好几天没有吃好饭、睡着觉，他坐立不安，人好像得了一场重病，瘦了许多。崔老师似乎觉察出了什么，问他到底发生了什么事，这才知道从前老朱在电表上做了手脚，崔老师似有所悟地说：“我想你也不是那么大方的人，怎么突然间用起电来就像不交钱似的，原来你在偷国家的电呀！”

崔老师和老朱自然又是大闹了一场，可老朱不怕她，因为他知道崔老师好面子，她不会把自己偷电的事说出去；惟一可惜的是，自己的“节电工程”寿终正寝了，这对老朱是个天大的打击。一个月要多花几十块钱呀，他那份心痛就甭提了。但老朱毕竟是个聪明人，他想不是有那么一句话嘛，叫作堤外损失堤内补，东方不亮西方亮，既然不能再打电表的主意，那水表是不是也情同此理呢？

古人说，世上无难事，只怕有心人，古人的名言在经过几千年后仍然没有失效；但崔老师认为人的性格是改变不了的，人的本性更是难移的，真是知夫莫若妻呀。老朱又开始了下一个攻坚战——“节水工程”。在经过多次研究之后，老朱发现，水表没有空子可钻，试验多次都以失败告终，但老朱却另有高招！这一发现乐得朱舍得手舞足蹈，大喊着“世上无难事，只怕有心人”，还破例给老婆买了一盒稻香村的点心。

老朱的高招是这样的。那天他发现，当他把水龙头开得特别大的时候，表针就转得飞快，而当他把水龙头开得很小的时候，水表里的小表针就转得很慢。以老朱的聪明，他马上就想到办法了。老朱把水龙头慢慢地往小关，直至把水龙头几乎要关死的时候，尽管水流得很细，有时甚至是一滴一滴的，但奇迹就这样发生啦，水表的表针奇迹般地停止不动了！老朱兴奋地跳了起来，这些年来他从未有过这么高兴的事儿。那如线如丝般的涓涓细流一天下来居然能接两大桶水，不但洗菜做饭没有问题，就是洗衣服也足够用了。

搞运动是各单位的强项，每逢运动一来都会捧出一些明星、先进什么的。这年赶上大旱，八十余天没有下过雨，而且由于不注意植树造林、节约用水，北京城里的可用水变得少之又少。一时间闹起了节水大革命，各单位大搞节约水资源知识竞赛，表彰节约用水先进单位和个人。水晶研究院自然也不例外，一定要在这场节水运动中评选出一位节水标兵，然后再上报，不能空缺。先进好说，但评谁呢？院长也学着市里的法子，层层选拔，先从各科室、车间，再到院里，评不出来后又把目光投向了家属区。这一招儿果然奏效。平常谁也没有注意谁家用多少吨水，通过这次挨家挨户普查，大家终于发现老朱他们家用水量特别少，一般人家一个月用水在三四十吨，多的要八九十吨，而老朱他们家平均只用五六吨。就这样，一个节水劳模在节水运动中迅速脱颖而出了。

朱舍得被水晶研究院评选为节水先进分子，由于他的先进事迹具有独特性，送到市里后又被评上了市级节水标兵。这可了不得了。自从水晶研究院成立伊始，五十余年还从来没有一个人在市里获得过如此高的奖项，院长为此特批朱舍得免费出国旅游一次，除了号召全院职工向朱舍得同志学习外，还一次性奖励他一万元。朱舍得一下子成了报纸、电视和其他新闻媒体的追逐对象，谁也没有想到，老朱临退休了，一个没留神竟然成了节水标兵啦。

老朱在单位做报告，在街道也大讲节水经，还上了电视。时势造英雄，运动出标兵，老朱一家子一夜之间成了人们学习的榜样。

老朱在谈体会时说：“我爱人是位小学教师，她天天忙，所以在家洗衣做饭都是我的事，其实根本没有什么绝招，道理再简单不过了。你们知道，我是上海人，上海人做事喜欢精打细算，不该花的钱一分也不会花。就是一切从节约出发，一是别大手大脚，二是不要怕麻烦，三是要有节水意识。比如，淘米的水可以先用来洗菜，现在菜上的农药多，用淘米水洗菜可以有效地把农药洗干净，既节约了用水又洗出了健康；洗菜当然不能只用淘米水，还要用新水再洗两遍，最后一遍的干净水其实可以用作蒸米饭的蒸锅水或者洗碗水。这是经验之一。经验之二是，洗衣服的水因为用量大就更有用武之地了。第一遍带有洗衣粉的水可以冲刷厕所、擦阳台；第二遍的洗衣水就用来擦地、擦桌子；第三遍的洗衣水放在两个大塑料桶和几个洗脸盆里，留着第二天擦地、擦桌子和冲厕所用，这样下来能够节约不少水呢。”

老朱怕说这些给大家留下的印象不深，所以他还特意讲了个笑话。他说每当洗完衣服后，都会剩下许多水，这时候他最希望崔老师上厕所了。那天崔老师刚好要上厕所，老朱说：“你先等一会儿再上，衣服一会儿就洗好，水就腾出来了。”可崔老师有个习惯，是在学校养成的，只要一想到大便就等不及，因为每天课间休息就那么几分钟，这下可急坏了崔老师，她在客厅里团团转，差一点儿拉了裤子……

老朱的节水经的确让人叹服。难怪院里不但破天荒让他带着老婆出国，而且还特意派车送他们到机场。

但第二天的旅游老朱却一点儿兴趣也没有。泰国被誉为“千佛之国”、“黄袍佛国”，无论是走在曼谷的繁华街头，还是在乡间小路上穿行，最金碧辉煌、富丽堂皇的建筑一定是庙宇、佛塔。据说，目前泰国共有大小寺庙三万多座，既然如此，导游自然会带着老朱他们去参观寺庙，进香拜佛，当然最重要的还是让他们“请回去些消灾祈福的东西”。老朱没有多少文化，对佛教没有多少认识，但是看到那些穿袈裟的僧人在高楼林立的闹市中静静地沿街而行，高耸入云的大厦前总会修有一座精致的佛塔，而打扮入时的都市人也举香虔诚跪拜，一幅古老与现代奇妙结合的画面让老朱感到了某种震撼。就在老朱眼花缭乱地四处观看的时候，他们这一组人被工作人员拦住了。因为出于对佛的崇敬，泰国人对游客参观寺庙的第一要求就是着装整齐。游客在进入佛殿前还要脱鞋，否则会被视为不敬。但是那天由于天热，老朱只穿了件背心，所以被挡在了门外。幸亏崔老师随身带着一件衣服，以防天气突变，不然老朱就进不了这玉佛寺了。

老朱还真是第一次虔诚地跪拜在佛像前，当他双手合十，闭上双眼默默地祈祷时，眼前却突然出现了儿子在开水龙头的情景，水从一滴一滴地流到细细地流再到哗哗地流……老朱不由自主地出了一身汗，他知道这不是因为天气热的原因。

“在佛像前我能够不诚实吗？佛祖真的能原谅我吗？佛祖真的能保佑我们平平安安吗？”老朱的汗越流越多，在佛像面前，老朱第一次感到心里不踏实。

又是一夜不眠，他的反常被老婆发现了，崔老师悠悠地说：“在佛像前你应该许个愿，回去后再也别偷水了，组织对你这么好，让你当标兵，还免费让咱们出国旅游，给你奖励，你于心何忍呀？你怎么得了这个国家节水标兵的称号你自己最清楚，要是让组织知道了，我们还有什么脸见人？”

第二天他们乘快艇来到普吉岛周围一个美丽、幽静的海湾，清凉的海水、五彩的热带鱼都在向老朱他们招手，同船的人有的穿游泳衣，有的只穿着T恤、短裤，却丝毫不影响他们跳入海中与鱼儿嬉戏，享受大海的乐趣。就连体态有些丰腴的崔老师，也毫不犹豫地投入了大海的怀抱。

老朱生下来就怕水，见崔老师在大海里游泳，他既高兴又担心。但是面对广阔的大海，老朱的心情好多了。在船上欣赏着大家在海水里的泳姿，晒着太阳，他竟然有些昏昏欲睡。由于昨晚没有睡好，他的眼睛慢慢地闭上了，不久便进入了梦乡。美丽的大海渐渐变成了他们家那只接水用的蓝色大水桶，进而水桶里的水变成了汹涌澎湃的海水，一浪一浪地向他汹涌而来……

老朱被吓醒了，他环视四周，依然是海水美丽、游人嬉戏，他赶紧用双手揉了揉眼睛，但当他一闭眼，那只蓝色的大水桶又出现在他的眼前。正当老朱无法让自己摆脱这种可怕的幻觉时，一个声音冲进他的耳朵：“老朱，该上车了，别睡了。”

多亏了崔老师的这一声喊，不然老朱真不知道自己怎么才能从幻觉中解脱出来。

又是夜晚了。崔老师见老朱饭也吃不香，人也不像第一天来时那么兴奋，就问道："你怎么啦？好像有心事。"

老朱无奈地看了崔老师一眼，说道："爱水呀，我昨天跪在佛像前心里特别不踏实，我总觉得小毛会出事。万一咱家的水……"

五天的泰国游终于结束了，老朱他们乘上了回国的飞机。然而老朱并不知道，就在他出国的第三天，让他担心的事就发生了。

老朱在出国旅游之前把儿子和儿媳妇叫到家里，让他们帮着看家。老朱还认真地教儿子怎样偷水，而且演示了好几遍，可儿子不是水龙头开得大了，就是开得太小不流水，气得老朱骂道："真不像是我的儿子，笨死了。"

老朱家一共有四个水龙头，两个在厕所，两个在厨房。厨房里一个是洗菜的，一个是涮拖把的；厕所里的水龙头一个是洗脸的，另外一个是接洗衣机用的。平常老朱只开厕所里接洗衣机的那个水龙头，这就是老朱的精明之处。一是那个水龙头低，下面放一只大桶接水正合适；二是厕所的门总关着，如果有人来串门谁也不会往厕所里看，那样就不会有人看见他在偷水。

朱小毛虽然也像他父亲一样聪明，却不如他父亲做事稳重，但有一点是青出蓝而胜于蓝的，那就是比他爸更贪。在老朱走后的第二天，是周末，朱小毛的朋友请他们去附近的平山县摘水果。他跟媳妇商量后，两人就开着车走了，走之前小毛想，老爸已经交代了每天早上把水接上，他不但按照父亲所教的把厕所里的水桶接上了水，还把洗菜池子的下水口塞上一块布，也接上水，涮拖把的水龙头用另外那只桶也接上了水。

小毛媳妇见状提醒丈夫说："咱们如果回来晚，水会不会溢出来把楼下淹了呀？"小毛说："咱们吃完晚饭就回来，不会出事的，我爸天天接水也没有出过事，你就放心吧。"

但是当朱小毛他们到达平山县后不久，突然变天啦，一阵狂风袭来，乌云翻卷，大雨滂沱。朱小毛他们毫无准备，几个人都被困在了山上，更没有想到的是，山洪也在这一刻暴发了。泥石流破坏了公路，洪水冲垮了桥梁，小毛他们被阻截在平山县整整三天三夜。

这三天三夜，虽然回不了家，但几个哥们儿住在山上的宾馆里有吃有喝的，倒也快活。朱小毛早把家里的水忘得一干二净了，于是老朱家的邻居们就生活在"水深火热"之中了。

平山县那边大雨下了三天，可城里只下了一阵小雨，连地都没湿透。天虽然没有下雨，房子却漏水啦，而且是住在四层的研究生小王家。那天下班回家，小王一进门便吓了一跳，满地都是水！小王开始以为自己家的水管子漏水了，等他进屋仔细查看后才发现，水是从楼上流下来的。楼上住的是张处长的儿子，小王赶快给院里总值班室打了电话，通知张处长，让他儿子检查一下家里是哪里漏水了。打完电话，小王两口子忙着往外扫水。两个小时后，张处长才气喘吁吁地跑来，他说儿媳妇回老家生孩子去了，他好容易才与儿子联系上，本来他有一把儿子家的钥匙，可有次儿子忘记带钥匙，就把放在他那里的钥匙拿走了，所以现在谁也没办法打开楼上的房门了。

事情紧急，邻居们也都出来了，你一言我一语地出主意，最后张处长说："现在说什么都不赶趟了，干脆把门撬开。这是最快的办法，我们不能光看着水往小王家这么流呀，一是小王家的东西受损失太大了，二是现在正大搞节水运动，谁负得起这份责任呢。"

张处长儿子家的门终于被撬开了，但这里的情况与小王家的情况如出一辙，水是从房顶上滴下来的。大家知道问题是出在朱舍得他们家，可老朱两口子出国还没回来，怎么回事呢？

张处长说："他们应该今天下飞机，快打电话问问院里的值班室。"

电话回过来了，老朱他们本来应该今天下午抵达，但因为泰国那边出现了暴风雨，所以飞机晚点了。

这事儿终于惊动了院领导，院长、副院长、行政处长、保卫处长都来了。领导们先是询问了情况，然而查看了小王家和张处长儿子家的灾情，院长问到底是怎么回事。张处长说："估计是老朱家的水管坏了。一般厕所里肯定都做防水层，可能是厨房里的水管坏了，流到客厅和卧室才会往楼下漏的。"

"老朱他们的飞机什么时候到？"院长急促地问道。行政处长看了看表说："说不好什么时间能到。现在全市正大搞节水运动，浪费一吨水罚款一万元。罚款是小事，大家都知道我们院是节水先进单位，老朱又是全市节水标兵，偏偏他家跑水，这事如果传出去对他、对院里影响都不好。”

院长看看了手表，跟其他几位领导商量后说：“我们不能等了，让管工准备好工具，撬门，门打开后马上抢修，一切责任由院里承担。注意，门坏了由院里修，可老朱家的东西不要动，不能再出别的乱子。”

这时副院长小声对院长说：“老朱没在家，我们撬门不大好吧……”

大家又都不说话了。时间在痛苦地向前走着。院长终于把手一挥：“浪费是极大的犯罪，先制止浪费，一切后果由我承担。”

有了院长的命令，行政处的人开始切割防盗门，费了半个多小时才把铁门搞定。正当他们要继续撬老朱家的木门时，不知是谁突然喊了一声：“老朱他们回来啦！”

大家不约而同地往楼下看去，只见老朱提着大包小包的身影出现了。

“快点儿开门吧，都水漫金山了。”行政处长的声音不大，但很有穿透力，老朱看到院里的主要领导几乎都在场，一种不祥的感觉爬上他的心头。他的声音有些嘶哑，平常的那副笑脸也不见了，表情凝重地掏钥匙，他的手有些抖。

门，打开了。人们冲进厨房的一刹那，都惊呆了。

写作笔记

短篇小说天生拮据，不敢大手大脚，怕动作大了放得出去收不回来；又不能小里小气，因为没那个空间时间描微画末。短篇小说是骨感的。

有“骨”字打底，意味着，短篇小说故事短则短矣，在内部结构上面却是完整、精到的；甚至经常是超出读者预期的复式、或者多声部故事。那些深入人心的短篇佳作，比如说《项链》《最后的常春藤叶子》，复线故事的最终揭秘，通常是主线故事行到水穷处，柳暗花明的结尾；另外一些优秀作品则是双兔傍地走，直面写作中的困难，这无疑是把布局和结构的难度又提高了一个阶梯。

金仁顺，朝鲜族。著有长篇小说《春香》；中短篇小说集《彼此》《玻璃咖啡馆》《桃花》《松树镇》《僧舞》《爱情诗》（台湾版）、《桃花》（韩文版）、《僧舞》（英文版）等多部；散文集《时光的化骨绵掌》。

曾获得骏马奖、庄重文文学奖、春申原创文学奖、林斤澜短篇小说奖、中国小说双年奖、作家出版集团奖、《小说月报》百花奖、人民文学“茅台”杯奖、《小说选刊》“茅台”杯奖，等等。部分作品被译成英文、韩文、日文、德文。

纪念我的朋友金枝

金仁顺（朝鲜族）

金枝说她爱袁哲。她一直这么说，不断地说。每次同学聚餐，她都挑袁哲对面的位置，种种怪模怪样儿，截获他的注视；要么就手支着下巴，盯到他浑身发痒。

“你的目光把我脸烤红了。”袁哲抗议。

“我的目标是把你烤熟，”金枝说，“外焦里嫩，片成一片片儿的，吃掉。”

“烤鸭——”我们冲袁哲笑，把“鸭”字拉得老长老长。

袁哲拿我们没辙。他拿金枝更没辙。在我们这拨儿高中朋友里面，袁哲在校园里待的时间最久，本科读完读硕士，硕士读完读博士，博士读完分到社科院，跟其他早就进入社会的同学比起来，金枝说他是“清泉石上流”。

金枝喜欢袁哲，喜欢逗袁哲，叫他“泉哥”。“泉水清且涟矣，可以洗衣服，洗脚，也可以洗澡。”但说归说，她可从来没想在袁哲这棵树上吊死。她的感情生活摇曳多姿。

金枝是医药代表，前年推销出去两台妇科仪器，这两年，光是往医院里卖涂片垫，就让她月入过万；她名片上面的身份是外企白领，代理着两个美国制药公司出产的药品，其中一个主要治疗胃肠道内间质瘤，据说已经让部分肿瘤患者存活了十几年，当然价格也不菲，一盒就要两万四。每月有两次，她起早赶到医院，在大腕主任医生查房之后、进手术室之前的时间隙缝里，想办法挤出几分钟来，把装在信封里面的药品提成现金塞给他们，顺便聊聊天。时不时的，下午三点钟以后，她拎着礼物，以及零食饮料去主治医生办公室，跟他们吃吃喝喝说说笑笑，让他们给患者推荐药品时，把她的品种排在前面。隔三岔五她安排个饭局，跟这些医生们推杯换盏，联络感情，放松身心。好几个医生散席后送她回家，一送送到床上。

金枝给客户们买东西时，经常带上袁哲的一份，名牌衬衫、男用香水、背包、红酒之类的，聚会结束，大家鸟兽散时，她提起纸袋往袁哲手里一塞。袁哲接得也很顺手，仿佛那本来就是他的纸袋。

袁哲带聂盈盈来参加我们饭局时，没有事先通告，小姑娘说，她不是“应邀”，而是“硬要”来参加这个聚会的。聂盈盈瘦溜溜、白嫩嫩、娇滴滴，穿件小黑裙，袖子篷成两朵绉纱灯笼。她是师大在读研究生，几个月前他们在朋友聚会上认识。

金枝坐在他们对面，跟她旁边的男生要了根烟，袁哲挨个儿替聂盈盈介绍在座的朋友，到金枝时，聂盈盈跟她问好，她点点头，喷出口烟来。

烟雾像颗棉花子弹，朝聂盈盈弹出去，转眼抻长、漫开，展成一小截舞袖，如丝如缕地散掉。

“她高中时就开始抽烟，”袁哲对聂盈盈说，“女版小马哥。”

金枝那会儿是女阿飞，跟男生勾肩搭背，抢烟抽，有一次还把烟吐到了袁哲脸上，他正好吸了口气，呛到了，咳了半天。

“你要不要脸？！”他瞪她。

“你要不要命？！”好几个男生聚过来。

袁哲在高中时，单眼皮，大长腿，白衬衫，年级学霸，体育健将，男神标配样样齐全，引无数女生们竞折腰，男生们早就想揍他个满地找牙了。

金枝拦住了男生们，摆头示意袁哲走。

有两个男生不服气：“凭啥？”

“就凭我喜欢他。”金枝宣称。

那天喝的是高度白酒，喝酒之前先要了苏打水，撕易拉罐时，金枝把拉环拉掉了。

“刚出炉的戒指。”她把拉环套在自己的无名指上，冲我们晃了晃。

酒喝到酣处，各种八卦粉墨登场，金枝讲医院里新近发生的事，有个小护士，表面白莲花，私下麻辣烫。老公是工程师，在非洲援建，前阵子回来待了个把月。工程师回非洲后，小护花身体越来越不适，一查查出了艾滋。从上个星期开始，医院里的男医生排队体检，挤爆走廊。

“那你不是也应该体检下？”有人调侃金枝。

“我正安排时间呢，当然也得替你们全都安排一下。”金枝浏览了一圈儿，目光定在袁哲身上，“尤其是你。”

饭局结束后，聂盈盈发了条微博，说男友的朋友们，玩笑尺度大到让人笑不出来。这条微博之后，她又发了一条秒删的微博：胖女人上了公交车，找不到座位，只能拉着车上的拉环。不料司机一个急刹车，胖女人把拉环拉断了，并一下子扑到了司机面前，司机看着她和她手上的拉环，没好气地说：“集满三个，送司机签名照一张！”

这条微博下面配了袁哲开车的照片。

“袁哲，我爱你！”

金枝在婚礼上跟袁哲告白。

那会儿，婚礼上的人都在等待着吉时良辰。为了选这个良辰吉时，袁哲和聂盈盈驱车 300 公里去一个县里找风水先生。那个先生谱儿很大，只按自己方便的时间接待来宾，还经常闭门谢客。他们事先托人说了情才见到先生。聂盈盈把这个过程写得一波三折，起伏跌宕，@ 了一大堆朋友。不光这件事儿，聂盈盈什么都拿出来晒：房子、车子、装修、家具，随着婚礼的临近，又加上了鲜花、蛋糕、各种心形饰物，每次都 @ 一大堆人围观；她还经常把袁哲的西装、衬衫、皮带、皮鞋、手表摆摆好，旁边是她的裙子、包包、鞋子、首饰，衣衫相依相偎，相亲相爱。

距离《婚礼进行曲》响起来还不到 2 分钟，聂盈盈从休息室出来，新娘子一袭白纱，裙摆阔大，丝绸雪纺如雪雾飞扬，她挽着老聂，走到红毯的边缘，那里搭了一个心形花架，白玫瑰与勿忘我镶满其上，紫白相间，清新亮眼，父女俩就像嵌在相框里面。

老聂年轻时走过仕途，后来下海经商，人脉通天，财大气粗。他现在的老婆是第三任，比聂盈盈大不了几岁。我们进场时，她陪在老聂身边迎客，杏脸桃腮，眼横春波，把男宾客们电得不轻。

大家的目光都瞟向新娘，金枝是怎么上到台上，从哪里弄到麦克风的，我们不得而知。今天她来的时候，身上就带着酒味儿，脸孔像张揉皱的纸。有人倒了杯可乐给她，她摆摆手，让人开了瓶啤酒，说要透透宿酒。

“我爱你，就像爱塞北的雪，春风又绿江南岸的绿，荷塘月色里的月色，总而言之，言而总之，”金枝拿着麦克风，身体摇晃着，声音因醉酒而沙哑磁性，非常爵士，“你是我男神。跟耶稣、释迦牟尼、安拉，并列为四大天王。我一上香就上四炷。”

我们笑翻了，连袁哲也笑了，随即又绷紧了脸。有些宾客发懵，还有一些人以为金枝是婚礼请来助兴的演员呢。

“我男神今天要结婚，新娘不是我——”金枝停顿了一下，“——新娘不是我，这没关系，新娘可以假装她自己是我，对我男神要顶礼膜拜，三从四德，鞠躬尽瘁，死而后已——”

司仪小伙跑上来，被舞台上的线绊了个跟头，差点儿给金枝来了个单膝跪地的请安。

“来就来呗，”金枝抱着胳膊，“这么大礼！”

司仪起身凑到金枝身边，要附耳过去跟她讲话。

“有话说话，”金枝身体往后躲了躲，“——凑什么近乎？我男神看着呢——”

袁哲叫了金枝两声，冲她做了个打住的手势。

金枝看着袁哲，话筒还在她嘴边，她的呼吸气流声清晰可闻，仿佛潮汐涌流。

“——不往下整了？”她问他。

袁哲做了个手势。

“你是男神你说了算，男神说的话都是神话——”金枝冲音响师打了个响指，“Music！”

《婚礼进行曲》从音箱里面奔涌出来。

金枝小天鹅似的踮起脚尖，鞠躬谢幕。来宾们掌声雷动，还有人拍着桌子喊：“再来一段！”

聂盈盈和她爸爸表情肃穆，任凭《婚礼进行曲》兀自进行着，他们耳语了几句，挺胸站直，沿着红毯迈步前行。走到新郎身边时，老聂迟疑了一下才把聂盈盈的手交到袁哲手里。

司仪小伙讲了一堆套话：金玉良缘、百年好合、白头偕老；你愿意成为她的丈夫吗？无论疾病还是健康，幸福还是痛苦，富贵还是贫穷？你愿意成为他的妻子吗？陪伴他，鼓励他，支持他？

无论司仪说什么，宾客们都大声叫好、鼓掌。

证婚人宣读了结婚证书，袁哲和聂盈盈交换了戒指，司仪让他们亲吻，聂盈盈冰雕似的站着，袁哲撩起她的面纱，嘴唇凑过去碰了她脸颊一下。

司仪大声宣布："礼成！"

金枝在婚礼上的表演被人拍了视频，弄到网上，点击率井喷，评论如野草疯长，"笑抽了！""史上最强女神经！""超级闺蜜！"

金枝说她那天宿醉未醒，被朋友提醒才上网看，"奥斯卡影后神马的，跟我比，都弱爆了啊。"

"你红了，"我提醒她，"新娘新郎脸都绿了。"

"脸绿怕啥？帽子不绿就行呗。"

金枝张罗请客，为袁哲和聂盈盈新婚贺喜，为自己酒后无德道歉。袁哲说不用，但聂盈盈一口答应下来。

金枝定了"春樱"日本料理，桌子窄细，食品五彩缤纷地摆满了桌面，仿佛一条花河。大家分列两侧，金枝坐在袁哲和聂盈盈对面。清酒烫好后送上来，金枝把自己面前的三个空杯倒满。

"我先赔个罪啊——"金枝指了指面前，"这三杯酒的意思是：对，不，起！"

"喝酒难看，喝醉了更难看，喝醉了的女人难看加难看，喝醉到都不知道自己醉成什么样儿的女人史无前例的难看，我自己都看不下去了！”金枝说完，把三杯酒端起来咕嘟咕嘟干了，“对不起啊，盈盈，姐跟你道歉，虽然你长得跟棵芹菜似的，但姐希望你能变成卷心菜，多多包涵。”

“你这体格儿，又这么多希望，”聂盈盈笑笑，“我哪能包得住？”

炕桌细长狭远，酒喝起来像流水席。袁哲和聂盈盈坐在中心位置，燕尔新婚，大家有心帮金枝补错，小夫妻成了大家敬酒的靶子，清酒入口微甜，度数低。聂盈盈来者不拒，几轮下来，聂盈盈的“沙宣头”发丝散乱，眼影也洇染变成了烟熏。她跟金枝隔着桌子，促着膝，手拉手，身体不时越过小桌子，她们咬着耳朵说的话，所有的人都听得到。

“我知道你跟袁哲睡过。”

“大学的时候我们去草原，搭帐篷，六个人一起，这算吗？”

“动手动脚没？”

“我想动啊，可中间隔仨人儿呢，还有一堆背包。只能动动心眼儿了。”

“那更危险啊。妻不如妾，妾不如偷，偷不如偷不着，动心眼儿就是偷不着。”聂盈盈斜睨着袁哲，朝他脸上拍了一巴掌，“唐僧啊你！”

聂盈盈下手没轻没重的，听上去像扇了袁哲一耳光。

金枝睁大了眼睛，坐直了身子，伸手去拿聂盈盈的酒壶。

“——你喝大了！”

聂盈盈把她的手摁住：“别抢我的酒。”

“别再喝了！”袁哲拉了聂盈盈一把。

聂盈盈死拽着酒壶，晃动肩膀抖落掉袁哲的手，发丝像把刷子从面颊上拂过去，“滚你妈蛋！”

包房里瞬间安静。

“你他妈的就是，”聂盈盈看着袁哲，一字一顿地说，“被苍蝇叮的、有缝儿的蛋。”

金枝扬手给了聂盈盈一耳光。

“干吗干吗干吗，”我们从两边拥过来，“喝多了喝多了喝多了——”

“告诉过你了，对我男神要三从四德、鞠躬尽瘁，”金枝甩开我的手，看着聂盈盈，“喝二两酒你不知道自己是谁了？！”

聂盈盈摸了下自己的脸，看着金枝，“你打我？”

“你欠揍！”

“她打我耳光？”聂盈盈问我们大家。

“不是不是不是，喝多了喝多了喝多了——”

聂盈盈抓起手边喝水的玻璃杯，在桌子上一磕，哗啦一声，杯底磕得稀碎，水在桌子上面漫漶开来，她的眼泪也奔涌而出，举着漏光了水的杯子喝水，抽抽搭搭地说：“从小到大，还没谁敢动我一根指头呢——”

“不服气？”金枝说，“你可以打回来。”

“真的吗？”聂盈盈抬眼看着金枝。

“当然。”

“别闹了，”袁哲拉着聂盈盈，“回家！”

聂盈盈甩脱了袁哲，抡起手里的玻璃杯，朝金枝脸上砸过去，她用力之大，要不是袁哲拉着，她整个儿人会隔着桌子栽过去——

玻璃杯戳进了金枝的脸颊，像个巨大透明的印章，金枝疼得表情都扭曲了，她脸颊上被戳出个圆形的印迹，先是发白，慢慢地，血滴渗了出来，圆滚滚的红豆，很快，血流成了溜儿，顺着金枝脸颊往下淌，流进了嘴角，从下巴滴落到衣服上，她冲聂盈盈开口时，几颗牙齿也被染成了红色。

“——我们扯平了！”

袁哲第二天去看金枝。前一天夜里，聂盈盈离了水的鱼似的，蹦跳扭动，三个男生帮着袁哲，把聂盈盈从日本料理店拖出来，塞进出租车里。其他人陪着金枝去医院。急诊室的两根灯管像个等号，白炽炽的，“刺刺”、“刺刺”叫个不停，医生处置台边的灯，亮得让人眼前发黑，值班医生为金枝处置了好长时间，到最后也无法确定是不是仍然有玻璃碎屑留在伤口里面。

金枝在QQ上给我了留了好几十条留言，她睡不着。麻药让她的脸肿胀成了气球，舌头大了好几倍似的，麻药劲儿下去后，疼痛像春天的草，从伤口处钻了出来，它们生机勃勃，而且好像要生生不息。天光大亮时，她在窗前看着邻居们上学的上学，上班的上班，汽车甲壳虫似的，排队爬出小区，她拍了几张日出时的照片，发在微博上，有奖竞猜：这是她弄洒的牛奶？还是天上的云彩？

“我觉得自己刚睡着，就被袁哲的手机吵醒了。”她的手机放了静音，噗噗噗地震动不止，她看了眼手机，袁哲打了二十多个电话，还发了短信，说他就在她楼下。

金枝从窗户往下看，袁哲站在香槐树下，从树影中漏下的阳光，把他的衬衫变成了白银的鳞片。

“我给他回短信，说我不方便见客，而且这点儿小伤，也没什么可探视的。”金枝对我说，“但袁哲一定要见我。不见不走。我们来来回回发了十几条短信，他还是不走。我只好起床，洗脸刷牙换衣服，我还画了画眼角，刷了睫毛膏，用纱巾把脸上的纱布蒙严实了，他进门后，说我像阿拉伯美女！

“他替聂盈盈道歉，说她年纪小不懂事，让我别跟她一般见识；我说我跟聂盈盈是来而不往非礼也，我先挑起战火的，她是自卫反击。

“我们喝了杯咖啡，平时扯闲篇儿时一套一套儿的，但一对一大眼瞪小眼时，我跟他没什么好说的。他就像用牙齿打字似的，一会儿迸出一句，一会儿又迸出一句，他说我这些年来对他的好，点点滴滴，他都明白，很感动。他何德何能，受之有愧。我说我也没做什么啊，倒是给你添了很多乱。他说昨天我受了伤，他一夜没睡——，我鼻子酸溜溜的，说跟你有啥关系啊？两个女生喝醉了任性，胡闹，跟你一点儿关系都没有，再说了，就我这体格，这点儿小伤算什么？他看着我，叹了口气，说你啊，只有身材是胖的。我就泪奔了——”

窗外的天色渐渐变灰、变暗。西天边上，云彩一度红彤彤的，也慢慢烧成了灰烬，融化在越来越浓黑的暮色里面。

袁哲把金枝送进卧室里躺下休息，安顿金枝躺好后，他自己也上了床。金枝没想到这个，“哎——”

袁哲亲吻她的脖子，温柔地咬了咬她，又咬疼似的用舌尖抚慰她。金枝说不出话来，身体软得像床羽绒被，她想推他起来，但抬起的胳膊棉絮似的，袁哲的另外一只手从她两手中间穿过去，解开她的扣子。金枝心跳得很厉害，害臊得不行，他的手游走到哪里，她的思绪就跟随到哪里，她为自己的脂肪和体量感到羞耻。她看起来像只章鱼吧？摸起来像一团乳酪吧？他在身上时，像骑在牛背上？袁哲肯定以为自己多年来梦想着跟他上床，才会用这种方式来安慰她吧？金枝很后悔没在他刚爬上床时把他踢下去。现在她只能希望夜色浓烈些再浓烈些，把他们的身体像奶油一样融化在黑夜里——

离开之前他在她额头上亲了一下，她冲他笑笑，后来才想起来房间暗到让人消失了视觉，而且，她脸上还戴着头巾。

金枝发微博说她出门散心，然后就没影儿了。

起初我们以为她在哪个疗养胜地养伤，谁也没当回事儿，等过了一段时间找她时，发现她的手机、QQ、微博、博客，全都停摆，医院的工作也由她的一个助手接过去了。金枝无影无踪了。

我们猜测金枝的去向，旅游时遇见真命天子，浪漫天涯了？还是男神结了婚，自己毁了容，哀莫大于心死，遁入空门，不爱红尘恋青灯？女生独自旅行，被劫财劫色的事情时有发生，但我们都觉得金枝不会成为这种社会新闻的女主角，而且退一万步说，真有个三长两短的话，警察早就找上门儿来了。

没有了金枝，饭局上再没有人叫板一口气吹光整瓶啤酒，K歌时没有了麦霸巨星，开玩笑时没有了靶子，金枝是饭局局长，朋友圈灵魂。

“金枝啊金枝！”大家在QQ群里、微博、微信上面，四处寻找金枝，我们对着高山喊，金枝，你在哪里啊你在哪里？我们对着大海喊，金枝，你在哪里啊你在哪里？金枝，袁哲喊你回来吃饭。

金枝消失了18个月。就像她没有任何征兆地离开，她回来得相当突然。她在群里自称金枝斯密达：轻轻地我回来，正如我轻轻地离开，我挥一挥衣袖，没带回河畔的金柳和天边的云彩。她在微信上发了几张韩国的风情照，所有的照片里面，都有同一个橘黄色的行李箱。

天，我们怎么没想到呢，她去韩国了！

我们想起她脸上的伤，我们怎么会忽略了这个呢？金枝当然要去韩国，她必须去韩国。她是很大条，但没大条到对毁容都能付之一笑。

“安宁哈噻哟！”金枝踩着约定时间进了包房，手里拎着在微信图片里当主角的橘黄色小拉杆箱，里面装满了给我们的礼物。

她把我们全都惊呆了。

金枝没变成宋慧乔，没变成全智贤或者什么尹恩慧、韩智慧，金枝把所有这些女明星融化了，然后浇铸到“金枝”这个模具里。金枝还是金枝，但金枝变成了勾兑版，或者说，韩版。以前她的脸是宽阔的，现在从两边往中间挤，脸颊窄细了一半，鼻梁则被挤高了一倍，嘴唇丰满、嘴角上翘，她原来就白得像雪，现在是雪里掺了奶，白得跟珍珠似的。最让人跌眼镜的是金枝的体重，曾经被我们喻为“撼山易，撼体重难”的金枝，瘦到了当她进屋时，我们没有一个人认出她来。

金枝让我们凌乱了。她就像仙女下凡，狐狸精转世，要多玄幻就有多玄幻，要多不真实就有多不真实。

“你整容了？怎么整的？肥是怎么减下来？吃药还是运动——”

“我天生丽质好不好？”金枝不承认整容，“以前是脂肪掩盖了我的真面目，而你们这群家伙，有眼不识金香玉！”

她承认减肥。她在韩国一家减肥美容中心减肥，六个月后成为减肥中心的接待员，兼形象代言人，一年半的时间里，她减了 60 斤。她的照片从她 160 斤开始，一张张贴在墙上，记录她的变化。

“日新月异啊。”金枝笑着说，“但最近几个月新来的客人，都不相信那个照片里的人是我，他们认为照片是 PS 的。而且越是中国来的，越不相信。”

我们也不相信。不完全相信。金枝的变化太销魂了，活生生的奇迹和魔术。我们相信金枝能这么沧海变桑田，除了她讲的一二三四，一定还有别的五六七八。女生们咬着耳朵问她，减那么多，皮肤会松很多嗳。

她咬着耳朵回复我们说，做了两次紧肤手术，收紧了，而且几乎没什么痕迹，就是价钱贵死人，这一年半，她打着工还花了 30 万人民币。

代价不只是钱。金枝几乎不吃东西。她让人倒了半杯红酒，浅斟慢饮，指甲涂成了银色，手背上那些胖窝窝儿都不见了，取而代之的是一节一节的骨感美。“做梦都要流口水”的东坡肉端上来，她只吃了一小块，“曾经有一个月，我只吃水煮白萝卜胡萝卜。”

“那段时间我都抑郁了，站在窗边就想从楼上跳下去，有一次我把印着美食图片的纸嚼了——”她看着我们的表情，笑了，“这都不算事儿，我亲眼见到为了杨柳细腰拆掉两根肋骨的女人；削骨磨牙，抽脂打针，垫鼻梁，女人们手术后肿得跟猪头、缠得跟粽子似的，真正是面目皆非，鬼哭狼嚎啊。医护人员反复跟我们强调，整容是女人的二次投胎。现在在地狱，出了门就上天堂。”

袁哲整个晚上只说了一句话，“伤彻底好了？”

金枝点点头。

散席时当然是袁哲送金枝，“男神送女神，神神道道。”我们陪着他们走到汽车边，眼看着他们从两边上车，在汽车后座排排坐，冲我们挥挥手。

金枝只用了不到一个月的时间，就跟过去的生活无缝链接了。当初她离开时，只强调了健康原因，没跟公司要求任何条件和补偿。她离开后，公司在本地区的业绩一落千丈，公司原来以为金枝攀上了新枝，后来发现不是。金枝回国后，立刻对她大摇橄榄枝，欢迎她重回老东家。以前跟她合作过的医生，对金枝的旧貌换新颜，当时就震惊了。现在不是她约他们吃饭，而是她把自己变成了美味佳肴，主任医主治医们追着她订饭局。我们聚会时，金枝的手机冒泡儿似的响起各种提示音。她时不时地扫一眼，电话她放静音状态，偶尔接一下，大多数来电她任凭电话噗噗噗扑腾累了拉倒。

“都是跟我咨询整容和减肥的。”她苦笑。

“姐不是传说，”我们逗她，“姐是传奇。”

有一天聚会时，聂盈盈突然来了。

“我是通过这个找到你们的，”她冲我们晃晃苹果手机，“又是‘硬要’参加。”

袁哲跟她分居半年多了。他说自己当初昏了头了，才找了白富美小女生结婚。聂盈盈的生活能力是负数，家里的事情要么是钟点工做，要么是袁哲收拾。她每天只管拿着手机，东拍拍西拍拍，一天发几十条甚至上百条微信和微博，一草一木，一杯一碗，吃喝拉撒，她连袁哲洗澡、只穿着内衣，以及睡觉的照片都发出来，袁哲的婚后生活在朋友圈里几乎是现场直播。她自己也是，完全没有隐私可言，底下的评论说什么的都有，看得他撮火，她却觉得这样才有存在感。

“金枝姐姐，你真是沧海变桑田啊！”聂盈盈打量着金枝，“微信上看到他们发的照片，我还以为是 PS 的——”

"你有事儿吗？"袁哲冷着脸问她。

"上次喝醉了酒，不小心伤到了金枝姐姐，我怎么着也得当面道个歉啊。"聂盈盈跟袁哲说完，扭头又看着金枝，"对不起啊金枝姐姐，你大人不计小人过，原谅我酒后失态。"

金枝笑笑，加了把椅子，请聂盈盈坐下，让服务员再添副餐具。

"你这腮削得太自然了，你还开了眼角，别人看不出来我可能，我同学里面好几个开眼角的，都开得没你这个好。韩国技术就是成熟，你隆鼻用的是哪种填充料？他们说，隆过鼻子的人，坐飞机，有时候鼻子会像猪鼻子那样鼻孔朝上掀开，可惊悚了，是真的吗？"

金枝笑笑。

"你先回去吧。"袁哲说，"有事儿我们明天通电话。"

"干吗对我这么狠心啊？"聂盈盈说，"我是你老婆嗳，明媒正娶，受法律保护。我今天一天没吃饭，现在，吃人的心都有。"

聂盈盈抄起筷子吃菜，有人倒酒，有人说起天气。桃花突然就开了，简直吓人一跳。还有李花、杏花、梨花，李花和梨花都是白的，但梨花花瓣更大一些。要不就是它们的花蕊有些不同？反正公园里面的花开得都连成片了，都开成一片烟了，怪不得古人说，花非花，雾非雾呢。我们要不组团去日本看樱花？顺便购个物？韩国也行，济州岛的山樱不比日本的樱花差。

"顺便再整个容。"聂盈盈举起手臂，"我第一个报名。"

"樱花马路对面的公园里就有，喝完酒咱醉里挑灯看樱。"有人出来打圆场，“大伙儿坐半天了，得走一个了吧？”

我们举起酒杯，干了一杯。金枝照例是红酒，喝了一口就放下了。

“你是怎么瘦下来的？”聂盈盈酒还没咽下去就问金枝，“他们在微信上说你减肥，只吃萝卜，我不信。他们有吃狗粮的，倒是减得挺见成效，吃萝卜能瘦成这样儿我还从来没听说过。你往胃里吞蛔虫了？还是你把胃切了？你吸毒了吗——？”

“你见多识广，”金枝笑笑，“什么都瞒不过你的法眼。”

我们转移了话题，聊八卦，医院院长最近被抓了，据说在他家里阁楼里面搜出来三千多万现金，藏在一堆书里面。案件被报道出来时，题目叫书中自有黄金屋。当然，黄金屋是加了引号的。

“还有通奸吧，”聂盈盈说，“现在到处都是通奸——”

聂盈盈不肯离婚。袁哲搬走时，她是同意的，现在，她说要再想想。想了几天后，她说离婚可以，谁离了谁都能活，但离婚的步骤得按她的意思来，比方说，第一步，袁哲先搬回家。

“共同进退嘛。”她说，“我很在乎形式。”

袁哲回去之后的生活，通过聂盈盈的微信、微博，时不时地露出一鳞半爪。聂盈盈在床上摆着S形自拍，星眸迷离，媚眼如丝，背后是熟睡的袁哲。她还拍了很多细节特写，比如他们挨在一起的脚，交叉的牙刷棒，两个紧贴着的咖啡杯，杯手组成了“好”字。

“她自编自导自演，我什么都没做，”袁哲告诉我们，“她的三妈在后面当军师。一会儿一个主意。以前她们是仇人相见，分外眼红，现在亲如姐妹了。”

聂盈盈三脚猫的功夫，倒没什么，三妈一看就不寻常，垒得起七星灶，煮得开三江水，相逢开口笑，笑里全是刀。老聂小聂都被她收服了，手段不是一般二般。

“你现在美貌与智慧并重，工作与财富兼收，”我安慰金枝，“男人就像春笋，四处往外钻，没有袁哲还有李哲王哲赵哲。”

“条条大路通罗马？”金枝笑笑，“我也这么劝自己。可是不大灵啊，不管怎么劝，最后还是一条道儿跑到黑。”

她喝的咖啡是黑咖啡，临走时，打包了两块提拉米苏。袁哲每天下了班先去金枝那儿，吃饭喝茶，夜深了才回家。

金枝穿着紫色七分长的连衣裙，白色香奈尔包包，往停车场方向走时，回头冲我笑笑，她身后有一大片盛开的紫丁香，紫洇洇的，烂漫无匹，香得人透不过气来。金枝被那片浓香熏紫化掉了。

三妈一出手，果然是辣招。不知道她是怎么做到的，金枝以前的那些风流事，以及她在韩国交往过的两个男人，一个是整形医院的医生，另外一个是开牛尾汤汤馆的老板，全都被她查了出来。时间、地点，有的人连照片都附着。三妈约袁哲见了面，把纸袋放到了他面前。她没讲金枝一句坏话，她甚至没把这件事情告诉聂盈盈。

金枝刚洗了澡，给我开门时，身上裹着浴衣。客厅里只开了几盏壁灯，家具仿佛沉没在水下。她领着我直接进了厨房，餐桌上面有打开的酒，高脚杯也都摆好了。金枝往酒杯里倒酒，讲了三妈釜底抽薪的事儿，手在吧台上的纸袋上拍拍。

“——袁哲怎么说？”

“他说他不介意，过去的就让它过去吧。”金枝喝了口酒，笑笑，“——漂亮话就像整过容的脸，总归有后遗症的。”

她头发湿漉漉的，胡乱拢在脑后，耳朵边几绺发丝，发梢上含着水，慢慢团起来，泪滴似的滴下来。

金枝失眠，她经常夜里发微信，说说东说说西。聂盈盈倒是很少出现了，一个月来她销声匿迹，只偶尔上来冒冒泡。

聂盈盈说她被流星击中，怀孕了。

我给金枝打电话，“你要是相信才叫傻呢。”

“是真的。袁哲承认了。”

“不要脸的东西！”我骂。

“人家是合法夫妻，天经地义。”

“那就把红杏开在家里，出墙来得瑟啥？”

“是我把红杏枝探进人家墙里好不好？”金枝的声音有些怪，仿佛她在梦里，又仿佛醉了酒，“而且我还不只探进这一家呢，我是红杏枝头春意闹！”她笑起来。

我约金枝见面。我一定要见到她面才放心。她被我纠缠不过，答应了。我们又约了另外两个女生，去吃麻辣小龙虾。

麻辣小龙虾、水煮鱼、香辣蟹，都是大盆端上来的，中间又穿插了几个小炒，桌子上摆得满满登登的。

“血染的风采。”金枝笑着说。

金枝的脸白得像黎明前的天色，一个月没见，眼袋和黑眼圈儿全都出现了，她说这阵子失眠闹的。她喝啤酒的时候先扔了两片药进嘴里。中间她又吃了两片药。

“你别在这儿睡着了——”

“能睡着就好了。”金枝说，“一觉醒来，发现所有这些不过是一场梦。”

“袁哲不值得你这样儿。”我说，“谁都不值得。”

“爱情这东西，谁先动心，谁就满盘皆输，”金枝说，“我十年前就满盘皆输了。”

中间我们去了下洗手间，回来时，留在桌边的女生说“她又吃药了，我没拦住——”

“没事儿，我早就有抗药性了。”金枝对我说，“你给袁哲打电话，说我吃药了。”

“起来，”我拉一把金枝，“我扶你去洗手间吐掉——”

“等会儿，你先打电话。”

“你他妈有病吧你？！他到底哪儿好，值得你这么犯贱？！”

“我他妈就是有病，病大发了。”金枝冲我笑，“大病就得大治，就像我当初去韩国，大治了一次，治好了回来了；这次也是一样，折腾够了，就去他妈的了，我保证！”

我用免提又给袁哲打电话，电话关机。

“他说他爱我。他说我在韩国的那段时间，他发现他早就爱上我了，爱上了胖金枝——”

金枝的笑容还在脸上，但越来越散，越来越恍惚，她的身体朝后倒去，我伸出手臂，刚好接住她。

120 来之前金枝已经进入了昏迷状态，我们试图让她吐出来，但她牙关咬得紧紧的。她的脸色雪团似的，好像正在从我怀里化掉——

我们轮流给袁哲打电话，打不通。我们在微信上给他和聂盈盈留言，金枝吃药自杀了！袁哲你他妈的死哪儿去了？！

到了医院，金枝直接被推进去洗胃。我追着医生说她严重失眠，吃了安眠药，还喝了啤酒——

医生脚步没停，直接进处置室去了。

金枝的肚子爆炸了！医生急赤白脸地质问我，为什么不告诉他金枝胃里有水球？

我没听明白他的话，她胃里有什么？

“水球。”

“为什么她胃里有水球？”

“我怎么知道？可能是减肥吧。”医生说。装满了盐水的水球，加上食物，加上啤酒，加上洗胃的水，她的胃像一个汪洋大海，爆炸了。

袁哲和聂盈盈是一起来的。

“——她真吃药了？”袁哲问我，“吃什么药？”

“一哭二闹三上吊，”聂盈盈哼一声，“吓唬谁啊？”

我指了指处置室，让他们自己进去看。

聂盈盈不去。袁哲犹豫了一下，自己进去了。我们听见他在处置室里号叫了一声。接着，又号叫了一声。聂盈盈跳起来，抓住我。

我知道袁哲看见了什么，处置室里，金枝躺在床上，脸是透明的，水晶冻似的，她的身体摊在那儿，掏心掏肺，披肝沥胆，肝肠寸断。我也想号叫来着，但没号出来。我在卫生间把胃吐空了，然后就像壁画一样贴在墙上，动弹不得。

袁哲是一寸寸地从手术室里面挪出来的，他打着冷战，胃痛似的佝偻了身体，聂盈盈过去扶住他，往手术室方向看了一眼，“——怎么了？”

她受了他的传染，也发起抖来。

他们背靠着墙，好不容易才站稳，朝我看过来。

“金枝说，她爱你！”我对袁哲说，“她爱死你了。”

写作笔记

十多年前，我就知道农村已经缺少抬棺的劳力。我看过棺椁被小货车拖走，死亡被降格为自然界最基本的新陈代谢。我想把这事写下来，忽然意识到所谓现实主义，可能也不是看见什么写什么，我得把这设定为一个题面，然后找到最妥帖的解决方案。罗四拿将八大金刚变成十六人的抬棺队伍，村子里半劳力和残疾人也可以加入其中，可以鱼目混珠，可以滥竽充数，但生命的尊严却以这近乎惨淡经营的方式保全。小说中，罗四拿将八个变为十六个，只是灵机一动，而我用了数年才突然想到，这是可以用小学数学算出的解决方案。我进一步确信，小说中应该有提问和解答，写小说就是将对于世相和人心的计算尽量发泄于笔端，从而继续不动声色地隐匿于日常生活。

田耳，本名田永，土家族。1976 年生，1999 开始业余创作，已发表小说六十余篇，计二百万字。现为广西大学教授，广西大学《文化与传播》专职编委。

金刚四拿

田耳（土家族）

我好几年没见着罗四拿，罗代本也这样。他俩是一对父子，具体说，罗代本是老子，罗四拿就只好是儿子。

刚进腊月，村里先有一头猪掉进老蛙田那眼天坑，后有一只羊掉进孩儿坟后面的天坑。掉猪当晚，村里果然又死一人。羊是郭金宝家的，他儿子见羊掉进坑，赶紧跑回村大声叫唤，找人帮他找羊。天坑不是每个人都能下去，要找火焰高的人，他们肩有双灯，哪都敢走。

罗瞻先气息奄奄躺在床上，耳廓却罩得远，听见有人在说有羊掉进天坑了。过不多久，罗瞻先就发觉自己喘气变得浊重。他把罗代本叫来，说自己差不多了，要罗代本聚拢亲戚，给他接气，送他走最后一程。

罗代本当然要问他爹，那好，你先说说，为什么有这想法？

羊掉进天坑，必有人了命。罗瞻先喘着粗气说，算来算去，最该死的要算到我头上。

是算出来的，还是真有不舒服？

罗瞻先好好体会一番，肯定地说，真不行，今晚要走，有人在耳边叫我。

我们打狗坳有这风习，人在将死之际，所有亲戚朋友围着他，和他说道别的话，送他最后一程。这叫接气。罗代本倒不急着叫亲戚，前面罗瞻先也说过自己要死，亲戚朋友全叫来，他却又活过来。一次两次，虚惊一场，大家心里还欣喜；但事不过三，次数一多，亲戚朋友纷纷感到烦躁。罗代本打电话去叫，对方会问一句：这回真的要走？你肯定？

罗代本没法肯定，只好先找豁嘴老覃讨主意。

村里有几眼天坑，既深且陡，牲畜掉进去出不来，是凶事之兆。为什么是凶兆，只有豁嘴老覃知道。村里，每人都有专司的职事，老覃负责讲邪怪的事。你拎一壶米酒，去问他，就掉一只畜牲进天坑，怎么有凶事？老覃只摆故事，你要不信，他再摆一个。只要不断往他碗里续酒，他就不断跟你讲，直到你背脊蹿起阵阵阴风，一个劲发凉。罗代本想问他，掉一只羊，和掉一头猪，凶险的程度是否一样？是否当天就死人？若非当天见效，前三后四死了谁就算应验，那岂不是扯淡？腊月正月，天寒地冻，不管有没有牲畜掉进天坑，也要隔三岔五地死人。

罗代本还没找到豁嘴老覃，四拿意外地将电话打来。四拿像传说中的游击队员，游击队打一枪换一个地方，四拿打一个电话换一张卡。一般情况下，罗代本也打不通四拿，只好等他打过来，而他一年难得打来几次。罗代本将情况讲给四拿，四拿不用歇下来想，眼一转就有主意，跟他爹说，你回去告诉爷爷，村里马冬奎的儿子在外面打工，出车祸死了，电话刚打回家。

这话怎么能乱说？马冬奎又没跟我家红过脸。

那就郭忠全家的儿子，反正都几年不回去。

郭忠全，你怎么能说他儿子？你妈没奶，你还喝过他婆娘的奶！

……随你便，那你想一个红过脸的，我也没吃过他家奶的，反正是要救人，再说爷爷迈不出门坎，不管说谁，他都不会去找人对证。

罗代本一想，虽然是损招，好歹也算一招，眼下没别的办法，不妨试试。又嘱咐四拿，你爷爷有一天没一天，你却好几年不回来。趁这次过年，回来看看他。四拿说，要回来，昨天半夜醒来，我心里说不来的酸楚，我想我是在思念故乡。

故乡？罗代本感到一阵牙酸，纠正说，是老家，是罗家垭打狗坳。

四拿的办法非常见效，罗代本跟罗瞻先讲有人抢着死，在外面打工出了车祸，罗瞻先就放了心，很快活过来。再过几天，四拿也真的回到打狗坳。那天我们正铺路，村级路已连上了乡级路，一辆中巴车开过来。四拿探出脑袋，戴一副变色镜。虽然变色镜严重遮住了脸，我更确定是他，他每次回来都要搞一些新标记。

四拿！我朝他招手。

村长在我身畔，抬眼看见四拿很高兴，说四拿你长高了哟。

四拿古怪地看他一眼说，村长，我坐着的。

村长说，来了就好，正缺人手。党的政策好，水泥都白给，我们只要有力的出力就行。你帮我们一块儿铺路。

四拿说，好的，我回去摆一摆东西就来。

我知道他不会来，这是明摆着的。他果真不来。村长还当他是几年前的四拿，我相信四拿比几年前有了更多见识，以及更远大的理想。

晚上四拿来找我，我备了酒，以及下酒菜，就在我家鱼塘边的茅棚。四拿老早就喜欢这地方，说这里可以当成我们一个据点。他走进来，我就看出他是要找我谈理想。果然，他抿一口酒，恨其不争地说，田拐，你一辈子待在打狗坳不出去，简直就是暴殄天物！我听不明白，我认得的怪词没有认得的狗多。他又说了一遍，暴殄天物，就是说，你把自己浪费了。我说，哪有什么好浪费？我是个拐脚，出去谁也不会请我干活儿。他就说，天生拐脚必有用，有些事情肯定是专门为你这种拐脚准备的。我说，那当然，你是说打狗。我一条腿比另一条腿短八厘米，天生如此，不怨爹娘，但我走路必须不断地下腰，狗见我就躲。

他喝两个二两五，就讲以前喝三个二两五才讲的话，比如一定把我带出去见世面，有钱一起花，有难他独挡，诸如此类。他讲的这些话，我早已习惯，当耳边风。这么多年，他只要在村里，就总要找上我，跟我闲扯。他个子矮，村长每次见他都夸他又长高了，可能是好心，但他听在耳里却有说不出的酸楚。一同玩大的一帮人，都比他高半个头，只有当我右脚撑地，走路下腰时，和他一般高，所以他和我特别有亲近感。我也一样，在打狗坳，我一旦晓得事，想挤进孩子堆一同玩耍，别人老是不要我，只有四拿不嫌弃我。我觉得我俩亲如兄弟，慢慢发现，他不一定这么看。比如，他夸我，老用一个词，忠心耿耿。我一开始真以为是夸我，后来觉得不对劲，什么叫忠心耿耿？查了词典，看了例句，这个词主要用在仆人和狗身上。我也不声张这些发现，直到那天，他自己憋不住讲了。

那时候他十六岁，和我一样大小。那天我俩坐在油桐树上闲扯，我不惮于说出我的理想：进城，有间房，能上班下班。他嗤我一声，说他不但进城，还要干出点事业，雇几个城里人，长得有模有样。以后每年回打狗坳，都是前呼后拥，两个走前，两个走后，每人一身西装，戴墨镜，一只手自然下垂，一只手插进怀里……

我说，那是保镖。村里红事白事包夜场电影，经常放港产黑帮片。四拿这么一说，我分明有印象。

差不多是的。四拿也承认。说到这，他神思恍惚看向某处，看了许久，忽又将眼光拉回，定定地看我。我被他看得发毛。他说，田拐，我这个人日后一定会发达，你必须相信，我发达一定有你好处。我点点头，信他一回并不吃亏。

他又问，真的信是不？他逼视着我，要我当即表态。我只好重重地把头垂下，让他直视无碍看向我后脑壳。

好的，他说，那你给我磕一个头。

什么？

你真信我说的，就给我跪下。四拿不是开玩笑，脸绷得像皮筋一样紧，每个字用力吐出来。又说，以后我有钱，你就是我家总管，一辈子跟我过好日子。

我扑哧一笑，说跪就算了，不习惯。

他失望，喃喃地说，你这家伙，要来真的，就不肯信我。

又一次，七八年前，四拿从广东打来电话到南货铺，叫老虾米传唤我接。我去接，他便说，我这里有个职位，是部门经理。我认为你适合干这个。

为什么我适合？我都不知道是哪个部门的经理，具体要干什么。

你只管相信我。

我相信你，但我不认为我能当什么部门经理。

工资一个月四千起底。

吓死我了，赚这么多钱怎么花？

娶个老婆！

我学他的腔调：这实在是我人生规划之外的事情！

不要把我随便哪句话都当名言记下来！电话那头，他定然无奈地一笑。

他劝我有半小时，我反复跟他说有台水泵急修，他才想到结束。挂断前，他幽幽地说，你始终不肯信我。我能说什么呢？我对他的相信也只是点个头，而不是磕个头，心里有分寸。后来听说，本村和邻村有几个人被他拉到广东当部门经理，交了五千多块的保证金，干几个月没赚一分钱工资只好滚回来。滚回来的人，信誓旦旦地说，狗日的罗四拿，最好是不要回来。四年前，四拿回到打狗坳，那些人也没把他怎么样。他们邀成一群，找时间在四拿家里截住他。他便仰着脖子，别人只好勾着脖子，脸对脸，各自放了一通狠话。后面就无声无息了，见面照样打招呼，递纸烟。

那次他回来，我开始相信他已混成一条狠人，从外面学来一些狠劲。这种角色，哪天发达起来，还真不好说。

四拿回家两天，将铺盖再次卷成卷，来找我，要住进鱼塘边的茅棚。

又和你爹扯皮？

说来话长。他定睛看看我，又说，我要闭关一阵，想想以后的事。

我告诉他，我大爹从养老院例行回家过年，眼下也住那里。

没得事，我可以再开个地铺。大爹老熟人了，我们在一起正好搭伴。

他又住进我家茅棚。看样子，四拿还是当年的四拿。从前，他一旦和他爹扯皮倒毛，闹不痛快，就狗一样蜷进我家鱼塘边的茅棚，一睡一整天，躺在幽暗中，思考着一些别人无法想象的问题。以前我也陪他住茅棚，夏天一只一只地摁死花脚蚊，冬天拼命挤作一堆，听他逐一分析，附近几个村寨，哪个妹子尚有可能被我弄到手。

四拿要下榻我家茅棚，我在前面开路。走进去，是从光处进到暗处，里面的人先看清我们。大爹冲他喊，罗家老四？

他说，大爹，你老别来无恙？我看你像是回光返照，完全变年轻了嘛。

是四拿吗？大爹眼神不差，但耳朵产生了怀疑。

大爹，你以前掉柴刀，都是我去帮你捡。

是四拿！

大爹以前喝醉，就拎一把柴刀往外跑，我爹在后头跟，看他搞什么名堂。大爹以前娶过一个生脑膜炎的女人，女人给他生过一个胖小孩儿。

后来女人跌死，埋往后山；小孩夭折，埋在村东头那片孩儿坟。大爹是往村东走，要给死孩子坟头除草，除得寸草不留，把那坟包伺弄得像新埋成一样。但柴刀总是一次次掉落在那片孩儿坟，坟茔不大，坟头坟间，草却过于繁茂，挤成一团一团。柴刀掉进草窠，很难找见。也怪，别人都找不见大爹的刀，大爹只好叫四拿去，四拿一次次轻易找见。

我看得见一道刀光！

四拿喜欢把话往玄乎处讲，表情也配合得极到位。村里人公认，豁嘴老覃走后，指定是四拿接班。

次日听人说，四拿这次回来，又和他爹闹了一场严重的不痛快。以前他两父子扯皮，事由摆上台面，村人各有倾向（小小的打狗坳，评理是最基本的集体生活），有说四拿脑子缺根筋，找不痛快；也有人偏说，罗代本也够古板。比如一次，四拿把头发染黑，也惹他生气。四拿原本一头黄棕头发，看上去像染的，所以染黑，想让人以为他没染发。罗代本在村口嚷嚷半天，说小孩儿不学好，染完头发就会往身上纹鬼脑壳，然后拖一把马刀街面上砍人。大家就劝，四拿还没有一把马刀长，不会干那种事。这次两父子扯皮，舆论难得地一边倒，都骂四拿不是东西，出去几年变了坏种。

这次，罗代本替人杀猪时将这事捅出来：这小杂毛，出去跑几年江湖，自以为有口才，回到家，当着面，想说服他爷爷，反正是死，不如早点死。

……那怎么行呢？所有听说的人都义愤填膺，打狗坳和别的地方一样，坏种总是层出不穷，但也没见谁干这大逆不道的事。

我进到茅棚，四拿心情不错，正跟大爹讲自己的见闻，天南海北的事，还扯到叙利亚和伊拉克，仿佛都去转过。大爹兴致高，他一直不喜欢看电视，不相信《新闻联播》的主持人，只信乡里乡亲讲亲身的经历。

我等四拿歇气，问他，你真的劝你爷爷早点死？

四拿冷静地看着我，问，我爹到底怎么说的？我就跟他学起来。我嗓门儿老气，学年轻人学不好，学他们的爹讲话，学谁像谁。四拿听后只是冷笑，跟我们说，原话不是这样，我爹最喜欢诬陷我，你们又不是不知道。

那你怎么说？大爹愿闻其详，四拿讲什么他都有兴趣。

我只是跟他说，看样子去不去也就最近的事情，不如趁着过年跨出这一步。过年大家都回家，一个打狗坳还凑得齐八大金刚给他抬棺。要是正月十五一过，年轻人都出门，他再死，就只好用郭小毛的拖拉机拖走。我知道，这几年村里有谁死去，都用郭小毛的拖拉机拖。四拿又说，郭小毛的拖拉机，以前拖猪拖狗，现在拖人。我们都是人生父母养，父母死了，应该众人抬着，走最后一段路。

四拿话讲得铿锵，理也占得稳，我却忽然记起来，四拿很早的理想，就是成为村里八大金刚之一。

每个村都必须挑出八条汉子，是为八大金刚，专管抬死人。年轻人都想加入其中，八大金刚，就是一个村庄的颜面。死了人，丧堂上，八大金刚挤满一张八仙桌，好酒好肉伺候。别村的人来吊唁，免不了往这边瞟一眼，心里想，这村的八大金刚比我们村威风；或者是，这个村要凑八个人，都紧巴。很小，四拿便羡慕八大金刚吃酒吃肉，顾盼自雄的样子。这些壮汉，一喝酒就拼上了，喝到半夜，第二天一早抬人，却不耽误。时辰一到，道士就发令：四大天王各守一方！四大天王并不现身，道士煞有介事，大家也相信，云里雾里的四大天王可不敢怠慢。道士又喝一声：八大金刚各在其位！八条汉子即刻动手，一条龙骨，两根横杠，四根抬杠，麻利地榫接在一起。抬杠压住肩头，为首的金刚吆一声，嘿呀，众人就齐声回，嗬呀。那棺材就稳稳升起。

只十来岁，四拿就想当金刚，为这他还发狠地练身体，挑柴比别人霸得蛮，十五岁能挑一百三十斤，上山下坡，走了十里地，几乎瘫倒，心里得意。他还主动跟我说，田拐，你砍的柴我帮你挑。他是要让肌肉长横实，那时开始，就把自己一点一点变成金刚。但没想，光有力气不行，身体一打横，就不往上长个。当他确认自己是条汉子，就去找八大金刚为首的石榜打商量：榜大叔，我来跟你混，也当一条金刚。我晓得，郭万才腿脚有风，抬棺用不上力。对此你有什么看法？四拿攒钱买了好烟，整条地送，搞关系。石榜掂了掂烟，仿佛好烟比差烟压秤。他说，八大金刚不赚钱，抬人基本上白抬。四拿赶紧说，我那份以后都孝敬你。

没问题，你这家伙心眼子开窍。但要干这事，我对你有个小要求。

你说你说。

那我就说啦！石榜把烟扔回，这才说，等你再长高一个脑壳，可以来找我。

劝爷爷早死，经四拿一说，也有理由。但说来说去，这事情显然是有，并非罗代本诬陷。大爹在一旁听完，也要表明个态度，就说，四拿，这就是你不对。有些事情能劝，有些不能劝，虽然罗瞻先随时会死，但你不能推一把。不推是他自己死，推了就变成你害死的。是不是这个道理?

四拿说，人活着，要讲活的长久，但也要讲活的质量，要活得好。

在我看来，活得长久就是活得好！大爹也是打狗坳一张利嘴。

大爹，你能代表一部分人，甚至绝大多数人的看法，但是，死了没人抬，扔在拖拉机上拖走，总不是你愿意看到的吧?

活得长短，跟死后用车拖还是用人抬，是两回事。

你想到死后是用车拖着走，还有什么心情活个长久?

他俩拌起嘴，我只好主持大局，岔开了问四拿：是你自己想着当一回金刚吧?

他没否认，还跟我说，要是我家死人，八大金刚我来凑，钱开双份，由我打头，由我喊号。

但你个头……你要抬棺，别的金刚跟你不搭调。

这个问题，早就解决。现在有一种鞋，叫增高鞋，它可以拉平所有人的身高差距。

我说我知道，女的穿叫高跟鞋，男的穿叫增高鞋。

两回事嘛，他坚决反驳，严厉地告诫我，增高鞋就是增高鞋。

那年大年初三，有陌生女人跑进打狗坳，逢人就问罗四拿家住哪儿。大家纷纷指方向，还下意识瞟了瞟女人的肚皮。女人长相不赖，个头比村里女人都高，比罗四拿高半头。这种事，当然是重要话题。听人说，女人在罗家歇两晚，最后是被四拿撵走的。罗代本大骂罗四拿脑子进水，女人自己找上门，若是谈婚论价，她们家就不好意思高喊高要。再说这个女人，一看就是好劳力。

我和她感情不和！四拿这么跟他爹解释，而且，现在我心思也不在这上面！

你有什么资格讲感情不和？你又不是城里人，又没上大学读书。罗代本认定自己迟早要被这条崽搞疯掉，痛心地说，你那心思，是不是还想着你爷爷几时死？

所以年初三四拿又跑去茅棚找我大爹喝酒，把我叫去。我并没拒绝，这几天他事务繁忙，没空理我，现在正好问一问那女人的事。这么个须尾俱全，看似愿意白贴给他的女人，竟然不要，说明他在外面还认得更好的女人。要知道，当年窝在打狗坳，他跟我一样，相亲回回不中，瞄准了目标靶靶零环，每次拽着自己身影，灰溜溜滚回家。

……其实是个概率问题。

概率？你说说。我好歹也读完高中，知道概率怎么回事，想听听，四拿怎么拿它跟女人扯上关系。他拿以前的事打比方，譬如有一阵，他帮着我打周边村庄女人的主意，看我这拐脚能不能娶上媳妇。经他周密策划，那事情还是落了空。为什么落了空？四拿说，你想想，周围四乡八村，看上去跟你有苗头的女人，顶多也就十来个。你就这么多选项，这个不答应，那个也不答应，你的好事就到头。如果你出去走一走，混一混，会撞到多少选项？我跟你说，你出去，就会碰上整个中国的女人。那是多大概率？百货中百客，别说你是拐脚，就算你断了两只脚，也会撞上一个死心塌地跟你过日子的女人。

为什么？

为什么？大多数女人喜欢钱财，没关系，总有些女人，偏就喜欢励志。

我能励什么志？

跟一个拐脚过日子，竟还过得下去，就特别励志，特别激发人的成就感。

四拿能说，我跟不上他思路。

那年过年，四拿爷爷又捱过一道年关，我家大爹，却觉得自己身体不行。本来他还到处能走，见山能爬，遇水能涉，但年初四那天，大爹在村口转了几圈，就躺进茅棚不肯动，要我给他送饭。我想叫人把他背回家，他不肯，跟我说他有了预感，鱼塘边的茅棚是他最后的归宿。

怎么觉得自己就不行了？见他饭量丝毫不减，我难免有疑问。

我怕活不过年初七！大爹答非所问。

年初七？七不出门八不归，年初七以前，出外务工的人都还待在打狗坳。我明白了，问他，大爹，你是不是想死了有人抬你上山？

大爹竟嘿嘿一笑。我这一下又猜对了。四拿这次回家，没有做通他爷爷的工作，却无心插柳柳成荫，把我大爹说服，要死趁早，有人抬上山。我这才意识到，让他俩同住茅棚，日夜长谈，是巨大错误。四拿能说，大爹并不容易被人说服，按说不会中招。但四拿出去晃荡，毕竟多有见识。

见识这东西，对付没见识的人，往往管用。在我岔神的一会工夫，大爹把饭菜吃净，还意犹未尽抹了抹嘴。他哪是一个要死的人？我坚信大爹只是中了四拿的蛊惑，好在我有爹，他一定能除蛊解惑。大爹年纪虽大，毕竟长期靠我爹照应，所以晓得看谁脸色。我爹赶到后就把大爹训斥一顿：你还好意思当我哥？你身体明明一点问题没有，来了管吃管喝，还有睡处，去了有关饷的地方（养老院一个月还有百把块钱补助），怎么好意思想到死你说。你对得起党和国家的好政策，对得起养老院对你的养育之恩？一通抢白，党国组织全扯上，在气势上就摧枯拉朽。大爹只好缩着脑袋认错。

还想不想死？

瞎说说。

死也是瞎说说？我爹趁热打铁，说，你再好好活个几十年。你刚过七十，身体几好的，该硬的地方都硬邦邦。我们也不是守旧的人，养老院男男女女一大堆，有合适的老婆子再找一个，也不是不可以。

我，我注意一下。

少和四拿这种人来往，他出去几年，搞不定入了邪教。

我也补充说，大爹，要珍惜生命，远离四拿。

你们才是我亲人。大爹目光炯炯，向我们保证，四拿再来，我叫他想死的话自己先死，缺人抬棺我算一个。

我爹放下心来，冲大爹交代，过完元宵，准时去养老院报到。

说来也怪，过了元宵大爹没走，不是不肯走，脚软，躺床上下不了地，嘴还呻吟，一声长一声短，那韵律，装是装不出来。我去给他送饭，看那气色一点点地垮，赶紧叫车拖到县医院，请医生给他看。医生按部就班，望闻问切，测压测糖，验血验便，浑身筛查，都没问题。医生就说，怕是老病。

这显然在大爹意料之中，听完松口气并嘱咐我，你把四拿盯紧，看着他别出远门。

他跟你下药了？

他答应过的，我死了，会找一帮人抬我上山。

我说，大爹，你死了关他什么事？这事他要不承认，我能怎么办？

我相信他，他跟我打过保证。

打保证？谁反悔谁是狗？

不要那么说人家，你不信我信。

回了村，我去找四拿，没想他还窝在家里没有外出。我把大爹的意思转达给他，提醒他要认账。他淡淡地说，好的，最近我不会离开，有些问题我必须在这里想明白。不离开当然好，同时我也请他不要去茅棚。他离开打狗坳，大爹心里不托底，说不定死得快；同样，他要是再去茅棚，给大爹加油打气，估计大爹也没几天活头。可以说，四拿好比一眼茅坑，近不得，离不得。

我等着四拿问一句为什么不要去茅棚，我会跟他拿茅坑打比，这厮没问。

那以后大爹一直没见好转，过了正月开始在床上抽风。把他抬回家，我和我爹轮班看护，但阻止不了他日薄西山的架势。我时刻去盯四拿，看他走了没有，回来就劝大爹安心，四拿虽然不讲人话，但还干人事，说不走就不走。大爹翻翻白眼，说他等着当一回金刚。

我并不看好这样的事，金刚要凑足八个，村里年轻人以及中年壮汉元宵之前都已走光，剩下老弱病残孕，都不是当金刚的料。邻村估计也好不到哪去，只要能走动的，都不好意思留在家里。以目前这状况，一个乡镇凑足八大金刚，都不容易。

过了清明，挨近谷雨，大爹真就死掉。记得那天艳阳高照，一个孤老离开人世，并没有激起悲悲戚戚的心情。我没去找四拿，这不关他事，虽然他跟大爹打过保证，但并没立字据打欠条。四拿自己找上门来，主动帮着料理后事。

灵堂打理好，我拉他到一边，说看样子你是说话算话的人。

你不要操心，金刚由我去找。他马上知道我要说什么。

这不是开玩笑。

我几时和你开过玩笑？他瞪我一眼，甩开我，又去放鞭炮。

道士看了日子，要摆五天，才等到吉日，好上山。坟地也选好，村东头棋盘坳，和那片孩儿坟对山相望，爷儿俩好互有照应。村马路距坟地三百米，拖拉机爬坡厉害，可把棺材拖到墓穴旁边。车屁股朝向墓穴停稳，直接放绳垂棺，就像一种排泄，非常省事。大爹想有人抬着上山，四拿也答应帮他找人，但这事不能指望四拿。当然，若四拿真就找来了人，不妨当作意外的好事。四拿每天来灵堂，见缝插针地找事做，就想显得自己最卖力，但没见他提找金刚的事。我跟他开过一次口，不好再提醒。好在有罗代本，他找个场合，人不多，但也有两三个相熟的做旁证，所以这番话就传到我耳里。

人已经走两天了——你答应找人抬棺，他才走得这么急。罗代本说，现在这事你办到哪一步，电话总要打一打吧？

这个你不要操心。

我不想操心，可是恰好我是你爹。你抬抬屁股就走人，我还要在打狗坳活下半辈子。

我什么地方让你没脸做人？

八大金刚，你凑足一条腿了不？

既然你要操心，索性再教教我，怎么把人凑齐？

怎么凑齐？好的……罗代本掐起了手指，拇指是石榜，食指是郭宝海，中指是罗长平……以前的八大金刚，进城打零工有四五个，要打电话趁早，约好了，他们才能及时赶来。

四拿却说，打电话不是问题，价格谈到多少合适？

你自己想办法。你答应人家的时候，这些都应该想清楚。四拿，讲出的话就是欠下的账，怎么还，你自己考虑清楚。

我是负责找人，贴钱我可贴不起。

你这叫赖皮！

四拿一笑，只说，话别说早。经他爹提醒，他很快来找我，以及我爹，开口仍是叫我们不必担心，自打娘胎出来，他一直坚持用嘴说话，而不是用屁股。又说，村里原来的八大金刚，都是好劳力，现在城里打零工，有力气的一天赚三四百，再加误工费、来回车费、伙食，一个人少说要算到六七百块。一个六七百，是六七百，八个六七百，那就是五千多。而且，要是一个一个打电话，他们就容易自以为是，自抬身价，给他六七百，还摆出救苦救难雪中送炭的模样，花了钱，还欠下人情，摆明是亏本买卖……

我大概听出来，他讲一大堆，无非是三加二减五的意思。那些把话讲得很漂亮的人，你就怕他嘴里突然蹦出个“但是”。

我爹也不笨，索性问，你到底想说什么？

你们还是误会了，依我的经验，有些事，人越多的场合越能办成，因为有气氛，甚至是气场。这么说有点专业，我一下子没法跟你们讲透。而我，参加过三四千人的大会，那种激动人心的场面，我的妈，不管谁有资格站在中间讲话，只要不磕巴，都会得到热烈的响应，你想不自我感觉良好，想不要飘飘欲仙，都办不到！四拿说着说着，竟然进入回忆状态，忘了我们的存在。

这跟找人抬棺有什么关系？我爹还是听不出来，我也是。

我是说……找抬棺的人，用不着一个一个请。这种事，好比买东西，拆零了买就贵，要打批发，批得越多越便宜。

哪里有八大金刚打批发？

话就只能说到这里了，说得太明白，效果可能打折扣。我只想问，灵堂什么时候人最多？

上山前一天晚上。

谁都知道，上山前一天的晚上，有一场最大的法事，到时道士打绕棺，唱通夜丧堂。以前，哪里道士丧堂唱得好，邻村有人找过来听。现在只怕人聚得不多，光有道士闹不起来，有钱人家还请一台草台班的晚会，唱歌跳舞小品，搞怪逗笑，极尽粗鄙之能事，都在上山前一天的晚上。

四拿又说，等道士打绕棺搞完，会吃宵夜，那时候人最多。你们只要稍微配合我，吃宵夜时支一张门板……不，要支两张，在整个灵堂最显眼的地方。

说来奇怪，上山前一天晚上，那餐宵夜，是让人记忆深刻的东西。

当晚，要将祭羊宰杀。祭羊白天牵去坟地，将一块土皮上的草啃净，晚上就杀它，毛燎尽，再用巨大的刀斧开膛。肉还热得烫，血还往外滋，就有一帮妇人快刀片成薄片，放进沸腾的酸汤锅，煮成汤粉的浇头。粉丝也要现榨，浇上一瓢酸汤羊肉，那种异香……我们一致认为，《舌尖上的中国》不拍酸汤羊肉粉，简直徒有虚名!

大爹停灵的第四天，也就是上山前一天，四拿没有现面。我爹联系好了拖拉机，那拖拉机前轮小后轮大，前轮是抓手后轮是推手，简直专门用来爬坡。道士打绕棺时，人果然来得不多，快到宵夜的点，就陆续赶来。熟人见面互开玩笑。这个说，你来得正是时候啊。那个说，想不来，行吗？眼睛躲得了，鼻头躲不了。

我端一盆切好的羊肉往那边赶，大锅下的柴爿子燃得噼啪作响。这当口，四拿又冒出来，肩上扛一捆短杠，一手拎着一个白胶壶，能装25斤酒的那号。他问我，门板支好没有。

就等你来，马上就支好。

不急，我还要折回去，还有两壶酒，一起提来。

这么多酒？

算好的，二十来条人，一条人三斤，应是差不多。

门板是很有用的东西，有时候摆死人，有时候当饭桌，有时候遮住自己以防丢人现眼。这大有用处之物，家家都有，我支一张是长条桌，支起两张就成方桌。我爹又将瓦数最大的灯泡拉在上面，晃人眼目。我放眼四周，已来了不少人，有的坐着吃，有的偏就蹲着吃，都在吃酸汤羊肉粉，吸溜汤粉的声音绵密厚实，经久不绝。现在碗小，一碗装二两粉丝，村里男人少说要吃三四碗。打狗坳最高纪录是十七碗，纪录保持者是……今晚躺进棺材那位。吃粉时，有人又提起这个，引发一阵唏嘘。

四拿走进人群，拍拍这个，叫叫那个，拉了一二十人围住那两块门板，一起喝酒。拧开壶盖，喝起来酒味比啤酒还淡，甜味却浓，更像饮料。其实，这叫“神仙酒”，用糯米和拐枣酿成，还加话梅，加杂花蜜，加姜丝，放进大竹筒子煮热。喝着浑不觉，喝到一定时候就像被人下了蒙汗药，叫一声“倒也”，你就倒。有的色鬼，就喜欢拿神仙酒去弄女人。而现在，四拿拿来这么多神仙酒，吓不着围上来的二十多个男人。他们当然都被神仙酒放翻过，心里却不肯信，这水一样的酒，真的放翻了我？不信邪，那好，再试一次。

酒喝开以后，有人就问，四拿，你不是答应说要请人抬田黑苗（我大爹）上山的嘛。怎么一个金刚都还没现身？有人跟着说，和活人开开玩笑，不能跟死人开玩笑，死者为大，要有报应。

我不骗田大爹，答应的事一定办到。四拿吸溜一口粉丝喝一口酒，显然也饿得不轻。又说，金刚我都请到了。

接下来，自然有人要问，在哪里？

四拿一脸神秘兮兮，将围桌的人都瞟了一圈，喝酒的就放下碗，知道四拿又要讲怪谈玄。豁嘴老覃几时也挤过来，扯起耳朵，想听四拿能讲出什么新花样。

真的请到了，这是当大事，开玩笑明天就落雷劈死哟。四拿又嘬一大口，说不要急的，金刚即使请到，也不是说来就来，他们那叫“现身”。要想他们现身，总要有些套路，总要敬些礼数。

怎样的礼数？心急的，自然还追问。四拿已得豁嘴老覃真传，知道如何一点一点吊起别人胃口。又说，酒喝完，我立马请金刚现身，让你们看个仔细。

桌上摆开下酒菜，有的再去要米粉，用米粉下酒。大几十斤水酒，不紧不慢地喝，也用不了多长时间。喝完，半数有了状态，有的开始说胡话，有的两两抱一起，抱得很紧，也有个别开始溜桌子。

有人还能记事，冲四拿说，四拿，少耍花样。酒壶把把都空了，你再不叫金刚现身，我们就捉着你打油槌。

……已经现身了。四拿嘬着最后一口。

众人面面相觑，愈加糊涂，又问，在哪，在哪？四拿，今天这番话兜不圆，小心田黑苗半夜带你一起走。

这不都看见了嘛。四拿嘿嘿哈哈，指指这个，又指指那个。

明白过来的人，有的冷笑，有的嚷嚷。这玩笑有些离谱。这一桌男人，大都是半劳力。八大金刚哪是随便凑得出来，棺材不是谁都有资格去抬。但是，四拿有种当这么多人开玩笑，又能把他怎么样？别的人不痛不痒说几句，便要忙别的事，罗代本认定自己今天又挂不住脸了。生出这样的儿子，他只好一次一次挂不住脸。他摆出要发作的模样，冲四拿说，你有种，你今天敢在这里开玩笑！这里面哪个有金刚的体质？

我们都是金刚。四拿蛮有把握地说，为什么一定要是八大金刚？为什么不能是十六个？要找十六个人抬棺，我们个个都有资格！

十六个？

找八个找不出，就十六个，两个抵以前一个金刚，我看没问题。他又指指我，田拐都可以当金刚。我有一种鞋，他一穿两只拐脚就能变得一样长。他都可以是金刚。

噢，是的，抬棺的人越多，级别越高。最先呼应的，是豁嘴老覃，没准儿是四拿找好的托儿。他还说，两个人抬是滑竿，四个人抬是花轿，八个人抬是大官坐的官轿，十六个人抬，我看是以前皇帝才有的资格。

是的，不能等了。四拿什么时候站了起来，又把别的站着的人吆喝着坐下，只他一人站，这才继续往下说。不能等了，要是老去等八大金刚，我们每个人都只好被车子，被拖拉机像拖死狗一样拖走。人生父母养，生下来是被人迎接，走的人也应该被大家手把手送走。

他喘喘气，旁边的人递烟，燃上。他狠狠地说，今天你不抬人家，明天也没人抬你。我们每个人，都必须是金刚。

场面上没了声音，每个人的表情都有些凝滞，想着、感受着，在自己死后，有人抬或是被拖拉机拖走，这滋味有多少差别。

稍后，有人问，怎么抬?

问得好！四拿早就等着有这一问，他掏出一根短棍，说这是一根杠。他比画着：龙骨一根，棺材就平行吊在龙骨下面；横杠垂直于龙骨，前后各一根；以前的抬杠四根，左右垂直于两根横杠。而现在，他又弄出八根短杠，前后垂直于四根抬杠。每根短杠各两个人抬，正好十六人。

这两天我一直在琢磨，怎么弄才抬着舒服，是加四根抬扛，还是在抬杠上面再加短杠。想来想去，在四根抬杠上加八根短杠，无疑是最省事的办法。

这是很简单的设计，大多数人明白，有个别人偏要说，四拿你再讲一遍。

好的，讲是讲不清楚，现在大家都站起来。四拿退后几步，走到较空旷的地方，手一挥。喝酒的人即使摇摇晃晃，都随着他手势往那边走去。四拿见已开始掌控局面，又下了个指令，要所有人按高矮顺序排好。

有的人嘻嘻哈哈，郭麻子就说，罗四拿，你还捉着我们搞军训?

谁和你开玩笑？郭麻子，现在不是你说话的时候，快站好队！四拿的语气，忽然就变得严厉。郭麻子一看别人已经渐成队形，赶紧比着高矮，找自己位置。

不久，我也当上金刚，抬了一回死人。罗瞻先很快也去了，我去抬，一只脚穿自己的鞋，一只脚穿四拿借我的增高鞋，两只脚就一齐用上力。

大爹上山时，来送他的人很多，留在村里的男人，个个都变身金刚，围在棺材周围。十六个抬棺人可以随时被替换，因为都是老弱病残，谁体力稍有不支，吆喝一声，马上有人替他。一路不停地走，人不断地替换，喊号子的声音始终不绝于耳。整个队伍像在搞接力赛跑，像是火矩传递，人一多，自有一股热火朝天的气氛。一些人原本是旁观，看着看着，不知不觉，袖口一挽，拢上前来报名说，我来替一替。

大爹没有子嗣，所以我这侄儿要拦棺，要摔盆，充当孝子的角色。我爹在一旁监视着我。在他看来，这好比一次难得的彩排机会，下次该他走，我就可以很熟练地当孝子。要是他不盯得那么紧，我也想挤进抬棺的队伍，冲各位金刚说，来，我也替一把。

罗瞻先肯定是知道我大爹死得很风光。整个打狗坳还能走路的男人，都给他抬了棺，所以罗瞻先后脚跟着走，想有同等待遇。走之前，他特意交代四拿，说抬棺的事，你要当总指挥。四拿哪敢拒绝，胸脯一拍说，你放心，别人家的我都尽心尽力，你嘛我更是要弄得隆重气派，弄得轰轰烈烈。罗瞻先上山的时候我也当了一回金刚，要是没有四拿，我不敢想象我这拐脚，也能当一回金刚。我抬棺走半里地，别人强行将我替下。

我决定出去看看，再不出去，我就只能一辈子待在打狗坳。四拿也是出去长了见识，才能变成一号人物。他自己也说，以前搞业务员，费尽唇舌，也没做成几单好生意，但嘴皮子到底是磨快了，回到打狗坳，竟然管用。我决定跟着他出去混，不一定赚着钱，只求开开眼界，改变心境。天下之大，不定还真碰到一个一心想嫁给拐脚的漂亮妹子。

我去找四拿，告诉他，我已经打定主意跟他出去，鞍前马后，忠心耿耿。他脸色犯难，跟我说，不行，兄弟，我已经决定留下来了。

当村长助理？

村里什么事也瞒不住，我知道村长要他当村长助理。这也是村里那些自觉得差不多活到头的老人的强烈要求，他们相信，抬棺这事需要四拿主持，若没有四拿，换一个人主事，没准儿抬棺的人就凑不齐了。村长不是干部，每月有一千五百块的误工补助，村长助理每月一千二。

四拿跟我说，他打算干这个。

一千二？

一千二。他用力地点点头。

为什么？

为什么？问得好！这几乎成为他的口头禅。他抽着烟，仔细地想了一会，告诉我，出去十来年，我发现外面人不需要我，谁都不需要我。但这次回来，打狗坳竟然还有人需要我。

需要你抬棺材。

那也是需要！需要我抬棺材，我才能变成金刚。

你已经把太多人变成金刚，所以，在我看来，似乎不缺你一个。我还是想由他带我出去混事，没有他，外面显得太大。

他拍着我肩说，田拐，所以你要出去，你出去转一圈，再回来，说不定就明白了。哪天我接了村长，你也可以来当我的助理。

我爹帮我看了个宜出门的日子，我拿着很少的行李上路，四拿也来送我。他把外套披在身上，双手反插在胯骨上，让我想起很多年前焦裕禄的画像。道别后我没有回头，径直奔向三岔口，在那里搭车。我脚上穿着不同的鞋子，一只是平底鞋，一只是增高鞋。这增高鞋是四拿带回来的，现在送给我了。另一只，他也一把揣进我的怀里，说这只穿不上，也算是个纪念。

写作笔记

没有一种爱好，能够让我的心灵真正地静下来，看我身边的人和事，然后让我学会体谅和包容，以及平静，除了创作。

当创作成了生命里的镇静剂、信仰和爱的时候，无论怎样的苦和累，都变成可以忍受；无论怎样的黑夜和暴雨，都变得可以接受，因为阳光在心里。

对于一个临水的人来说，文学是渡人的舟；对于一个不断寻找和追问的人来说，文学是信仰和镇静剂。它让你在很多不如意的时候，可以静下心来往前看，然后对自己说，宇宙在你手中，在你笔下，只要你善良，你就可以。

肖勤，仡佬族，1976年生。中国作协会员，第十届全国少数民族文学骏马奖得主。小说集《丹砂》入选2010年度21世纪文学之星丛书。小说《暖》获《小说选刊》2010年度第二届茅台杯小说年度奖、《金宝》获《民族文学》2010年度小说大奖。根据其小说《暖》改编的电影《小等》获美国圣地亚哥国际儿童电影节“最佳长片”奖。

丹砂的味道

肖勤（仡佬族）

1

爸爸把红布拿到奶奶面前时，奶奶生命的烛火已经完全熄灭了。爸爸知道，奶奶走得不甘心。因为他没能买到奶奶要的丹砂，这不怪爸爸，自从巨大的泥石流吞没了去往大山的路后，我们已经四十余年没有采砂了。早在十年以前，村子里的人下葬就已经没有丹砂陪葬了。

妈妈说奶奶走时表情充满了忧伤。这个从不爱做庄稼活儿也不爱织布绣花的女人是寨子里的异类。她每天早晨都去半山那棵大皂角树下，对着山坳那面哼哼咿咿地唱山歌。唱完歌后，就满山遍野挖草药。说她懒，说不太过去，在又热又湿的丛林里挖草药比种庄稼辛苦，还很危险——林子是野物的天堂，青竹蛇、蜈蚣冷不防就从哪一棵药草下蹿出来，把要命的毒液注进你的身体里。在大家看来，奶奶是个怪人，比如，她还喜欢到山深处去采药，一个人静悄悄地去，一个人静悄悄地回。可这个敢到深山采药的奶奶偏偏又很胆小，只要太阳一落山她便坚决不出门，她说，天一黑，夜里就有东西。

妈妈总被奶奶吓得满身起鸡皮疙瘩，其实妈妈的胆子也不大，所以妈妈就责怪奶奶：“您乱说什么？夜里有什么东西？”

“那些白天不敢出来的东西，它们到处乱窜。”奶奶孩子似的左右环顾，低声细语，脸上充满了神秘。听得妈妈手臂上全是鸡皮疙瘩。

爸爸刚把红布铺进奶奶的棺木，我便出世了，当时妈妈还没感到阵痛，羊水好像也没破，总之用妈妈的话说，是一点分娩之前的预兆也没有我就来了！妈妈说到这里的时候总是很自豪，因为在寨子里，肯生崽又生得顺利的女人是吉利的象征。谁家有这么个女人，就预示着五谷丰登、家族兴旺。

关于奶奶墓里那块红布，爸爸说，那是奶奶去另外一个世界的灯。仡佬人死了都要去另一个世界，可是从阳世到那个世界的路中间有一段很黑的路，得有灯引着去；那段路上还有很多鬼魂，也得靠这盏红色的灯为天性胆小的奶奶驱赶走那些鬼魅。本来那块红布应该是丹砂的，丹砂红是世界上最驱魔的利器。我们仡佬人就是在丹砂红的护佑下蹚过那些昏黄的河流、走过葳蕤的大山的。

可是，爸爸没找到丹砂。说到自己没找来丹砂时，爸爸总是会流泪，那泪水浑浊如江水。

2

关于我的出生，跳傩的堂祖公沉着脸说我来得很不巧：“时辰太恰了，搞不好他奶奶的魂走时刚恰撞上他，附了他。也说不定这崽的魂还没醒透，半路不巧随了他奶去。”

爸爸忧心忡忡地看着他怀里的我——他怀里这个婴儿的确有点古怪，白天不醒，晚上不睡。

妈妈疼我，不许人说我坏话。她说这崽打小懂事，白天知道我们要薅苞谷，不吵呢。妈妈每天出门上山干活儿时都把我放在木栏过道中间，点燃一支艾香后才走，山风清凉地吹着，和着艾香味，一直把昏昏入睡的我熏到五岁。

我五岁时爸爸很严肃地与我交谈了一次。他说:“崽，不能这样睡了，你得上学，没有哪个学堂是晚上开课的。”

对于上学的意义，我并不太懂，但是因为爸爸严肃的表情，我不得不认真地听，可我做不到爸爸要求的事——每天去学堂，我总是趴在课桌上睡觉。

我从没告诉过任何人我为什么会这样。事实上，我一直做着一个相同的梦——我确信我是从出生那天就开始做这个相同的梦。梦里总有那座红色的山，山下堆满红色的砂，人们忙碌着，手中也沾满了红色的砂。你无法想象那铺天盖地的红色天长日久地出现在一个幼稚的孩子梦中，这对一个一无所知的孩子来说具有多么大的魔力，它像一个咒语，不断地召唤我走进那片红色的海洋。而这鲜艳的海洋只有在黑暗的映衬下才显出夺目而璀璨的光芒。当太阳升起，世界绿成山岭、黄成田地、灰成房屋的时候，那片海洋便被这些色彩搅得乱七八糟。这色彩太乱。

这样乱的色彩让我异常的疲惫，我宁愿睡着。

我一闭上眼睛，我要的红就回来了。黑夜的时候，我静静地坐在木屋里，桐油灯火苗美丽地扭动着旖旎的身姿，风从窗子缝吹来，它跳舞的样子是朝我这边飘的，风从灶房的篾席缝里吹过来时，它又跳着舞朝沉默地吸着水烟筒的爸爸那边飘。透过橘红的火苗，我能看到他们看不到的——我看到火苗的深处有一个红色的世界。我看着那个世界快乐地笑，爸爸以为我是看着灯那面的他笑，便也笑，吐出一口烟说，乖崽崽。

3

跳傩的堂祖公老了，跳不动了。自从放下傩具，堂祖公的夜就长了，大把大把的时光沉淀起来，多得堂祖公难受。刚开始的时候，堂祖公一个人坐在火塘边，把他大半辈子的岁月一页页地往前翻，翻到伤心的那页时，挤出一两颗浑浊的老泪；翻到娶堂祖婆那页时，就咧着缺了一半牙的嘴笑。

但是再精彩的书总是有看腻的时候，何况是自己写的书。这样过了大半年，堂祖公实在是无事可做，整天就跑到奶奶以前爱去的皂角树下咿咿呀呀地哼歌。

夏天的皂角树下是很凉快的，难怪奶奶常坐那儿悠然自得地唱她的歌。奶奶命好，娘家是有名的淘砂王，当年奶奶带过来的那些嫁妆足以让她这样清闲自在地过一辈子，她想采草药也好想唱歌也好，爷爷都由她去，只负责把她采来的草药晒干后，攒足筐后担到山那边的集镇上去换钱。爷爷都不管奶奶，爸爸更不敢管。

巨大的皂角树像一把翠绿的大伞。我逃课后，总偷偷跑到那里睡觉，等放学的钟声响了后，才背起书包回家。可是这片领地被堂祖公发现而且侵占了，那天风正好，凉凉爽爽的，侵占了我领地的堂祖公站在上风口，不但不报以歉意，还一把揪起我，脱了我的裤子就要打我屁股。

我急得哇哇叫，说：“你敢打！！你打我我就告你！老几十岁的人了还唱情歌，不要脸！”

堂祖公高高举起的大手陡然停留在空中，堂祖公是寨子里威望最高的人，这样一把年纪还唱情歌实在是件丢脸的事情，何况是我这样一个半大不小的娃崽发现的。

“嫩臭娃儿！你晓得个屁！啥子叫情歌？你祖祖啥时候唱情歌了？”

“昨天你就唱了！”我气咻咻地提起裤子，心想从明天起一定要让妈妈给我一条裤腰带，免得哪个都可以从我身边走过去，突然伸手一拉，就拉下我的裤子来，光着半截屁股让人笑。

“昨天我唱啥了？”老谋深算的堂祖公瞟了我一眼。

“你唱：呀咿呀唉，妹妹的荒瓜不开花；呀咿呀唉，哥哥不在怎开花！”我学着堂祖公的嗓音像模像样地唱起来。

这一唱不要紧，吓得堂祖公一把来捂我的嘴。他侧身过来的样子太急，像是扑着跪倒在我面前，逗得我咯咯咯地笑起来。

“鬼娃崽！该死的鬼娃崽！”堂祖公气急败坏地咒骂道，“读书不行，学人家唱歌记性倒好！”

我昂着头说：“祖祖你自己说的，我是奶奶投的魂，奶奶会唱歌，我当然也会唱。”

堂祖公再次吓坏了，用老狐狸一样的眼神望着我。拍拍草皮坐下来说：“来，我们试试看——我再唱首歌，看你会不会学。”

堂祖公清清嗓子唱开来。歌很长，可难不倒我——不是唱山就是唱水，不是唱水就是唱树，还有山里寨子里常见的鸟儿花儿。

堂祖公唱完后，扬扬眉毛看着我。挑衅似的。

我别别嘴，也扬扬眉毛，得意扬扬地唱开来，一字不差。

堂祖公这回真被我吓呆了，他瞪着一对死鱼似的眼睛死死地盯着我，呆若木鸡地咽着口水。半天，他突然一把抱起我就往山下走。我也吓坏了，拚命挣扎着叫：“没放学呢！你放下我！我爸要打我了，我就告你！”

堂祖公不听，擒我像擒着一只小鸡崽，随着山坡一溜小跑就到了我家。

“坏了，这娃崽真中邪了。”气喘吁吁的堂祖公焦急万分地对刚放下箩筐的爸爸说。

爸爸茫然而木讷地看着我说：“他不好好的吗？”

“不对！！”堂祖公指着我，斩钉截铁地说，“他和他奶真撞上了！”

4

堂祖公的论断，爸爸不太信。他是读了几天书的人，他读的书和堂祖公看的那些不一样。爸爸学的叫文化，堂祖公学的那些叫迷信。只是爸爸不便顶撞堂祖公，在乡下，傩师是最神秘也最有威信的人。爸爸没那个胆子敢和堂祖公理论关于迷信与科学的关系，而且他肚子里那一点点科学还远远不足以与堂祖公抗衡。

思忖了半天，爸爸说："他祖祖，那您说咋个办呢？"

"给他冲个傩吧，把那啥……冲走。"堂祖公甚是忧虑地望着靠着木栏杆昏昏欲睡的我，"你看看，白天不醒，晚上不睡。不是那啥了，会是啥？"

"咋冲法？"爸爸一时没了主意。

"今天晚上，把他领我那儿去，我先给他烧个蛋，看看吉凶再说。这傩可不敢乱冲！"堂祖公说。

我一听到蛋，猛地醒了。

上次妈妈走夜路回寨子，阴风吹歪了她的嘴，堂祖公也替妈妈烧蛋了。热腾腾的熟鸡蛋从草木灰里刨出来，剥开壳，香死人了。堂祖公剥开蛋黄后，指着中间斜斜的一道裂缝说："女娃，你是撞上落沟魂了。"

妈妈被吓得哭起来，半边僵硬的嘴巴扯着，很吓人。

堂祖公让妈妈把蛋吃掉。我想吃，却被堂祖公一巴掌打在手背上，他厉声呵斥道："给你妈烧的蛋，只能她吃了才能解！滚一边去！"

只要能吃上香腾腾的热鸡蛋，我才不在乎撞上了什么魂！

吃过夜饭，堂祖公带着我回他的宅子。爸爸不放心地跟在后面说，叔顺便给他看看作业。

堂祖公瞟了我一眼，说："这崽崽聪明得很，等冲走了那啥，他自会是个好读书郎，不着急。"

堂祖公的宅子太深，一样的木栏式木屋，堂祖公家却一式盖了三转，只留着进门那一转没建，远处看去，像一个巨大的嘴巴。我随着堂祖公走进那张嘴巴，只觉得冷。

我说："祖祖，屋里缺太阳。"

堂祖公说："屋大了都这样，热天凉快。"

我说："不好，缺气。"

堂祖公愣了愣，说："啥气？"

"人气。"

堂祖公呆若木鸡地站在空荡荡的院坝中间，微张着嘴巴，一动不动地盯着我看。

我没理会堂祖公那诧异的表情，径直往里走。

走进堂屋，我突然嗅到一股奇异的味道，那味道我好像很熟悉。可这味道在寨子里从没有出现过，我确定我也从没嗅到过。我站在堂屋正中，冷不丁地对堂祖公说："祖祖，我要！"

"你要啥子？"自从我说屋里缺气开始，堂祖公的表情就一直挂着莫名的疑惑与忐忑。堂祖公是跳傩的，他能看到人们看不到的东西，我想，他也许又看到什么了吧？

"你屋里藏着的东西。"我歪着头说。

“我屋里藏什么东西了？我屋里除了几斗米几坛油，还有啥子？”

“有。”桐油灯闪了闪，我嘟着嘴说，“那红色的东西。”

关于我当时的神情，我本人并不知晓是如何的。可祖公临死前说，我当时的表情是“神秘而诡异的”。堂祖公被我的表情吓坏了，两条可怜的老迈的双腿不断地哆嗦着。那一刻，堂祖公确信我来时的灵魂与奶奶走时的灵魂冲在一起了，奶奶的灵魂附在我身上没走。五岁的我站在祖公的堂屋里，理所当然地盯着祖公，等着祖公把红色的东西交给我。

祖公的表情在我看来才叫怪异！他用那双充满恐慌与自责的眼睛看着我，然后从神龛后面拿出一个木盒子，放到八仙桌上打开来——里面是一层又一层的仡佬土布，等最后一层土布打开后，我眼前是一一撮幽暗的红砂。

祖公小心翼翼地捧起一小撮来，不敢多用一分力，也不敢少用半寸劲儿，然后瞪大了眼，万分小心地半鞠下腰，递到我面前。

那撮砂离我越来越近，我的心咚咚直跳，开始那声音只是在心里轻而细地响，后来汇成溪汇成河汇成澎湃的海浪，轰隆隆地响在耳畔。梦里那座山就是这样的红色！梦里风中穿越过的气息就是这撮砂的气息！我睁大了双眼，控制着自己胸中升腾的欲望——莫名的欲望——我想吞下它！吞下这捧红砂后，它便永远与我相依相伴了，我再不用在黑夜里睁大了双眼找寻它，再不用在白天的梦境里奔跑着追赶它！只有吞下它，我才能真正地拥有它！

桐油灯的火苗静而直。没有风，砂的味道就直直地扑进我的鼻腔和胸腔。

祖公用通灵时才有的独特神情恭敬地对我说："崽他奶，你要，就拿去吧，想给我留就留，不想留就都拿走吧。你要多少，就拿多少。到了那边，别忘了等我过来时，半道上接接我。"

崽他奶？！

我往身后看了看，背后空空的，一个人没有，屋子里只有我和祖公两个人，可祖公却盯着我叫崽他奶。

我吓坏了。心又开始咚咚响，堂祖公的脸伴随着震耳欲聋的鼓点夸张地扭曲、变形，祖公的眼睛变成了一张黑色的网，把我的身体拉着不断引向网的深处……

我突然惊跳起来，嘶声尖叫着冲出屋子，屋子像一个巨大的磁铁，使劲地想把我揪回去，我便使劲地挣脱，一头扎进雾色苍茫里。

寨子睡了，白天所有的气息也睡了。可是山的深处却有着一股浓郁的气息还醒着，在不断地向毫无方向地奔跑着的我温柔地呼唤："来啊！来！"

我光着脚，朝着那个方向奔跑去。夜浓成了一团墨汁，可前面却有一团火苗在燃烧。祖公站在背后，还在幽灵一样急促又低沉地叫：崽他奶！崽他奶！

5

爸爸是到天亮才找到我的，当时我正安静地睡在武陵山脉的怀里，巨大的泥石流截断了祖辈采砂的路，也阻断了幼小的我狂奔的脚步。我靠在一块红色的砂石边上，那一块遗弃的废料石。我却宝贝地抱着它，嘴里还含着没咽下的红土，幸福万分地沉睡着。

爸爸摇醒我的时候，我困涩地睁开眼睛，对爸爸说的第一句话是：“我的鸡蛋呢？”

鸡蛋到底是没吃着。堂祖公在我面前也再不提冲傩的事情，只是每次都用一种复杂的眼光看着我。那目光里有慈爱也有惧怕，有亲切也有惶恐。我整天反复推敲堂祖公的眼神，这严肃认真的思考占去了我不少睡觉的时间，端起碗的时候我在想，坐在课堂上我也在想。到了晚上，运转了一整天的脑袋累得不行，倒头就睡了。这在别人看来是个好兆头，说明白天不醒晚上不睡的我终于渐渐恢复了正常。那天我放学回来，堂祖公正坐在我家灶前和爸爸喝酒，看到我气喘吁吁地冲进门扑到水缸边舀水喝，堂祖公长长吐了口气，对爸爸说：“幸好把丹砂给他奶奶了。要不这孩子怎么会好？”爸爸转过头，一把揪过我，拍着我的脑袋认真地问我：“你奶走时你有感觉吗？”

我不太听得懂爸爸的话，只得茫然地摇着头。却突然想起那晚上堂祖公盯着我叫崽他奶的情形。我生气地指着堂祖公说：“祖祖骗人！他唱山歌被我听到了，怕我告他的状，半夜三更的把我骗到他屋里冲着我乱喊，想把我吓疯。”

堂祖公欲辩又止，一脸苦笑，长叹一口气，揪心揪肝地说：“也不知道是谁想把谁吓疯！这丹珍！”

丹珍是奶奶的小名。

听堂祖公这沉重的一唤，爸爸确信了堂祖公所说的一切，他把我像宝贝一样搂在怀里，生怕我再有什么闪失。

此后的十余年，堂祖公对我始终敬而远之，不冲傩了的堂祖公闲来无事，便教些半大不小的娃崽认字。我不想睡觉的时候便混于其中，看他教别人，每次堂祖公看到我走进他堂屋，都会极认真地和我打招呼："来了？"

我觉得堂祖公对我的态度很奇怪。我只是一个孩子，他却偏偏当我是大人一样。有时候，孩子们在齐声念书时，他会走过来，讨好似的对我说："怎样？我教得还行吧？"

我蹬鼻子上脸，拿腔拿调地答："唉，还行吧。"

这时候堂祖公脸上便会挤出菊花似的笑纹来，把头不停地点着，颇有点接受表扬后的激动。教孩子的时间长了，总有人家觉得欠他人情，便要给钱和米。可他统统不收，只浅淡而懒散地说："收了米油在手，不如存了丹砂在心。"

这话让人听不大懂，可自有一朵莲花盛开的气息，从堂祖公那推辞不已的语气中弥漫开来。

我稍大一些后，堂祖公就领着我走山串寨收山歌。白天我听人唱，晚上回来堂祖公听我唱，边听边在灯下眯着眼睛把它们写在牛皮纸上。

装满第一箱歌集后，我已经到了看见异性会莫名脸红的年龄。那年暑假，山腰的妹仔唱："风不吹松，松不动哦。"我听了，想也不想就在山这面回唱："妹不逗哥，哥不疯嘞。"堂祖公打趣我道："长大了，心活了哦！"

那天晚上，堂祖公终于坐在火塘边，郑重地和我提起了我的奶奶。

原来奶奶是仡乡出名的才女，在20里外的县城里，没人不知道学堂有个比男孩读书更"行实"的她。可是富有的砂矿老板——我的外祖公、她的爸爸不让她出县城去念高中——那时候，守着一座砂矿比读书强多了。再说，在外祖公看来，女子读书最终是替夫家读的，何苦花那几串冤枉钱。可奶奶不愿意回山里，因为奶奶的心已经被县城中药房里那个抓药崽揪走了。奶奶教他学会了许多诗，他教奶奶认得了许多草药。拗不过外祖公，任性的奶奶干脆在一个雷雨夜与抓药崽失踪了。

"大半年过去了，我在县城豆腐街找到她——我听说豆腐街里有个唱山歌唱得特别好的女人，我想那一定是你奶奶。"堂祖公叹息着说，"我当时不知道她已经怀上了孩子，要早知道，我就不会把她的信息告诉你外祖公！哪怕你外祖公给的钱再多，我也不会的——回到寨子，你奶奶跪着求你外祖公，要他放她回去——那时候我才知道她有了娃娃。可你外祖公不肯，大发雷霆，强迫着给你奶奶喂了打胎药。

"你奶奶机灵，一喝完药就自己抠喉咙催吐，又猛灌绿豆汤。然后捂着肚子上山找草药——看来那抓药崽真教会了她不少东西！最后居然把孩子保住了。"

我瞪大了眼，仿佛听着一个遥远的神话。以我的年龄来说，接受这样的现实和这样的故事太沉重也太陌生了些。而且在妈妈给我的记忆里，奶奶单纯如一个女孩子，一生不知道织布绣花种庄稼，终日唱歌采药。她命好，爷爷宠她，啥都由着她，田间地头的活儿，从不让她沾。

“她唱歌，是在等人。她采药，是在想他。你爷爷宠她，其实是不愿管她——他是不喜欢你奶奶的，当年娶亲只是因为需要你奶奶的嫁妆。”堂祖公说到这里，表情很痛苦，“是我害了她，我不该图那一百元赏钱。”

我还是不信：“奶奶那么胆小，才不敢干这样的事情哪！”

“外祖公咒她。你外祖公说，等她死的时候恶鬼要来收她，丹砂也照不亮她过那边去的路，她会万劫难逃。这话天天说年年说，你奶奶听着听着就听进了，人也像是听糊涂了，有时候，大白天指着空荡荡的院子神经质地喊来了来了！赶出去赶出去！倒是吓得你外祖公一家心惊胆跳。后来干脆把她嫁给了你爷爷。那时你爷爷刚死了你大奶奶，一个人带着三个娃崽，苞谷饭都吃不上。你奶奶嫁过来时，嫁妆厚实得几个寨子的人都来看稀奇。”

“我奶奶怀的那个崽崽呢？”

堂祖公放下毛笔，郁郁地说：“嫁妆厚实，当然是因为多带了个人嫁过来。”

说完，看了看我，欲言又止，忍了半天，终于说出来:“就是你爸爸！”

我傻了。半张着嘴巴，口水从嘴角流出来也不知道。

堂祖公摸摸我的头，又开始埋头在牛皮纸上写字，我迟钝地看着堂祖公花白灰乱的头发，隐隐地感受到了堂祖公对于这个机灵却又敏感的奶奶那份愧疚之情——他带着我跋山涉水地收集山歌，是在替一生都活在山歌般梦幻里的奶奶续梦呢。

灯光暗下来，该剪灯芯了。堂祖公抬起头，拿起剪刀剪了两下，灯光一下子欢喜地跳跃起来，蹿出红亮的火苗。火光一闪一闪，映出堂祖公眼睛深处的愧疚和忧伤。

6

堂祖公对我的态度一直很客气。因为他直到死时都确信无疑地说，我五岁那晚和他说话的时候，其实是奶奶在和他说话。

十多年后，我一再对躺在床上薄得像片叶子的堂祖公说：“祖祖，那是迷信。”

“不是，是你奶。”堂祖公痛苦地答。

“祖祖，世上没有鬼魂。”

“那你怎么解释你一进屋就闻到了丹砂的味道？又怎么知道它是红色的？”

是了，我的确不知道堂祖公屋里那特殊的味道来自于一种叫作丹砂的矿物，我更不知道它是液体还是固体，是黑还是白。那年我才五岁而已。

可我当时分明就不经思索地说：“红色的东西。”

看我答不出来，堂祖公才痛苦万分地道出了另一段往事：

“你奶临死前来求我过，问我讨丹砂。你奶说，她怕过那条路时太黑，又怕红布不够亮。她说她爸爸咒她咒得那么凶，她没有丹砂一定会落到河里去。她落下去了其实也没有什么可怕，可她与他约好了，生时没能在一起，死也要在那边相聚。

“她知道我有一捧，她说她只分小半捧。我没给——你想啊，我一年要冲多少傩！要开罪多少鬼魅邪物！砂少了，我也怕我走不过那段路。所以没有给她。你奶当时哭得可厉害了，都几十岁的人了，还跟个小姑娘似的哭！”

堂祖公绵长又愧疚地叹了口气，又说：“她怕，没敢走，半路撞上你来投世，就附了你。我要早知道她那样怕，我给她就是！可我偏不给她！你奶奶生时没能好好过上一天自由的日子，死了还得附在你身上游荡那么多年！都怪我啊！怪我！我一辈子替别人冲傩驱魔，却冲不了自己的的傩驱不了自己的魔！我害了她一次又一次呀！”

看着千悔万痛的堂祖公，我终于明白那个夜晚堂祖公为什么会用那种怪异又诡秘的表情对着我。

人一老，便成了孩子，胆小而敏感。干巴巴的堂祖公躺在病床上，已瘦成一片树叶，全然不像以前那个威风八面通灵得道的傩师。我安慰他说：堂祖祖，奶奶不会怪你，你也不要担心什么了，世界上没有魔，人死了也没有灵魂。奶奶不需要丹砂，你也不需要！

哼哼。堂祖公讥笑我：“你懂什么？你懂，那你说给我听听——你一直偷吃着矿石长大，为什么？”

我愣了，无言反驳。从跑到山谷口睡了一夜后，我便经常跑到那里选成色好的矿石，放在书包里偷偷吃。

“那是因为，你的骨头里流着咱仡乡的血，我们需要丹砂，你也需要丹砂。我们的灵魂和骨血里都缺不了丹砂！”堂祖公一字一顿地替我答。

关于丹砂的诱惑，我一直无法破解，直到高三那年，爸爸突然进城来，在校园的枫树脚，他望了一眼落下的枫树，没头没脑地对我说：“去看看，找准了病，安心。”

爸爸说的安心，既有安他自己的心的意思，也有让我安心好好考大学的意思。

我听话地和爸爸上了一趟省城，找医院的时候我牵着爸爸的手，爸爸是大山的孩子，对于城市，爸爸是陌生的，他瞪大着眼，看着川流不息的车辆，半天不敢挪步，路对面的医院离他那么近，他却没有轻松渡过这条河流的勇气。

过了马路，爸爸的勇气又回来了，他紧紧牵着我，把我引到大夫面前，万分仔细地将我小时候的事说给了大夫听。这一说就说了四天半——因为每个医生的回答他都不满意。

直到有一个医生也用很认真仔细的口吻回答他说：“也许是那时候生活困难，缺营养，孩子缺锌，睡不好、有异食癖。一般来说，有这毛病的人，会有自我选择的意识，他身体里缺什么元素，他就会不由自主地去寻找带有这种元素的东西进行补充。也许，这孩子缺的东西，正好丹砂里有吧？我不知道这样的解释你是否赞同，但是你的确不用太担心——你的孩子各项指标都很正常。”

这个解释终于让爸爸不停走着的脚步停了下来。

他比较相信这个答案。

因为我一生都在偷食，却不曾发现出任何问题。

“只要不是脑子有病就好。”爸爸忧郁地看了我一眼，长吁了口气。我是家中的老小，尽管在学堂上课我经常趴着睡觉，但我仍然成了寨子里最优秀的学生。这样一来，我就成了寨子里的神童。可我越优秀爸爸越害怕——他总担心我突然有一天会一头再栽回五岁以前的状态中去。这样的担心一直困扰着爸爸，这些年，爸爸的烟酒量越来越大，我可怜的爸爸！

我知道，爸爸心头还埋着一层心事，犹如不接纳奶奶一样，寨子里的人也并不甚接纳爸爸。别人家插秧时有人帮忙，我家插秧时是没有帮忙的，那几个伯伯，爸爸的哥哥们，总在那一段时间里忙，“忙得实在是顾不过来”。在寨子里，我是妈妈惟一的骄傲，堂祖公是爸爸惟一的酒友。这些年我和爸爸都在共同为彼此做着相同的事情——我替他坚守着那个人人皆知的秘密，怕他受伤害；他也替我抵挡着这个人人皆知的秘密，怕我受伤害。

应了医生的吉言，19 岁那年，我嚼着家乡的砂土，骄傲得像头小山羊似的昂头走出了大山。

7

冬天是一个特殊的节日，那是另一个世界开纳大门迎接老人们的季节。总有许多老人在冰雪透亮的心境里离我们而去。老人有老人的安排，他们在离去以前总是要用良心再走一遍以前走过的路，灵魂走岔道的地方，他们用傩鼓召回迷失的灵魂；躯体走错的地方，他们迈着蹒跚的脚步重走一遍。打了不该打的娃，他们用苍老如树皮的手掌搓娑着娃的头，把欠下的那些不该搓走。总之他们把一切收拾妥当了，才坐在老屋里等着被度过去。可是堂祖公走的时候却显得脆弱和惶惑。他不停地念叨说，他过那段路时奶奶肯定会来接他。

他一次次激动地问我，仿似奶奶的灵魂还在我的身体里一样。“她会来吧？是吧？你奶奶她记情，心好。我把砂全给她了，她一定会原谅我，会来接我的！”祖公说着，目光里充满了渴求与希望。

我不想继续与堂祖公争辩。这个病床上的老人对他要去的那个世界是执着的，尽管要走一段艰辛的路，可他还对路后面的世界充满着希望，我没有必要打碎他的希望。

所以我对堂祖公说：“会的！会的！”就像是奶奶在做出承诺。

堂祖公却反倒沉默了，眼里闪烁着一团碎星火似的东西，那个东西叫秘密。

快过年了，天下着大雪，该在床上躺着的堂祖公却不见了。

堂祖公回来时，已经不能说话了。

他躺在红木漆的床板上，带着似笑非笑的表情。堂祖公走时身下放了偌大一匹红布，红布不是普通的红棉布——爸爸用编箩筐换的钱给堂祖公买了一块耀眼夺目的绸布，它在阳光下放射着灿烂的光芒。

堂祖公很安详地闭着眼。他知道他这一路走过去的，肯定是一个平坦而幸福的世界——因为他的坦诚与忏悔，已经把他去往那个世界的路清洗得一尘不染。而那块耀眼的红绸布，已把通向那个世界的路照耀得光华灿烂。

因为，他临死前，把一个纸团交给了我。上面写着那个我真正应该叫爷爷的人的信息。

就是为了这个信息，已经几十年没上县城的堂祖公才会被驶过的三轮车撞倒在地。

堂祖公一生只去过两次县城，一次去找奶奶，一次去找这个人。

堂祖公是用孩子一样可爱而狡黠的目光看向我，然后等我走过去，把手里的纸团放在我手里的。

堂祖公说过他一辈子替别人冲傩驱魔，却冲不了自己的傩驱不了自己的魔！但现在堂祖公终于完成了他人生最后一次冲傩，完美的圆润饱满的一声声傩鼓送走了堂祖公。

那个地址和那个人，我没对爸爸提起。我把它烧在了奶奶墓前。我想，奶奶自然会收到的。

我只留了堂祖公的一件遗物——那是堂祖公经常说的那句话——收了米油在手，不如存了丹砂在心。

写作笔记

我的写作一直与一条河有关。河并不著名，叫清水河。我就出生在清水河边，自然就写这条河，写生息在河边的我的同族、我的亲人。清水河清浅、苦涩、隐忍、柔顺，两岸生活的回族崇尚苦行苦修、忍耐顺从。这些民族特性竟然与清水河的品质不谋而合。一个地方和一群人，往往就是这样水乳交融的。书写这些人，自然就带有地域性。

地域性书写绝不意味着封闭和排斥，恰恰意味着认识和接受。文化、文学的多样化，才构成了互相吸引、互相认识的基础。所有的地域性书写才汇成了世界性书写。这正如一条河，不管多么细小，最终都要流向大海。而在大海里，分不清，也不必要分清，哪股水是从哪一条河里流进去的。

李进祥，回族，1968年生。著有长篇小说《孤独成双》，小说集《换水》《女人的河》等。作品入选全国各种选本，有作品被译为英、法、希腊、阿拉伯等文字。小说集《换水》获第十届全国少数民族文学创作骏马奖。短篇小说《四个穆萨》获第六届鲁迅文学奖提名。

换水

李进祥（回族）

清水河一带回民习俗是出远门要换水。

换水是方言，就是沐浴洗大净，其意接近洗澡，但从内容到形式都与洗澡有很大不同。洗澡要随意些，可以是泡，也可以是淋，先洗头还是先洗脚都无所谓，洗净为目的。换水就严肃得多了，须是活水，先洗哪后洗哪，哪个部位洗几次，用哪只手，都是有严格规定的。按规矩，七天须换一次水，上寺礼拜、过乜贴要换水，出远门也须换水。

起来换个水，咱们一早儿就动身，马清说。马清说这话时，丝毫没有平日里做过那事儿之后的慵懒，倒是杨洁没有动。以前，每次天亮前都是杨洁催马清起来换水，马清要么赖在被窝里不动，要么勉强起来和杨洁一起洗，洗着洗着有时还犯病，抱住杨洁再做一回，杨洁恼恼笑笑的也就依了。

杨洁是马清的媳妇，结婚刚三个月，最是如胶似漆的时候。

咋话，还想做一回？马清边问边动手。

啥呀！杨洁甩开了马清的手。

真走？

你不是都答应了吗？咋又没主意了？

我只是……

你又来了！城里也是人待的地方，城里人也没长着红毛绿胡子，我们又不偷又不抢，城里人能把咱们吃了？我在城里打工这些年，不也好好的？盖房子、娶你，还不都是从城里挣来的钱？靠土里刨，再等八辈子吧……马清一口气倒出了一大堆，这些天反复说给杨洁，说得很顺溜也似乎很有说服力。

杨洁披了衣服起来捅火热水。虽说春天了，粮食都种到地里，凌晨寒气还是很重。

马清也很快起床了。

壶里的水吱吱地响，屋里几个月来，很少有过的安静，杨洁心里有些莫名的虚。

到城里也能换水吗？话一出口，连杨洁自己也觉得问得可笑。马清果然笑起来，你以为城里人都跟脏狗娃子一样？大大小小到处是澡堂子，还有桑拿浴，洗头、洗脚都是专门的店。家家都有热水器，开关一按，热水就来。水都是甜水，不像清水河水是咸的，城里人脸蛋子咋那么白净，全是甜水洗出来的。你要是到城里，用甜水洗上一段，准保比城里女人还白。

听你一说，城里啥都好，那你咋不找个城里女人，过城里生活去，又跑回来干啥呢？杨洁有些娇嗔地说，借此掩饰自己问题的愚蠢。这些天，杨洁老问这样蠢的问题。看到桃树开花了，她就问，城里有桃树吗？

开花吗？马清就说，别说桃树，一年四季啥时候都有桃子，只要掏钱，啥时候都能买上。我是说桃花！杨洁反驳一句。马清就说，桃花当然也有，花店里啥花都有，还有玫瑰花，二十块钱一朵。城里人过情人节的时候，男人都给女人送玫瑰花。你也给城里的小姐送过吧？杨洁呛了马清一句。哪能呢？我以后挣上钱了专给你送，马清说。我才不稀罕呢！我又不是你情人，爱送谁送谁去，杨洁说。

也有杨洁问住马清的时候。城里有月亮、有星星吗？杨洁问。当然有了，应该有的，不过，我在城里真的一次都没见过，马清说，城里灯光太亮了，把星星、月亮都遮住了。杨洁这时候就得意了。看，城里也有看不到的东西吧！说得城里真像天堂一样。话虽这么说，杨洁还是决定随马清到城里去。实际上，她也向往城里人的生活，虽然她最远只到过县城，但从电视上，她还是看到过城里人的生活。她只是有些心虚，才一遍又一遍地问马清。好像马清的话是榔头，一下一下把杨洁心中的那个信念夯实了。

水壶的吱吱声变成了混浊的大响，水热了。两人就依次换水。照例是杨洁先洗，她洗得比平日还要认真，漱口、呛鼻、抹头……每个动作都很到位，很庄重，把马清都感染了，他把吊罐挂到屋顶垂下的钩须上，退出了水房。他听到水声流得也很庄重、悠长，像他第一次出门打工经过清水河时听到的水声。他心里起了一层层的波，这些年打工的经历突然像一条河一样在他心里活泛泛地淌出来。他突然明白了杨洁这会儿的心情，觉得第一次与她有了心意相通的感觉。这些天，虽然两人很缠绵，但没有这种感觉。他忽然生出一种怜惜，一种骨肉水乳般的亲情。我一定要保护好她，不让她受伤害，我一定要让她过上好日子……他在心里给自己说。

换过水，收拾好东西，辞了家人，两人就上路了。三轮车，班车，火车，一天一夜，才到了要去的城市。马清似乎轻车熟路，又有些想在媳妇面前表现，啥都懂。杨洁只紧随马清，上车、落座、下车，又上车、落座、下车，她比结婚那天更显得兴奋和慌乱。但事情比马清想象的容易得多，他的工作很快就找好了，还是去年干的那家建筑公司。住处也没费多少劲，建筑工地附近有许多待拆的平房，人都搬空了，房租也不高。杨洁只随马清在工棚里住了一夜，第二天就搬到新租的家里。杨洁把租到的房子叫家，马清也这样叫。新家上下水都还没停，有床，有几样旧柜子，还有一个旧煤炉。马清领着杨洁在附近小店置办了几样简单的锅碗，新家居然真有了家的味道。一切都比想象的还顺利，杨洁真有做梦的感觉。

新家离马清干活儿的工地不远，站在院子里甚至能看到工地上的脚手架。马清开始上工了，他是瓦工，站在脚手架上砌砖、抹灰时，也能看到新家小院。他第一次有了归属感，感觉自己成了这座城市的一分子，连干活儿都有劲儿了，有责任心了；甚至感觉在给自己干活儿，给自己盖楼房。最初一段，他甚至连老家都没想起。以前干活儿间隙，他会不由自主地向老家方向看几眼。明知看不见啥，但看几眼心里也就踏实了。现在，他的眼里只有新家小院。中午下了工，他迅速地收拾好抹子和瓦刀，就往自己的新家里奔。每次回到家，杨洁总是打好了洗脸水，准备好了饭菜。饭菜很简单，一是要节俭，还有个原因是他们不知道哪里卖清真牛羊肉。蔬菜是地里长出来的，回民汉民都能吃，肉可不能随便吃。尽管是素菜，两人还是吃得很有味儿。

每天睡觉前，杨洁都让马清洗个头，还帮他擦擦身子。杨洁说，水泥蚀性大，看蚀出病来，马清就随她擦洗。马清想买个热水器，杨洁挡着不让买，说，你烧的？这房子又不是我们自个儿的，装上了到时候再拆？等我们有了自个儿的房子再装也不迟。杨洁一句话就像一股气，一下子吹胀了马清的一个梦想：要在这座城里弄套自己的房子。马清知道这个梦想很遥远，但他有决心，他有的是力气，也不缺智慧，他相信那个梦想一定能实现。但是眼前他只想买个热水器，他知道杨洁爱干净，爱洗。在家里的时候，杨洁就给他讲到清水河里挑水的事，还讲起看没人在清水河里偷着洗澡的事。马清也是在清水河里泡大的，一提到清水河，他也有说不完的故事。两人讲着讲着就乐了，现在没电视看，两人又一遍一遍地讲那些事，照样乐。马清讲起在河里比赛撒尿的事，杨洁就闹了，骂他，你这坏小子！往河里撒尿，下游的人还担水呢！杨洁就在下游。马清也笑，我尿的尿你都洗了澡了，难怪你成了我媳妇。杨洁就捶他。杨洁说，水流百步自净呢，还是活水好，杨洁的话有些幽情。她有些想家了，马清想。杨洁的确有些想家，她自个儿以为主要是没啥事儿可干，每天除了洗衣做饭就是等马清回来，她是个干惯了活儿的人，这样的日子还真有些不习惯。

你们工地上要小工吗？杨洁有一回问马清。

要呀！咋话？

我去吧？

一个女人家，咋能干那些活儿呢？马清明显不答应。杨洁好说歹说，马清始终反对她跟着打工。他想让杨洁过城里女人的日子，不想让她受苦受累。他知道眼下自己还没能力让她过好日子，但至少能做到不让她受苦受累。马清疼惜杨洁。

天气慢慢地热了，马清盖的楼也越来越高，新家在他的视线中越来越小，但他能真切地体会到杨洁的存在，他也努力地想办法让她过得愉快些。他从旧电器铺子里花一百元钱买了台旧电视机，用易拉罐自制了天线，虽然收的台不多，又冒雪花，但杨洁没那么心慌了；他还从工地上拣了条搅拌机的里胎，自制了个太阳能热水器，通上自来水，晒上一天，下午就有热水洗澡了。马清的每一项创造总能得到杨洁的夸奖，也能让她高兴一阵子，他就很满足。

总有一天，我要让你住上大房子，看上大彩电，用上真正的太阳能热水器！马清给杨洁说。

杨洁就笑着点头，她相信他能，他也相信自己能。

我们回家吧！杨洁说。杨洁说这话时刚在家换了最后一次水，头发还湿漉漉的，水珠顺着发梢流到脸上，似乎是一脸泪。他们租住的新家明天就要拆了，住了半年，忽然搬走，有些感伤，杨洁就说要搬家了，得换个水。实际上，杨洁是想回家了，马清没应声，也没动。

回家吧，家里有房子，有土地，别人能过，我们也能过。回家，啊？

杨洁又说。

现在这个样子，咋能回去？马清有些恼怒，又有些无奈地说。

马清的一条胳膊残了。

马清是从脚手架上摔下来伤残的。他已经养成砌会儿墙，往家望几眼的习惯。那里有他牵挂的人，是他在这座城里生存、奋斗下去的一个理由，是他努力在这座城里扎下的一条根。可是楼层一天天地高起来，周围的楼房也一天天高起来，新家一天比一天小，几乎要看不见，快被一群大楼吞没了，有时要使劲抻脖子才能看到一半儿。那一回，他怎么努力也找不到，就有些着急，似乎他的小院连同杨洁都被群起的高楼挤没、吃掉了，他努力地耸起身子，伸长脖子，还是看不到。也许高处风大，他突然从脚手架上栽下来，幸好没有直直地栽下去，要不早就没命了。外面纱网一挡，他往下只掉了两层楼的距离，一条胳膊卡在架杆上停住了。几个工友把他拉下来，看到他只破了些皮，都说说笑笑地散了。他惊魂稍定，只感到右胳膊疼得厉害，一点劲儿也使不上，就给工头打了招呼，回到家。他没事人似的尽量轻松地给杨洁说了，她还是吓白了脸，摸遍了他全身，还是不放心，说到医院看看。马清笑着说没事，明天就可以上工了。可当天晚上，他右胳膊忽然肿得老粗，疼得直吸凉气。杨洁又说到医院看看，马清忍着痛说没事，睡一夜就好了。杨洁一夜一直用热毛巾给他敷，到天亮肿还没消。杨洁就有些急，她不知道大医院在哪儿，只在买菜时看到过挂着红十字门帘的小诊所，就跑去把诊所的大夫请来了。大夫摸摸捏捏了一会儿，说没事，骨头没折，外伤，药用上，几天就好。大夫穿着白大褂，模样神情都很有医术的样子，杨洁就放心了。她跟着大夫又到诊所抱回了一大堆药，洗的，贴的，吃的，按大夫说的，又是洗又是贴又是敷，她的心也踏实了。也许吃了止痛药的缘故，马清真感觉没那么疼了，就硬撑着去给工头打了招呼。工头起初看到马清胳膊肿成那样，也有些慌。哪个工头都怕工人出事。听马清说没事，也连声说，好！好！好！你先休息几天，工资照开，早缓好早上工。

过了些天，马清胳膊肿气真消了，他和杨洁都长出了一口气，只是马清试着举胳膊还举不起来，他觉得再过上几天就会好，没有给杨洁说，他不想让她多担心。几天来，杨洁给他喂吃喂喝，他感觉很温馨，想着把杨洁带来带对了，要是没有她，自己不知还咋样呢。这样一想，他觉得一定要对杨洁好，要让她过上好日子，胳膊稍好些就去上工。

肿完全消了，也不觉得痛了，但感到胳膊还是很直，弯一点就再弯不过来，洗脸举不到脸上，吃饭也喂不到嘴边。马清心中有些慌，但努力地掩饰着不让杨洁发现。不过他想，干几天活儿，活动开也许就好了。他就到工地上去上工。工头看到他没事，一脸的高兴，反复问他，真没事了？他说真没事了。工头就说，停工这些天的工资就顶医疗费，以前的一切都一笔勾销。还跟他签了个合同，签过合同的马清就又上了脚手架，也许是摔了的缘故，他感到有些紧张，手脚都抖得厉害。重新拿出瓦刀、抹子，心绪才稍稳了些。他干了两三年瓦工了，活路很熟练，拿起瓦刀，他就有了自信。可是，他勉强把灰浆抹到砖上，左手把砖按到墙上了，右手却无法做出敲砖刮灰的动作，努力了几次都不行，他呆在脚手架上了。他坚持着没下脚手架，但他只能用左手再敲砖刮灰，这样一来，速度降了一半多，别人都砌得老高了，只有他这一块还是个豁口。第三天，工头就找了他，这回脸色很难看，说，不行就算了，你这样影响工期呢，你先回去休息，等好了再来，我们随时都欢迎你。工头把他领下脚手架，领到办公地，把工钱算清，客气地说，先休息吧，不过这回没工资，你干不下去，合同就自动解除了。说着还把合同书拿出来晃了晃。马清也没争啥，就出来了，他心里有些犯迷糊，脚步沉沉地走到家里，重重地倒在床上。杨洁有些怕了，撵过来问他，他说工地上不要他了。为啥？杨洁追问了句。马清说，我干不成活儿了。他说出这句话，眼泪忽然就流出来了。杨洁听过老人传下的言语，男儿眼泪贵如金，她长这么大也没见过几个男人淌眼泪。看到马清淌眼泪，杨洁慌了，她一把把他的头搂在怀里，马清浑身因抽泣而颤抖，像个受了惊吓的孩子。杨洁这一刻就有母亲搂着孩子的感觉，也正是这一刻，她忽然间有了一种责任感，一定要把马清的胳膊治好，不管付出多大的代价。

杨洁拉着马清，一路走一路问，终于找到了一家真正的医院。排队挂号，找大夫检查、拍片子，做这一切的都是杨洁，好像她是在城里混了多少年，而马清才到城里一样。马清有些胆怯，又有些机械地随着。

检查的结果如马清所担心的那样，大夫说，骨卯错位了，当时没还上，已经长住了，现在必须手术。杨洁问，能治好吗？大夫说没问题，能治好。马清问，手术费贵吗？大夫说，不贵，也就五六千块钱。

大夫的话是一根针，轻轻一刺，马清和杨洁都泄气了，上哪弄五六千块钱去？这几个月是挣了几千块钱，他们只留下生活费，其他的陆续都寄回去了，结婚，盖房子欠了些债等着还呢。

这样一检查，马清的心倒定了，他每天都出去找活儿，这些年在外面打工，背过煤，扛过麻袋，啥苦活儿累活儿他都干过，都能干。可这回再找，有些活儿他知道干不了；有些活儿他觉得能干，可干上两天，要么是工头，要么是主人家就嫌他手不灵便，辞了他。他只能三天两头找活路、三天两头被辞退，挣的钱连两口之家也养活不了。

杨洁也悄悄地出去找活儿，她不知道能在这座城市干些啥，城市对她来说还是一团雾。她惟一熟悉的是附近那个小痢市场，那有些摆摊卖菜的，看样子也是从各地农村来的，女人居多。买了几回菜，有几个也能点个头、打个招呼。有个甘肃来的胖张嫂还跟她拉过几回家常，知道她没事干，还劝她也去摆菜摊呢。甘肃离她老家不远，话音也差不多，杨洁觉得亲近些，买菜尽量找胖张嫂。可她知道马清不同意，她自己也怯，就没去摆菜摊。这回，杨洁就决定试着去摆个菜摊。她没去找胖张嫂帮忙，她觉得这样做有抢张嫂饭碗的嫌疑。她摸索着到菜贩子那里批发了几样菜，找了个空摊位摆开了，直到这时，她才想到没有秤，也没有提袋。她就想，要有人买她的菜，就先借临近摊子上的秤用一用。她一直低着头，也一直没人问她的菜。终于有了个声音，冲着她的，却不是要买菜，是要摊位。咋话了？咋随便占别人的摊位？想要横咋的？还没见过敢抢老子摊位的……是个男的，黑黑壮壮的，面相不善。杨洁红着脸收拾起自己的菜，让出摊位。她又找了个空摊位，刚想再把菜摆开，旁边一个卖菜的女人过来说，你是新来的吧？这摊位上有人呢，你租的摊位在哪里就摆在哪里，不能随便占别人的。

这摊位还要租？杨洁奇怪地问。

那女人笑了，不租谁还能白给你，除非你是管理员相好的，这城里寸土寸金，屁大的这点摊位一年要交五千块钱呢！城里人真他妈狠！那女人说话很粗鲁，很显然出来混了多年了。杨洁这才知道想摆个菜摊也不是随便就能摆的。她站在那里有些不知所措了。就在这时，甘肃胖张嫂过来了，杨洁越慌乱了，低了头刚想抱着菜捆跑开，被张嫂拦住了。早看到你了，怕你不好意思，才没跟你招呼，我第一次摆摊也这样，惯了就好了，张嫂说。杨洁红了脸没出声，不过张嫂毕竟熟些，她心里这会儿倒有了可以依靠的感觉。

张嫂拉着杨洁问了些情况，还给她出了个主意，要是不想租摊位，就买个三轮车，弄个流动菜摊。末了还把杨洁批来的菜原价转了去，说放到明天就卖不成了。这世上还是有好心人，杨洁心里对张嫂充满了感激。可是买三轮车没钱，她也不会骑，她又犯难了。忽然，她想起清水河里挑水的事，眼前一亮。她不知哪里卖扁担，就找了根木棍，两头拴一根绳子，下面拴两个竹筐，就成了个菜担子。第二天，杨洁又到小菜市上批了些菜，担子挑着，走街串巷。第一天还叫不出声，过了两天，就叫出声了。女人要是放泼了，比男人韧性大得多。杨洁的菜还卖得不错，马清这时候也不好反对了。不过，杨洁没想着长期干这个，更没想过发财什么的，她只想挣够五六千块钱，把马清的胳膊治好。

但杨洁并不了解城市。一天，她挑着菜担子在一个巷子叫卖，几个穿制服的过来了。在杨洁看来，穿制服的都是警察一类的，都是专抓坏人的，她还冲他们笑了笑。可穿制服的却一直阴着脸，一个还厉声向她喝问，谁让你在这里乱叫卖？没等杨洁反应过来，另一个上来就夺过她手里的秤，还有一个两脚就把她的两个菜筐都踢翻了，辣子、西红柿滚得满地都是。杨洁突然疯了一样冲上去，抓住一个穿制服的手，狠狠地咬住了，痛得那人尖声大喊。另外两个费了好半天劲才把她拉开。杨洁事后才知道那些穿制服的是城管，专管乱摆摊设点。她也没想到自己会那样泼，敢咬那些人的手。结果是，她被推推搡搡地弄到城管，罚了款，还差点被送到派出所。

挑菜担子卖菜不行了，杨洁不知道还能干些啥，而正在这时，他们租住的房子也要拆了，杨洁真想回去了。

可马清不回去，不是不想回去，而是不能回去，这样回去了，他一辈子在村里人面前抬不起头，在女人面前也抬不起头，他有些不甘心。还有一个原因，他弟弟考上大学了，家里来信说，学费要上万，要他想办法先凑五千。他没敢把胳膊残了的事告诉家里人，只说是工资还没结，要家里先借上，他一领了工资就寄回去。兄弟上学是大事，他不想兄弟以后也像他一样打工受苦。他还得在城里熬下去。

换个水，我们回家吧！

马清主动提出回家是半年以后了。这半年他们又租了一个房子，马清换了十几个工作后终于有了份固定的事做。杨洁也是先到一家兰州人开的清真拉面馆洗盘子端盘子，又到一家理发店给顾客洗头，最后也似乎是找到了一个固定的工作。杨洁没说在干啥，马清也没问她在干啥，也没告诉她自己在干啥。

马清是在一家饭店里当清洁工，扫地抹地冲厕所。应聘时他主动说出自己右胳膊残疾，他知道瞒得了一时瞒不了长久，不想被人三天两头辞退。没想到老板一听倒高兴了，说残疾怕啥，他刚从农村出来，在一家铸件厂干，被铁锭砸折了腿，照样创出了一番事业。说，小伙子别灰心，好好干，不吃苦中苦，难为人上人。说着还卷起裤管，露出了半截假肢。马清就这样被录用了。他没想着要挣下老板那样大的一份产业，这时候，他连在城里置份家业的妄想也不敢存了，只想着能把盖房子结婚借的旧账还了，把兄弟上学借的新账也还了。一米八的大男人趴在地上擦地板，他最初感到很窝囊，但慢慢地就习惯了，挣钱要紧，面子总有能拉下来的时候。厕所尽管是水冲的，又镶着白瓷砖，但臭味依然很重，尤其水管堵住的时候，更是一股恶臭，但时间长了，他也闻惯了。他只是没有告诉她，也几乎是没有机会告诉她。在他做清洁工的这段，杨洁也换了新工作，每天天黑前出门，第二天早上才回，而马清恰恰是早上出门，晚上十点后才回，两个人几乎没见过几次面。

尽管这样，马清每次回去都要洗个澡。他租住的地方不远处有个澡堂子，很简陋，每次三块钱。马清心疼那三块钱，但他更不想把一身臭味带回家，不能让杨洁闻出一点儿。他每次洗澡都严格按照换水的程序，浑身每一处都洗得很到位，他觉得只有这样洗，才能洗干净。他每次冲洗的时间比较长，城里的水甜，但水也软，没有劲道，总觉得洗不干净，不像清水河里的水，咸水，却似乎有股冲力，洗到哪儿，哪儿就干净了。他把一套衣服也放在澡堂子，浑身洗干净了，再换上干净衣服才回家。第二天早上上工的时候，他再顺路到澡堂子换上工作服。虽然见不到杨洁，他还是坚持这样做，一次也没马虎过。

杨洁也似乎每次回家前都要洗个澡。马清没怎么见过，他是从杨洁的枕头上闻出来的。马清每天睡觉都要搂着杨洁的枕头，枕头上有一股洗发水的味道，还有些湿痕，弄不清那是头发上的水，还是她淌的眼泪。杨洁性格很柔弱，但马清很少见她流眼泪。结婚那天，送亲的人要回家，杨洁都没流泪。有一次已经半夜了，杨洁回来，淌着眼泪，一遍又一遍地洗澡，没有热水，就用冷水洗。马清问她，她不说，只是流着眼泪洗，他只能由着她。睡下了，马清想把她搂在怀里再问，一伸手触到她，杨洁像刺扎了一样的尖叫起来，卷起被子一个人转过身去了，浑身一直颤抖着。马清不知道她是咋了，以为她知道他干的工作，嫌弃他了，也就有些生气，又有些无奈地睡了。

马清还发现杨洁爱打扮了，他也是从放在家里的衣服和化妆品上看出来的。衣服很新潮，他无法与杨洁联系起来，她是很朴素的。他曾想过要把杨洁带到城里，让她穿最时髦的衣服，但这会儿他想象不出她穿上那些衣服的样子。杨洁模样儿俊，身材也好，穿上这样的衣服一定很好看，但在马清的想象中，这样杨洁就不是杨洁了，成了另外一个女人，一个陌生的女人。他还发现眉笔和一管口红。他更想不到描了眉毛、涂了口红的杨洁会是啥样子。他突然想到了这些年走南闯北，城里打工，见过的那些女人，涂着红嘴，抹着厚厚的脂粉，被称为“鸡”，大多数是农村来的。男人卖力气卖汗水，女人卖身子，农村人就是命贱。打工的男人也有找那些鸡的，马清却不想把辛苦挣来的钱往她们身上花。

一天晚上，马清回到家，奇怪的是杨洁也在，似乎专门在等他，还专门给他做了晚饭。等马清吃过饭，杨洁忽然拿出一沓钱来，兴奋地说，明天我们就去医院给你看胳膊，看好了回家。马清问哪来那么多钱，杨洁的脸色就变了，说不是偷的，也不是抢的，是凭苦身子挣的。马清说，那就先寄出去还账吧，我的胳膊没事，也不影响干活儿。听了这话，杨洁的眼光就黯淡了。

又一天马清回家，屋子很凌乱，杨洁还迷迷糊糊地躺在床上。她一脸潮红，散乱的头发湿漉漉的，好像病了。马清过去一摸，杨洁的头烧得烫手。咋话了？马清问。可能是重感冒，杨洁吃力地说。这一段，两个不怎么见面，陌生了许多，也客气了许多，反倒不像夫妻了。我领你上医院吧，马清说。没事的，杨洁喘着气说，巷口那儿有个小诊所，你去买点感冒药就行了。一提小诊所，马清的气就上来了，说，小诊所能看个屁，还是上医院吧。杨洁死活不肯去，马清只好出去买药，附近没有正规药房，天又晚了，马清最后还是到小诊所买了几样感冒药回来，给杨洁吃了。杨洁还是不见好转，后半夜越重了，烧得迷迷糊糊的，一会儿尖叫，一会儿胡喊，一会儿大笑。马清没听杨洁那样笑过，笑声中有一股浪味儿，这让他厌恶，但看到她病成这样，心里又有一股疼惜。

折腾到天亮，杨洁还不见好转，马清着急了，硬把杨洁送到近处一家医院。他背着她先到内科，大夫看了，说到妇科去。到妇科，大夫看了，又指到性病专科。

杨洁在医院住了五天，清醒一阵，迷糊一阵。第四天醒过来，她就嚷着要出院，马清硬坚持着又住了一天，杨洁说啥也不住了。医生不让，说这病一时半会儿治不好，得住段才行。杨洁说没钱了，医生这才给办了出院手续。

又回到他们租的房子，屋里又冷又乱，没一点儿家的味道。马清把杨洁扶到床上，用被子给她裹好，就赶忙生火。城里早春寒气很重。火生起来，寒气才一点点地被挤出屋外，马清又灌了壶水搭在炉子上，水壶一会儿吱吱地有了响声。好长时间两人没一起这样待过了，一时间都没了话。还是杨洁先开口，去年春天来城里，算起来一年了，这一年真像做了个梦。杨洁自说自话，话音幽幽，马清没接话。过了会儿，杨洁又说，我准备再攒几个钱给你看胳膊呢，我这又花掉了。马清还是没接话。

水壶吱吱地响着。

换个水，我们回家吧。马清很突然地冒出一句。

杨洁有些吃惊地瞅着他。你说的是真话？

真话，我们回家，明天就回。

我们这个样子，还能回去吗？

啥话都别说，先回家再说。

两人谁都没再说话。

水热了，屋里也热了，两人开始换水，还是杨洁在前，马清在后。两人都恍然想起一年前两人换水进城的事，心里有种说不出的滋味。杨洁刚出院，体弱，马清就给她倒水，水在杨洁的身上流下他看到杨洁浑身青伤紫印，似乎还有烟头烫烧过的痕迹。马清的眼泪忽然就出来了，哽咽着说，都是我不好，不该把你带出来，咱回家，清水河的水好，啥病都能洗好！咱回家！杨洁一脸一身的水珠，看不出是水还是眼泪。

写作笔记

文学是人学。文学作品是作家探索和解读生活的路径和手段，同时也是鞭挞生活的兵器。人面对的是纷繁复杂的大千世界，那么，作家必须勇于接纳来自生活的全部幸福和痛苦，并在心底保持对光明和正义的渴望。你要坚信：理想是永远不灭的，人生是可以改变的。另外，一个小说家可能是一无所有的，但他还有一个精神家园和仅属于自己的神秘王国，而他永远是这个国度里至高无上而又无所不能的君主。

庆胜，笔名涂克冬·庆胜，鄂温克族。1956年9月生于呼和浩特，内蒙古著名律师，国家二级作家。现任内蒙古作家协会副主席、中国少数民族文学学会会员。

自2003开始文学创作，至今已出版和发表了约250万字的著作，包括三部长篇小说《第五类人》《跨越世界末日》《萨满的太阳》以及庆胜中短篇小说集《陷阱》和相关学术论文等。其中小说《跨越世界末日》荣获内蒙古自治区第九届文学创作“索伦嘎”奖。小说《萨满的太阳》获得了2012年内蒙古自治区精神文明“五个一工程”文学创作优秀奖。

杰雅泰

涂克冬·庆胜（鄂温克族）

1

“7月里的日头晒死蚂蚁。”这是儿时读一本什么书时看到的话。我总记着它。一到7月份，特别是在闷热的夜里，躺在凉席上听着蚊虫的嗡嗡声，心烦意乱难以入睡时，就会想到那只大蚂蚁。它硕大无朋就像头牛，挣扎着从漆黑的角落里飘然而出；它频繁地眨着大眼睛，两根长须四处乱扫，红色的表皮被晒出了油，蜷曲着身体还不断抽搐。

它加剧了我对燥热的恐惧。

作为老律师，暑伏天去外地办件小讼案实在不划算，收费不多加上旅途劳累，倒不如在家闲坐。可是有个地方实在令人向往，它既有辽阔的草原和茂密的森林，又有许多条大河，在我印象中还没有什么地方在自然美上能超过那里。所以在这个7月天，我最终决定去那里办一个案子。

我和陈律师刚走下飞机舷梯，脚还没落地，一股草香扑面而来，中间还夹着花的芬芳和凉丝丝的水汽。吸着沁人心脾的气息，望着云雾缭绕的远山，真有超凡脱俗之感。

大草原你真好。

我们从机场乘车到了H市区，法院的楼是翻新过的。这是个老掉牙的套路：把一座造型落伍的四层旧楼贴上五颜六色的马赛克砖，整个墙壁就像麻风病人的面颊，千疮百孔。

此时已经黄昏，楼道里空无一人。我俩来回遛了几遍也没见有什么人在，正要离去时，挂着“民一庭”牌子的黄门吱的一声开了，探出一张瘦脸。这位衣冠不整的老法官坐在高靠背椅上，仔细看完我们的委托手续，手指下意识地敲着桌子，绷起脸望着窗外的街景，用低哑的嗓音告诉我们：

三天后在小法庭开庭，时间是早晨九点。

紧挨着H市的是X旗。副旗长老哈是我的好友。通过电话后，得知他明天有会议，实在不能陪我们，但说好明天他派司机小伊带我们去著名旅游景点“大可汗”观光。

一觉醒来已是第二天后晌。雨后的空气十分清爽。

白色的天籁轿车已在环形停车场上等候多时。司机小伊是个大胖子，他给老哈开了三年专车。小伊有一头金发，身高一米六〇，可腰围竟有三尺七寸。远远看去，最扎眼的不是别处而是红鼻头儿。他坐在驾座上，肚皮把方向盘顶得紧紧的，也不知他该如何操作。可见过他开车的人都知道，他是开车的一流好手。

新款天籁车造型美观内饰讲究，乘坐起来十分舒适，而且提速又快又稳。小伊四方形的胖脚丫一点油门儿，唰的一声，车就到了大铁桥边。一出城，就直接朝南而去。

这儿是森林和草原的过渡地带，地形起伏很大。车跑起来忽上忽下犹如水里行舟。路两边的野韭菜花连成片，远看就像汪洋大海。它的颜色十分显眼，在万绿丛中显得洁白无瑕。再加上无数野黄花的映衬，绿、白、黄三色浑然一体，竟绵延十几公里。五颜六色的蝴蝶在万花丛中上下飞舞，巨大的蜻蜓像美国阿帕奇直升机，嗡的一声从车头掠过。

公路是沿着河堤修的。这样一来缓缓而动的河流始终在视野中，它令人心旷神怡，不然为什么人类总是沿河而居呢？本地的建筑风格和西部大不相同，多少带点儿俄罗斯味道；房子不仅面积大墙体厚，而且多是铁皮顶子。为了防锈又将屋顶涂上五颜六色的金属漆，在阳光下闪闪发光。

“大可汗”是个由一群蒙古包组成的景点。它被一圈涂着棕色油漆的大木栅栏围着，四周插满黄色的龙旗。毡包分布得恰似一座庄严的军营。山坡的中央有一大片平地，所有的建筑物都集中在这里。它的正中是座巨型蒙古包，它的体积是空前的。包前竖着一支超大的查干苏鲁定，周围布满彩旗。大包的后面呈扇形坐落着二三十座漂亮的小蒙古包。每个包都有自己的特点：或是旗帜的颜色或是包的外形。

大栅栏外面，就是那一条大河。河面宽阔，水流湍急。它在小山坡前呈“之”字形奔腾而去。

司机小伊把我们领到一座小蒙古包里坐定。这儿的旅游点儿都是季节性的，一年里就靠夏季三个月的收益支撑。包里陈设漂亮而又简单：正面墙上是蒙古国产的绣着成吉思汗像的纯毛挂毯，包里没有取暖设备，只摆着传统的红柜子，上面放着金光闪闪的餐具，靠墙有干净的被褥。

小伊是这里的常客，老陪着大人物光顾此地，谁都认识，总有人和他打招呼。陈律师瞟了一眼小伊的背影羡慕地说：“老兄，你看，主大奴大，旗长的司机活得够滋润！”

包外小伊叉着腰一声断喝：“咋回事儿，领导的客人来了没人招呼？想不想进步啦？嘿嘿。”他回头对我俩挤挤眼睛，“没事，这里是旗旅游局办的。哈旗长在这儿好使着呢。”

应声进来一个小伙子。他高大壮实，神态阴郁，目光逼人。他大概有 30 岁。

“你们好，我是服务生。请问几位想要点儿什么？我们这儿的特色是蒙餐。主要有牛肋条、烤羊腿、牛蹄子，另外还有各种新鲜奶食……”

他的普通话里带有明显的山西味。此处离三晋大地足有两千公里之遥，在这里能听到晋北口音还挺稀罕，不由得我仔细端详他。

他身高足有一米八五，英俊的白脸上泛着睡眠不足的青色。他高傲而阴沉，可是还故作谦卑。此人体态和动作都像运动员，裤脚下的小腿肚子是个肉疙瘩，肌肉经常跳跃。

这个人和环境不协调。

“小伙子，你这个年龄的后生……也干端盘子的活儿？是不是有点儿大材小用？”陈律师眯着眼睛上下打量他。

服务生一怔，警觉地扫了陈律师一眼笑了："我年龄是有点儿大……不过这年头能干什么呢？我又没本事。我觉得这工作挺好……"他眼角露出一丝冷光。

小伊腆着肚子大呼小叫地进来。他点了满满一桌菜，当然全是蒙餐。手把牛肉是这儿的特色。看着那盘肥瘦均匀的牛肋条我的胃开始蠕动，真是垂涎欲滴。年轻时，我哪顿饭都吃三四斤净肉，可如今"廉颇老矣"，不善吃荤。陈律师善解人意，帮着点了几道素菜。

那个服务生刚放下手里的香菇油菜，腰里的手机响了。他搁下托盘子的毛巾，转身接手机。我听到一口流利的察哈尔蒙语，而且嗓音很浑厚。刚把手机放进套里，铃声又响起。这回，他竟说一口山西话。

我大吃一惊。

他服务时说"二普通"，打电话时使用标准蒙语和山西话。根据我的经验，黄河两岸的蒙族人，会说陕北汉语；而靠山西居住的蒙族人，会蒙语的比会非洲语的还少。我们就住在那里。

当他再次进来时，我割下一块肥羊肉递过去，他犹豫一下接过来吃了，满脸笑容地道了谢。我又递过去一杯酒，他不接，十分客气地说："服务生工作时间是绝对不准饮酒的，我心领了。"在大草原上，吃你亲手割下的一块羊肉，他和你就算是朋友了。他的神情变得和蔼起来。

"小伙子，你不是本地人吧？"我问。

"嗯……不是。"他显然不愿回答这个问题。

"我觉得……咱俩的口音好像应该差不多，对吗？"

“不是吧，嗯……好像有点接近。”他阴沉着脸支吾着。

我觉得他有点儿怪。好奇心使我有意识地讲了一起刑事案件的侦破过程，从现场勘查到审讯，直至采取强制措施。他扬起眉毛认真地听着，还不时插话。令我惊奇的是，他对刑事科学技术和现场勘查相当在行，在有些方面可以说超过我和陈律师。

“小伙子，你是个服务生……怎么会对这些东西感兴趣？哎，你是从哪儿学的？”陈律师扬起脸问。服务生一下子窘住了，马上意识到自己的话太多了，低下头退出了闷热的蒙古包。

我喜欢在蒙古包里过夜，因为可以找回当知青的记忆。我说服了陈律师，我们决定在“大可汗”留宿。于是三人开怀畅饮起来。大草原上的肉新鲜，但是由于厨子是新手，煮肉火候欠佳，不是太生就是太老。有道菜还可口，那就是灌血肠。它的特点就在于血里不加粮食，只放葱、姜、蒜，保留了原始的口味。

最后一道菜，也是最失败的一道，叫什么“桑拿虾”。其实就是在一盘子虾里放几块烧红的石头，让活虾洗桑拿浴，结果搞得又糊巴，味儿又怪。就在服务生正要转身出包时，小伊一把拽住他的衣角欲批评几句。不料还没张口，肩膀上就挨了服务生一掌。小伊晃了一下就躺在后边的一摞被褥上。我和陈律师看呆了，就因为拽一把衣角，服务生就敢“打”客人？而且是旗长的司机？

服务生为自己的行为窘红了脸：“对不起，实在对不起！我不是故意的。”就在他伸手扶小伊时，我注意到他的手在抖，衣角下还露出了一条绿色。这形状和颜色怎么这样熟悉？对，他腰里别着一把公安匕首。

喝得红头涨脸的小伊沉着脸，盯着服务生打量一会儿，渐渐转怒为喜：“哈哈，好身手，小伙子！以前练过什么功夫？”小伊当过兵而且是从伞兵部队转业下来的，就因为会点儿功夫，哈旗长才用他为自己开车。别看他个子不高，肚子又大得出奇，可是去年在旗那达慕大会摔跤比赛中拿过第四名。

“没什么。我小时候摔过跤，后来上中学时和体育老师学过几招。”服务生红着脸胡乱搪塞着。

“我看不止这些！你学的东西不完全是从部队学的那一套。用掌是很讲究的，部队教的是速成的技击。再说两三年里学的东西也无法学到这么细致。你是不是练过太极拳之类的，比如推手什么的？”小伊边嚼着肉边问。

“唔……真的没什么。不好意思。”

“小伙子，练过摔跤吧？咱俩，就我和你，出去玩两跤，我肯定赢你！”小伊说。

服务生低着头说：“对不起，我们这儿不允许那样做。”

“不允许？这你别怕。我去跟你们经理说，他肯定同意。”小伊欠身取来一叠餐巾纸擦着手。

“先生，我这两下子哪能摔过您呢？我服输！”服务生低声说。

“真服气？”

“嗯……”

就在这时，公路转弯处传来震耳的警车声，红蓝光闪闪，三辆三菱吉普警车出现在大门口，紧接着是一辆丰田考斯特大轿车跟进了院。低头站着的服务生，听到警车声，身体像触了电一样抖了一下，脸色惨白，两只眼睛死盯着外面。他的两只手开始搓着大腿，然后下意识地活动脖子和脚腕，手指关节咯巴咯巴直响。他就像要上赛场的拳击手。

他的年龄，他的烦躁不安和西部口音，再加上腰间的公安匕首，还有现场勘查知识……让我开始猜想他究竟是干什么的，为什么惧怕警车？这个小伙子大有文章。

他是个危险人物。

这一点陈律师也有所察觉，他望着该服务生远去的背影，说：“老兄，这个人有点怪，他腰里有把军用刀。”陈律师把公安匕首认成了军刀。“刚才警车进来时他神色不对劲。他的口音也像咱们那头的。而且刚才你去厕所时，我问过他是哪里的人。你猜他怎么回答？他说是东北人。我就是东北人，难道还分不清什么是东北话！你说奇怪不奇怪？”陈律师到外面看了看转回来，“老兄，咱们走吧！或者咱换个包吧。”

我却不这样认为。据说，在草原上，亲手割块上好的肥羊肉请一个蒙古族汉子吃了，你就可以不必再防备他。再说危险人物有什么不好？同一个危险人物打交道会很有意思。如果这个危险人物善良无害，那就更有味道了。

这时，有一个胖姑娘进来送茶水。

陈律师抬头问胖姑娘：“那个小伙子叫什么名字？他是哪儿的人？”

“他？你说王文吧。他自己说是本地人。”

“你看呢？”陈律师问。

“嘻嘻，我看不出来。”

“王文！”陈律师突然冲那个正端着羊肉汤、哈腰进门的服务生喊。

他犹豫了两秒钟：“到。”

“嘿，挺利索！你蒙语这么好，干脆为我们唱首蒙语歌曲吧！”陈律师提议。

“我们这儿有歌手和琴师……”

“不听他们的！就听你唱。”陈律师挠着后脖颈喊。

“三位大哥，我看你们像好人。虽然我唱得不好，但也得表示表示。”

“唱歌还分好人坏人？让你唱你就唱！”小伊乜斜着眼睛说。

“你会弹吉他吗？”陈律师摘下眼镜仰起脸问。

“会一点儿。不过在这种场合我从没唱过歌，虽然我是个服务生。”他扫了一眼小伊。说完他出去，片刻带着把吉他回来。

“唱什么？”他抱着吉他阴沉地说。

“你最拿手的，就你获奖那一首。”陈律师戏谑地说。

“获奖？”他苦笑了一声，开始唱歌。这是一首20年前流行的外蒙歌曲，叫《遥望家乡》。他的嗓子沙哑而粗糙，甚至有点跑调儿。可是感情十分饱满。

“你看上去最多有30岁，你是怎么学会这首老歌的？”我问。

“上小学时，班主任老师教的。”他用低沉的嗓音说。这时蒙古包门吱的一声开了，悄无声息地伸进一张美艳绝伦的脸，定在那里不动了。大家全屏住了呼吸。王文犹豫一下，走过去把她拉了进来：“她叫花儿，是我的朋友，就让她给你们唱一首歌吧。”

谁会拒绝一位美女？“请，请。”陈律师和小伊同声说。我觉得蹊跷。王文是个打工仔，连酒杯都不敢端，他竟会金屋藏娇？而且这个姑娘是个大美人，就像俄罗斯的电影明星。

“大哥们，那我就为大家唱首歌吧……歌名叫《月夜》，是首外蒙古情歌。”她一指我，“这位大哥大概能听懂。”她好像很疲倦，强打精神说。

“你怎么知道他能听懂，我们俩听不懂？”陈律师嬉皮笑脸地问。

她左右看看：“你不是草原上的人，这位大哥……还有那位，和你……不同。”小伊是本地人。

陈律师挺了挺腰，双手一抱双膝，前后晃着身体：“看样子我是没戏啦！我不是草原上的人，那我就是另类？嘻嘻……我宣布退出竞争。”

“你唱吧！”王文阴沉着脸说。他深情而忧伤地弹起《过门》。

真的，她一开口我们就上了花椒树——蹄蹄爪爪全麻啦。这首蒙语爱情歌曲，被她唱得回肠荡气悠扬婉转，犹如天界的仙音。陈律师和小伊都被这美妙的歌声打动，痴呆呆望着她那张勾人魂魄的脸，身体还随着节奏轻轻摇晃。大草原上的美女不仅容貌和才艺过人，身上还有撩人的野性。

任何男人都会爱上这个女人。

“花儿，你回去吧。”王文用喉音低声说。

“再来一首。王文，她是你的什么人？你怎么能干涉人家的自由呢？！”小伊发火了。

王文锐利地扫了他一眼，诚恳地说：“她必须走。大哥们多多原谅。”小伊伸伸脖子还想说点什么，可王文的表情使他畏惧。刚才他要与王文比摔跤，虽然王文明确表示服输，可是这个伞兵显然知道自己与对方的差距。

王文拉着花儿出了蒙古包。我们仨沉默下来。

花儿的离开，使我们的情绪像泼了水的炉火，一下子熄灭了。

“大哥，王文是干什么的？”不等我回答，陈律师伸伸脖子，又说，“反正他不是个普通的服务生。就那么个穷小子，身边竟有那么漂亮的女人！”

“你问我？”我扫了一眼昏昏欲睡的小伊。

“对。”

“他是个逃犯！”我说。

“什么？你说他是个逃犯？”

“很像。”我握着酒杯说，“反正有点奇怪，警车进院那会儿他有点儿失态，而且很明显。你想想看，什么人怕警察？”

“你看他像哪类罪犯？”陈律师活动一下手脚问。

“说不准。他身体强壮，搏击水平超过咱们的伞兵小伊。你注意到他的小腿肚子了吗？比牛腿还粗壮。他腰里还别着匕首……”

“这个人可能很危险！他带刀做什么？”

“我倒觉得没危险，至少对咱们没有。他为什么要害咱们呢？”我望着墙上的成吉思汗像说。

2

草原的夜真安静。月亮罩上了一层薄薄的白纱，一切都变得朦胧而神秘。下面就是大河，它在幽静中波光粼粼。这条河弯儿多，百米之内就有十多处。它就像一条蛇盘在草原上。从远处望去，它不像河倒像是湖。

那座大蒙古包前砌了个台子。它原本是个舞台，后来改变了用途，成了马头琴的演奏台。刚才还有几个琴手拉得热火朝天，现在空无一人只剩下几把椅子。

我的脚下是个小悬崖，从河边到我站着的地方足有十米远。我和陈律师正望着河水出神。这时，从悬崖下发出一个空洞的声音。

“两位大哥，你们在这儿干什么呢？”

一个影子悄然移到我们的眼前。是王文。

“两位老大哥，”他用西部口音说，“你们俩是律师吗？”

“对。”陈律师回答。我注意到王文虽然加了件不合身的外衣，可腰里鼓鼓的，肯定是那把公安匕首在作怪。

“今天你们发现了点儿什么？”他的眼睛就像夜行动物那样放着光。

我心头一震，这等于摊了牌。

“没什么，什么都没有发现。一切很正常。”陈律师和他打着哈哈。

他低下头说：“嗯……其实也没什么，我发现你们挺注意我的。你们来这儿是办案子的吗？办哪类案子？是刑事还是民事？”

我和陈律师对视一下，这小子用词还挺专业的。

“哎，小王，你过来一下，有两个客人打起来了！”这时光亮处有个成熟的女声喊。

“二位，今晚上你们是不是住在这儿呀？”他迈开一条腿呈弓步，扭着头问。

“看情况吧，现在还定不了。”我对他疑心很大，不愿让他掌握行踪。他迈着大步向一大团飞虫围绕的灯光走去。

咚咚咚，这时从悬崖下面又上来一个黑影，动作明显不似王文那样有力但很敏捷。

是个女人。啊，正是唱歌的那位美女。

“赛白努？”她用蒙语冷冰冰地问候，好像知道我懂点儿蒙语。她一改刚才唱歌时的似水柔情，问候一句就沉默了。她并没有马上离开的意思，而是在一块突出的大石头上坐了下来。她把目光投向我俩，凝视片刻，问道：“你们是从什么地方来的？”

“小姑娘，你长得这么水灵，这么可爱，咋态度这么横？你不是搞调查的吧？”陈律师笑嘻嘻地问。

“什么调查？谁在调查？”她立起眉毛警觉地问。

“还有谁？就你呗！我们又不认识你，就听了你一首歌。你一脸阶级斗争……坐在这儿打听我们的来路，不是搞调查是什么？”陈律师大声说。

她眼光里有一种骇人的仇恨，就像毒刺。

我突然发现她的口音和王文有很大的差别。王文讲的是土默川话，而这个女人则是带点儿河北口音。那会是什么地方？她既会蒙语又会流利的汉语，而且还带张家口味儿。内蒙毗邻张家口的地方很广，很难确定是什么地方。

“难道这个世界上全是坏人？我告诉你们，我早就活够了！我临死前要抓两个垫背的。”她一字一句地说。

看样子王文真有问题，而且他们俩是一伙儿的，她话说得也太狠了点儿，好像她和王文受了什么冤屈似的。

她的态度不由得使我俩再一次认真观察她。应当说她是一个顶级蒙古族美女。她皮肤白皙，而且没有任何瑕疵；大眼睛如同白种人，是蓝色的，翘起的鼻子非常精致。如果不是高高的颧骨，你会把她认成俄罗斯佳丽。她有白人血统。最令人惊奇的是，她原本迷人的眼睛闪出野兽一样的凶光。

我从内心产生一丝畏惧。她比腰里别着匕首的王文更危险。她绝不是一个可以被人随便对待的人。她转头望着河水出神。哗哗的流淌声十分悦耳。突然，一条黑影倏地蹿了出来，低低地滑到她的脚下。“巴布盖……”她轻轻呼唤着，就像母亲呼唤襁褓中的孩子。

“巴布盖”，是蒙语“熊”的意思。这条大头黑狗真的像熊，它的脑袋大得出奇，活脱脱就是一颗狗熊的头颅。它喉咙里发出呜呜的低音，像是警告我俩不要靠近它的女主人。

“喂，你是干什么的？我俩是客人，花钱到这儿吃饭，招谁惹谁啦？你怎么杀气腾腾的？”陈律师看着狗气咻咻地说。

“不知道什么叫杀气腾腾吧？真要让你见识了，怕把你吓着！”这简直是赤裸裸的挑衅加恐吓。陈律师从小爱与人打架，是个吃软不吃硬的主儿，面子上开始挂不住了。

“哎，能不能把话说明点儿，到底因为什么？你究竟和‘大可汗’有什么关系？如果没关系你就走！如果有关系我们走！别阴阳怪气儿的！”

她站起身也不拍身上的土，径直走了。只回了一下头，蓝眼睛里闪着绿光，就像小时候见过的被人扔进渗水井里的猫眼睛。这份感觉有些异样。

“老兄，你不觉得太奇怪吗？我觉得会出什么事，她，这个秀色可餐的美女，可是个危险人物！”

“同危险人物在一起是件令人兴奋的事。他们难道会因为咱俩看破了什么隐情，而杀人灭口……没事的，管他呢，回包再说吧。”我说。

服务员已经为我们换了个包。这显然是为了照顾旗长大人的司机，其实也就等于给旗长面子。新换的包可是一座好蒙古包，摸一摸哈那（支包的架子），就知道是地地道道的真货。地是用木板铺成的，上面铺着外蒙古产的地毯，厚厚的很舒适。被褥也是新换洗的，闻一闻，有一种宜人的阳光味。

一位身穿蒙古袍、鼻梁上满是雀斑的胖姑娘进来，把奶茶壶往桌上轻轻一放。

“二位先生请用奶茶。”

“喂，小姑娘，我们的那位胖先生呢？个子不高，红鼻头儿的。”陈律师用手比画着问。

“你说的是哈旗长的司机吗？他睡着了。我们经理刚才叫他，怎么也叫不醒。没办法，只好让他就在那个包休息了，没关系的，请放心。”服务员看看我俩出去了。

陈律师一指铜茶壶，说：“老哥，那两个怪人，会不会往茶里下毒？”

“不至于吧，有什么深仇大恨？是不是有点太玄乎？”我调侃道。不过一端茶碗心里就不舒服，到了嘴边儿还觉得有些反胃。

“老兄，那个王文肯定有问题。”我忍不住说，“他神色诡秘是第一点；他是西部口音，还对我们那儿非常熟悉，却不承认是那里人；还有那个小女人，长得貌若天仙可是那么凶，话里藏着威胁……他们似乎担心咱们的来历，怕咱们看破秘密……”

“老哥，咱们当时离开这里多好，为吃顿手扒肉搞得提心吊胆的犯得上吗？弄不好夜里还不敢睡觉。到了现在，车也没有人开了，想回也回不去了。”

“小陈，既然不敢睡，咱俩到外边遛遛？”我建议。

包的前面是大木栅栏门。穿盔甲持长矛、装扮成古代蒙古兵士的保安拉开大门，恭恭敬敬地送我们出去。没走几步，又到了那个小悬崖边。令人吃惊的是，王文再次出现了。

“安达（蒙语：兄弟），我想与你谈谈。”这个雷鸣般的声音吓了我俩一跳。

只见王文带着“巴布盖”，正虎视眈眈地站在阴影里。

“安达，我想和你谈谈，有时间吗？”他表情凝重地对我说。

“呃……可以吧。”我说。陈律师警惕地盯着王文，并上下仔细打量。

“安达，我没有恶意，只是心里闷得慌，想和大哥聊聊。这位兄弟，你如果不放心，也一块儿听听吧。我觉得你们俩都是好人。”

不远处，有草被踩踏的唰唰声。一个人影晃了一下，站住不动了。王文冲着黑影说道：“其其格，你先回去吧。我和安达谈一谈。没事的，你放心好了。”

“大哥，咱们回包里谈好吗？”王文一改白天那种谦恭态度，用不容置疑的口气说。

3

下面是王文给我们讲的故事。他说，我出生在你们居住的那个城市的郊区，就是内蒙古西部的中心。我的名字叫卜黑小，现在叫杰雅泰。我是蒙古族人。

我们那里是农区，很贫困。山西移民占人口的百分之九十以上。村里所有的蒙古族都不懂蒙语，生活习惯也就是山西农村那一套。他挪动一下盘着的腿，呷了一口奶茶，回头看了一眼蒙古包的门。我发现其其格就藏在门外。

“杰雅泰，让你的女朋友进来吧，外面风挺大的。”陈律师说。杰雅泰推门出去，用蒙语低声说了几句就回来了，低垂着目光说：“请原谅，她心情不好，千万别在意。”

有几分钟谁也没吭声。

“两位大哥，你们是律师吧……能看出我原来是做什么的吗？”

“嗯……你可能当过兵吧。或者，你当过警察？”我紧盯着他回答。

他的脸蓦地变得像块红布。他的嘴唇在微微发抖。

“老兄，你……你太厉害了！你真的没有看错。能不能说一说，你是怎么看出来的？”

“其实很简单，因为我也当过警察。另外，你有军人的姿态。下午有人喊王文时，你按部队的习惯喊了‘到’，对吗？”

他抬起头，用锐利的目光看着我说：“我就是警察。你说对了。不过，现在我不是了。”

我和陈律师在他的逼视下把头转到了别的方向。我的余光看到了陈律师紧攥着的拳头。我则想到了他腰里那把公安匕首，不过我并不担心。

“两位律师，”他停顿两秒，“知道我现在是什么人吗？”他咄咄逼人。

“是逃犯。”我注视着他说。

他垂下了头："你们……不会告发我吗？"

"你说呢？"我反问道。

"你肯定不会。这位兄弟……不，这位律师我想也不会吧。"接着，他唉了一声说，"你们愿意听听我的故事吗？"

陈律师的目光探询地看着我。其实不听也得听。

"愿意。"我回答。

我是 ×× 公安分局刑警大队直属中队的侦查员。前段时间，因为办案中刑讯逼供致人轻伤，被检察院立案侦查。在审讯过程中，我趁办案人员不备从三楼跳下逃走，目前在通缉之中。

我是个地地道道的农民的儿子。我一出生母亲就得了重病，不久就去世了。对她我没有印象了，当时还不到一周岁嘛。家里我是老大，下面还有两个妹妹一个弟弟……妹妹和弟弟是继母生的。继母是个傻子，整天疯疯癫癫地乱跑，经常十几天不回家。我三岁时就帮家里干活儿，当时弟弟还没出生。我们家太穷了。我是 1977 年出生的，一直到五六岁都没吃过饱饭。我记事时，家里已经分了土地。父亲一个人养活六口，也不容易。唉，他也不争气，不瞒你们说，他是个大酒鬼。只要一有钱，他就买酒喝，喝了酒就打人……后来我的继母离家出走，以后就再也没有回来。

我的二妹四岁时突然得了脑瘫，先是走不了路，后来生活也完全不能自理。这样一来，大妹妹什么也不能干，只能照顾二妹妹。想想看，我们过的是什么日子。

我五岁那年，村里来了个草地人，是走亲戚的。一天早晨，他来我家串门。当时一同来的还有一位江湖大夫，也是东部蒙古族。这两人坐在炕头上聊天，嘴里叽里咕噜不知说什么。后来一问才知道是蒙语。我家也是蒙族，可是连老父亲都没听过蒙语，因为从我爷爷那辈儿起就把蒙语丢光了。我从心里羡慕他们，觉得说蒙语特别牛气。我是六岁上的学。那年我死乞白赖要学蒙文。郊区有所小学开了蒙文班，因为招不到学生，一个班只有八个小孩儿。虽然我们那儿没人懂蒙语，可是这个班却是蒙文授课。班主任叫胡果吉夫，他要求每个学生必须有蒙名。他听了我的家事后，叹着气说，你的命太苦啦！我给你起个能改变命运的名字：杰雅泰。这八个学生只有我坚持到小学毕业。初中、高中是在城里上的。蒙文对我来说太难学了，凭着兴趣我念完高中。

从记事起，我最大的愿望就是当警察。穿上警服，别个手枪抓坏蛋，是我的人生梦想。儿时玩游戏，我就永远装扮警察，太过瘾了。高中毕业后考大学，我一考就考上了内蒙古的重点大学。报名时没太用心，考上又后悔了，没报到就改了主意。我决定第二年报考警校。第二年，我考上了国内最著名的警察职业学院。我从小就学蒙文，汉文基础差，上警院后，我奋起直追，两年里都是三好学生。军体课，射击第一；专业课也是第一。散打不仅全校第一，还代表省队参加全国比赛，拿过第三名。其他各类散打比赛，取得的名次数不清。

我有点儿背，没等毕业，就赶上不包分配自谋职业。我家穷，一没权二没钱，想进公安局当警察，真比上天还难。进不了公安局，我就在毕业前实习过的公安分局刑警队三中队帮忙。我比正式警察都辛苦，有危险时我最先上。两个月以后，我就单独办案了。当然这不合法，可是警力不足，再说很多人穿身警服也就是混饭吃。

有一次管区发生了一起强奸幼女案，被害人叫托娅，是从锡林郭勒盟牧区来市里探亲的。小女孩儿一出医院，我就天天背着她寻找作案现场。八岁的小孩儿只记得坏人家里有二层床，墙上挂着有一只猫儿的挂历。对啦，还记得坏人家门口堆着一堆木柴，木柴旁边蹲着老爷爷劈柴呢。我背着小孩儿整整找了 12 天，终于确定侦查范围，疑犯就在一片住宅区里。然后开始摸排，最后锁定在一个姓刘的屠夫身上。后来我冒充水暖工进入他家，提取了床单上的被害人血迹。最后一举侦破此案。

还有一个案件也挺出奇。有一天接到报案说印刷厂有人劫持儿童。全分局去了几十人。我们和劫匪对峙了几个小时。由于房屋结构和周围环境不利于强攻，只好调来消防队，用高压水打掉了他的自制手枪。他放了那个小孩儿。可是他手里还有匕首，藏在屋里负隅顽抗。

我赤手空拳冲进去，三下五除二，两分钟内就制服了那小子。回到队里才发现自己的胸部被刺了一刀。一年多的时间里，我，一个实习警察侦破五十多起案件，其中有二十多起大要案。为此，大队长被提拔成副局长，中队长荣立二等功。

当实习警察不占编制，自然财政不给发钱。中队稀里糊涂地一个月给我发二百元钱，钱的来源只有中队长一人知道。中队每天都有饭局，跟上警察混事儿，吃饭是不成问题的。那二百元钱我都送回家里。他们需要钱。

那年，也就是前年，我赶上了好机会。公安队伍扩编，从本科生里招收警察。我是专科生没有资格参考。我托了几个朋友，费了天大的周折人家破格让我参加考试。一发榜，我是几百考生里的第三名。我又从分局开了一份证明，把我当实习警察时的表现反映了一下，结果就进了公安局。

进公安局后，领导发现我的专业程度较高，蒙汉语兼通，英语是六级水平，散打又是全国专业队比赛前三名，就想让我留在警校教书。我的理想是做刑警，我要破案，要生擒活捉犯罪分子。当老师没意思。在我的一再要求下，我被分到 ×× 分局刑警大队大要案中队。我终于如愿以偿当上了刑警，拿着通知书高兴得一夜没合眼。

当警察后，上苍给了我最大的恩赐——其其格。

去年冬天，我们管区发生了一起杀人案，几个嫌疑人中有一个是 Z 旗人。这个人疑点最多。他长期流窜在外，有时打打工，主要靠偷窃为生。此人心狠手毒，做事不计后果。最近可能跑回了老家。这些情报都来自可靠的线人。中队长派我带着两个实习生小奇和小王，开辆破 212 吉普车前去调查。

去年冬天雪挺大。我们开着破吉普翻山越岭艰难行进。白天雪融化了，夜里又冻成冰，路面滑得就像镜子。路边的深沟里翻着汽车的残骸，吓得小奇几次差点儿把车开进沟里。

那个旗只有一个牧业苏木，叫白音塔拉。周围都是农区，人口也特别密集。嫌疑人张全在可能就藏在这个苏木里。他的名字是否真实还不清楚。去年冬天，他跑到我们那里一个工地打工，大大小小干了不少坏事。

有一天，这家伙因为床铺问题和另外一个民工发生口角，互相还厮打过。第二天人们发现那个与他争斗的民工身中两刀惨死在工棚里。随后张全在失踪。是不是张全在一怒之下将对方刺死然后潜逃了呢？必须先找到他。现在许多打工者都不提供真实姓名，所以很难查，只能去碰运气。如果错了，再重新寻找线索。

这个苏木说是牧区，其实有名无实。一路上看到乱哄哄的人多得像蚂蚁，四周草原全部消失，放眼一看赤地百里。从周边省市来的农民到处种庄稼，把草场几乎都当荒地开垦，弄得遍地盐碱，真荒凉得让人落泪。这是后来才知道的，“穷山恶水出刁民”，一点儿也不假。从旗里到苏木，这一路上竟出现了五六处拦路要钱的农民。他们在路上先挖坑后泼冰，等你陷进去，他们再出来救你，就挣这个钱。他们的小四轮拖拉机在坑旁候着呢。

嫌疑人可能居住的村子叫赛乌素，蒙语的意思是：好水。可现在遍地沙子，干旱得寸草不生。听老乡讲，这儿好几年没有下过雨雪，这年算是老天爷开了恩。

穿过两个相距不远的营子，一拐弯又上了条土路。走着走着前面又有了“收费的”。可这个收费的不同寻常，大冰坑旁站着一个美少女，她还带着一个小男孩儿、两个小女孩儿。小男孩儿脚下卧着一只长着熊一样脑袋的小黑狗。

眼前这个坑可够大，有两米见方。两边都是斜坡但并不很陡，里面也被人泼了冰。我们下来看了看，吉普车四轮驱动也白扯，这个坑肯定不能过，但旁边可以绕过去。别人过不去地埂是因为心疼汽车，我们可不在乎，因为我们是为公家办事。

我和小奇换了位置，让他歇会儿。我把车打着，然后换挡踩油门。透过结冰的挡风玻璃，我看到前面那个姑娘领着三个小娃娃，把眼睛睁得大大的，就等我们掉进去然后挣我们的钱。我心想，如果我们掉进坑里会把他们美死！可又一寻思，如果我们真掉进去，他们几个能用什么方法把我们的车拉出来呢？

就在我躲开坑，向右打方向盘时，他们四双眼睛惊奇得要迸出眶子。我正费力地急转弯时，那个姑娘猛地一指汽车开口大叫。哦，我一下明白了，原来她是让那三个小家伙去堵我们准备通过的地埂。只见那三个穿着破衣烂衫的小孩儿狂奔到地埂边，有两个坐在地下，另一个干脆躺在雪窝里。

车开到满脸沾着雪渣的小孩儿跟前，怎么摁喇叭也不动，就装听不见。实习生小奇火了，他跳下车走过去指着小孩儿骂道："滚开！再不滚开就碾死你们！小要饭的！"

躺在雪窝里的小女孩儿噘起红嘟嘟的小嘴："呸呸呸，就不走，气死你！呸呸呸，气死你！"恼得小奇七窍生烟，上前拎住一只胳膊刚要往旁边拽，啪，他就挨了一记清脆的耳光。他的裤脚也被大脑袋狗扯住不放。我和小王清楚地看在眼里，就是那个年轻姑娘打的！

我俩跳下车跑到跟前，小王问："嘿，你怎么敢打人？你知道我们是干什么的？"

"我管你是干什么的，他打我妹妹就不行。这还是轻的，如果你再敢打，"她掏出一把很旧的蒙古刀，在衣襟上擦擦，"我就宰了你！"她眼里冒出凶光，狗也汪汪地叫着。

"哎，你听清楚，我们是警察。我们在执行公务。如果你再胡闹，让你坐拘留所！"小奇狠狠地说。

"那才好呢！进了那里吃饭就不用费事儿啦！"她美目一翻，一伸双手，"来，抓呀！你怎么不抓啦？"

这时我才认真地端详了这位姑娘。她可真美。小巧玲珑精致无比，就像电影里的俄罗斯新娘。她扭头露出美丽的脖子，用蒙语对那三个小家伙喊起来，意思是鼓励他们，让他们别怕，再坚持十分钟就行。这一下那三个小家伙更来劲了，开始哇哇大叫。他们如果不让路我们还真过不去。实在没招了，我摇下车窗用蒙语骂她，说她给蒙古人丢了脸。还说蒙古人自古以来就没有干这种事的。这一骂还真灵，她一下子愣在了那里，眨眨水汪汪的大眼睛出神地望着我。她在飞舞的雪花中就像一尊雕像。

她犹豫了几分钟就把路让开了。我把车开过地埂后，下了车，递给她十元钱。她接过来连看都没看往风中一扔，拍着手喊，看，飞啦！飞啦！

那三个小家伙跟着拍手大叫。那张票子就顺风飘上了天，很快就消失在白茫茫的飞雪中。

这一下可气坏了小奇和小王，两人下车就拉她。她用拳头一叉腰，样子像个泼妇，对着这两个实习生破口大骂。她愣是把两个后生骂得节节败退，最后拉开车门退回车上。我看着也觉得挺生气，跳下车冲到她跟前正要发火，她对我嫣然一笑，还俏皮地挤了挤眼睛。那束光芒就像春风拂面。我呢，就像触了电一样麻酥酥的，马上什么脾气都没有了。

她用蒙语说："好啦，开上车跟我回家！"我们就稀里糊涂地开上车跟在他们四个人一条狗后面，七拐八拐过了两条沟，终于来到一个破院子前。里面那个乱呀，堆满了各种各样的杂物。靠里面的棚子里还圈着几只瘦羊。小奇和小王起初还挺不愿意听她摆布，可是她就像对待小孩儿那样把他们呼来唤去，他俩也只好乖乖地服从。

她家的院子很烂，可屋子里，也就是她的卧室却干干净净、井井有条。里屋北墙正中是成吉思汗像，旁边挂着"007"的巨幅照片，对面是篮球明星乔丹的明星照。"来，进来随便坐吧，千万不要客气。喂，你们两个小警察，快到外边，挑只大羊抓进来，咱们吃新鲜血肠！"杀羊？这是什么季节，这么穷的人对素不相识者如此盛情？可是她的态度又让你不得不服从。

这时候才知道她的名字叫其其格。她的大妹妹叫苏道，弟弟叫斯琴，小妹妹叫森德日玛。

其其格连我们叫什么名儿都不问，就把羊杀了。她的弟弟妹妹帮着扒葱灌血肠。大妹妹苏道不知从哪儿找来一个大可乐瓶子，用大剪刀剪去后半截，留下嘴儿那部分当了漏斗，灌得满头大汗。她自己在地上铺了几张报纸，把只羊卸得零零碎碎摆满一地。

她家共有三间破房。其其格的闺房自然是不能弄脏的，另外两间房子被七个人挤得满满的。他们家的家具很少，锅碗瓢盆也是拼凑来的，筷子红红绿绿有好几种颜色。桌椅板凳，都是用不知从哪个工地拾来的建筑垃圾胡乱钉住就算成形。

其其格解肉是一把好手，二十几分钟就把一切都收拾妥当下了锅。我们仨只能叉着腰干看着。

所有类似桌子的东西都太小，最后只能用几个厚纸箱代替，上面再铺两张报纸。肉端了上来，血肠和下水进了锅。其其格不时用自制牙签在鼓起的血肠扎眼儿放气，防止肠子爆裂。我拿起一块肋条，用自带的小刀一割，能看见肉里有红血丝。这是煮得恰到好处的手把肉。

其其格拿来三把刀，一把是镶银的骨头柄的蒙古刀，刀子已被磨成窄窄的一条，但很锋利，肯定是用上好的钢做的；另外两把是削铅笔刀，锈迹斑斑的，刃上尽是豁口。

其其格先用那把银柄刀将羊胸叉骨分成四等份，我们三人各一份，他们姐弟三人共一份。胸叉子，是草地蒙古人先敬客人吃的。她很细心，礼数也很周全。

“几位大哥，我还没来得及问你们，你们是从什么地方来的？”她用略带张北口音的汉语问道，同时还对我俏皮地挤了挤眼睛。

“我们从首府来的，到这儿……来办点儿事。”小奇一脸严肃地回答。

“你们是公安？”

“你咋看出来的？”小王问。

“你说的，你忘啦？”

“唔……”

“姑娘，你对这一带熟悉吗？”我问她。

“太熟了，我从小在这儿长大的。你们是不是要寻找什么人？如果找人，尽管问我。”她低头用刀削着肉。

“你们这儿有多少人口？”

“我们苏木人不多，有两千多人。可是周边都是农区，他们人口多，有二十多万人吧。”她抬起头用汉语回答。

她说听老人讲这儿几十年前全是牧区，是一片水草丰美的大牧场，夏天里草有一人多高。周围这些小山包上全是树木，里面尽是野生动物。这个旗最大的特点是淖儿（湖泊）多。水多得就像南方的江南。那时，全旗只有两万多人。三十多年中，人口增加了十几倍。现在全旗几乎都变成农区，只有白音塔拉这一片是草地。这就像汪洋大海中的孤岛。她说听老父亲讲，本旗曾经是有名的牧场，过去盛产马匹，还出了不少著名的摔跤手。

“喂，小姑娘，说说你的家庭吧，你的父亲是做什么的？你妈妈是做什么的？噢，对啦，看这话问的，应该是牧民吧？”小奇用筷子剔着牙缝，冒昧地问。

她递给小奇一根自制牙签，眨动着眼睛犹豫了一下，说道：“我父母都是牧民。他们，他们……全去世了。母亲死了十几年了。父亲前年死的。他……他喝了从张北那头儿贩来的假酒中毒死的。所以我从不喝酒。喂，小警察，你能不能别用筷子剔牙缝，刚给你牙签了不是？”

小奇红着脸放下筷子拿起牙签：“噢，是这么回事。”

这时，谁都没有说话。

沉默了一会儿，其其格朝我说：“大哥，咱俩尽量不说蒙语，不然他俩就变成了傻子。嘿嘿，你说行吗？”

我点点头。

“大哥，你还没说你们的任务呢。你们是警察，从那么远来到这儿肯定是为了工作吧。你们的工作是不是破案？”

我觉得不把我们此行的目的说清，似乎不合适。吃也吃了，喝也喝了，不说实话，是不是太小人点儿？我实话实说：“我们来这儿是为了办案。说白了是查找一个人，说再明确点儿，就是查找一个杀人凶手。”

听到“杀人凶手”四个字，其其格眼睛睁得大大的，眸子里还闪着激动的光芒。那三个小娃娃兴奋得拍起巴掌：“哈哈，杀人犯？这可太好啦，杀人犯！”看着眼前的景象，小奇小王目瞪口呆。

他们对“杀人凶手”这个字眼儿不但不怕，反而像是听到了什么激动人心的消息。

“大哥，快说说，杀人凶手在什么地方？是不是就在我们这个地方？

我们这儿是挺乱，正好挨着河北……什么人都往这儿跑。”

“嗯……你们这儿有没有个姓张的，汉族？”我犹豫了一下问她。

“姓什么？姓张？这儿的汉族里姓什么的都有。有十几户姓张的都是河北人。对啦，还有一户是从山西什么……朔州搬来的，也姓张。”

“这个人三十多岁，瘦瘦的小个子。”我一步步往外说。

“大哥，你真啰唆，他到底叫什么？什么瘦呀胖呀的，快说！”

“他叫张全在。他可能就是这一带的人。”

“张全在？姓张的有好几家。全在，全在……张全在他弟弟我认识……对啦，他们是山西朔州来的。”

我听其其格一说，心里顿时亮了：“快说，他家住什么地方？”

其其格兴高采烈地站起身，两只美目忽闪忽闪地把玉手一挥说：“你们三个小家伙在家待命，我带三个警察大哥先去，侦查一下。”这句话逗得小奇和小王都笑弯了腰。但还能看出他二人临战前的紧张。

这两个实习警察，虽然都“实习”了好几年了，可是一听“杀人犯”三个字头皮就麻。我们三人中，只有我一个是真警察，带着一支六四式手枪三发子弹。严格地讲，我们去抓人去破案都不合法，按规定至少有两名真警察才能办案。

那三个小不点儿一听抓杀人犯，也都摩拳擦掌跃跃欲试。小黑狗也摇着尾巴跟在后面乱跳。他们的临战状态超过这两个实习警察。

“大哥，那户姓张的山西人住在后边，路还挺远。雪这么大，也不知道好不好走。另外还得翻过一道山梁，他家住在一道大梁下面呢。”

"不怕。其其格让你弟弟妹妹先在家待命吧。咱们抓紧动身！"

4

多亏来时给车的水箱加了防冻液，不然不知会冻成什么样子。马达也出了点小问题，小奇鼓捣半天才打着火。

这个营子只有五六户人家。房子盖得也不规整，东一家西一家的，大半天了也没见个人影儿，远远地能望见屋顶上的积雪和烟囱。房子之间的空地很宽阔但也并不平坦，起伏很大。

其其格家土房后面有条依稀可辨的小路，上面稀稀拉拉有几个牛蹄印。路拐弯抹角地向山坡上延伸。吉普车在土路上颠得稀里哗啦乱响，我的脑袋几次撞到上面的横杠，脑仁儿生疼生疼的。

远处的山峰逶迤而至。真奇怪，白茫茫的大草原上突然出现一座高耸的石峰。它也算是一座奇观，因为它拔地而起，显得突兀。石峰的侧面，有一条大沟，深达几十米，至少有五公里长。望着怪石嶙峋的山峰和顶上那个影影绰绰的小亭子，我们心里犯了愁。没有路，车如何过山?

"大哥，张家在山的前面，咱不用翻山，一过前面这条沟就能看见。不过车过不了沟，咱得步行过去。"其其格看出了我们的心思。是啊，即便车能过沟，也不能开呀，目标太大。如果张全在真在里面，被他发现麻烦就大了。我看着其其格心里思忖。

正寻思着，雾气中钻出一辆马车。驾辕的白马嘴上挂着冰溜子。车老板是个小伙子，披件皮袄缩在一堆麻袋里打瞌睡。小奇一摁喇叭，吓得他一激灵。其其格哈哈大笑，拉开车窗用蒙语喊道：“道尔吉，不好好赶车发什么呆，想媳妇哪？”

“啊……是你呀。其其格，就想你哪。”他睁大眼睛咽着口水说。

“你愿意当癞蛤蟆？”

“……”

其其格又哈哈大笑。

“你们说什么呢？这么高兴。”小王好奇地问。

“他问你们是干什么的，我告诉他，你们是我雇的短工，为我干活儿的，是专门在公路上挖坑的。”说完，她又为自己精彩的翻译笑得趴在了车窗上。这一笑，缓解了我们仨战前的紧张。

“领导我看咱就把车停这儿吧！先观察一下周围的地形和情况。车里有我的望远镜，正好也能派上用场。”小奇建议道。

沟里很滑。阴坡的雪一点儿没化。费了半天劲刨了几个坑，大家才爬到坡沿上。

大约在200米远的山脚下有一处院子。靠里面有排砖房，大概是四间。院子很大，中间是码放整齐的砖头和木料，墙角有辆旧213吉普车，顶上放着块塑料布。用望远镜一观察，发现屋里面人挺多，至少有七八个。这可有点麻烦。我们一共三个人，一支枪，又没有穿警服，一旦冲进去纠缠起来，哪能对付得了？院子外面陡峭的石峰下面有个白色圆形建筑，直径有三米左右，高约一米五。它的正面有块长方形的小墙。这是个什么？碉堡？

“其其格，那个白色圆形建筑是什么？”我不解地问。

“哈哈，你从农村来你还不懂？那是坟墓！草原上的人不实行土葬。过去是天葬，扔到草原深处让狼吃。现在是火化后掩埋，不立碑的。”

“其其格，你从什么地方看出我是从农村来的？”

“哈哈……这你就不知道了吧！告诉你吧，虽然你说的是标准蒙语，可你的行为举止却不像草地人。城里人又不会蒙语；再说我们这儿从农村来的人多了，我天天见。他们都和你差不多！哈哈……没错吧？张家从山西搬过来把规矩也带来了，建了个大包儿。那全是水泥，听说用了好几吨呢。大哥，你以为是什么？以为碉堡吧……”说完她笑得东倒西歪。

小奇瞭望片刻，说：“领导，看样子咱仨对付不了那几个人。好虎架不住群狼，进去咱也控制不了局面，弄不好还会出大问题。”我想他说得对。本身异地办案就有诸多不便，加上人手不够，手续也不全呀。我兜里只有一张空白传唤证，不能拿这个对人采取强制措施吧！就这么一张纸，还皱皱巴巴的，谁看了都会认成假的。怎么办？

小王也面有惧色，把烟点着然后掐灭，再点着再掐灭，显得十分紧张。他俩轮流用望远镜观察。

“大哥，没那么严重。我看里面有好几个是这个村的农民，他们都没胆儿。就看张全在的几个亲哥在不在。再说咱们现在也没有别的好办法。附近三十公里之内没有警察。原来苏木里有一个警察，后来不知为什么也撤了。往旗打电话吧，没电话。手机？手机肯定没信号。你不信试试。从你们那儿叫人吧？哈哈，等叫来人咱们也冻死了……大哥，要不这样吧，我先进去侦查一下。如果张全在在屋里，我就出来站在院门口，右手做个 OK。你们用望远镜会看得很明白的。如果他不在，我就会径直往你们这儿走的。”说到这儿，她又用蒙语问了一句：“大哥，待会儿见啦！”

我是个警察，让一个与案子毫无关系的姑娘去“侦查”杀人犯的动向，这合适吗？其实我是为她担心，因为我从心里已经爱上她了。眼下怎么办？还能有什么好办法？

我靠在坡上仔细衡量着眼前的事情。到手的猎物让他逃脱？第一，这样做不合乎我的性格，这可是对人的勇气的考验啊；另外，我是个警察，怎么可以见到杀人凶手而不将其缉拿归案呢？后援肯定没有。里面有七八个男人，万一都帮助他，我们就对付不了。如果事情弄大了，比如说抓错了人或者人家张全在根本就不是凶手而是无辜者，那么违法办案就是个大事儿了。

对啦，还有一个问题，就是我携带的这支六四式手枪也是临行前向队友小常借的，未经队里领导批准，如果枪上出了事儿连小常也受牵连。

我背对着张家的院落仔细思量。眼前是座小山包。山顶上有几棵松树，长得很集中，在白雪的映衬下显得格外的绿。小山包的缓坡上是厚厚的积雪。一片白茫茫中，星星点点地长着一簇簇小松树。松树的树梢上顶着一团团白雪。

“其其格，就按你说的办吧。”我犹犹豫豫地说。

“是！”其其格向我举手敬了个礼。

“大哥,我觉得不妥。”小王咽口唾沫说。“警校老政委常在课堂上说，你们当了警察后，如果遇到危险，一定要首先考虑自身安危……保护自己是为了更好地消灭敌人……我看今天就是这种情况。”小王红着脸怯怯地说。

“如果按法律规定，或者按你那个什么老政委说的办，你应当回家去。因为这个规定不适用你，你不是警察。你抓人最多算个群众扭送！被人杀了的话，也最多混个见义勇为奖什么的。算了吧，你别去了，在这儿看车！”我说。

小王最怕别人说他不是警察,揭他的老底,特别是当着美女的面。“大哥，”他瞟了一眼其其格，“我又没说不去，但我得准备准备。”

我检查了一下枪支，看见里面可怜巴巴地趴着三发子弹。说真的，它也只能是吓唬人用的。就现在这种情况，里面的人是不是张全在不清楚，他杀人没杀人更不能确定。管他球呢！想不透的事儿就不再去想，干就对了。

“其其格，我相信你的能力，你肯定会把事情办好的！去吧！一切程序按你刚才说的。只要张全在在里面，你就到院门口用手做个 OK 就行啦。”

其其格从坡顶站起身，摸摸头发拉拉衣角，一蹦一跳地朝院子走去。我们仨都紧张地睁大眼睛盯着她那迷人的背影。

但愿她不会有危险。我正想着，眼前出现了意想不到的情况。她站住了，手搭凉篷向右手方向（我弄不清东南西北）张望，又招了几下手。我们仨不约而同地伸长脖子向那边看去。阳光和白雪之间冒出来三个小小身影，就像三个精灵。后边还跟着那条大脑袋小黑狗。原来是她的两个妹妹和一个弟弟也来了。

她要领着三个小家伙去见杀人凶手？这个姑娘是什么心态？看样子她还真是非同一般。那三个孩子是什么时候来到这儿的？怎么来的？这中间差不多也有十里路！我来不及琢磨这些，必须马上使自己进入战斗状态。

“小奇、小王，你俩做好准备。张全在的体貌特征你们是清楚的。记住！待会儿我们进屋后，我首先亮明身份，使其他人不敢乱动，然后你俩立即将张全在拿下。如果其他人妨碍我们，我就鸣枪警告。如果制止不了，你俩可以使用武力。在警校你们不是练过散打吗？赤手空拳对付不了，你们就用家伙，还是那句话，如果出现问题，引起的一切后果全部由我承担！”

“明白。”他俩异口同声说。

其其格拉着三个小家伙进了院子。她的身影即将消失在大门垛的一刹那，她的手俏皮地朝我们摆了一下。

时间一分一秒地过去。里面没一点动静。我爬到右边的高处，用望远镜向里看。屋里的情景就清晰地呈现在眼前。

嗬，屋里人还不少。院里的人和其他屋的人都集中到右边那间。其其格好像和他们很熟悉。她面朝我们坐在炕沿上，嘴里叼根烟卷，嘻嘻哈哈地笑着，似讲着什么笑话。突然她站起身用一只手指着屋顶，随后笑得前仰后合。

我悬着的心放了下来，看样子她丝毫没有危险。可是反过来一想，又产生了另一种担忧：张全在是不是杀人凶手？如果是，那么从常理上讲，他应当把自己隐藏起来，而不应当如此张扬。如果不是，那我们这一趟可就白来了。

我真不希望无果而归。

小奇、小王死盯着前方眼都不眨，生怕漏掉什么。

这两个“实习生”跟着我快两年了。他们都挺可爱，性格却各有不同。小奇胆子大，有点儿冒险精神，但比较幼稚。小王纯粹是文弱书生，就不应当混到警察队伍中来。他压根儿不适合搞这项工作。这两个小兄弟虽然嫩点儿，可人都不错，都特别热爱警察职业。就这一点我最欣赏，因为我也是这样。

今天的情况有些特殊，就是情况不明实施抓捕。这是侦查之大忌。里面的嫌疑人极有可能是杀人凶手。来的时候，中队长说是让我们去外调，但任务不明确，实施程序怎样，根本无人谈及。不过我心里也明白，书本上说的和实际操作是两回事。

十分钟过去了，二十分钟、三十分钟过去了……怎么还没动静？我心跳得怦怦响，嗓子眼儿也开始发干，而且越来越紧张……

我心里开始为她，这个刚认识半天的其其格担心。

整整四十分钟过去了。太阳开始向山那儿落下。原来白茫茫的山坡怎么变成殷红色？山顶上的小亭子竟然从眼里消失了？对啦，山上的小亭子又是怎么回事儿？这里路这么难走，肯定没人来旅游，修亭子有什么价值……

你看，我又扯远了。还是回到刚才的话题吧。

其其格进去将近一个小时，我正想着别的事呢，呼的一下，身边落下一块石子。我知道这是她给我们发的信号。

我们爬上坡沿一看，好家伙，她领着两个妹妹一个弟弟和一个黑大个儿比赛扔石子呢。她可真够放松的。后来才知道那个黑大个儿正是张全在的弟弟张全有。她嘻嘻哈哈笑得前仰后合，不时还用小石子投打黑大个儿，黑大个儿在她面前就像一只小绵羊。这就是美女的威力。她竟用这样的方法向我们发出信号。

我举起望远镜，看到她的玉手做了个 OK 的动作，随后她就拽着黑大个儿的右耳，笑着把他带回院儿里。

“行动！”我命令。

“是。”二人同时回答。

我们仨尽量走低处，以避免被抓捕对象发现。下面比较滑，搞得我们连滚带爬。这是因祸得福，满身雪，使我们和当地的村民一样，叫人分辨不清谁是谁。

我们顺着沟走了几十米。这儿离他家最近。小奇先上去侦查了一下，转回头一挥手，意思是：位置正确。

我们爬上沟发现离他家还有五十多米，而且眼前是一片开阔地，中间只有一堆小石头，那儿连个兔子也藏不住。我们从沟沿到院儿门口，无论怎样，都不可能不被人发现。白雪皑皑中突然出现三条大汉，这样就会使嫌疑人警觉。

牧区就是这样，几十公里有一户人家，而且居民之间也很少来往。白茫茫的旷野之上鲜有人迹。再者，作案者逃离现场后肯定惊恐如丧家之犬，稍有动静就会非常敏感。屋里面七八个男人，如果有了准备随便抄起个什么家伙，我们仨准够呛。

如果跑步通过开阔地，一旦被发现结果会更糟。我还想到，中国虽然实行枪支管理而且处罚非常严厉，可是霰弹枪在牧区根本就不算回事儿，因为冬天有人要拿它打黄羊。万一嫌疑人家中也有这类枪支，而且敢于用它来拒捕的话，我和那哥儿俩哪里是人家的对手？

我们仨拉开距离分别走，五分钟后这几十米开阔地安全通过了。我们藏在门垛后面向里观察，看样子他们没有发现我们。屋里很热闹，从开着的窗子向外冒烟，还不时传来阵阵哄笑，我知道这是其其格在为那帮小子讲段子，有意吸引他们的注意力。

突然，门吱的一声开了。出来个瘦子，我第一眼就看到那个尖鼻子，两只小眼睛，红红的就像蛇眼。我见过照片，他就是张全在。他比照片上显得老。接着，其其格蹦了出来。她满面春风，笑得东倒西歪、花枝乱颤，在瘦子身后推着他。

我的心提到了嗓子眼儿，心跳加快到极限，比参加全国散打比赛和以前抓捕杀死一家六口的狂人时还要快。我为她担忧。

“全在哥，”其其格大声说，“你往前走吧，肯定有好事儿，不骗你！绝对不能叫那几个大哥知道……什么？你别着急！到院门口我才告诉你。”

这张瘦脸很普通，但他的眼神很特别，有一种强光在里面闪烁，就像大雨中的闪电。本能告诉我，这小子绝非善类。其其格从后面嘻嘻笑着搡他。从砖缝里我看到他虽然跟着笑，可眼里的闪电却说明他异常冷静而自信。其其格突然跳了起来，向前一扑，趴到了他的背上。他振动了一下，当听到身后银铃般的笑声时，他兴奋得满脸通红，躬着身两只爪子向后掏着。他开始哈哈大笑。我的心突然被揪了一下，真恨不得拔出六四式手枪把他打得脑袋开花。

其其格扬起头用蒙语高声喊道：“快！赶快动手！”性感的仙音还未落下又爆发了银铃般的笑声。张全在怔了一下也开始跟着傻笑。在我拔枪冲出的一刹那，其其格的弟弟妹妹也从后面冲了上来；两个妹妹抱一条腿，那个弟弟抱一条腿。那个时刻，张全在的两只红眼睛正瞪着蓝蓝的天空呢。

与此同时，屋门咣当一声被撞开了，一下子挤出四五个男人，个个灰头土脸脑顶冒着热气。第一个就是被其其格拽耳朵的那个黑大个儿，他看到我们三人一下子就怔在那儿。但他对这类事情很有经验，反应也迅速，喊了一声：“不好！”就跑向窗户底下，弯腰捡起半截椽子瞪着眼睛观察事态。他周围那几个人也呼啦围成一圈，有抄家伙的，有撸胳膊挽袖子的。小黑狗巴布盖一看情况不妙，它脊背上的硬毛竖起，冲那几个家伙狂叫着。

我明白，这是关键时刻，必须采取果断行动，不然就栽了。我举起六四枪，“啪”一声，朝天鸣了一枪。枪声在山谷里丝毫没有引起回音，就像蚊子叫。倒是我的喊声十分洪亮震耳：“站住，我们是公安局的。现在执行公务，都蹲下不许动！”

这一喊真灵验，除了黑大个儿，其余几个都放下了手里的家伙。

“你，说你哪，把椽子放下！”我大喝。黑大个儿东瞧瞧西看看原地没动。

“小奇、小王，把张全在拿下！”小奇一步冲上去抓住了张全在的右手；小王扔掉怀里的石头就往上冲。

小王扔石头是个重大失误，对方起码看到他没枪——警察抓人怀揣石头成何体统？这帮人肯定会怀疑我们的身份。

果不出所料，张全在大呼：“他们不是公安，是假的，上啊！”随势一脚踢在小奇裆里，一甩手挣脱出来，掉头向东墙跑去。小奇疼得哈了一下腰，一挺身又追了上去。就在张全在爬上墙的一瞬间，小奇扑上去抱住他的右脚，把他拉了下来。

张全在转过头时，手里多了一件东西，是一大截黑乎乎的木头。就在他举过头顶时，我扣动扳机。他的身体跳动一下，扑通，摔在墙底下。

我枪口一转，指向黑大个儿，厉声喊道：“放下手里的东西！不放？

一枪打死你！”

他扭头看看张全在，又看看我，终于放下木椽。

我跨步一个边腿将他踢倒，又补一脚，他滚到一旁不动了。“站成一排。”我命令其他人，“全蹲下！”几个人抱着头蹲成一排。看来我的枪法不错，运气也好，那一枪击中了张全在的右大腿。按规矩不该开枪，因为可能会伤及他人。

然而，看着张全在血流如注的右腿，大家全傻了眼。这样流下去还得了？他会在我们把问题审查清楚前死掉。如果那样的话，进监狱的将是我们三人，至少是我。

幸好这时其其格跑进屋里，取出一截麻绳在墙上打打土，单腿跪地三下五除二，从大腿根给张全在扎住，而且扎得很紧。在她扎绳子时，张全在那双蛇眼射出刻骨的光芒。可其其格却笑嘻嘻地冲他扮鬼脸。扎完绳子，她又跑回屋里。片刻后又举着一根冒着烟的黑木棍回来，一把扯烂张全在的右裤腿，“刺啦”一声，木棍烧红的那头摁到了伤口上。张全在大叫一声，空气中顿时弥漫着难闻的煳味。后来我问过其其格，是从哪儿学的这套处理伤口的方法。她笑着说：“你没看过日本电影《追捕》？矢村不就这样为杜秋治的伤？”

第二天中午，我们就回到了大队。经过审查，这个张全在就是“4·21”杀人案的主犯。破了这件案子，我们中队长又立了个三等功。

抓捕张全在归来后，我就像丢了魂似的坐卧不宁。不仅干工作不上心，就连吃饭都不香。我日夜思念着其其格和她的弟弟妹妹们，也包括小狗巴布盖。

其其格那对湛蓝湛蓝的大眼睛，她笑得前仰后合的样子，都历历在目；那几间小土房，那三个欢蹦乱跳的小娃娃，还有摆着尾巴撒欢的巴布盖，天天在我眼前晃动。我一天一天熬着日子。就在第七天的早晨，我睁开红肿的眼睛望着从窗帘中间透进的那一缕阳光时，我的手机铃声大作。我有预感，我的心开始狂跳。拿起电话就听到那盼望已久的天籁之音。我一听那甜甜的蒙语心里就发痒。她单独和我交谈时都是用蒙语。

“大哥，你知道我是谁吗？知道？算我没白想你！你猜我现在什么地方？猜不出来？哈哈，我在你们局长办公室。你不信？让局长和你说话……”她真在局长办公室。她说自己在哪儿我都相信，因为她天不怕地不怕。

她告诉我，她把全家都搬到市里来了。其实她的全部家当，就是弟弟妹妹和小狗以及几身衣裳。放下电话，我就飞到了她的身旁。我问她，为什么要跑到城里来？她狠狠地瞪了我一眼，两只手在我耳旁做个大喇叭，放大嗓门儿喊道：“我——爱——你！”这次不是用蒙语，而是用山西大同口音喊的。

就这三个字，使我的右耳三天听不清别人说话。

噢，对了，我忘了一个细节——就是后来我发现她的小弟和二妹是同年生的，但不是同月。我问她究竟，她才嘻嘻哈哈地告诉我，她的两个妹妹都是捡来的。原来两个妹妹都是周围农民的弃婴。她说有些河北人重男轻女，生下女孩儿，家里就闹纠纷，实在解决不了，就把孩子偷偷丢到那个像孤岛一样的牧区。因为牧民们信佛，心善，又不在乎男孩儿、女孩儿，所以全部收留……

这一下使我更爱她了。我觉得她不仅美丽而且是个高尚的人。后来我俩同居了，共同拉扯她两个妹妹一个弟弟，另外还养活着我患脑瘫的妹妹。

这就是我的故事。

5

夜深了。后来其其格也进来了。

她的眼睛又红又肿，坐到我们旁边说："杰雅泰做了很多好人好事，但从来不和别人说。毛乌素沙漠里有好几个汉族失学孩子，都是他出钱资助的。他让他们重返校园。上次去那儿办案，有个姓王的陕北人，从云南往包头贩毒，后来在云南被判了死刑。这个毒贩子的一儿一女，杰雅泰也给他们寄过钱呢！"

"大哥，我原来也不懂得做这些事，自从认识其其格后，跟她学的。"

不过，作为一名律师，我此刻更关心的是杰雅泰以后该怎么办。

"杰雅泰，你还没告诉我，你究竟出了什么事呢。"我焦急地问。

"对……大哥，事情是这样的。"

两个月前，郊区发生一起杀人案影响很坏，局里下令限期破案。大队抽调十名干警组成专案组，并任命我为组长。经过几天调查，初步认定是有预谋的报复杀人。于是我们从被害人身边的熟人入手调查，千方百计寻找因果关系，以确定侦查目标。最后我们的视线集中到了一点，怀疑是 × 乡政法书记雇凶杀了副乡长。

原来，副乡长和乡政法书记竟然包养了同一个女人。是副乡长先包的。后来政法书记在一次酒宴中也认识了这个女人，几天后就发展到情人关系。这个女人我见了以后很奇怪，就这么一个肥婆，竟会有如此吸引力，使两个领导干部为了她争斗？

案发那天晚上，副乡长进城吃饭，酒后被人带到“梦幻歌厅”唱歌。啤酒和小吃摆了一桌子，他正和酒楼小姐喝酒调情呢，突然进来两个中学生模样的人，二话不说，两把菜刀一顿乱砍。一小时后他被送进医院抢救，因失血过多不治身亡。现场勘查时，连技术员一眼都能看出这是有预谋的买凶杀人。

我查来查去，最后锁定了这位政法书记。这也是顺藤摸瓜摸出来的。从被害人社会关系入手一查，那个女人就浮出水面。再从她身上找突破口，又查出一大堆领导干部，然后一个个排除。那女人就是吃男人饭的那类货，从科长到厅长都上手。这个神秘的女人虽然很可疑，可是她一没杀人动机，二没作案时间。再对她进行外线跟踪加上技术手段，终于确定了被害人的情敌——那位政法书记大人。

不过，锁定了嫌疑人之后，一时却找不到切入点——因为不能和那位书记正面接触，只好在歌厅周围对那两个中学生模样的杀手展开摸底排查。

后来有位小姐反映说，两个杀手中有一个来这儿唱过歌，她好像还知道杀手的名字。这个消息叫我喜出望外，开车从二百里外往回跑。

这条线索太重要了，通过它可以找到凶手。

到了队里，有人却告诉我，歌厅女老板把那个小姐打发回四川了，而且还没留下地址。我一听就火了，叫队员把女老板传来。

旁边歌厅的老板也举报说，那个女老板确实认识那个政法书记，昨天书记还来过这里，捂个大口罩神色慌张地和她说了几句话就打出租车走了。看样子我们的判断是正确的，歌厅女老板是和那个书记串通了或是被书记收买了，故意赶走了知情的小姐。

当我讯问这个三十多岁的女老板时，她有恃无恐，拍桌子大骂，根本不把办案人员放在眼里。她倒不是仗着那个书记，那个书记官不大，仅是副科级干部，她是因为在市检察院里有亲戚，是个正处级干部。检察院能管公安局。

她在证据面前拒不承认包庇事实，还破口大骂办案人员。这种情况下，我一时冲动就扇了她一个耳光，是轻轻扇的。并且传讯不到十二个小时，我们就让她回去了。

第二天，我们正准备第二次传唤那个歌厅女老板，而且已办好刑事拘留手续。就在这时，从检察院传出消息，说歌厅女老板控告了我，说我刑讯逼供把她的耳朵打聋了，是轻伤。检察院已经立案侦查。

第三天早晨，我一到办公室，就看见检察院渎侦局的四个工作人员等着我。到了渎侦局，他们先向我出示了刑事拘留手续，然后三天三夜不让我睡觉。我在强光灯照射下接受审讯。我始终没有承认打人的事。

这些我不怕，我该承担什么责任我绝不逃避。可是叫我担忧的是，我一旦丧失自由，其其格和弟弟妹妹怎么办？三个小家伙正在念书；另外，我有个妹妹是脑瘫，生活完全靠别人照顾。过去我不能帮家里干活儿，但可以出点儿钱。还有刚才其其格说的那两个远在毛乌素沙漠的小娃娃，如果我不寄钱，他们该怎么办？

想来想去，我趁办案人员上厕所，就从检察院三楼审讯室跳楼逃跑了。唉，我就是想到家里还有那么多麻烦才跑的。没有我，这些依靠我的人会怎样？就这样，我和其其格把弟弟妹妹安顿好，就开始了流亡生涯，先后到了好几个地方，半个月前，来到了“大可汗”……

“大哥，我该怎么办？”

“杰雅泰，你能听我一句劝吗？”

“大哥你说吧……我相信你是为我好，你听我讲述时的神情已告诉了我。”

“你去自首吧。”我盯着他的眼睛说，“从你现在的情况看，当个逃犯是解决不了你所面临的问题的。第一，检察院会追捕你，你东躲西藏总不是个办法；第二，你现在没有合法的收入，那些等着用钱的人你怎么帮？而且逃亡生活是很苦的，多会儿是个头儿？第三，投案自首，是法定从轻或减轻处罚的情节。不就这么点儿事嘛，到了法院可以争取判缓刑。”

“对。自首是对的。”半天没吱声的陈律师睁大眼睛说。

“大哥，你说得对。自首的问题我也在考虑，就是下不了决心。我从小就爱当刑警，如今终于如愿以偿了，竟会出这么件事。以后我还能当刑警吗？”

“能不能当刑警得看事情最后的结果。杰雅泰，你是不是对‘轻伤’这个法医鉴定结论有怀疑？”我问。

“对，就是有怀疑。我只是轻轻地打了一巴掌，我……不过我从小练摔跤，又练了几年散打……所以手重是不假。但我总觉得这里面有问题。她，就是那个歌厅女老板，她在检察院有人。”

“这不要紧，再有人，也不能一手遮天吧。我可以当你的辩护人。我们介入后，可以申请对被害人的伤情重新鉴定，如果有问题还是可以纠正的。根据刑法规定，你这个行为最多是判三年以下有期徒刑，而且可以争取判缓刑。这样逃跑没什么意义。你自首吧！另外，这件事的背后是否别有隐情？比如……比如那个乡政法书记……他是不是在背后当导演？”

“说不上。也不能完全排除这种可能性。大哥，话说到这分儿上，我再请教一个问题。如果到了检察院，我不承认自己动手打过被害人，我的同事也不给做证，单凭被害人指认，会有什么结果？”

“这个很难推测。你刚才说过，检察院传唤你时出示了刑事拘留证？

如果那样，你会进看守所，最后认定有罪无罪那是法院的权力。至于……至于你不承认动过手，如果单凭被害人指认……我个人认为，光凭这点证据还不足以认定你有罪。”

“我不是想要赖，我是不想向那帮家伙低头！”

“这一点我理解。可是向不向他们低头和依不依法办事那是两码事。侦查过程不遵守法律，暴力取证肯定是不对的。这种事情虽然经常发生，没抓住的也就过去了，一旦抓住，就必须依法惩处……不管怎么说，这样逃跑是解决不了问题的。”

“好，我投案去。谁替我委托律师呢？假如委托大哥吧……我是个通缉犯，弄不好会牵连你们。等我进了看守所，又无法和外界联系……”

“杰雅泰，我明天就和你去领结婚证，然后我以你的妻子的名义委托大哥。”其其格眼里闪着泪花说，“不过杰雅泰，今天我要当着两位大哥的面儿骂你几句……你一个男子汉，一个蒙古大壮汉，怎么能动手打一个女人？无论她犯了什么事，就在这件事上我瞧不起你！老乡们有句话，那叫，公狗和母狗不咬架……你不该打女人！”

其其格的情绪有些激动，哽咽着说：“不过，我还是原谅你了。你放下心去投案吧！我的弟弟妹妹和你的妹妹由我管！对了，毛乌素那儿两个孩子我也给寄钱，你就放心吧！杰雅泰，我并不怕他们欺负你。如果他们把你冤枉了，我会救你的。在我眼里，是没有什么办不成的事的。这是真的。”

“好。你刚才骂得对！无论在什么情况下，男子汉都不应当和女人动粗。对于未来……你这么有信心，我也就放心了。我相信你的能力。”杰雅泰动情地说。

“就这么定啦！”

这时听到蒙古包外有响动，是巴布盖，咿咿唔唔地将两条前腿跨了进来，毛茸茸的大尾巴在门外摇着……

东方出现鱼肚白。天大亮了。

写作笔记

作家是生活家，是情感体察者，是人性见证者，是精神缔造者，也是现实世界的思考者和记录者。一个作家的创作，尽管也可以顾影自怜、可以娱人娱己，却必须拥有情怀和责任，必须找到隐藏在各种镜像之后的人性之光，必须不断建构普世的更为恒久的美学秩序。那些缀在时间线条上的文学珍珠，莫不是对这个世界给予了悲悯、对这个世界中的人给予了温暖、对这个世界中的事聚焦了触感，它们共同点起心灵的航灯，让我们虽然痛也爱着这个世界中的美好。在这个意义上，因为有了文学，即便历经沧桑磨难，我们依然义无返顾地前行。

凌春杰，土家族，湖北长阳人。中国作协会员，广东省文学院签约作家。著作有《爹的河卡》《深海钓》《花屋场》《我们的村庄》等七部，曾获禾林小说奖、深圳诗歌奖、第七届深圳青年文学奖、第四届深圳原创网络文学拉力赛冠军、第二届全国青年产业工人文学奖等奖项。

跳舞的时装

凌春杰（土家族）

1

小菊是在进入朱家的第三天，才见到朱家的主人朱雅的。那天晚上，朱雅从米兰出差回来，身上着一件颜色素雅暗含珠片的披肩，忽然开门进来，小菊先是吓了一跳，继而惊得愣住。

小菊一直觉得，自己也是见过世面的，可是朱雅的气质还是将她一把镇住。朱雅和小菊差不多高矮，胖瘦也争不到一分，但朱雅怎么看都觉得饱满匀称，小菊蓦地觉得自己单薄出许多。朱雅那身衣服，像是专挑了她的身材，只为她的白天和黑夜而存在。在朱雅茶色眼镜的背后，小菊没有看出任何表情。朱雅的出现，小菊忽然感到一股无形的压力开始包裹自己，里面交织着羡慕、惊喜、不安，甚至还有一点畏惧。

妈！我回来了！朱雅立住皮箱边换鞋边喊的时候，小菊才意识到，这就是朱家奶奶的女儿，从国外出差回来了！

阿姨好！小菊连忙起身，过去准备帮忙拉箱子，一边有些不安地说，奶奶刚到小区锻炼去了。

朱雅刚换了一只拖鞋，另一只鞋脱下来还拎在手上，忽然停住，看着小菊问，你叫什么？

小菊看着朱雅的目光，心里生出一股冷意，低下头小声说，我叫黄山菊，大山的山，菊花的菊，都叫我小菊。

朱雅愣一下，忍不住笑了，顿住笑又问，你刚叫我什么？

阿姨。小菊懵懂着回答，不知道眼前这个女主人为什么会有这样的问题。

我有那么老？只有幼儿园的小朋友才准叫我阿姨，你应该叫我姐姐，明白吗？朱雅抬了抬眼镜说，以后记住！

小菊不解地点点头，可是，我叫她奶奶……小菊无辜地看着朱雅，不知道要不要把奶奶改口成阿姨。朱家这个奶奶，看起来显得年轻，实际真和老家奶奶的年岁上不相上下。

小姐？小菊忽然想起外面流行的这个称呼，试探着叫出了一声。

朱雅一眼看住小菊，按道理叫小姐也是可以的，但是我不喜欢别人这样叫我！

小菊在心里想，总不能叫你大姐吧，又不比我大多少。嘴上却不敢再说出来，怕朱雅再有什么不高兴，那自己的第一印象就打了很大的折扣。

就叫我姐姐。朱雅说，什么小姐大姐的，我都不喜欢。

小菊心里一慌，刚刚自己只这么想了一下，她就知道了？小菊正这样疑惑着，背后奶奶的声音了就飘进来了：朱雅回来啦！

小菊一下子回过神来，连忙点点头，心里的惴惴不安平静了一些，奶……阿……姨？

奶奶正要说话，朱雅转过头，看着小菊说，你管我妈叫奶奶，叫我姐姐，你和我们又没有血缘关系，这不矛盾！

奶奶摇摇头笑了起来，我刚听人说朱雅回来。小菊，还真没关系，不知道的人还兴许就真这么喊了呢。奶奶又看着朱雅说，这是新来的保姆小菊，人勤快着呢！

奶奶这么一说，小菊稍稍收起了不安，眼睛再次落在朱雅披肩上隐藏着珠片的地方，仿佛里面隐藏着无数的诱惑，让她有点恍惚。

小菊，别愣着呀，快去热点饭菜吧！

吃过了。朱雅说完，拉着箱子进了自己的房间，砰的一声，将小菊的目光定格在紧闭的门上。

2

小菊是那个号称保姆大学的家政公司连派五个人当中，第一个在朱家留下来的保姆。以前的保姆，朱雅总觉得看不顺眼，用起来不放心。小菊进来后，朱雅依旧将一枚硬币随意丢在沙发附近不太显眼的地方。前几个来的保姆，不是硬币不见了，就是几天都躺在那里。小菊当天下午拖地的时候，捡起硬币放进了那个空荡荡的储钱罐。经过这个考验，朱雅恍然放下心来，心里开始对小菊有了一些认同。

小菊来自乡下，人特勤快，做事不计较。以前的几个，多做一点事情，隔三岔五就想要加点儿工资，有意无意总要找个机会暗示一下，看似不经意，却让人不好意思让她多干一点儿事情。小菊机灵懂事，从不随便听人说话，也不冷不丁地插嘴。她只默默地做事，做完了规定的，又找事情做，把眼前看起来该做的能做的都做了，一天到晚几乎没有闲着，仿佛她才是这个家的主妇。家里哪个地方稍微有点不太顺眼，小菊都要赶紧抹干净摆好，等到一切都弄好了，再每个房间走着看一遍，自个儿舒心地笑笑，顺口轻声哼几句流行歌曲。

平常，朱家只有奶奶在。小菊和奶奶一老一小，好像前生有过约定，相互看着亲近投缘，很快就热络起来。小菊从奶奶口中知道，朱雅是一家集团公司的副总，成天飞来飞去，搞一种叫资本运作的事情。奶奶说不清楚究竟是什么，小菊也不知道。有时候，小菊就想，像朱雅这样的人，该属于传说中的白骨精，进出开宝马，走起路来色香形俱全，香风阵阵中满是虎虎生威，还满脸的冷艳。小菊见了几回朱雅，觉得她不说话还好，她一开口，声音虽也很温柔，柔中却藏着不可抗拒的杀伤力。在朱雅面前，小菊有一种不愿意承认的自惭形秽，若有若无般，时不时就冒出来骚扰一下，又渐渐逝于无痕。只要朱雅回来，小菊尽量躲开，避免和她说话。

小菊奇怪的是，朱雅在家的时候，奶奶从不说她什么，她一出去，奶奶就老唠叨她的婚事。朱雅多大了？奶奶唠叨的时候，小菊才知道快四十了。小菊一直以为，朱雅顶多也就三十岁，看起来似乎只有二十出头。小菊想，也许是没见过她摘下眼镜，要不在眼角也该找得到细细的皱纹。

奶奶对她从不摘下的眼镜没太在意，只是对她的婚姻着急。四十了呀，男朋友还没正式交往一个，往前走个几十年，说不定就也是当奶奶的人了。可是，朱雅却一点动静也没有，不管什么时候，她都是独来独往，一副宽阔的墨镜遮住了脸的三分之一。朱雅的生活，像她的资本运作一样，小菊都不太明白，心里存着一股好奇。

小菊想，这个姐姐，真算是个大姐了，离大嫂就差那么一小步，为什么还没有男朋友呢？小菊想到了“剩女”这个词，马上又在心里责备自己不该这么去想人家。朱雅人是冷了一些，但她当副总，人这么能干，肯定会是让很多人心生佩服，也应该是有人在后面排队。小菊心里好奇，并不羡慕朱雅的生活，朱雅的生活仿佛驻在云端，小菊在偶尔的仰望中，心生出一种纯净的内心好奇。小菊羡慕的，是朱雅那些千变万化的衣服，它们让小菊眼花缭乱，让她禁不住眩晕、失重，仿佛生活在又一个虚幻的时空。每次朱雅回来，在卧房和客厅的进出之间，就又换了一套服装，看得小菊心中怦怦直跳。在朱雅那扇门的里面，该是隐藏着怎样一个缤纷的时装世界啊。

那天，朱雅叫小菊到她房间帮忙收拾一番后，交代以后每个星期都要收拾两次，即使她不在家，也要打扫整理。原来，小菊以为神秘的那扇门，一直虚掩着，只要轻轻下压把手，稍稍用力一推，那个她无数次想象过的缤纷的时空，弥漫了整个房间的斑斓时装，就向她徐徐地展开了，她只要再迈出一步，就置身于这个梦幻旋转的世界！

朱雅的卧室，是一个带浴缸和卫生间的大套间，里面除了一张宽广的床，最显眼的就是那组原色的实木衣柜。衣柜占了两面最长的墙，该是特意定制的，齐到了屋顶。朱雅所有的宝贝，都放在这组衣柜里。那些钻石项链什么的，小菊一点都不眼热。当她拉开柜门，那些五彩斑斓的衣服们扑面而来，围着她舞蹈，拉着她不肯放手，整个房间明灭闪烁起来，响着热烈而动感的劲舞！不断有衣服来邀请她一起跳舞，小菊只呆呆地站着，看着衣服们跳舞，脸上荡漾着她自己无法觉察到的浅浅笑意。

热舞换成了慢四，小菊渐渐回过神来，去一件一件抚摩它们。这些斑斓的时装，大都来自世界各地，朱雅细数过它们吗？这些时装，有纯棉的，有丝绸的，有聚酯纤维的；有针织品，有梭织品，也有毛织品。有裙子，有长裤短裤，有深 V 领的，有桃领的，也有圆领的；有前边装拉练的，也有前边钉扣的，还有在背后系带的。这些衣服保持着不同的姿势，像一场即将出演的时装秀，蔓延到床上，凸出的窗台，甚至浴缸边的周围，弥漫着一股小菊说不出的植物菁华气息。每次进来，小菊都要先站住，深深地呼吸几口，又长长地吐出来，让自己一点一点从眩晕中回过神来，从虚幻的舞曲中慢慢回到理性，然后才开始细细打理。

后来，小菊给朱雅打扫房间，总要挨到奶奶下楼去转悠的时候，然后，小心推开那扇门，轻手轻脚地进去，生怕惊醒了那些熟睡的衣服。越过那扇门，小菊就听到了自己怦怦的心跳，仿佛进入了人生的另一个殿堂。在这个殿堂，她舒展着自己的真实，快乐得像轻轻触电一样，啊，这些时装，小菊此刻就是你们的主人，你们包裹住她的身体，披挂在她圆润的肩膀，将她的胸脯衬托出饱满的曲线，让她的双腿也摇曳生风，每一件衣服，都让小菊的脸庞开出自由的花朵，让小菊的眼睛里绽放出美丽的光芒。

小菊将一条连身裙轻轻展开在床上，裙子是香槟金色，弥漫着内敛的华贵。稍微收了一些腰身，裙摆是直的，摸在手里柔滑细腻。小菊仔细地看着这条裙子，仿佛看到了朱雅洁净富有弹性的身体，用手摸了摸胸前那朵暗藏的小花，马上触电般缩回了手，只觉得摸在了朱雅的肌肤之上。小菊怔怔地站在床前，仿佛就听到了裙子银铃般的声音。

裙子说，我们跳舞吧！

小菊心里犹豫着：不！

裙子说：来呀！

小菊心里一个声音还在说：不！

裙子咯咯笑着飞了起来，从小菊的左边绕了一圈，由从小菊的右边绕了一圈，裙子就穿到了小菊的身上！

裙子说：我好寂寞，主人从不带我们出去，我们在一起玩儿吧！

小菊说：可是，我不能穿别人的衣服。

裙子说：没关系，你就是试试，以后经常来和我玩儿哦。

小菊说：试也是穿。姐姐肯定会不高兴别人试她的衣服的。

裙子说：试穿也不要紧啊，我待在专卖店里的时候，被多少人试穿过呢，也没有谁在意过，后来不还被带到这里的。

小菊顿然觉得自己无法再说什么，抬头看到了镜子中的自己，那是一个美丽的女孩儿，像朱雅，不，比朱雅更漂亮更有气质，她的眉头是舒展的，眼里充满喜悦，嘴巴微微上翘，连鼻子都开心地翕动着，朱雅永远是冷艳的，她什么时候有这么开心过？是不是该说，朱雅只是在身材上像自己更确切一些？

小菊挑了十几件衣服，将它们一件一件地展开，一件一件地穿到身上，走到穿衣镜子前，学着电视里的时装模特，摆出不同的姿势，定格，每一个姿势都用手机对着镜子拍照存了下来。试穿了一些，将它们一一叠好，放回原来的地方，开始哼着歌儿整理房间。窗台要抹，纱窗门缝要根据天气情况调整，被单上要用鸡毛掸子扫扫。小菊干这些活儿时，脑子就胡乱地想着一些平常自己不曾想过的事情。如果把朱雅换作自己，会不会还没有男朋友？如果把自己换作了朱雅，她会不会像自己一样有着这种欲罢不能的做贼似的惊喜？这种惊喜过后，又是挥之不去的不安？小菊脑中千奇百怪的想法一一闪过之后，又开始为朱雅抱不平，这样的女人，要品位有品位，要漂亮有漂亮，要成功有成功，要车有车，要房有房，怎么就没有男人追过来？小菊想，自己竟然这么可耻，难道自己有了秘密？这个秘密，不知道是自己有了不可告人的想法，还是因为自己无端揣摩了别人的内心，让她莫名其妙地焦虑。

有了这些想法，小菊忽又觉得心里愧疚，再看到朱雅，手不知道该放什么地方，抬头也感觉无端地紧张，不敢用眼睛接住朱雅的眼神，只好把刚抹过的桌子再抹上几遍，掩饰过去。

3

小菊，你是不是有什么心事？谈恋爱了？那天吃晚饭，奶奶忽然问。奶奶的问话，使小菊心里一惊，不知道这是奶奶自己的想法，还是传递了朱雅的意思。

没有，没呢！小菊低头笑着说，眼中闪过一丝慌乱，眼睛盯在朱雅那条浅咖的长裤上。这条裤子，她曾细细摸过，布料顺滑柔软，握在手里极有质感，怎么洗涤都不起皱，给她的生命中曾带来过战栗。看到朱雅穿在身上，小菊心想，这种紧身的款式，刚好适合她那双走起路来极有弹性的腿，自己怎么就没悄悄试一下呢？

朱雅瞥了眼小菊，仍低头小口小口地喝着鸡汤，不说一句话。这样的对话，朱雅不想参与，只要她一开口，她妈马上就转移对象，加大火力对准了自己，不出三句话就转到了婚事上。她不想说感情的事情，只要回到家里，她尽量保持自己的冷艳，像深冬的一朵雪莲，独自怒放。

小菊呀，那天来的不是你男朋友？看到朱雅不为所动，母亲进一步敲打着说，你娘怕是也开始为你张罗着吧？奶奶特意把“也”字加重了语气。

小菊刚把茶杯洗好，拿镊子夹了三朵菊花进去，加了一粒冰糖，站住笑着说，我还小呢，不想这么早找男朋友。他是我老乡，一个村儿的，有时候相互有个照应。

奶奶叹口气，加大声音说，你也不小啦，你们呀。

小菊直起身子，看着奶奶说，真的还小，想挣几年钱再说，这事不急。

奶奶笑了起来，挣钱是一辈子的事儿，那才不急！人呀，到了什么年龄，该做什么事，就做什么事，小菊你说对不对？

小菊想了想，点点头说，奶奶，我有个同学，前年就结婚了，听说去年生了一个儿子，她觉得也挺好。

奶奶点点头，对对，早一点儿好，只要有合适的对象。

小菊接着说，我还有一个同学，抱独身主义，她说一辈子都不结婚，家里人那个急呀，也拿她没一点儿办法！

可不是嘛！奶奶接口说，总有一些儿女，不懂父母的心事，儿女长大了，总要成一户人家，当父母的才放得下心来呀！

朱雅抬起头，狠狠瞪了小菊一眼。小菊忙把已到嘴边的话咽了下去，扒一口饭低头吃起来。

奶奶愣了一下，对着朱雅狠声说道：朱雅，多吃点儿饭！

吃完了饭，小菊开始收拾，洗碗，打扫卫生。小菊的活儿做顺了，根本就不觉得多。每天拖两次地，早上洗一遍地板，下午干拖。把换出来的衣服洗好晾干，再叠齐放回衣柜。用鸡毛掸子把家具上的灰掸扫干净。饭是小菊煮的，菜是奶奶掌勺，小菊帮忙打下手。这些活儿，在乡下算不了什么，在城里很多人眼中，怎么就又苦又累，好像就要非得把人累死似的？小菊干这些活儿利索，往往奶奶喝完一杯茶，下楼和邻居唠叨几句，或者睡个午觉，小菊就把所有的事情做得妥妥帖帖。

朱雅吃完饭进自己的房间补了一遍妆出来，看见小菊坐在沙发上看电视。朱雅问，这么快都收拾完了？

小菊点点头，说，就等奶奶歇一会儿后陪她散步。

朱雅起身在厨房转了转，又到客厅摸了摸，有点疑惑地说，你怎么干活儿一点声音都没有，我都没有听见洗碗磕碰的声音。

小菊看见朱雅眼中的疑惑，嘴角却流露出一丝满意，稍稍有了一些轻松，笑笑说，也不是没有声音，我尽量弄小声一点。

朱雅点点头说，不错，像个小媳妇，谁娶了你谁会幸福，难怪我妈喜欢你。说完拎着小包出去。小菊看着朱雅的背影，那件洁白的纯棉圆领衫，她曾经试穿过，将自己变成了一个俏皮女郎，时尚而得体，衬托出来的气质甚至比朱雅还要高雅。

小菊恍然出神一般，渐渐朱雅的背影就变成了她自己，雀跃着闪现在大街上，化身一只蝴蝶，抖动着羽衣快乐地飞翔。

4

周末，朱雅带奶奶去海边旅游，要在海边住两晚。奶奶本来也是要小菊一起去的，小菊觉得不方便，给朱雅添了麻烦，就说自己留下来看家，顺便白天到外面转转。朱雅想了想，同意了小菊留在家里。

前一阵，鹏生给小菊打过几次电话，约她出去转转。小菊知道，鹏生喜欢自己，总是找些理由约她出去。小菊觉得刚到朱家，一次也没有出去。她也喜欢鹏生，喜欢他说一口的家乡话，喜欢他有时候傻乎乎的样子。有几次，小菊也动过心，躺在床上睡不着的时候，想着这是不是爱情。在快要入睡的时候，她似乎忽然想明白了，得出一个重要结论：喜欢是没来由的，爱是需要结果的，她对鹏生的喜欢不是爱。她这样推想过，嫁给鹏生，然后又回家种地，这不是她想要的结果。但自己对他喜欢也是事实，这么多年，同住一个村里，相互知根知底，又都在一个城市打工，有了什么困难或委屈，相互伸手帮一下或说说话，也是小菊愿意的。小菊想，正好趁这个机会，和鹏生见上一面，相互说说话。

小菊给鹏生打电话，没想到几个月不见，鹏生竟然听不出她的声音了。鹏生大嗓门儿问：谁呀？

小菊说：鹏生哥，是我！

鹏生还在犹豫，终于想起来似的：你小菊呀！

小菊在鹏生犹豫的片刻，心情顿然失落下去，她说：是我，奇怪吧？

鹏生说：好久没你消息呢！

小菊问：你在哪里？

鹏生问：怎么？

小菊说：没加班吧，没加班就出来一起转一下？

鹏生迟疑了一下，说：现在？我跟单位老大在一起呢！

鹏生说话的时候，小菊听到旁边有一个女声在问什么人，那声音像饿了很久没吃饭一般柔弱。小菊一时有些怅然若失，悻悻地说，那你忙吧。

挂了电话，小菊怔怔地坐在那里。本来有一个很好的心情准备约鹏生去玩儿上半天的，不想他好像已经有了女朋友，他要陪自己的女孩儿。

小菊虽然一再告诉自己从没有想过嫁给他，还是对那个软绵绵的女声满是醋意和嫉恨，鹏生已经有了自己的选择，早知道如此，还不如自己一个人上华强北东门去瞎逛呢！

想起那些衣服，小菊渐渐心情好转。小菊心想，先去女人世界看看衣服，再到华强北看看新款手机，最后从东门回来，顺便买一两件便宜的衣服。想到衣服，小菊脑子忽然急刹式停住，脑子闪过一个念头：何不把朱雅的衣服穿出去逛逛呢？

这样一想，小菊不知不觉就推开了朱雅房间的门，立即，一股清新的气息沁入了鼻孔。小菊深吸了一口气，那排衣柜静静地立在那里，似乎就等着她拉开柜门。小菊站到衣柜前，现在，衣柜里的衣服都归她指令，她说穿哪件就穿哪件，由不得衣服不高兴。拉开门，小菊取下那件她试过几次的连身裙，拿在手里摸了一遍，迅速褪下自己的衣服，在镜子前穿上，前后左右转了几圈，觉得特别贴身，全身那个爽呀。想了想，小菊又取出一套职业装，那是她见过朱雅穿过几次的，小菊觉得，朱雅的气质，主要就是这身职业装体现出来的。小菊褪下裙子，穿上自己的圆领衬衣，将那套职业装穿到身上，也觉得特别耐看。真的，有时候人就靠衣装，这话一点儿都不错。小菊一边挑着衣服，心里顿时活络开来。想必，朱雅在职场上也有无奈的时候，而她的不同衣服，是否掩饰了她内心的不安，给了对方胸有成竹的假象？这样想的时候，心中有一个声音却冒了出来：小菊，不能。不能随便穿朱雅姐姐的衣服。小菊站住，看着挑出的两套衣服，准备原样放回衣柜。另一个声音却在说：穿吧，只要不穿坏不穿脏，谁也不知道！小菊想，我就只穿着在华强北走上一圈，然后找个洗手间收起，原样给带回来。

墙上的钟声响了一下，十点半了。小菊犹豫了一下，再次迅速穿好自己的衣服，将那条裙子和职业套装装进自己的包里，拿了钥匙正准备出门，又想起来似的，找来几只回形针和一小包纸巾，把两张纸巾叠成长条，用环形针别到衣领上，重新装进包里，锁好门匆匆向公交站走去。

华强北摩肩接踵，人来人往。小菊以前来过一次，有点记不住女人世界在哪里，看到眼前有个岁宝百货，知道里面的东西特贵，想想自己也不买什么，就想进去瞎逛逛。顺着扶梯上到二楼，就是时尚女装。小菊连看了几家店，都觉得里面的衣服没有朱雅的漂亮。在一家时装店前，小菊看见没有顾客，几个服务员面无表情地站在里面。小菊站住，伸手摸了摸那个模特身上的衣服，一个跟她年纪相仿的姑娘马上热情向她走来，把小菊从头到脚迅速看了一眼，变了神情地问，想要？

小菊一愣，下意识地看看自己穿的花格子衬衣，商场的冷气中显得单薄而略有点冷。小菊摇摇头，我只看看。

店员面带讥讽地说，不想要，别乱摸。

小菊一听，变了脸色，心想在欺负我买不起，嘴里不说一句话，连忙向前走去。小菊听到身后传来几个姑娘肆无忌惮的笑声：看那样，刚进城吧！

小菊把手按在自己的包上，心里特气，只想马上找到一个厕所，换上那条连身裙子，再到她们面前，摸遍里面的几件衣服，告诉她们想要，一件一件地试穿一下，告诉她们自己不喜欢！

前面有个指示，洗手间左拐。小菊快步过去，砰的一声关上门，哗地拉开拉链，取出那套裙子抓在手里。当她把裙子全部展开，恍然觉得是朱雅被她抓在手里，正被自己剥开衣服，挣扎着想从她越抓越紧的指缝间出去。小菊一时愣在那里，两行眼泪无声地流了出来。

泪眼婆娑中，小菊忽然听到一个声音在说：我们跳舞吧！包里的裙子在里面动了起来，音乐飘飘渺渺，霸道的灯光旋转闪烁，小菊看到了裙子和那些时装们，它们汇集在一个舞池，踩着激情火辣的节奏，旋转，舒展，飘逸，忽隐忽现。

小菊出洗手间的时候，直接下了楼，朝公交车站走去。

5

朱雅打电话说，要回来吃晚饭。可晚饭做好了很久，朱雅还没回来，连电话也打不通了。奶奶跟小菊说，小菊，来，我们坐坐，边说说话边等！

小菊有点儿奇怪，奶奶是好人，可从来没有这样，拉着她的手要坐到沙发上聊天。当然，小菊喜欢和奶奶说话，奶奶和蔼，轻言轻语的，语气神态都像自己家的奶奶。

小菊呀，你这几天好像不开心，是不是朱雅欺负了你？奶奶握住小菊的手说，都是人家的孩子，在咱家尽管安心，啊？

奶奶，你怎么这么说呢？姐姐她没有欺负我呢！小菊不知道该如何跟奶奶解释，我没有不开心，真的，奶奶！

那就好！奶奶笑了起来，前两天朱雅也跟我讲，说你有点神不守舍，我起初也没觉得，后来我发现只要朱雅一回来，你就变了个人似的。小菊，朱雅在外面工作压力大，她要有什么不待见的话，你别跟她计较，她心眼不坏，就脾气不好，连对我这个妈也没几句话说。唉，我也理解她，在外面把好话都说完了，回来只剩下些不中听的话了，我不听谁听啊？

小菊扑哧一声笑了起来，奶奶，我真的觉得朱雅姐姐很好，您别多想。

那就好！奶奶也笑起来，你就安心在这儿，朱雅其实也挺喜欢你的！

奶奶，我安心着呢，你们一家人对我都好！小菊心里忽然涌出一股感动，朱家找了几任保姆不满意，自己也是找了几任东家不满意，现在，碰到这样一个让她觉得亲的奶奶，也算是一种幸运，她真的愿意和奶奶待长久一些。小菊忽然决定，要和朱雅主动招呼，亲近一些。

你这个年纪，是该活蹦乱跳的时候呢！我在你这么大时，天天哼着歌儿，那个快活呀，虽然生活也很艰苦！奶奶说着，一边哼起了小调：一条大河波浪宽——

风吹稻花香两岸——小菊接过奶奶的调，接着唱出声来。两人不由开心地笑出声来，青春的清脆和岁月的浑厚合在一起，像一曲二重奏。

朱雅这时推门进来。奶奶站起来说，开饭啰！

小菊把饭菜端到桌子上摆好，也准备在厨房吃饭。算来，小菊前后已经做过五六家家政公司，按保姆大学的培训，保姆是不和主人在一张桌子上吃饭的。小菊习惯了帮主人把饭都端到桌子，把汤舀好，然后钻进厨房，赶在主人之前先把饭吃完，等主人吃完，好收拾残局。到了朱家，小菊也是主动在厨房吃饭。

奶奶说，小菊呀，站着吃饭对身体不好，过来一起吃吧。

小菊听到过无数次类似的邀请，大都是客气。曾经有一家，小菊吃过暗亏，同一张桌子上，东家尽将要吃剩的东西夹给她，让她吃也不是，不吃也不是。

小菊说，奶奶，您和姐姐吃吧，我站着吃习惯。

奶奶还不同意，走到厨房叫她，说，进了一家门，就是一家人，不要生分！小菊看看朱雅没有表态，迟疑着不肯坐过去。

奶奶催着说，来呀！朱雅捏着纸巾轻轻揩了下嘴角，说，无所谓，叫你过来，就过来吧。

小菊瞥了一眼朱雅，看到她的脸上真的是一副无所谓，这才端着碗移过去。

姐姐，小菊抬起头，看了一眼用勺子正浅浅地喝木瓜汤的朱雅，问，姐姐，奶奶说你是做资本运作的，资本运作是做些个什么东西？

朱雅蓦地停住喝汤，那把银色的勺子在离嘴巴几厘米的不远处悬住，依旧保持喝汤的姿态，一双眼睛转了过来，瞥住小菊问，有事？！

小菊看到这种眼神，一下子紧张起来，本来什么也不想问，只是想找个话题和她能说上几句，朱雅的眼光一瞥一扫，小菊就忘了该往下说什么，说话也结巴起来。没、没事，我只是好奇姐姐你怎么每天总是那么忙。

朱雅抬起头，微微一笑，说，资本运作啊，简单点说，就是把别人的钱挪来挪去，还越挪越多。说完，又开始细细地喝汤。

朱雅低头的刹那，小菊看到她脖子上那件毛衫的领，独特的矮领，蓬松的毛线中隐含金色的丝线，织成隐约而蛊惑的万字。小菊忽然觉得，那件羊毛衫特别好看，她没有见过，应该是新买的。小菊不由边吃边偷着看，也不知道看过了几遍。这一次吃饭，小菊竟然吃到了最后。

小菊，你就在咱家多干几年啊！奶奶说，到时候我帮你张罗个男朋友，把你高高兴兴地嫁出去，好哒？奶奶又开始了暗示性唠叨。

奶奶，只要你家不赶我走，我就在这儿干着！小菊回过神来，心想真要在这样的家庭生活久了，回到了自己家里，还会不会习惯那种粗犷的生活。在她的内心，她是喜欢城里的生活的，喜欢穿得干干净净，喜欢在菜市场转悠着讨价还价，喜欢在超市里买东西的时候把自己看上眼的拿手里摸上几遍再不屑般放回货架，喜欢在街上熙熙攘攘的人流中跟着男男女女往前移动。在城里的感觉，像在天空中信步漫游，而在老家，只能在田埂上无聊地晃悠，重复父辈的生活。

傻丫头，我要你留你就留？总要嫁人的呀！奶奶笑着说，到时候我给你准备几套漂漂亮亮的嫁衣，让你风风光光地嫁出去！

奶奶的话，让小菊听得心头一颤，不由自主地说，小菊怕是没有在城里生活的那个福气！

6

朱雅从巴黎回来时，感觉自己的衣服被人动过。朱雅的衣服，有些还没有穿过一次，一直堆在某个角落，但她对每一件衣服都有天生的印象。

衣柜里的衣服，有的叠放着，有的堆放着，有的挂放着，对每一件衣服的姿势，朱雅都有自己对应式的直觉。像挂放的，是表明她尤其喜欢，不时就会拿出来穿一下，也可能只是在从浴缸里出来后，拿在身上比画一下，从此由挂放改为了堆放。中间那一组衣柜，主要放春秋穿的服装，按颜色深浅不同，从上往下分别是深色、浅色、素色和白色。这些衣服，几乎都是国际大品牌，相当部分是她一件一件从国外带回来的，只有少数也是在国内的品牌专卖店买的。每一件衣服，在她当初决定买的时候，她都为它们动心过。像堆放在一起的衣服，不仅在最初相视的刹那带给了朱雅惊喜和感动，后来又给她带来了失望和厌恶，这两种感觉糅合在一起，使得她和每一件衣服之间，都有过一种心气相通，有过一点爱恋和争吵，即使从不提起，心里也总是记得。

朱雅感觉被人动过的是一条裙子。那条淡紫的连身裙，是她在巴黎逛街的时候一眼看中的。裙子是芭埔瑞，一个大品牌中极为稀少的款式。裙子的主料是醋纤和中国丝绸的混纺，手感光滑柔软，隐含着T台时尚的华贵，也流露出东方的典雅，两者融合在一起，朴实自然，内敛端庄，令她很是喜欢。裙子是她的一个男性朋友替她买单的。那个男人，她倒在心里曾愿意把他当自己的男朋友，但他早就已经结婚，朱雅也不知道为什么，私下还特意照顾他的生意，还和他结伴到国外考察旅游。裙子她只试过一回，当初买时以为特别合身，却不肯在他面前试穿，只在身上对着镜子前后左右比画了几遍，就叫店员包了起来。回到家后，才把裙子拿出来自个儿在衣柜前试了一下，居然真的特别合身，心里又对这裙子多出几分喜爱。不想有了这喜爱，总想到是他掏钱买的，当初自己怎么就没有执意拒绝？他是什么人？自己喜欢他，他始终装作不知道一般，心里就对这裙子又生出一股舍不得的憎恨。这条裙子买回来很长时间，一直挂在衣柜的左侧边上，开门就可以看到。出于对买这裙子的人的不快和对这裙子本身的喜欢，朱雅小心地把裙子先折叠了一遍，然后挂在衣柜里的，这样不至于长期悬挂而变形。

当朱雅打开衣柜，在衣柜里从上到下看了一遍，又从左往右看了一遍，正想拿中间那套黑色的短裙套装，忽然发现那件淡紫的裙子似乎比以前长了一些，以腰身为中点，两边从衣架上垂挂下来。朱雅蓦地愣住，脑子似乎一下茫然。她开始回忆，这套裙子一开始不是叠了两层挂着的吗？是自己什么时候动过？还是，有谁动过自己的衣服？是老妈？不太对，不管她多久不在家，老妈几乎不进她的卧室，更不会动她的东西。是小菊？也不太对。小菊虽然要进来打扫卫生，但衣柜里面不需要打扫。难道，是家里进了小偷？

朱雅这样一想的时候，呼啦一声拉开抽屉，一股淡淡的香味飘了出来，复合着衣柜里面的樟脑，一时让朱雅有点意乱神迷，不由迟疑了一下。手工漆的木制首饰盒闪着幽幽的光，安静地躺在里面，似乎蒙上了一层什么，感觉比先前暗淡了一些。朱雅打开首饰盒，带钻石的项链还在，金镯子还在，芙蓉玉还在，一叠美元也在，所有的东西都在，它们都安静地躲在黑暗之中，丝毫不曾移动，陡然见了光，依然灿烂中闪耀着柔和诱人的光芒。看到它们都在，朱雅忽然泄气一般，一时找不到理由，竟然不知道是自己的错觉，还是自己记错了，一把合了抽屉，把自己要穿的衣服拿出来丢到床上，一头躺下来，闭上眼让自己躺一会儿。

恍惚中，朱雅感觉自己飞了起来，她的头顶是蓝蓝的天空，她的脚下一会儿是碧绿的大海，一会儿是绿茵茵的草地，她飞过了高山，飞过了大海，飞过了河流，想在一座似曾相识的城市停下，一伸手却又飞到了另一座城市。她在天空中一忽儿高高一忽儿低矮地飞翔，让她觉得这个世界有多么熟悉，她似乎嗅到海的咸腥，青草的芬芳，甚至嗅到了家乡地里的麦香。这一切转眼又没有了，她又进入了城市，在咖啡馆和一个面目模糊的人喝着咖啡，和人在旋转飘忽的会议室紧张地辩论，和一群系着长领带的人在一起喝酒，那些不同的时装店也看到了，门口印着大大的LOGO，模特夸张地耸立在橱窗，满身都是诱惑。那些牌子，她曾经如数家珍，现在却一个也记不起来了，她在店里试了一件又一件衣服，然后都把它们买下了。店员们惊讶地看着她，给她找了一张大大的钞票。忽然，在机场，有人把她的衣服抖了出来，她和他们争吵，争吵完了，她把一叠钞票撒向天空，钞票在天空飞扬，像一场绿色的雪被风卷着翻飞飘舞，自己也跟着翩跹飞舞起来。

一个从皇宫里走出来的王子向她伸出双臂，仰头接住了她。在这个面容模糊的男人怀中，自己竟带了腼腆带些羞涩，像一棵水草，无比的轻盈柔软。

朱雅睁开眼睛，看到母亲出神地站在门口，宁静的面神中，一丝淡淡的忧虑若隐若现。妈，我还在倒时差，打了个盹，脑子里乱七八糟的一些东西。朱雅坐起来，捋了捋头发说。

吃饭呢，先洗把脸！母亲说，也没睡踏实，又说又笑的！

朱雅愣了一下，不好意思笑起来，准是自己恍惚的时候被母亲发现了。朱雅伸了伸胳膊，嗅到一股香味，刚才在梦中似乎也嗅到了这个味道，那是母亲炒的韭菜鸡蛋，里面加了家乡的土大蒜。

朱雅走到桌边，看到小菊正把菜的盖子揭开，房间里弥漫着生活的烟火气息，让她顿时神清气爽起来。

小菊端着一碗汤小心翼翼地走过来，朱雅蓦然发现，小菊的身材极为匀称，和自己有着一样的身材，虽然系着她妈妈曾经系过的小围裙，也该算是个标致的美女。小菊的脸红白质朴，没有涂什么东西，天然无雕饰，有着让她心动的自然。

朱雅心里这样动了一下，眼睛转到了平常从不注意的小菊的衣服上。小菊穿得倒也整洁得体，花格子衬衣不大不小，包裹着小菊紧致的身体。她的脚步虽然缓慢地移动着以使汤不泼出来，青春的韵律隐藏在那充满弹性而近乎猫步之中。小菊的衣服无疑都很普通，甚至都不是在东门那样的批发市场买的，那件花格子衬衣，她似乎在哪儿见过，对，就在小区门口的摊上见过，三十块钱一件，白纸上用粗重的毛笔凌乱地写着：尾货清仓。对于衣服，朱雅有着天然的敏感，地摊上卖的虽然绝对不会去买，但路过的时候，往往会多看几眼。现在，这件花格子衬衫晾在小菊的身体上，竟然像春风吹拂一样，摇曳出青春的活力与质朴。那些号称世界大品牌的服装，大多与她却只有三分钟的激情，有的甚至仅仅只有一瞥之缘。衣柜里的那些衣服，都像前朝的三宫妃子，孤寂无奈地等待她的宠幸，她却从来只有三分钟的激情。似乎，在男朋友这件事情上也是如此，她的内心始终渴望着爱，一个一个地交往，不等想带他们回家见母亲的时候，她的激情就渐渐萎缩熄灭了，或者再也没有了心动的甜蜜。看着小菊，朱雅心里不由有了一丝嫉妒。

小菊。朱雅开口说，却没有下文。

小菊把汤放在桌子正中，脸上顿时轻松地露出笑容。小菊看见朱雅叫她，站住，看着朱雅，脸上的笑容转换成疑问，在家里，朱雅平常几乎不和她说话。

朱雅又把小菊从上往下看了一遍，说，你这件衣服好看，在哪儿买的？

小菊心里诧异了一下，继而有些吃惊，一边舀汤一边有些羞涩地说，姐姐，这还是在老家镇上买的，都好几年了，舍不得丢，一直穿着。

哦？朱雅应了一声，你们镇上的服装也很时尚嘛。然后开始低头喝汤。

姐姐别笑话我们那个山旮旯，还什么时尚啊，都是城里人穿过不要的款式才到我们乡下的，哪比得了姐姐你的衣服。我们那的服装市场里的衣服加起来，还没你多，也没你贵呢！

奶奶在旁边呵呵地笑，小菊啊，朱雅就是喜欢乱买衣服，到哪儿回来，大包小包带的都是衣服，买了又不爱穿，浪费，净占地方！

小菊笑笑，说，姐姐你可以开个时装店，不卖，专门摆着看，也很好的。

奶奶抢着说，那不成了神经病！小菊缩缩头，朱雅一时愣在那里。

7

转眼到了冬天，大半年过去了。

小菊在朱雅家成了里里外外的一把好手。家里的一切杂务，被小菊打理得井井有条，不用奶奶和朱雅操一点心。奶奶早已把日常应用和买菜的大权也交给了小菊，自己吃了饭就出去串门闲聊，偶尔在家唠叨一下，就是想朱雅赶快有个男朋友，趁她身体还好，能帮忙带带孙子。小菊似乎也习惯了这种生活，除了上街买菜，哪儿都不去，有事没事都待在家里，连楼都很少下去。朱雅工作更加忙碌，经常在几个国家间飞来飞去，听说好像准备要自己开公司了。朱雅的那些衣服，小菊几乎都已经试过，每当她试的时候，心里就反复对自己说一定要把持住自己，可是每次一进朱雅的房间，就又忍不住把自己特喜欢的再试上一遍。

家里帮小菊在镇上找了一个对象，已经几次催小菊早点儿回去过年。小菊一直在犹豫，自己是要回去，还是留在深圳，但对于过年，她还是想回老家和亲友们聚聚。而回去的话，一旦结了婚，就再难得出来了。不回去，父母埋怨不说，自己在深圳究竟该如何往前走呢，是继续羡慕别人的生活，还是等存上一些钱了再回去？或者，自己在这里做个什么小小事业，将来也像朱雅那样把父母接到这里？实际上，在小菊心里，她已经无数次设想过要离开朱家，要离开朱雅，要离开朱雅那些琳琅满目的时装，这个想法，像她犹豫着要不要回去一样困惑着她。朱家的奶奶，像自己的亲奶奶，人那么好，她真有些不舍。朱雅冷淡了点儿，但她在外多在家少，从没指责过自己，也是难得的东家。但继续留在这里，已不是开始的快乐和不安，在她表面的平静中，内心不断纠结着自己越陷越深充满偷窥般的贼性，这样下去，自己会成为什么人？小菊想，自己要离开这里的，不是奶奶，也不是朱雅，而是隐藏在朱雅那扇门背后的那些时装，它们一见小菊，就向她呼喊向她发嗲，毫无遮拦地诱惑她与它们融为一体，令她只能在内心无比的抗拒中一次次举手投降，短暂的快乐之后，又久久地自我懊悔。有时候，她认为自己可以停住，而每一次几乎都没有停住，心里又不断地想离开这里。现在，家里催她回去，究竟要不要回呢？

那天下雨，奶奶中午从外面逛了半天回来，喜滋滋地拉起小菊说：今天碰到一个婆婆，家里是开士多店的，有个儿子可俊俏了，是个车版工，到了年龄想找个媳妇，我就想到了你！小菊呀，等这个周六他放假回来，我带你去见见？奶奶说起来眉飞色舞，似乎给自己找了乘龙快婿，眼睛里闪着喜色。

奶奶！小菊已经不再那么害羞，我真不想……这么早结婚！小菊噘起了嘴巴，再说姐姐都不急，我更不急！

哎呀，朱雅哪能不急呢？奶奶快人快语地说，看我都急成啥样呢！我都跟她找过好几个，她老出差见不上面，我的老面子都磨没了，别人也不能老等她。你们两个，我都物色着，哪个适合哪个先，结一个算一个，这事，没有先后！

奶奶，我仔细想过，不能在城里结婚。小菊放低了声音，不明白自己为什么说出这么个借口。

这是怎么呢？奶奶停止住笑，有些诧异地看着小菊。

小菊一时不该说什么好。

奶奶见小菊不说话，问，城里有什么不好？

我想来想去，哪怕每月挣一万块钱，也买不起城里的房子，自己家里有地，老了跟地在一起，心里才会踏实。小菊说，我也想待在城里，但我要面对现实。小菊说完，比自己刚才说出那个借口更为差异，她不知道自己是不是真这么想过，这种说辞就急忙从口中溜了出来。

哎呀，小菊！奶奶重新笑起来，我还以为多大的事情呢！你一个女孩儿，想那么远干啥啊！你看看，现在哪个乡下姑娘不往城里嫁呀？有了机会，你可要把握住！奶奶一脸郑重地说，再说你看深圳，也没有谁把你往乡下人城里人分！

小菊点点头，我想将来到镇上去，既能照顾到父母，也少一些经济上的压力。

奶奶叹口气，人人都有一本难念的经啊，都不容易。

小菊连忙说，我是说我自己，像姐姐那样，啥都不难的。

怎么不难？奶奶偏起头，你看，朱雅到现在连个家都还没有，还一直忙活着，忙有什么用！

小菊一时不知道该说什么好。对于朱雅的爱情，她只有过猜测，却不知道真正原因。小菊想，不管自己回不回老家，是不是要先和奶奶说说，也算是提前打个招呼？

见小菊不说话，忽然惊觉似的问，你是不是在家里有了？

小菊点点头又摇摇头，一时不知道该如何回答。想了想说，奶奶，我最近家里有事情，可能过年前要回家了。

回家？不来了？奶奶有儿点惊慌地问，家里有什么事？

父母打电话说，家里有事情，要我回去。小菊说，这回回去了，怕一时就不会出来了，要在家里待上很久。

家里有人生病了？奶奶的脸色凝重起来，到底是什么事情？

家里帮我找了一个婆家，也是催我回去相亲呢。我不想这么早结婚，就想趁过年的机会回家看看父母。小菊咬着牙说，不知道这个理由算不算实话，或者，是几个想法交织在一起，才使她临时有了回家的意念？

奶奶如释重负般笑了，这要回，回去了再来，来回的路费我都给你出了！

朱雅也知道了小菊要回老家。那天，朱雅回到家里后没有进自己的房间，而是坐到沙发上。小菊给她倒了一杯白开水，朱雅摘下眼镜拿在手上，说，小菊，你来坐坐。

小菊愣了一下，摘了墨镜的朱雅看起来更加漂亮优雅。小菊看了看朱雅说，姐姐，有什么事？心里不由有些紧张，是她发现了自己偷试过她的衣服，还是她知道了自己要走？自己要回老家，还只跟奶奶说了，朱家还没有开始找新保姆，不知道她会不会同意自己走。

感觉在这里怎么样？朱雅喝了口水，很随意地问。

挺好的！小菊脱口回答说，说完心里就后悔自己不会说话，既然很好，自己为什么又要走呢？

朱雅点点头，那就好！出门在外，开心就当生活，不开心就当工作。我妈说你安心，可我怎么看都觉得你有心事。朱雅顿了顿说，真的要回去了？

小菊一怔，是的，朱雅不在家的时候，每当她进入那道充满诱惑的门，她就因激情而光彩，把自己喜欢的衣服一件一件地试上一遍，在镜子前转几个圈，又换上另一件，每一件衣服都用手机自拍过无数张照片。朱雅一回来，她的内心的那种不安就不断放大，已经成为一种沉重的压抑。在这种兴奋和压抑的交织中，她欲罢不能，她也许只能回去，回到家乡那个自然而贫困的地方，才能逃避自己，才能让自己内心回归清净。

小菊看着朱雅迟疑地点点头，看来奶奶已经跟她说了。

你家父母都是做什么呢？

种地呀！小菊笑了起来，我们家有好几亩地呢。

你把身份证给我看看？朱雅说。

小菊心里一愣，不知道她要做什么，当初进来的时候，身份证什么的，已经给了复印件的，这会儿要做什么？小菊找出身份证，递给朱雅。

朱雅把小菊的身份证正反看了一遍，说，你们县城我去过，是座山城。

小菊点头，是的，我是山里人，山里就是穷。

朱雅把身份证还给小菊，笑了起来，那里是个很不错的地方，有机会我还想去看看。

小菊第一次听到朱雅赞美，哪怕赞美的不是她而是一个地方，而她赞美的这个地方，是自己的家乡，心里不由涌出一丝感动。

我最近也会有一个转变。朱雅说，无论到哪儿，好好珍重！

8

离开朱家的那天，小菊拖着自己的箱子，回头看着奶奶，眼里噙着泪说，奶奶，我回去了还来的话，再来看您。

好，好！奶奶点点头，一定要来！忽然想起来似的，转身进屋拿了一瓶酒出来，出来这么久，回去也给你家人带点东西，送给你爸爸一瓶酒吧。

奶奶不知道，小菊也不知道，后来小菊的爸爸喝的时候也不知道，那瓶酒，是存放了多年的XO，价值好几万。

回到家里没几天，小菊收到了一个大大的邮包，装的是她极为熟悉的一件件衣服。里面附有一张纸条，工整地写着几行字：

小菊：这些衣服，我买回来都没有穿过。我知道你喜欢，也还适合你，就送给你作为你结婚的礼物，希望你能喜欢。羡慕你找到了另一半，祝你们幸福！

你我虽交往不多，我一直在想，人做的事情可以不同，本身却不分高低，那些顶级名媛，大都是衣服装扮出来的，她们和你我其实都一样，都是平常的人。但是因为你，使我在闲下来的时候想了很多，也整理了自己的心情，准备一个新的开始。除了这些没穿过的衣服送给你，我也将一些穿过的衣服捐到了贫困地区，彻底将衣柜清空，准备像你一样，认真地去爱，不再让我妈唠叨。

另外，受你的启发，我已和朋友合开了一家家政公司，你要是还来深圳的话，希望可以到我公司来上班，我想你可以做得很好。朱雅。

小菊看看纸条，又摸摸一件件衣服，一时百感交集。这些丝一般柔滑的服装，从她第一次见到它们，它们就在她的脑海中跳舞，有时候是慢三慢四，有时候是激情的探戈，它们带给她无限的欢乐，她真的喜欢它们，喜欢和它们对视，喜欢在手里摩挲它们，喜欢和它们紧贴在一起，小菊感到了生活中歌一般的舒放。然而，即使在无法割舍的反复试穿中，小菊也从来没有想过拥有这么漂亮的衣服，从没有想过这些衣服能归自己所有。现在，这些衣服依偎在一起，仿佛注视着小菊，安安静静，露出淡淡的失落和忧郁。小菊忽然意识到，她面对这些衣服时，它们第一次没有舞蹈，没有肆无忌惮地围着她，没有又蹦又唱又跳。轻轻摩挲着这些衣服，小菊的心不停地战栗，这种战栗，里面多了激动、多了轻松，没有了担忧，没有了不安，和此前的战栗是多么的不同！

不，我不能要这些衣服！小菊在心里喃喃自语地说，我穿不上，我不喜欢，我不喜欢！可是，两行眼泪无声地流了下来，她的秘密，全被人知道了，可她们什么也没有说。

姐姐，等过完年，我还要去深圳，把这些衣服带过去还给你！小菊在心里深深地说，姐姐，我其实也不想离开你们，再不离开的话，我就真管不住自己了啊！

好久，小菊才收住哭泣，过去心头那种无端的压抑，恍然柔软到无影无踪，化为一股温暖涌了上来。

写作笔记

短篇小说像个魔方，在无尽的变幻中，都在对生活进行着一次又一次的勘探。我之所以酷爱这种虚构的艺术，是因为它能够带给我意想不到的灵感、预期的目标以及能够拓展的无限想象力。小说的魅力还在于，它有时会让你对这种艺术的把握欲罢不能。生活永远大于人的想象，但这不应该成为我们想象力变得匮乏和捉襟见肘时逃避的理由。作家应该永远对生活、对人的欲望有着洞若观火的能力。我希望我的作品在琐碎的生活描写中，多一些烟火气，多一些悲悯的情怀，多一些对人内心世界的抵达。

夏鲁平，满族。中国作家协会会员，中国少数民族作家学会会员，吉林省作家协会全委会委员、小说专门委员会委员，曾在《光明日报》《文艺报》《民族文学》《人民文学》《花城》《北京文学》《作家》等报刊发表中短篇小说一百余万字，作品多次被《中华文学选刊》《小说选刊》转载并收入《2005年中国文学最新作品排行榜》、《中国短篇小说年度佳作2015》（孟繁华主编）。出版小说集《往日重现》《去铁岭》《风在吹》。曾获“吉林文学奖”一等奖，中国作家出版集团“沙家浜精神”纪念抗日战争胜利七十周年全国征文二等奖。

三颗心

夏鲁平（满族）

1

早晨，警务局警员佐藤迈着鸭子步，双臂敲打着后腰来到他家独门院子。天一放凉，他的腰部总有些不适，“到了该穿厚衣服的时候了。”佐藤这样想着，突然听到隔壁的女人一阵阵咳嗽声。定睛望去，见那家女人手扶栅栏，咳出一地血来，几天来不祥的预感真就应验了。他不等那女人的身子顺着栅栏完全委顿下去，赶紧双手捂住鼻子和嘴巴，屏住呼吸转身跑回屋里，重重关上门，叫唤妻子山田加美和八岁的女儿千惠。

千惠昨晚尿炕了，佐藤感觉屋里布满了臊气冲天的气味。佐藤喊：“小懒虫，快起床！”千惠好像刚刚睡熟，任佐藤怎么召唤也不肯睁开眼睛。佐藤所有的耐心都丧失殆尽，他劈头盖脸拽起千惠细小的胳膊，一把将她拎出被窝，那颗嗜睡的脑袋被折腾得东倒西歪。

佐藤说：“我们马上走。”

山田加美问：“去哪里？”

佐藤说：“不知道，越远越好。”

山田加美给千惠穿衣服。千惠不住地打着哈欠听从母亲粗暴的摆布。山田加美早晨渐轻的哮喘，好像忽然加重了，喉咙里响起了风箱一样的喘息，她提拎着千惠身上乱糟糟的裤子，不时地把她一下下拎起。千惠彻底醒了，山田加美脑门上的汗也跟着出来。佐藤跑到外屋，用水浸湿三块擦脸巾，擎在手上，水滴在他的指缝间落成了水帘。佐藤催促道："走晚了，就来不及了。"将一块擦脸巾捂住自己的嘴，两只因惊恐而放大的眼睛，显得格外闪亮。

这是个秋凉的早晨。佐藤一家三口脸捂擦脸巾，匆匆跑出自己家门。十米，二十米，五十米，他们跑出 200 米了，山田加美突然停住脚步，她记起昨晚收拾好的一个包裹丢在了屋里。佐藤怒吼道："你怎么可以这个样子？"山田加美什么话也不说，低头执意返身去取她的包裹，任佐藤怎么呼叫，也不肯停下脚步。

一九四〇年伪满发生了什么？据《吉林省编年纪事》记载：

二月二十三日，东北抗日联军总指挥杨靖宇在濛江县保安村三道崴子被日军包围，经过激烈战斗不幸壮烈殉国。

三月三十一日，伪满公布法令，限制使用黄金。

八月十九日，长春发现霍乱。

十月八日，长春发生鼠疫。

十二月二十日，汪精卫伪南京政府代表团到达长春。

2

十月的天，关内的人可能还穿着单衣，东北新京（伪满时的长春）在阳光的毒辣中已到了穿棉袄的时令。早晨阴暗处的地面水洼，一不小心结起了晶亮的冰碴儿，脚踩上去，一阵“嘎巴嘎巴”七零八落的脆响，让人想起这季节的暧昧不明。

山田加美急匆匆的身影重新出现在佐藤视野的时候，佐藤也同时看见了一辆马车向他这边慢吞吞驶来。车老板身穿黑色棉袄，头戴毡帽，鼻孔里流着清鼻涕，没有注意到站在路边的佐藤早已牢牢盯住了他。

佐藤悄悄伸手去掏枪，枪就在他的腰上。他蓦地想起 8 月 15 日新到任的伪满国务院总务厅长官武部六藏通过广播，要求中国东北人民分担建设“东亚共荣圈”之责任的号令。心立马转了方向，他决不能在这个节骨眼儿上给人留下口实，他的手在腰上掖了掖，拿出来，掏向了裤兜。

佐藤的手在裤兜里探到了两张纸币，犹豫着是拿出一张还是两张，那抱着鞭子的车老板这才注意到了他，两人相视两秒钟，车老板扯起马缰就跑，佐藤哪能让他跑掉呢，他的手从裤兜里拽出两张纸币，举过头顶，使劲儿摇晃。车老板看见钞票，更加的慌，挥起鞭子朝马屁股狠狠抽去，马车眼看撒腿跑了，佐藤情急之下大叫一嗓子，马车哆嗦一下，立刻停下来。

佐藤发现腰里的枪还是被他掏了出来，牢牢握在手中，只差扣动扳机了。最终还是枪能解决问题。佐藤上前一步，两张钞票死死按在车老板怀里，笑眯眯问："东亚共荣圈，你的明白？"

车老板说："明白明白，就是你好我好咱都好，你不杀人放火，我不掉头就跑。"

佐藤问："什么的干活？"

车老板说："我进城拉粮食，大米的不吃，吃了是经济犯，高粱米的买。"

佐藤说："新京有情况，回去。"

车老板说："我家在九台卡伦，来一趟不容易。"

佐藤说："卡伦，卡伦，回去。"

佐藤抱起身下的千惠，放进马车。山田加美已跑到跟前了，这一去一回的四百米路，使她哮喘得更加厉害，下颏一扬一扬向上捯气儿，脸也涨得通红。佐藤扶山田加美上了马车，枪重新别在腰里，坐在车老板背后说："卡伦！"

车老板胆战心惊掉转马车，转身递回那两张钞票说："我送你们去卡伦，钱万万不敢收，我怎么能收你的钱呢！"佐藤扯过钞票，揣回裤兜说："快，要快！"

鼠疫来了，灾难即将降临，整个新京的人还都浑然不觉，一家家躺在被窝里睡大觉呢，睡吧睡吧，睡过了今天，他们很多人就会淋巴结肿大，发烧，咳血，不久就会死掉，全城马上乱套了。

前天晚上，佐藤和山野在"日满料理店"喝酒，本来正喝得高兴，山野突然神情黯然起来，佐藤纳闷儿地问："何事叫你如此神伤？"

山野说："我今天新认识一个朋友，叫中村，中村！你不知道吧？他是医学界著名人士，在德国获得过医学博士学位，专门研究细菌。今天上午，他在千早医院工作时，不小心让几只跳蚤跳出器具。那可是染上鼠疫的跳蚤，中村怀疑那几只跳蚤蹦到自己身上，慌忙逃出实验室，从里到外把自己脱光，跑到千早医院后面水泡里。那时我正在巡逻，中村在水泡里老远叫住我，让我离他那堆衣服远点儿。我以为他想自杀呢，走到跟前一看，不是，他让我给他一件衣服，不然他只能光着屁股回家了。这样的天，早就没人敢下水了，人到了冰凉的水里，腿非抽筋不可，他肯跳进水里，说明问题有多么严重。当时中村没跟我提跳蚤的事，他只是说自己是千早医院医生。我脱下衣服递给他，他就跟我友好了，在回来的路上，中村也许为了让我高看他一眼，也许是为了别的，我也说不准，反正他对我说，他现在同时为新京一〇〇部队工作。"

山野端起酒杯，自己喝了一口酒，通红的小眼睛盯住佐藤问："你愿意听我讲吗？"

佐藤说："说吧，我听着哪。"

山野说："一〇〇你知道吧，是专门研究生物细菌的特种部队。中村说，大量制造病菌，使之分泌毒素，不用花费大批的金钱，就可以大规模地杀死敌人。论起现代化战术，日本在这方面走在前边了。未来的战争，细菌战是最便宜的，它可以用最小的本钱，获得最大的利益，我们日本早就着手进行细菌战研究，鼠疫、霍乱或伤寒病菌都比炸弹来得便宜，炸弹扔下去，一切物资都将受到损坏，而细菌战术只是使人害病死掉，工厂、矿山、房屋、设备等都可以原封不动地保存下来。除了细菌，还有化学毒气，用飞机投放到敌区，爆炸时产生一股绿色的黑烟，笼罩在地面，烟雾消失三十分钟后，中毒者呼吸困难，嗓子沙哑，咳嗽，全身无力，皮肤发热，呕吐，口流白沫，最后流血死亡。中村还说，日本新的科学战现在还得保密，可别对外人说。现在我所做的工作，就是让跳蚤染上鼠疫，战时，我们用飞机把这些跳蚤投向敌区……”

佐藤举起酒杯，笑眯眯地对山野说：“哈哈，不说这些了，来来，喝！”

对于警务局警员来说，佐藤对科学不感兴趣，他总觉得什么细菌战、化学毒气远不如用枪杀人来得痛快而刺激。

山野头顶笼罩起不祥的云雾，他眨着醉醺醺的小眼睛盯着佐藤说：“中村作为医学博士，他不会不知道这起事故的严重性，如果他确定跳蚤没有蹦到他身上，决不会脱光了衣服跳进冰冷刺骨的水泡子里。”

佐藤问：“你怀疑那几只跳蚤被中村带出来了？”

山野说：“不管怎样，只要一有风吹草动，我们必须马上撤离新京。鼠疫潜伏期多为二至三天，发病特征是发热畏寒，剧烈头痛，恶心呕吐，呼吸急促，吐血，淋巴结肿大，皮肤先出血斑，之后大面积出血……”

佐藤说：“只怕我那有哮喘病的老婆多有不便。”

山野问：“你请的那个哈尔滨医生有消息吗？”

佐藤说：“只怕这边发生疫情，那医生不肯前来。”

山野说：“要耐心多等几日。”

3

作为警务员，佐藤太知道自己这次擅离职守意味着什么。现在他已经想不了那么多了，先跑出去再说。如果警务长怪罪下来，他满可以说是因追杀反日分子，没来得及请示汇报。鼠疫非同小可，早晨隔壁的女人已明显出现症状，万一不小心染上，可就性命难保。性命都难保了，还在乎什么怪罪不怪罪？

车老板满嘴都是被旱烟熏烤得里出外进的黄牙。佐藤没想把他怎样，可他的神情依旧紧绷绷的，虽不住地吆喝牲口，眼睛却总是偷偷向身后瞄，好像随时防备佐藤有什么动作。

佐藤拍拍车老板的后背，想做出一些亲近的举动，哪知车老板身子猛地一缩，木车轮偏离了一下方向。

佐藤问："你贵姓？"

车老板松弛一下身子，说："免贵姓孙。"

佐藤说："你的，我的，是朋友。"

孙老汉说："不敢！"

佐藤说："真朋友！"

孙老汉说："真就不敢。"

佐藤一巴掌拍向孙老汉肩膀，马车忽悠一下掉进了路坑里。孙老汉转过脸来，满口黄牙抢占了佐藤全部视线。

孙老汉说："朋友朋友。"举起鞭子，照着马屁股抽去，瘦骨嶙峋的皮毛现出一条粗粗的长蚯蚓。

马车颠簸得厉害，似要把人肚里的肠子震断。佐藤两手撑住身底下的木板，让酸痛的屁股虚虚地翘起。山田加美一直跪在车厢里，身上的蓝色碎花和服溅上了干呕物。为了尽快驶离市区，佐藤已顾及不了她遭罪的样子。

千惠倒是个嗜睡的小懒虫，这么颠簸的马车也没把她弄醒。霜冻在郊外显得明朗了，地上金黄的树叶冻结在冰碴儿里，让佐藤忍不住打了一个冷战。这是一场没有准备，没有目标的逃离，他不知道哪里是他的归宿。回头看看山田加美，她已经没精力向他打听他们的去处，更不知刚才所说的“卡伦”是否真就是他们的栖身之地。哮喘已折磨得她形销骨立，这一通颠簸不知她是否能经受得住？佐藤忽然感到有什么事情不对劲儿，千惠再懒也不至于睡到这种程度。按正常情况，她早该醒了，心存好奇地眺望着四周田野。佐藤扭过身，伸手探向千惠的额头，这一探，佐藤的心像被鞭梢抽打了似的抽搐一下，千惠的脸如燃烧的火炭儿，通红，滚烫。这时发热绝不是什么好事，莫非千惠也染上了鼠疫？要是那样，他们全家现在正在做着无意义的逃离。

佐藤叫停马车，颤抖的身子转过来，轻轻抱起千惠，摇晃着说：“醒醒，快醒醒，你不能这样睡。”

千惠艰难地睁开眼睛。

佐藤说：“我是你父亲，你认识我吗？”

千惠闭回了眼睛。

孙老汉说："孩子病了？前面是八里堡，我们到那里看郎中。"

4

八里堡是坐落着十几户人家的小村子，村口有一家供人夜宿的大车店，还有一户钉马掌的铁匠铺、门面不大的小酒馆。马车在阒寂的街面上"嗒嗒"前行，穿过几个胡同，听几声偶尔传来的孤寂的狗叫声，佐藤的心里好像没了底儿，以前八里堡出现过几起反日分子，尽管警务局全力围剿，但谁都不敢保证那些反日分子已被赶尽杀绝。佐藤的手又不自觉摸在了腰上，眼观六路，耳听八方，只觉得八里堡的冷风轻轻敲打他的耳郭，鼻孔里一阵酸酸地发痒，忍不住打了一个响亮的喷嚏。

马车在一家破败的院门前停下，孙老汉跳下车，收起鞭子，"啪啪啪"拍打起老掉渣儿的院门板。

院里的房屋门欠了条缝，一绺灰白色山羊胡翘出门来。佐藤看见一个精瘦的中国小老头儿，脸部清癯，两腮深陷，两眼炯炯地出现在稍稍开大了的门缝儿中。

孙老汉从马车上背起千惠，直奔郎中家的院子。院子里的鸡鸭全都惊呆，跑向一边抻长了脖子驻足观望这一伙不速之客。

千惠彻底被折腾醒了，两眼陌生地看着四周的一切，懵懂不知。孙老汉背着千惠进了屋子，把她放在炕上。看着千惠病着的样子，佐藤直感觉末日将要来临。

郎中咳嗽两声，撸起千惠的衣袖，在她细小的手腕上并排按下食指、中指、无名指，细细把握着脉搏跳动。凝神屏息了三四分钟，手指拿下，拨开千惠的眼睛看了看，让千惠吐了舌头。佐藤站在旁边，神情不宁地眯着眼睛，捕捉起郎中脸上每条细纹的波动，似乎从那些条纹波动中寻找到郎中心中的蛛丝马迹。还好，郎中脸上的条纹运行平稳，无太大起伏，他慢条斯理放下手，灰色山羊胡轻微抖动了两下，嗓中拉着痰丝说："并无大碍，也许早晨受了些风寒。"

佐藤浑身像虚脱了一场，颓然而立。

郎中手握墨笔，唰唰开出药方：桑叶三钱，牛蒡子三钱，薄荷三钱，桔梗三钱，连翘五钱，甘草一钱。

郎中强调，此药务必用八里堡的水煎服。

嘱咐病人马上休息，不能再继续颠簸，切记切记！如果病情加重，可用冷水毛巾敷头部、躯干，或用白酒兑水擦浴。

用草纸包了四四方方三服草药，从郎中家出来，佐藤喝住孙老汉问："你的，八里堡，亲戚的有？"

孙老汉说："没有。"

佐藤扯住孙老汉的棉袄领说："你的，撒谎！"

孙老汉脖子勒得上不来气了，他说："有有，我闺女，我闺女家住这儿。"

佐藤说："孩子放在这里，让她好好睡觉，真朋友，拜托！"

孙老汉把千惠背上了马车，操起鞭子，驱动了车子，大约走了300

米，在一户人家门口停下。这家显然刚刚完成大婚，门板上贴着大红喜字，院子里过道新铺着砂土，房屋装扮一新，窗框架上贴着窗花，火红鲜艳。门板一响，从屋里跑出一个身穿红棉袄的新媳妇，她好奇地看着门口外的几个人，冲孙老汉喊："爹，你咋来了？"

孙老汉一声不吱，小心背着千惠进了屋里。

婚房虽然崭新，比起佐藤家中屋地的红漆松木地板、热烘烘暖墙还相差甚远。但这在八里堡应该算是条件最好的人家了，佐藤稍稍舒缓了一口气，前院后院走了一趟，连厕所、仓库、猪圈都看过了，确定无可疑之处，便说："此地离新京太近，不可久留，送我们去卡伦。"

5

卡伦在八里堡以东二十多公里处，是躲避新京鼠疫最佳落脚点，零星散落的几户人家，要比八里堡清静得多。佐藤最终选择了村头一个双目失明的中国老太太家里住下。老太太家三间土坯房，西屋一间，一直空着，中间的屋子是走廊兼厨房，堆放着柴草，还摆了一口被锔过的水缸，也许她过得太寂寞，很愿意有人住在这里。

山田加美的哮喘有增无减，她猫着腰从后面跟过来，每走几步路，都要手拄膝盖休息一会儿。

将西屋简单打扫一遍，倒了两大盆脏水，扶山田加美躺在炕上。老太太要过来摸山田加美，被佐藤挡住，老太太很知趣地说："你们好好歇着，歇着！”回到了她的东屋，轻轻把门关上。

第二天，佐藤竟然听不到新京鼠疫的一点传闻，看来事情没有他最初估计的那么可怕。他准备回一趟新京，探听一些警务局的情况，也顺便打听一下哈尔滨医生是否按预约时间赶来。如果再见不到哈尔滨医生，在这个日渐寒冷的秋天，山田加美的哮喘很可能会凶多吉少了。

路过八里堡时，佐藤特意绕了一个小弯儿，去了一趟孙老汉的闺女家里。孙老汉早已从卡伦回到了八里堡，他正在院子里杀一只鸡，将一盆热水浇在鸡身上，准备褪毛。看到佐藤，他站起身，甩了甩手上腥臭的水滴，讨好地龇出黄牙说：“不管咋样，孩子咱得照顾好。”仅仅是一天工夫，千惠浑身的烧全退了，真就是孩子，病来得快，祛得也快。千惠身上穿着一件对襟蓝花棉袄，一时没被佐藤认出来。她很不知愁地在院中跟两个中国丫头玩耍，见到佐藤，一下子扑过来，钻进他的怀里。佐藤说：“我要去新京，无法带上你，你在这儿先住两天。”千惠失望地松开手。佐藤对孙老汉说：“我看，剩下那两服药不必吃了。”匆忙离开。

新京的鼠疫正在底层中国老百姓那里大规模出现症状，呕吐、发烧、咳血，警务局对事发地点进行了有效隔离，严格对外封锁消息。看来中村的担心不无道理。据说，最初染上鼠疫的是一个中国少年，他去水泡放鸭子，回家后浑身奇痒，一挠就是一条血道子，在家两天就发病了。警务局每个人都忙得焦头烂额，警务长正在制订方案，应对鼠疫蔓延可能造成的动乱。没人注意佐藤昨天是否脱岗。警务长摇着电话，摇得满身是汗，面对出现在跟前的佐藤，无暇应付一声，佐藤准备好的一肚子谎话半句都没用上。

在警务局走廊里，佐藤碰见了他的亲密战友山野。

山野说：“那天喝酒，我对你说的，有些言过其实了。如果鼠疫大范围传播，那么整个新京都得瘫痪，警务局也没法工作了，其实，我们不必惊慌失措。”

佐藤点点头，为自己的行为有些羞愧难当。

山野说：“从哈尔滨来的医生昨天等你一天，我替你接待了他，你来得正好，我们马上去我办公室见他。”

佐藤迈开鸭子步，走进山野办公室。哈尔滨医生正低头看着办公桌上铺展开的《盛京时报》，见有人进来，眼皮抬了一下，又不待见地耷拉下去，好像他要急于看完一则吸引眼球的战况新闻。

山野跟过来，叫起哈尔滨医生，对佐藤做了介绍。

跟哈尔滨医生握手寒暄，佐藤发现面前的这位医生给他的第一印象很不好，虽然他在民间早已大名鼎鼎，但与想象模样相差甚远。哈尔滨医生长着一张老鼠脸，那鼠脸上挂着一副金丝边眼镜，冷不丁看上去还有那么一点斯文，但眼镜后面那双小眼睛，从哪个角度看都是贼眉鼠眼。同是大和民族，人和人差别怎么这么大呢？佐藤握着的手，是凉的，那凉气很快渗透到他的劳宫穴，直往他心口窝里钻。佐藤浑身上下通起了阴凉之气，为了尽快能给妻子治病，他顾不上对哈尔滨医生的挑剔，马上把自己僵硬的脸转化成了笑逐颜开，不住地摇晃着哈尔滨医生的手说：“拜托拜托！”

下午，佐藤叫了两匹马，带哈尔滨医生去了卡伦。

山田加美坐在瞎老太太西屋土炕上，下身围了一圈被子，哮喘折磨得她无法安静躺下，细瘦的双肩向上一戳一戳，好像脖子随时都要戳进胸腔里。佐藤想，不管咋样，今天终于把哈尔滨医生请来了，也算是如愿以偿，这次不管能不能治好妻子的哮喘，他总归是仁尽义至，剩下的就靠山田加美自身的造化了。

哈尔滨医生掀起门帘进了外屋，放下身上挎包，默不作声拿起洗手盆，往里面舀上水，手里打上肥皂，一下下不紧不慢搓起来，白花花的泡沫攥了一手。佐藤有些不耐烦，等了好半天，也不见哈尔滨医生将手扎进水盆里。在接下来的十分钟，哈尔滨医生终于洗完了手，倒掉盆里的水，佐藤以为这回可以进屋给山田加美看病了，可哈尔滨医生又往盆里舀了水，继续洗手。谢天谢地，这手终于彻底洗完了，他打开挎包，拿出白大褂，细心穿在身上，一一系好衣扣，庄严地走进西屋。

哈尔滨医生半个屁股坐在炕沿边上，抓过山田加美的手腕，把起脉来。他把脉的表情很特别，凝神屏气中闭起了他那双鼠眼，半天也不肯睁开，佐藤以为他坐着睡着了，低头仰脸看向哈尔滨医生，想不到这时，哈尔滨医生忽然睁开眼睛，由于两人的脸离得太近，吓得佐藤向后一趔趄，本能地摸向腰间的枪。

哈尔滨医生没有在意佐藤的动作，两只鼠眼从镜片上边盯住佐藤问：“有些话可否到外屋说？”

佐藤点头默许，跟哈尔滨医生来到外屋。

哈尔滨医生从缸里舀出水，倒进脸盆，再次洗手。佐藤站在他跟前，看着四处飞扬的肥皂泡沫，不知如何开口。

哈尔滨医生说：“病入膏肓。”

“什么？”佐藤不相信自己的耳朵。

哈尔滨医生说：“准备后事吧，恐怕时日不多。”

佐藤说：“她这个样子已经有两年多了。”

哈尔滨医生说：“我知道。这是慢性肺源性心脏病，心动力正在衰竭。”

佐藤问：“你可有什么好办法？”

哈尔滨医生的手从水盆里拿出来，甩了两甩，接过佐藤递过来的擦手巾，象征性地拧动了两下说：“无药可治，准备后事吧。”

佐藤说：“你一定要帮我，大家都说你是神医，你一定会有办法。”

哈尔滨医生脱掉白大褂，整整齐齐叠成四方形，放进挎包里，抬头说：“有一土方可以一试，不过，这不是一般人能够做到的。”

佐藤眼里闪出一道微光，说：“你说，再难我也要想办法。”

哈尔滨医生脸上立马浮过一片阴云，身上的冷气禁不住叫佐藤打了个寒战。

哈尔滨医生说：“这方子很简单，需要三颗年轻力壮的活人心，必须是新挖出来的，蘸朱砂食之，心的作用不言自明，朱砂镇心逐痰，祛邪降火。朱砂随处可得，活人心却难以一求。”

“还有别的方子吗？”

“当然，人心可用猪心替代，但效果多为不佳，朱砂我现在可以给你，其他的，只有你自己想办法。”

哈尔滨医生重新打开挎包，拿出草纸包，放在佐藤手上，说：“天已将晚，我不可在此地久留。”

佐藤脸色煞白地说：“你可知道新京发生的事？”

哈尔滨医生说：“这正是我效力之时，临阵脱逃，是我们大和民族的耻辱！”

佐藤感觉哈尔滨医生那双鼠眼满是鄙视的眼神。

佐藤说：“好吧，请你稍等片刻，我写一封信，拜托你捎给山野先生。院中这两匹马也一同交给山野。”

6

卡伦的早晨明显比新京冷起来，村口那棵老榆树枝上从昨晚起，就始终趴着一只乌鸦，像冻死在了枝条上，一动不动，冷风不时掀起它身上残败的毛羽，似要将它随时掀翻在地。佐藤站在院中，双臂捶打着后腰，做了两下徒手操，嘴里吐出一阵阵来自肺腑的污浊之气，浑身轻快多了，再吸一口败草的清香，更觉得心清气爽。估计哈尔滨医生前天捎带的信已经到了山野的手中，那信，态度诚恳，言辞凿凿，他相信山野对他的事不会放手不管，常年的交往，多少让他的心里对山野有那么一点信任感。也就在这时，院门口出现一匹鬃毛锃亮壮实的黑马，马背上跳下一人，正是山野！佐藤惊喜万分地紧跟着跑出院门，说："你怎么这么快就来了？"

山野手里拎着一只水桶，桶上面盖着一块白布，白布上浸染着鲜血。山野说："事不宜迟，我连夜行动，请你验货。"

佐藤说："你的神速，让我万分感激，快说说，怎么搞到的？"

山野说："昨天下午，我抓了三个支那，你说我是怎么抓到的？他们偷偷钻到警务局马棚里，拽了几根马尾儿，这三个伙计想用马尾儿做套子，系在柳条杆上套苏雀。他们说吃苏雀可以预防鼠疫，净他妈的胡扯，我看他们是嘴馋饿疯了。我本来想狠揍他们一顿，把他们关进大牢，哪承想，哈尔滨医生送来了你亲笔信，我知道你想要的东西，这三个伙计自己送上门儿来了。我把他们拴在马棚里，晚上带他们出城，在柳条沟里神不知鬼不觉地把这东西给你挖来了。"

佐藤哆哆嗦嗦地说："山野真朋友。"

山野忽然脸色阴沉下来，说："对不起，我的工作还是有疏漏，当时我拎着三颗心出城往你这里赶，不久，就肚子饿了，这时才想起，忙活了半天还没吃晚饭。我在附近找了个酒店，水桶没敢拎进店里，怕惹人注意，随手放在了店门口，准备进酒店对付一口，哪承想，我前脚刚一进屋，就听见后面水桶"咣当"一声响，我转身跑出去，眼睁睁看着一只饿狗叼跑了一颗心。我那个气，又没法开枪。那饭我没法吃了，只能拎着水桶想办法到哪儿补一颗，说也巧，我没走多远，看见一户人家院子里有个孩子出门，在窗户底下撒尿，你知道我干这事是行家，何况对付一个孩子。我钻进院子，猛地捂住那孩子的嘴，就在墙根儿把事情解决了。孩子的心小一点儿，这个请你务必多多包涵。”

佐藤拍拍山野的肩说：“你已经尽心尽力，多多感谢！”

山野说：“朋友之间不言谢，只要能治好你夫人的病，我愿肝脑涂地！”

佐藤说：“赶快回去，你不必久留，免得夜长梦多！”

山野跨上马背回头说：“新京的鼠疫正在蔓延！”

卡伦的天空飘起了清雪，不紧不慢的，仿佛告诉人们，这里已提前进入了冬季。送走山野，佐藤拎起水桶，感觉三颗心还在水桶里跳跃，真是新鲜哪，进了外屋，打开白布盖，伸手去捞，那东西竟然滑跑了，佐藤心里一紧，屏息再次去捞，就有一颗心被他死死攥在手里。他看着手里的这颗心，忽然想起，哈尔滨医生临出门时，他忘了问这心怎么个吃法。山田加美已经睡醒，她看见走进西屋的佐藤手里攥着的那颗血淋淋的东西，问：“这是什么？”

佐藤说：“猪心，蘸朱砂，治你的病。”

山田加美说：“这东西，我怎能吃得下？”

佐藤说：“为了活命，你必须吃，闭着眼睛也得吃。”

山田加美说：“用烧柴灰烤熟了吧，只有熟了，我才可试一试。”

佐藤说：“医生没有交代，也只能这么吃。”

山田加美说：“那也得先割下一半。”

佐藤说：“不要割，医生没有交代，我们不要随意改变，桶里还有一颗小的，我给你拿来一试。”

佐藤拿着这颗心去了外屋，换回那颗小的。那颗小心没有他半个拳头大，却好像刚才强劲有力地在水桶里跳动过。佐藤打开草纸，倒出朱砂，撒在那颗小心上，递给山田加美。山田加美看着，一阵作呕，胃里的黄水伴随着呕声吐了一炕。鼻涕眼泪也出来了，这心无论如何也吃不下。山田加美说：“你拿走吧，我就是死，也不吃这东西。”

只能拿到外屋，将三颗心塞进灶坑，等待柴灰慢慢烧熟。

带着灶灰的心再次呈现在山田加美跟前，展开装有朱砂的草纸，山田加美说：“我还是先吃小的吧。”

佐藤觉得自己身子开始一阵阵战栗，腿也发软，他骂自己无能，可腿还是不听使唤地打战。山田加美一点儿都没有对这东西表示怀疑，她的牙齿不规则地切割那一块块肉丝，欢快地咀嚼着，嚼得佐藤的脸显出一阵阵狰狞的笑意。她对他的笑一点儿没有察觉，竟然也跟着笑了，嘿嘿，嘿嘿，山田加美胸腔忽然忍不住一阵剧烈咳嗽，紧接着哮喘起来。这么多年来，山田加美在佐藤心中最大的优点，也是让他最为感动的是，她对佐藤的谎言从来都是深信不疑，佐藤所有的欺骗，在她这里都能实现。山田加美忍受着哮喘，停下嘴中的咀嚼，用拇指和食指捏起那些不小心滴落在炕上的油滴，一点点抿进嘴里。

7

山田加美欲找她那个随身带的包裹。

佐藤说："那包就在你屁股后，找什么找？"

山田加美从身后摸到了包裹，拎到眼前，带着稍微平缓下来的哮喘，一点点把包裹打开。山田加美说："该想的法儿都想过了，说不上哪天，一口气上不来，我也认了，千惠每个阶段的和服我早就替她做好了，你看这件，这件是不是大了？这是我准备给千惠出嫁时穿的，到那时，她肯定要穿这么大的和服。"山田加美脸上现出称心如意的笑容。从种种迹象上表明，那吃下的东西，也不是什么灵丹妙药，山田加美那柔美的脸色，似乎告诉佐藤，说不上哪天她真就会一口气喘不上来，他必须去一趟八里堡，接回千惠，她们必须见见面了。

佐藤安抚了山田加美，急匆匆赶往八里堡。

八里堡的天看上去跟平时不太一样，四野一片灰蒙蒙，似要下雪了，浓重的阴凉之气弥漫着整个村庄。快到孙老汉闺女家了，佐藤看见那里院门前挤满了黑压压的一群人。

出事了？

佐藤快步过去，拨开人群，甩开鸭子步跑进了院子，他看见孙老汉傻愣愣的身靠在山墙根儿，他的闺女——那个新媳妇坐在房门前，怀里抱着一个孩子。

面对着佐藤的到来，新媳妇仍无动于衷，佐藤上前拽开她的手臂，看见千惠老老实实睡在她怀里，对襟棉袄也裹得严严实实，就像来时在路上睡去的一样。

孙老汉惴惴地说："昨晚她什么时候跑进院子，没人知道，早晨起来，我才在墙根儿看见她，怎么就被挖了呢？”

佐藤伸手抓出腰间的手枪，对着新媳妇的胸膛，“啪啪”就是两枪，新媳妇倒下去，孙老汉瞠目结舌起来，佐藤举枪对准他满嘴黄牙，打出了全部子弹。

写作笔记

“不二法门！”真理不二，世间万法归一。那么万物都归到何处了呢？文殊菩萨问维摩诘：“世上的真理不是两个，而是只有一个。那么那惟一的真理是什么呢？”维摩诘默然不应。“话头”也直接转向对自身的自问自答。柏拉图和亚里士多德师徒间也展开了激辩：灵魂和肉体是一体的？还是各自分离的？其实是一体还是相互分离又有什么关系？梵高割下的是左耳还是右耳？当前在韩国，青年精英们失业成为拾荒者，承受着现实与理想背离的苦痛。这是对二十世纪八十年代韩国社会的告发。

申相星，小说家，文学博士，东国大学国文系、东国大学研究生院毕业。《回归船》当选《东亚日报》新春文艺奖。

现任韩中文化艺术 Contents 协会会长，国际 PEN Club 协会韩国对外合作委员长，韩国文人协会南北文学交流委员长，《文艺运动》《朝鲜文学》《创造文学》等编辑委员，中国天津外国语大学客座教授，韩国龙仁大学名誉教授。曾获国家勋章（教育勋章）、国家有功者（越战白马部队）、京畿道文化奖、韩国 PEN 文学奖、中国长白山文学奖等。

著有小说集《处容的笑语》《生命尽头》《远处相交的平行线》《印度香》，评论集《韩国小说史的再认识》《韩国统一学史》《北韩小说解读》，随笔集《时间驻足，翻山越岭》，诗集《望着你的泪水》等五十余部。

假面舞

申相星 著 禹光勋 译

1

一只苍蝇在飞。

窗上贴着的“旧把拨[1]补身汤”几个大红字，有一半已经脱落了，苍蝇从淌着雨水的玻璃上滑下来，又落到狗鼻子上。这条脖子上绑着铁链的杂种狗，不知什么时候也会被端上客人的餐桌。本来正啃着同类骨头的它，边用前爪驱赶着苍蝇边站了起来。

也许是被苍蝇群顽强的进攻拖垮了，没多一会儿它便流着口水打起盹来。这只要被做成补身汤的狗体形像德国牧羊犬那么瘦，可怜。狗和狼的差别在于胸部的宽度，而它的胸像狼一样窄，布满血丝的眼睛阴阴地打量着进进出出客人们的面孔。前头进去的一个穿皮鞋的老头儿踹了它肚子一脚。

“今天是来吃狗鞭的，这家伙没有露出‘香肠’来，看来不是公的。真倒霉。”老头儿说着从牙齿缝隙滋出一口唾沫。

1　旧把拨，为首尔地铁 3 号线的站名，位于恩平区津宽内洞 533 号。——编者注苍蝇又落到婴儿的黄鼻涕上，补身汤老板娘一手扶着孩子的头，翻绿豆饼的另一只手腾出空来驱赶两下苍蝇。怀里的婴儿浑身的泥和汗，使劲地吮吸着女人黑葡萄一样的奶头。初夏软绵绵的空气随着绿豆饼一次次翻转，慢慢煎熟了。

这个夏天仿佛是从店里绿豆饼的翻转开始的。从北汉山下来的狐狸雨总算是在干旱的尽头稍微润湿了首尔北部旧把拨一带的菜地。我刚想一下拍死落在手背上的一只大苍蝇，又停住，一边观察它的屁股，一边自言自语：是公的还是母的？对面的崔丘阜接过话头：

“是鸟儿的声音？”

“应该是风声。”

丘阜望着北汉山自问自答，像个道士。我们用啤酒口杯装满烧酒倒进脖子，我打着哈欠说：

“是鸟声能怎样，是风声又如何呢？说这个，这个能给你饭吃吗？”于是我们的对话又陷入沉默的泥沼。已经在开第四瓶真露[2]了，两人一直没什么话。似乎说了很多，感觉却像气球里面的空气一样虚无。

“那杂种狗真他妈幸福！不知道死期将至，更不懂什么挫败、命运，而且压根儿就没想要知道，真是幸福的家伙！”

“（它的）DNA 太明智了！主人给什么就吃什么，想躺就躺，得睡就睡……”

“也不会抱怨，要死的时候就咔嚓一下，多伟大！说不定那狗的‘一

2　韩国烧酒牌子。

生’才正常，而我们是不正常的哈？”

“那狗的 IQ 能有多少？ 50？据说印尼的猩猩丧妻后会跑到人居住的村子里掠走姑娘呢？它们还会把苹果放在石头上祭祀父母，应该有 80 吧？”

我们推开破裂了大半的玻璃门走出来，回头一看那只杂种狗已经不见了。也许已经被拉到后厨现在正大卸八块呢。世间充满了“未知”。我们向旧把拨新兴寺后面的溪谷走去，身边不断有上行的雅科仕、大奔驰绝尘而去。虽然是周末，也没有多少来登山的人，由于连休三天黄金周，有钱人们早就出城了。

在旧把拨 36 路公交终点下车，再走一小段竟然就轻松走到了北汉山的山脚。才用了一个多小时就能摆脱纷繁复杂、充满尔虞我诈的首尔市中心，来到另一个天地，是多么幸福的事！身后是让人不安的岩壁，脚下是从岩石下面潺潺流出溪水，清凉从脚底一直沁到齿尖。

溪涧里的空气一下子都静止了，我们肩靠在老松树上。从花岗岩的缝隙中钻出来的老松树很矮很粗，树干如达摩的腰，有铁缸那么粗壮。要想从钢铁一样坚硬的花岗岩下面钻出来，幼松齿轮一样一下一下啃啮的“牙齿”，得有多么锋利？可它又是那么柔弱，有如细草。

爬到山顶，坐在白云台的岩石上，首尔市的全景尽收眼底，阳光在眼前闪烁，我恍惚一下子回到了小时候。故乡的山就像一条刚洗过的绿色毯子，青翠欲滴，有雾气从山脚缓缓上升。雾气中走出一位女子，忽然跳起了假面舞，不，是鹤舞。正和小学玩伴们用狗尾巴草穿蚂蚱玩儿的我向跳舞的地方跑了过去，顺着垄沟一路穿过稻田，回到过去。

女子在火光中起舞。着火啦！村里人都往公会堂跑，我们也跟在后面跑。着火啦！人们端水盆的端水盆，还有的抄起大大小小的水瓢盛满水赶过去。村子后面通向小禅庵的斜坡上蹿起黄色的火团，待我们走近时，村里人已经围着那个舞动的火团站成一圈。奇怪的是，那火焰始终没有烧着女子的衣服。

更奇怪的是，没有一个人跑去救火。大家没有将火急火燎打来的水泼出去，只是失神地站在那里看着。白衣女子身上火焰蹿动，却依然风姿绰约地舞动着，脸上没有一点痛苦或惶惧，反而流露出一种超然世外的平和。

“哎哟，那不是小禅庵的点儿她妈吗？”

“哎呀，不是吧？难道是疯了吗？往自己身上点火。”

“不是。那是什么来着，男寺党舞[3]，这不就是吗？现在耍手艺呢。”

“这样下去被火烧死了怎么办呀？大家咋都光看着呢？”

大家就那样你一句我一句不着边际地议论着，谁也没有上去遏制住火势的打算。公会堂院子里乱了套。点儿她妈像波涛一样上下飞舞的长头发几乎都被烧没了，鲜红的火舌已经蹿上深蓝裙子的腰部，衬裙随着她的舞动翻飞，每一下都能看到白色的大腿在晃动。所有人都像在另外一个空间，难道是集体歇斯底里？

3　男寺党，指朝鲜后期，以团体为单位穿梭于集市和村落间，表演歌唱舞蹈的专业表演艺术家们所构成的民间演艺团体。

脑海中忽然浮现出在泡菜地里吃萝卜的画面，那会儿放学路上肚子饿得慌，我们就跑进随便哪家地里随手拔出一根白萝卜，用拇指扒去皮，然后你一口我一口地轮着吃，一边望着一望无际的金色地平线，一边咽下口中甘甜的汁水。怎么一看到火光中的白腿就想起了大白萝卜？点儿她妈根本就是一只鹤，从烧没了袖子的半回装小袄[4]里伸出的手腕像无骨的翅膀一样舞动着。

她的手指不像是深山村姑的，很纤细，一直指向天际，那似附近密阳表忠寺大雄殿飞檐，又像是母亲翘起的橡胶鞋头的下巴，也朝相同的方向微微扬起，仿佛就要飞上天了！村人们的惊叹此起彼伏，形成了一种“合唱”。似乎不是火焰包围了她，而是她挑动着火舌。

“演员”和“观众”都一起舞了起来，一时间男女老少都随着鹤舞或假面舞的动作和节奏摇摆起来，公会堂的麦克里还传来长鼓伴奏。点儿不知从哪里冒出来，跑向“着火”的妈妈怀里。她妈一圈一圈地转着，抬脚轻轻地把点儿踢了出去。躲在角落的我看到点儿，也跟着一起跑进火堆。

这时大家才缓过神来，纷纷把水泼出去，脱了衣服拍打着火苗，但已然火光冲天了。女子边躲着泼来的水，边嘻嘻笑着。鬼神附体了。晚霞把村子完全染成了另一个世界，红色的火焰使氛围更浓了一筹。村子后山的山坡整个儿成了一个气韵流动的舞台，一部磅礴的管弦乐。

跳快节奏的假面舞时，年轻女人们疯狂地扭动身躯，到了慢拍子的

---

4 女士韩服的袖子边儿、领子、衣带用紫色或蓝色布块儿装饰的上衣。

鹤舞，老爷子们又凑到前面去。我父亲也在里面，他边用拐棍杵着地面边吼着什么。村子里的长者竟然在乱舞？真是稀罕事。追着女人跑来跑去的人们也一个个累得倒下了，一直跳到新月升起的她就如同下凡的仙女，每当她白白的衣袖拂过，人们也像被鬼神附体了一般倒下去了。

啊！我和点儿拼命追过去。我好不容易把她扑倒时，她还如同旷野上驰骋的青骢马一样，一下儿又安静地坐下来，一边儿搂着我一边儿搂着点儿唱起了昌宁牛蒲的六字谣[5]，那节奏仿佛把人带到了茅草屋顶夜来香轻轻摇摆的梦境中。

能够改变世界的并不是那些像刀一样坚硬的，而是像草一样柔弱的东西。就像亚伯拉罕·林肯那样来自社会最底层的“柔弱”的存在，最终成功地领导了国家革命。“草儿比风先倒下，比风先站起来。”诗啊！唾弃吧。死于肺结核的金洙暎[6]，还是金春洙来着？也是这样躺在荒野上诅咒着世道，向韩国社会吐着“血痰”，慢慢死去的吧。

“‘笔杆子比刀更厉害！’说是拿破仑在马背上这样喊过吧？”

“不是拿破仑，是马克思！拿破仑只颠覆了凡尔赛宫，而马克思颠覆了整个世界！改变了整个二十世纪的格局！”

“不，不是马克思，是这补身汤店的老板娘！只要她下决心，就可以左右一个生命的存亡！”

时间仿佛静止了，只有这空虚的对话弹动着空气。时间为何静止？

5　以全罗道地方为中心的南道杂歌。

6　韩国现代诗人，本文引用的诗句摘自他的诗作《草》，是他创作的最后一首诗。

不，也许它正在我们不经意间大把地流逝。此时在动的只有我们一口接一口吐出的烟圈，到处都是免费的黄色烟头，捡起来就能抽。哎呀，好热啊，牙齿都要出汗了。我们干脆站起来脱掉裤子，因为都没穿内裤，像两条褪了皮的蛇。两根黝黑光亮的“香肠”在黑黑的“丛林”中对峙着，越过蔚蓝如洗的天空，越过北汉山，等待戈多（Godort）。

二十世纪后半叶，我们这群大学毕业的韩国青年等待着欧洲青年们在二十世纪初时翘首企盼的那个神，“戈多”。经过“1980 年光州民主化运动”，韩国社会形成军事政权和大学生两个极端，针锋相对。许多大学毕业生沦为失业者，我和崔丘阜成了八十年代初韩国社会的典型：那时的知识青年“没有时间消磨时间”。

如果在小胡同里捡烟头偶尔捡到硬币，那天便是“发了横财”。前几天在东大门市场跟捡废纸的一伙人打了一架，拽下他们的报童帽才认出来是我们学校英文系的同届生，两边都吓了一跳。其实这也没什么稀奇的，其中还有前几天刚从“号子”（监狱的隐语）放出来的全国读书会的会长呢。而我们也到了不得不翻垃圾桶的地步了。

2

昨晚在阴暗潮湿的半地下室里把“跳蚤市场”上的用人广告又从头到尾看了一遍，失眠、不安、危险昼夜不息地流淌着。清早，房东大妈突然猛摇我破了洞的窗户，“喂！昌宁小伙儿！电话都来了十几遍了！”

看样子要是我不去，她就要闯进来了，我只好去接电话。那边传来了丘阜如晨露般清澈的声音，总是很乐观的他依然咋咋呼呼地嚷道：

“喂，重大新闻！你听到非得吓晕不可！不得了的大事件！你还不赶快来新兴寺门口，过了这村就没这店了啊。十万分火急的大事啊！”

我踹开被子。

我害怕又在潮湿的被窝里熬过一天，但出门又无处可去更恐怖。掀开黏乎乎的“壳”，我还是站起来了。受够了这沼泽般的失业者的“自由”！受够了这日子，就像舌尖舔到牙膏那样令人作呕。我像往常那样在房东大妈面前装出很忙的样子，踹开铁门就跑出来了，似乎在“宣告”：今天就别担心拖欠了几个月的房租了！她总是用嘲讽的口吻叫我“小老头儿！”唉，一天到晚的民主化！游行示威也换不来工作。八十年代，军人和陆军士官学校出身的才是王道。

丘阜用那些形容词最高级不过是为了把我从潮乎乎的被窝里拖出来，我心知肚明。不过他也清楚我在等他的电话，就像清楚我鼻子周围一共有几个麻点儿。我一口气跑过昌岭川桥向旧把拨 36 路公交终点站跑去，终点周围摆地摊的大叔们吓得纷纷朝我翻着“青鱼眼”。假装着急的极致就是连自己也相信了，“摆谱儿”是对失业的心理补偿吧。

“喂，昨天晚上我可是去了比法国卢浮宫还高级的西大门警察局参观了一圈儿呢！还是免费的！”

这小子一见到我就开始吹牛皮。“听说溜须拍马的老板喜欢溜须拍马的职工……我们老板喜欢女人，女人！是老板最爱！”公交车音响里传出欢快的流行歌曲，大概是司机师傅特意放给疲惫的乘客们听的，这些市民在下班的路上，像黄豆芽一样立在车里。“有小偷！”突然传来少女尖锐的叫声，“小偷，是小偷！”女工打扮的女子有些慌乱。“不要开车门！”一个年轻人的声音。“把车开到派出所去！”有个老头儿厉声说。

“这钱，是我磨平了指纹，榨干了女儿身换来的啊！这钱把我变成了男人啊！呜呜……”

司机顾不上光华门路口的信号灯，直接掉头把车开到了西大门警察局的后院，后面还跟着警车“护卫”呢。

“哎呀，急死我了。说是老婆要生了，这正往回赶呢，碰上这事儿！心疼打的钱，结果捡了芝麻丢了瓜，真是晦气。”

“哎，谁偷的赶紧自首得了。那都是人家小姑娘血汗钱哪！”

“别说了，小心谁神不知鬼不觉地用刮胡刀在你后脊梁开个口子。”

“反正我们是只剩下空骨架了，就像海明威拖到海边的那种。不，我们还不是骨架，骨头上不是还糊着一层‘湿漉漉的窗户纸’呢吗。”

大家朝着公交顶棚你一句我一句，愤愤不平。刑警和防盗队的把人们分成男女各一队，没有居民证的、长发族[7]先归到一边等着。于是驼背老太太、陆军中士、愣头愣脑的防卫兵、穿着劳动布连体裤的卖水产的

7 20世纪60~70年代流行的黑话，当时长发属于管制对象。两侧的头发不能落到耳朵上面，脑后的头发不能盖住脖子，如果被警察或管制人员发现，当即用剃刀被削平。不过仍然有一伙儿人留着长发，人们称之为长发族。

大妈、戴着黄金十字架的不断干呕的牧师，还有穿着连衣裙或是套装的女人们、淳朴的市民们站成两排，一个个地走到前面掏出包里所有东西给警察们看，再被搜遍全身。

“你，什么人？”

“韩国人，不不，是公司职员。”

“年龄？”

“刚过五十。”

“准确点！跟我开玩笑呢！”

“五十有一了……”

“现住址！”

“西大门。不，恩平区域村洞 18 号。”

被偷的那个女工在走廊门口哆哆嗦嗦地哭着，擅抓小偷的老警察已经把几个看着可疑的小混混扣进“铁笼子”里，“长发族们”正被警察揪着脑袋用森森的大剪子开着“高速公路”，尽管他们奋力挣扎撕扯，头发还是一撮撮应声而落。我们这排没有居民证的，最后才被弄上车出了警察局。

“这是纯粹的越权行为啊！纯粹的。现在都几点了，我还要翻过终点站的山呢，看来又要因为违反十二点的宵禁被重新抓回来了！”

“真可怜。那是丢了多少钱啊？听说是三千九百块，呃呃，才三千九百块！哎哟喂，我当了二十年的公交司机头回见这种事！”

“3900 块对有钱人来说也就是小孩嚼泡泡糖的钱，但对那女工来说是大数目呀。”

霎时间公交车里充满了虚无的空气，都是这 "3900 块 " 让人们感受到了 " 背叛 "，就像气球泄了气一下子抽抽回去。不满和谩骂说不定都能把公交车轮胎扎爆了。

丘阜那会儿借住在朋友位于东大入口传统市场的只有一坪[8]的读书室里，没什么谈资的时候他就以“据传”开头，连国际大事都敢编排。比如，“据刚刚接到的消息，新鲜出炉！勇敢地对抗进军阿富汗的苏军最新型坦克的伊斯兰士兵们的胡子正被战火烧成灰。另外联合国军旗帜下的美军军靴下，几万只红蚂蚁‘部队’正被踩死……”。

看他说得慷慨激昂，我也装模作样地附和道：“目前这些红蚂蚁军团中东地区的司令官们同时向塔克拉玛干沙漠进军，打头的是挎着半月腰刀的敢死特攻队。啊，快看！血流成河。数万只红蚂蚁乘以（每只）几万美金，抚恤金将需要用霍夫曼算法来计算！联合国国际法庭第一次遇到这种事，伤透了脑筋……”

我俩越吹越起劲，“被红玫瑰绿刺扎伤左手的赖内・马利亚・里尔克[9]手术成功了！在火星阎罗王宫殿实验室的灵魂谷里 DNA‘重生’了；刚刚在斯里兰卡成功培养了露・安德烈亚斯・莎乐美（LouAndreas-

8　地面宽度的单位。1 平为六尺的平方，约为 3.3058 平方米。

9　里尔克（1875～1926），奥地利诗人。于 1926 年采摘玫瑰时被刺破左手而引发急性败血症，导致死亡。他的墓碑上刻着他自己写的墓志铭：玫瑰，噢纯粹的矛盾，欲望，是这许多眼睑下无人有主的睡眠。

Salomé）的细胞……昨天清晨加拿大的微生物学家卡米米从歌德的生殖器细胞中复制出了再生细胞。他研究室把莎士比亚、马克思、希特勒等大人物都‘再生’出来，此刻正享受着葡萄酒晚餐，跳着超级蹩脚的迪斯科……以上由全国青年失业者协会独家报道。”

我们的青春就是这样垮掉的。我看着丘阜充血的眼睛，感觉我们都离被关进清凉里脑科医院不远了。（即便）还在挣扎。

3

丘阜又在讲自己在越南战场上捅人的事儿，那是 1967 年夏天，他参加了白马部队[10]。

“我们这些充满恐惧的小兵，被编在一线步枪队里。到了第二天清晨，中队长命令我们冲上后山，然后给我们五个每人扔来一把 M16 新型手枪……卧倒，射击！上来就是这个。怎么回事儿？射击练习吗？我们边嘟囔边看向前方，啊！前面站着用破布蒙住眼睛的越共俘虏……里面还有中学生模样的小姑娘，我举起枪用十字准星瞄准女孩儿的那一刻，手抖得像中风一样。‘一，二，开枪！他妈的’！

“中队长拿着枪托打了我们各十下。‘重新趴好！你们这帮小子，这是战场！不杀死敌人，你们就得死！都想死是吧？在大学喝了点墨水

10　韩国受美国政府邀请从 1965 年开始派青龙（青龙旅）、白马（白马师）、猛虎（猛虎师）等精锐战斗部队参加越南战争。其中“白马”为韩国陆军第九师团的别称。——编者注

就敢在这儿耍斯文，搞不好被绑在那儿的是你们！你们这些小兵崽子胆子怎么这么小！再来，一，二，开枪！'

"……还是没有一声枪响吧？又变本加厉地挨了一顿打，又是一次'一，二……'他妈的！当，当，当当！闭着眼睛能射中吗？"

我反驳道："没有一声枪响，被许可的杀人，那又怎么样呢？算上这次你已经叨叨了一百零一遍了。耳朵不长茧子？这跟我们这些失业者有什么关系？"

我忽然想起被绑在后山竹林里的父亲。丘阜一说起越南白马部队的激战，我就会不禁想起6・25战争[11]时的父亲。父亲是当时昌宁[12]一带的大地主，第一个被村里人"人民审判"，后来被我家大长工用竹枪刺死。跟我家一个屋檐下生活30年的大长工把父亲和幼小的我们绑在柱子上，在全家人面前，扒光了母亲的衣服……

跟大长工一起来的游击队把姐姐和点儿拖出去轮番施暴，上小学三年级的点儿，两腿间流下殷红的血，在院子里积成一摊。我被用袜子在身后捆住，只有小腿瑟瑟发抖。二十世纪五十年代初，韩半岛的日日夜夜都流着血，连幼小的孩童也被迫在无端的理念之争中付出血的代价。

---

11 指朝鲜战争，原是朝鲜半岛上的朝韩之间的民族内战，后分别支持朝韩双方的美国、苏联、中国等多个国家不同程度地卷入这场战争。1950年6月25日，朝鲜得到苏联默许，不宣而战进攻韩国，历时三年的朝鲜战争爆发。在韩国称为6・25战争。

12 地名。是位于庆尚南道昌宁郡的邑，相当于中国的镇。是大米、麦子、大豆、棉花等的农产物集散中心。同时又是郡政府的所在地，面积为61.44平方公里。

父亲被杀后，没多久母亲干脆也自杀了。

月晦之夜，夜来香开得白白的，我和姐姐偷偷跑去放下吊在松树上的母亲。点儿也跟来了。村子里没人敢出面，要是被当上人民卫队长的长工知道了，也会被竹枪刺死的。当时下着暴雨，我们连夜挖开黄牛圈的地面，将母亲埋了。第二天，我就离开故乡，盲目地逃向首尔。还记得那天，10 岁的点儿躲在竹林里挥着白嫩的小手跟我告别。

那天晚上，点儿她妈在火光中舞蹈，然后伴着夜里才开放的夜来香，嘴角带着无限平和、无瑕的微笑睡着了。她的面容那么安详柔和，没有一点儿死亡的迹象。我和发小点儿拉扯她的衣角的时候，也没有落下一点儿灰烬，她就如同一只蝴蝶翩跹而去。那时，我抱着可怜的点儿傻乎乎地想，以后要娶点儿做我的妻子。

父亲利索地给被火烧死的点儿她妈办了葬礼，还给她做了花丧舆。花丧舆在村子里转了三圈，然后火葬，骨灰撒在小禅庵后山谷的河里。往事如烟。当时我想不通点儿她妈怎么会跳到火里去，同样也想不通守财奴父亲怎么肯花那么多钱为她办丧事。

父亲把孤零零守在小禅庵的点儿从山上接回家，这也是理所当然的。

点儿她们在我们村落下脚是点儿刚上小学的时候，她妈在 6・25 战争中失去了丈夫，逃难逃到我们村儿就在小禅庵住了下来。有传闻说点儿的父亲是男寺党，那时只有像我这样的小孩儿不知道，村里人早在背后传开了。据说那天是点儿她妈的生日，父亲让大长工给她们家送两担柴火，柴火里带出了一个面具。点儿她妈生火时不经意戴上面具，不禁陷入对往日的追忆，甚至哼起了六字谣。那时她还跟着男寺党丈夫四处流浪，在庆尚道密阳一带赫赫有名。

她在灶台前陶醉地起舞，连火烧到裙子都不知道。火苗瞬间窜上来，她跑出门时，火苗已经蔓延到了全身。难道是藏在她体内的巫气被唤醒了？

我逃离故乡，到首尔清溪川铁器厂做车工的时候，听说姐姐给父亲生前的一个朋友当了续弦夫人。不过使我不得不再次回到冷冰冰的故乡的，是我的兵役问题。因为没有兵役手册，我只得辗转一个又一个铁器厂，最后都要被赶走。想要糊口，就得是服过兵役的人，要想去服兵役，就得要兵役手册，我不得已只能回趟老家面事务所[13]。

回到故乡，也是一片荒凉。6・25时我们家四十九间青瓦房也被烧没了。姐姐闻讯找到我住的旅馆，然后一起去了父母的坟上。令人意外的是两个坟头收拾得利利落落，小禅庵里还供奉着父母亲的牌位。如今成为我姐夫的父亲的朋友说，应有的祭祀也一个不落地诚心为父亲操持着。这就是故乡？回过神来，痛苦的记忆又浮现在香火中。

那香火的红芯再次灼烧着我的心。几天后，一拿到兵役手册，我就得离开牛蒲了，从车窗向外可以远远地望到禅庵的竹林。那几天，夜晚

13　面，韩国市或郡下属的地方行政区划，相当于中国的县一级行政单位。面事务所为其行政机构。

我耳边不断回荡竹枪舞刀的声音、游击队的枪声、姐姐压抑的哭泣声，而白天则是在 6·25 南韩最后一道防线——洛东江上国军冲杀的手枪声，美军 B29 轰炸机炮声震天。

原来，点儿她妈曾是我父亲的妾，点儿是我的同父异母妹妹。还有人说，点儿她妈跟我家的大长工有染被父亲发现后，他们都被赶出了村子。不管怎样，后来大长工用竹枪残忍地刺死父亲报了仇，也树立了自己人民卫队长的威严。

姐姐的目光分明在说，不要再问关于点儿的下落了，抑或，发出这种目光的不是姐姐，而是我吧。“就当这世上就没有点儿这个人，会更好过些吧。”点儿，就像孤孤零零立在密阳山沟里小站上的路灯那样，站在什么地方吧？这世上的一切，都是我搞不懂的。

忽然，宇宙都静止了。怎么都没有动静了呢？“不二法门！”文殊菩萨问维摩居士道：“这世上真理没有两个，只有一个。那么这惟一的真理是什么呢？”维摩以沉默作答。“话头”也不是两个，而归诸己。梵高割下的是左耳还是右耳？对我们失业者有什么意义呢？又能怎样呢？

伊曼努尔·康德（Immanuel Kant），那家伙怎么那么没节操呢？死犟地坚持那些大杂烩哲学。那些不都是柏拉图在《对话集》中提出的二元论吗？哈，这是你对自己学位论文的良心宣言吗？现实是，良心宣言也是可以推翻重来的。是在模仿汝矣岛良心宣言吗？这博物馆里的夏加尔[14]特别美术展！跟我们的烧酒杯有什么关系？

14　马克·夏加尔，白俄罗斯裔法国画家、版画家和设计师。

“哈啊，这画漂亮，不过能赶上杜甫的《江南逢李龟年》吗？你这疯子，抹布再怎么洗都是抹布，要扫掉垃圾才叫革命！”

4

“喂，一块儿去我新女朋友那儿看看啊？这会儿应该没什么客人，她没准儿正拿着苍蝇拍做健身操呢！”

“女朋友？你还藏着爱人，不会又领我去旧把拨山脚的‘酒店’吧？”

“嘿，旧把拨补身汤老板娘都40岁了还那么纯洁，像小孩儿一样吧？我女朋友吧，虽然被污染了一点点，但还是有些纯真的‘索尼亚’[15]呢！”

“你还成了拉斯柯尔尼科夫[16]了呢。看你那副德行。”

“是又怎样，不是又怎样呢？啊，对了，‘索尼亚’看了你学生证照片，说一定要见见本人呢。她说鼻梁挺的男的那事儿也厉害。说不定会给你提供24小时免费服务呢。”

“又胡说八道，小姐们是靠什么挣钱的啊？重体力劳动啊。就算是失业者，也不能骗到她们身上啊。”

我们坐上了去首尔站的公交车。到了高大大宇酒店背后，我们脚底踩着黏糊糊的黄汤在阳洞[17]胡同里转来转去，终于到了一处水泥墙都开

15 契诃夫小说《万尼亚舅舅》中的人物。

16 陀斯妥耶夫思基《罪与罚》的男主人公。

17 位于首尔站附近，20世纪五六十年代那里曾是私娼的聚集地。1980年7月1日后更名为南大门路5街。

了裂缝的破公寓楼，每面墙上流下的都是贫困与诅咒化成的污水和黄痰。我们兴冲冲地走向那扇黏湿而充满感官刺激与阴谋的黄色大门。这里，是人生活的地方吗？

“当然！这里当然是人生活的地方！这个优雅的地方恰恰可以证明人类也是动物这一事实，试验其真伪的地方！”一个穿着吊带背心的女人“唰”一下打开房门，回道：

“哎呀，我们麦当娜索尼亚，是我们失业者们永远的母亲呀，快证明给他们看看，存在也可能并非先于本质[18]！”

丘阜举起双手高呼万岁。“索尼亚”开了灯，屋里很昏暗，尽管是大白天阳光也只能照亮屋子的一半。她给我们拿出洋烟，然后转身坐下开始煮咖啡。房间狭小，她白色内衣和（像一下拔出的）白萝卜一样晃眼的大腿每动一下，都撩动着由来已久的情欲。

“啊，失礼了。这位就是证明照里的主人公吗？”

追着她后脖颈看的我吓了一跳，“咳，别忙啦，他就是我们索尼亚天使日思夜想的，我哥们儿，流氓兼无业游民，失业还有些麻子脸。哦对了，你们俩老家都是南边吧？”

老家？那女孩儿的眼神有些闪烁。你，是牛蒲邑的吗？是的，从那儿往大垈里方向上去一点儿的竹林村！大垈一里（地名）那有座桥吧！

我心下有些着急。索尼亚上厕所回来却换了一身上白下蓝的韩服。

“今天我来请你们喝酒。一块儿出去吧？”

18　化用萨特“存在先于本质”的命题。

“不用了，没必要那样，你也马上要上工了嘛。”

“咳，别担心，我的时间永远是自由的。”

我们上了附近明洞 UNESCO 的天台，一时间气氛多少有些尴尬。我们本来是阴谋要干一把的，都几年没碰过女人了？在越南的时候拿了工资倒是甩着美元推倒过越南姑娘，但那都是多久之前的事了？现在我们被带到这个跟之前的甜蜜期待丝毫不符的“场所”，事情显得有些纠结。

“我是点儿啊！面前这位，是我亲哥哥啊！”索尼亚把威士忌端向暗红的唇边，中途晃洒了一些。

“什么？你说什么？你再说一遍！”我一下冒出了忘得一干二净的方言。

“虽然不是一个妈，但种是一个种啊。我之前在讲什么晚学徒[19]、高知的周刊上看到过照片，所以早就知道是哥哥啊。”

她接着说：“哥哥还记得害死爸爸那个大长工吧？他现在成了称霸首尔站这片儿的黑帮头子了，在全国都数得上呢。现在我们不给他交足够的‘份子’，也得狠狠地吃一通铁棍子。就那么回事儿吧……”她笑了，露出一点儿有些龅的牙齿。这么看来，脸蛋上的酒窝，左手的习惯动作，这些足以让我联想到大垈里那个点儿。

“我不是男寺党的女儿，真是你爸的种啊！那会儿母亲厚着脸皮领我又回到牛蒲，完全是因为哥哥啊。如今我也算尝遍了人世冷暖，能不理解母亲当时的心情吗？就算离得远远的，也想亲眼看看那人带

19 名词，指上了年纪学习的学生。

把儿的儿子是怎么长大的。母亲那么漂亮，跳鹤舞在韩国又无人能敌，有过好多次进首尔有名的妓院的机会呢。怎么会光是为了糊口呢，你说是不是？”

不管怎样，我们之间的偶然与必然就样如蜘蛛网般连在一起。她不知是在笑，还是在哭，有些假的眉梢挂着一丝悲哀，泪珠在杯壁上闪烁。我们三人就这样无言地啜饮血泪，将残酷的往事一饮而尽。

“看来我还有眼泪可流啊！早就不会流泪了的……唉，我这是怎么了，一个出来卖的……”

“哎，我现在决定了，你，就当我大舅哥吧！”

“你有时候真是荒唐，又危险又要受威胁，别做梦啦！”

“不是，我只是把到上个月还一直犹豫不决的事情，今天在这儿做个决断。你还是不知道索尼亚的灵魂有多么纯洁。嘿，我真的找到工作了！虽然只是去始华工业区铁器厂当电焊工！怎么，大学生就不能当工人吗？大学生怎么了，在这‘伟大的时代’，为了索尼亚，什么都能做！”

“你什么时候成了拉斯柯尔尼科夫了？”

被清溪川六街的铁器所赶出来以后，我回了老家，因为有姐姐给办的兵役手册，才得以申请参加去越南战场的白马部队，赚了点儿美金。退伍后，我也像现代集团的创始人郑周永一样在新堂洞中央市场推着破烂手推车卖过大米；刚稳定一点儿，就又开始准备大学考试，边给补习班看门儿边啃复习资料。复习了两年，我就以全系第一名的成绩考入了首尔市立大学的法学系。记者们闻讯而来。

四年后毕业式上，我的照片又上了周刊，他们把我捧上了天，说是什么“晚学徒、自学成才的精英”。然而，1980 年春天在全南道厅前挥舞太极旗的事[20]，成了祸根。可笑的是，空降部队出身的我竟然跟同一部队出来的后辈们武力对抗？简直是时代的反讽。从釜马事件[21]开始到全国的学生运动，托这些“华丽”履历的福，每次我投出去的简历都会被扔回来。

然而，时光流逝，一切都在变。这世上没有不变的事物。想起点儿她妈曾歪歪扭扭地写下《般若心经》第一章“般若波罗蜜心经，见五蕴皆空”。不变的只有因缘，前世、今世、来生的三世因缘……“万法归一，一归何处？”世上万法都归为一，那么一要归到何处呢？结论是，世事没有绝对。

当年还是富甲一方的地主家公子哥儿的父亲，看上了会跳鹤舞假面舞，南方板索里唱功也是一绝的外乡姑娘，就花重金占有了她。当年的种就是点儿。她们又跟着南寺党派在庆尚道、全罗道一带游荡，一到点儿上小学的年龄，她妈就带着她重回到父亲生活的牛蒲大垈里。

给点儿她妈办了葬礼，没过几天父亲就让我和点儿进小禅庵洞窟里把她妈的遗物都掏出来烧了。那时点儿偷偷把个东西塞到我肋间说：“这是妈妈当宝的东西，你拿着！”那是一张《维摩经》的皮封面。

丘阜为了转换气氛努力模仿着点儿特别的方言口音。点儿呢，远远

20　指 1980 年，韩国光州的民主化运动，也称光州事件。

21　也叫釜马抗争，指 1979 年 10 月由学生和市民在韩国釜山、马山发起的反对共和党独裁统治的示威事件。

地望着南山尽头的天空。她是不是在回想小禅庵屋顶的夜来香？几天后，我们一起去了仁川松岛海边。啊！多想一边望着连着始华工业区那头的水平线一边补渔网啊。一眼又一眼，一针又一针……就像妈妈织毛衣那样，把日子一天天缝补下去。

丘阜是电焊工，我是车工，一起织补着八十年代的漏洞活下去吧。梳理着沙滩的海浪一下涨上来没过我们的脚踝，一下又落回去，我们光着的脚板痒痒的。我们说好下个月祭祀的时候，一起回故乡牛蒲大岱里，把供在小禅庵的父母牌位请回来，把点儿她妈的相片也一起请回来。

一群海鸥在这黄昏中沐浴着一片灿烂。

写作笔记

从四十多年的职场生活退下来之后，我经常像原野上独立的稻草人那样，在万物沉睡的拂晓不期然地醒来。这样的时刻，总会有一种被全世界孤立了的惶惑不安袭向我。幼年时的故乡玩伴，杳无音信的初高中同桌、大学同学，职场上结交的同事，还有那些我伤害过或是伤害过我的异性朋友，已经故去的父母，故乡的天空，常青的松树林……这些悲伤的因子总是蓦然在心中复活，滋长发荣，使我难抑悲戚之情。

近来，我给自己定下了目标，决心用二十年的时间创作之前没有写成的作品。如果以我曲折的经历为题材，素材是不少的，关键是怎样把这些素材“化”到文学作品中去。努力将我经历的“故事”记录下来，也是为了战胜侵入内心深处的孤独。如同写作小说《别样密阳》，我将一直这样讲述发生在我身边的故事。

李启弘，东国大学国语国文系本科、硕士毕业，后攻读博士学位课程。1974年小说获《月刊文学》文学新人奖，进入文坛。历任《东亚日报》文化部次长，《文化日报》文化部部长，《首尔新闻》总编，统一问题研究所所长兼评论委员。东国大学新闻传播专业客座教授。曾获东国文学奖、一鹏文学奖等。

著有小说集《有空就自杀的男人》《本钱》《斜坐的男人》；长篇小说《碧波》；传记类出版《李启弘的幽默故事》《凤仙花——洪兰坡传记》《成为将军的二等兵——崔甲硕将军轶事》《红色围巾点亮天空——前空军参谋总长张志良将军的故事》等。

别样密阳

——从电影《密阳》发端的故事

李启弘 著　周洋 译

我又见到盛大哥已经是十几年以后了。当年他一夜之间赔得精光，躲起来之后就再也没有人听到他的消息了。不过有一次偶然见到同乡后辈，他告诉了我盛大哥的下落。当然后辈当天说了很多事儿，不过关于盛大哥的消息着实让我吃了一惊。据说他在龙仁的一家工厂干活儿。他怎么走到了这一步了？其间只有他辗转于日本、中国台湾、新西兰的传言，关于他的真实踪迹所有人一直都是云里雾里的。

然而我没有在后辈面前流露出我的惊讶，因为我不想让别人看出我和盛大哥的关系非同一般。在老家，盛大哥是“传奇人物”，几乎没有人对他不感兴趣，他的事儿一度闹得满城风雨，成为很多人的谈资。人们都说他是真正经历过天堂和地狱的人。不管别人怎么说，我跟盛大哥的关系还是很特殊的。我暗下决心，无论如何要去见他一面。

不用说他就是让我变得如此狼狈的罪魁祸首。他把两处牛奶和冰淇淋加盟代理店经营倒闭了，又赔上了几处房产，之后可能是为了避免破产，又以高于市场的利息把有点儿老本儿的亲戚的钱都借遍了，然后突然人间蒸发了。结果我成了千古罪人。为了帮他，我把家里有点儿钱的亲戚都介绍给他，比如一直在首尔艰苦奋斗好不容易白手起家的妹妹妹夫、表弟、堂妹堂妹夫，嘱咐他们要帮就帮自家人。是我把家里人都拖下了水，现在我还在不断地为此付出代价。

也许出于对我公务员身份的依赖，他们把手里的钱都借给了盛大哥。当然也因为诱人的高利息，盛大哥开出的利息比黑社会收高利贷的都高，大概他们连定期都提前支出来给盛大哥了。然而突然有一天他就消失了。据说警方下了全国搜查令，最终他被抓进地方监狱坐了两三年的牢，刑满释放后就离开了韩国。又有消息说他辗转于日本、中国台湾还是新西兰的农场、家具工厂，靠在监狱里学会的技术谋生。这期间，屎盆子是结结实实地扣在我头上了，虽说没人让我赔钱，但比那更让人难堪的是不得不一直应承着亲友们夹着脏字儿的埋怨。

“哥哥你不愿意借给他就算了嘛，干吗把我们介绍给他？你跟我们有仇是怎么的？专把我们往火坑里推啊？”大妹妹顺英一肚子怨气都冲我来了。大姑家的女儿善礼虽然没那么直接，但也没忍着。

“你自己都不借，干吗牵线让我们借他钱？跟合伙人似的……赔了钱你知道我一天天看老公眼色有多憋屈吗？”

虽然说我是同伙是有些委屈，但事情到了这地步就算是长十张嘴我也是无话可说的。善礼把丈夫在富川倒腾古董攒下的全部积蓄五千万全借出去，只拿到了三个月利息之后就全赔了。大妹顺英借了三千万给盛大哥，也只拿到四五个月的利息接着本金就都赔进去了。没人时顺英骂骂咧咧地向我发难，说因为这事儿她和丈夫也没少吵架，经常心烦意乱。

但毕竟是自己的亲哥哥，在外人面前她也不好说什么。

他们的话一句句都如针尖扎进我的心，疼痛难忍。每当这时我的心情，怎么说呢，就算是要卖器官替他还债我都乐意。

他们因我才遭如此狼狈，我就是谢罪百遍也不为过啊。然而谢罪百遍又如何呢，还不是没有任何价值。我清楚他们的那些钱如何攒下来的，要是能拆房卖地还上也好。

可我又哪来那个能力，我自己还不是一直领着两个孩子租房，靠微薄的工资过活？

“哥，你知道那都是我每天出去做保姆，我们家里的去工地打零工攒下的钱吧？”顺英质问我。

这样挺过了十多年，那天突然听说盛大哥出现在大韩民国。我不能理解，就算他因为心里有愧没有告诉顺英、善礼自己的住处，那对我不应该一直隐瞒吧？当然如果我知道了，基本上也会让顺英和善礼知道，让她们去找他。但就算是有这层风险，他也应该透点儿风声给我啊。他不可能不知道我一直以来是如何地维护他，又是多么真心地盼着他好。不管他做什么，我总是热切地盼望他能有所成就。可他竟完全断绝了联系……

“听说，郑盛大在那个厂里还是个人物呢。”不可能了解我跟盛大哥之间这层关系的后辈说。

虽然听不出他是亲眼看到了还是听说的，后辈这话让我撇开之前的惊讶，感觉背后好像被捅了一刀，脏话差点儿脱口而出。想到这些年所受的煎熬，我真想马上追过去收拾他一通。不过我还是努力保持冷静，追问道：

“那他在那儿干吗呢？”

“听说他们夫妇寄居工厂，住在紧挨着工厂的一个小屋里，不过我也只是听说没有亲自证实。曾经老家人艳羡的传奇人物入狱如今走到了这一步，也是够惨的了……不过他待在工厂，应该是为了东山再起吧？”

“在工厂东山再起？”

“再怎么说工厂也是有活儿干的地方，还是污迹斑斑的钞票最对他的胃口。只要身体没什么问题，在工厂就能东山再起。但听说他身体好像不怎么好呢。”

“身体怎么了？”

“不是安全事故，听说突然晕过去了，不过又醒过来了。就像他的人生一样。”

听了他的话，我迟疑了片刻：难道身体残疾了？不，既然有能力寄居在工厂，那是不是故意放出这些消息的？我还是决定往好里想，一种又复杂又放心的心情涌上来。那样断定解释，只是为了自己心安罢了。

我和盛大哥是姑表兄弟。虽然他长我几岁，但从小一起长大，我们不像兄弟更像朋友。开始懂事我才把他当兄长，成年后对他一直以礼相待。这都是有原因的。他是在残缺不全的家庭里长大的，所以从小就很怯懦，看到他就会想起他童年经受的痛苦，心生怜悯。所以长大后，他做生意我迫切地盼望他成功，有条件的话总要尽全力帮他。

盛大哥的母亲，也就是我的姑妈，遭丈夫冷落后带着儿子一起回到娘家，从此盛大哥也得跟着一起看外家的脸色生活。我们家是比较复杂的，姑妈跟我父亲是同父异母兄妹，是爷爷娶下的多房奶奶中的二房生下的一男二女中的长女。二奶奶就在长房旁边住，当时我们家总是集市一般喧嚷，比起亲奶奶这边儿，我更喜欢在二奶奶家待着。爷爷是个花花公子，他在把家产都败光后就去世了。那会儿父亲母亲为了重振家业根本顾不上子女的成长。

二奶奶家总是那么祥和，她经常往我们手里塞些平时藏起来的玉米饴、红柿饼什么的，香甜极了；一家人围坐在圆桌旁有说有笑地吃饭的场景，更让我感受到温馨和感动。而我们家，人人都像要出去搞独立运动一样，动作迅速而果决，吃饭也是呼噜噜吃完就起身各忙各的去了。所以我对这个家没什么感情。

我更喜欢二奶奶家，因为有疼爱我的小姑姑，她比我大九岁。我是双胞胎中的老二，个子比老大小一点儿，小姑姑总是看着我，而比小姑大一岁又比她壮实的大姐总是带着长得大些的老大。据说她们经常拿我们俩做比较，还动不动就拌嘴。大一岁的侄女和小一岁的姑姑一边带着双胞胎兄弟，一边打架。

“老大的蛋蛋更大。”

大姐背着我哥炫耀。小姑也不甘示弱，拉扯着我的说：

“才不是。老二的更大！雀雀也更长呢！”

两人吵起来，发展到拽着彼此的头发拉扯，最后两人都伤心大哭起来才罢休。长大后再听到这些，只觉得好笑。因此小时候我特别地喜欢小姑，也正因为小姑的疼爱，我总在二奶奶家待着，基本上可以说是在二奶奶家长大的。双胞胎哥哥三岁时得传染病夭折了，而弱小的我健康地长大，这让小姑也很是欣慰。她到了出嫁的年龄还背着刚上小学的我来回走呢。就算不为这，我也一直喜欢二奶奶家的舒服和安静。

忘记是从哪天开始，应该是我六七岁的时候，二奶奶的大女儿大姑妈也回来了。大姑妈一直没有大名只有个乳名叫普泽，她被警察丈夫嫌弃不光自己回到娘家，还带了个独儿子，就是盛大哥。大人们都不知就里，谈论这事儿时都遮遮掩掩的，就算是说得清清楚楚，我一个六七岁的孩子又能懂什么呢？不过普泽姑妈和盛大哥来了以后，二奶奶家的家事变复杂了。舅舅成婚后，房子就不够住了，新嫁过来的舅妈脾气又不一般，连二奶奶也要看她的脸色。再加上那时二奶奶又误吃了沾着人粪的菜中了菜毒病倒了，家里气氛每天都很紧张。但随着时间的流逝，二奶奶家也渐渐地安定下来了，这要归功于普泽姑妈的劳动能力。忠厚老实又勤快的普泽姑妈，不听别人说什么，一直默默地帮着二奶奶家干活儿。同时，盛大哥也上了小学，跟我相差一年。

记得上小学四五年级的时候，不知道因为什么，我和盛大哥大吵了一架。因为父亲是八代宗孙，差不多每个月都得举行祭礼，每到祭祀早上族里亲戚和村里的老人都要来家里吃饭，二奶奶一家也会来，当然盛大哥也会跟来。吵架后我一直想瞄个机会教训他，刚好赶上祭祀家祖，早饭做好摆上桌，亲戚们村里人都来了，内室跟大厅都坐满的时候，果然看到盛大哥也进了我们家院子。我一直看着他进了院子，来到近前，虎视眈眈地看着他大喝一声：

“臭小子，别过来！”

屋里的长辈们望向突然大喊的我，神情中有几分诧异和不可理喻，同时又把目光转向盛大哥想看看他的反应，断定可能只是孩子间的玩笑之后，便重回到之前的对话当中去了。但是盛大哥听到我的呵斥迟疑了一下就径自回去了。虽然当时我还是不懂事的孩子，但现在想起这事儿都觉得自己好可恶。盛大哥的母亲当时在一边准备早饭，看到这一幕该是何等心情呢？这件事一直梗在我心里，每每想起对盛大哥的愧疚都会浮上心头。

普泽姑妈话不多，凡事都压在心里不说。我成年后，比起盛大哥觉得更对不住普泽姑妈。不管他们还记不记得，我心里总是带着愧疚。

盛大哥小学一毕业就跑到首尔去了。二奶奶最终因中毒后遗症去世了，盛大哥可能早早的就懂得埋头苦做的母亲也无法依靠，只有出去才能找到自己的出路吧。那时好多从农村盲目跑到首尔闯荡的人都是杳无音信，偶尔露一面显摆显摆，盛大哥也一样，去首尔后一直没有消息，数年间跟家里也没有联系过。

一到中秋，我就会想起叔父。父亲的兄弟姐妹一共是五男八女，现在只剩下小叔叔一位了。人们都讶异甚至不相信我奶奶怎么有那么多子女，实际上他们是三位奶奶所生的同父异母兄弟姐妹。爷爷继承了一度富甲乡里的曾祖父的家产，饱食终日，除了娶妻生子无所事事，荡尽家财也只是时间问题。

叔父最近独自在乡下生活，过节时才会去住在首都的儿女家走走，日子过得很是孤寂。前不久，我出差路过老家附近顺便回老家看望叔父，他一个人的生活就像只身在首尔求学的学生一样孤苦伶仃。空荡荡的房子里，只在一边的房间摆一些炊具做饭，做饭也都是用电饭锅一次做好四五天的量。我去时他正就着不知从哪得来的陈年泡菜和一分四半的紫菜吃着，好不凄凉。

叔母患上糖尿病好多年了，最终在几个月前病逝，我以为他的儿子们会立即把他接过去，但并没有。虽然我也想到其中必有苦衷，但没料到他们会对父亲如狗屎般弃之不顾。儿女们把叔母送到京畿道的一个医院治疗之后，叔父就开始自己在乡下生活，无奈之下成了“离散家族”。这都是因为叔父跟叔母关系不好，如果叔父去医院看望，叔母就会瞪起双眼发脾气。因为糖尿病的并发症几乎失去视力，表达也很困难，只能用精神表达自己的意思。叔父一来，她不是高兴，而是瞪着眼睛想要赶他走。子女们也受此影响，对父亲的态度也很轻慢。

叔父年轻时没少伤叔母的心，子女们都看在眼里，所以晚年如此凄凉。再加上子女们都觉得叔母的病也是因为叔父轻浮的私生活得上的，于是跟着母亲一起怨恨他。叔父不想让任何人知道自己被孩子们冷落，一个人默默在乡下生活。但那只是他自己的想法，想象力丰富的乡邻们连谁家有几个勺子都一清二楚，不可能不知道其中原委。于是他在乡里被孤立，没人待见了。

现在叔母也去世了，子女们要能把过去的不愉快都翻过去接纳父亲该多好，这让我感到心焦又有些不以为然。于是虽然家族没落，作为长孙自觉应该召集堂兄弟们扶助叔父，就找到龙仁堂弟开的家族小工厂去了。

工厂比想象中清静许多。原本每天有二十几辆货车进进出出，机器把堆得小山一样高的瓦楞纸依用途剪裁，再塞进压缩机压揳进铁芯然后传送出成品。这时却都停止运转，似乎都屏住呼吸蜷缩起来了。

我到了那里方得知盛大哥就在堂弟的瓦楞包装工厂工作。之前遇见的后辈没说盛大哥具体在哪个工厂，去了才知道他原来寄居在这里干活儿呢。

我又一次感到惊讶与背叛。不管中间发生了什么，盛大哥在这儿待着总得告诉我一下吧。虽然我知道他们也有自己的难处，到了这一步盛大哥可能也顾不上跟我说他的近况，可想想还有那么多受他拖累的人，总应该知会一声吧。能作为隐瞒此事的理由的，无外乎是他们的亲叔侄关系，可要这么说，虽然父辈不是同母但我也是血亲啊。如果不是为这，也有可能是可怜盛大哥的处境才替他隐瞒的吧。那也不能连跟我也不说啊。我一见到叔父，就问：

“盛大哥在允成工厂工作的事，怎么一点儿都没跟我说过呢？”

允成是叔父的大儿子，我的堂弟。我们成长环境和人生选择都不同，所以一直不是很亲近。虽然会偶尔听说他的事，但没什么直接接触。我知道他也受盛大哥牵连蒙受了一些损失，但跟顺英和善礼的金额相比就不算什么了。我想到这些，心情又变坏了。

“实在是没法告诉你。要是说了，彼此关系会变得别扭，盛大也没有还债能力，为了不让大家都心烦，只好就那样了。”叔叔解释道。

话是没错，又能怎么样呢？时间稀里糊涂地过去，他自己也对这事的存在与否麻木迟钝，甚至是遗忘了吧？

叔叔过节时虽然会去子女家，但不是威严的父亲，却像不受欢迎的客人一样蔫头耷脑。因为这些，也因为同意叔父的说法，我连连点头。

我让站在旁边的允成去叫盛大哥，不管怎样，总得打个招呼再走吧。允成满脸愧色，他对兄长其间的艰难应是早有耳闻，也应该知道我夹在债主和欠债人中间所受的夹板气，犹豫了一下便往工厂外面走。

“我们也出去看看吧。”

我拉着叔父随后走出了工厂办公室。旁边是猪圈和鸡舍，臭味熏天。地里的庄稼快成熟了，对面深绿色的山林里，叫不出名字的鸟儿叽叽喳喳地叫着。

我打算看看盛大哥是怎么从像长在工厂建筑边上的瘤子似的小屋子里开门走出来，想看看他会是什么表情、看到我是什么反应。我就那样站在那里等着看他的一举一动，过了好一会儿，他才拄着拐杖一瘸一拐地走出来，一边胳膊像稻草人一样悠荡着，动作颤颤巍巍的看起来更像是在挣扎，凄凉极了。走近了看到他一只眼睛无神地望向虚空。

“哥？怎么变成这样了？”虽然之前有心理准备，但我还是没忍住惊愕。之前的怨恨、咒骂瞬间全都烟消云散了。

“嗯，你还好吗？我这样都有一年了。”他苦笑着。

“听说一年前晕倒了？”也就是说来到这儿至少有一年多了，而我一直毫不知情。

“嗯，之前在工厂干活儿突然晕倒了。是脑中风，现在能稍微走动了。”

“之前都成植物人了。坚持登山，接受物理治疗，现在这算好多了。”叔父在一旁说。

我放下心来，还有什么比情况在好转更让人安慰的呢？我没法提顺英和善礼的事，也不想说自己的苦楚。然而顺英和善礼的痛苦，是无法用语言来表达的。顺英虽然没搭上全部，但也差点儿闹离婚。更让她痛苦的是没给孩子花过一点儿钱上补习班，结果高考连续落榜了几次，好不容易上了南方很远的一个小城市的专科大学。

“一次补习班都没让孩子上过。”

因为没有补习所以没考上大学听起来像借口，但对于连这点儿都没有给予子女的父母来说，其悔恨的心情可想而知。

最近社会上流行“三字禁语”，一是不炫耀子女，二是不炫耀地位，三是不炫耀财产。其中伤人的就是炫耀子女这一条。如果听说别人的孩子在首尔大、延大高大上学，或被人人想进的知名企业录用，父母们都会觉得胸口一闷，四五天吃不下饭，三月不想见到自己的孩子，甚至会闹心三年。这是说，因孩子受的伤害是最深刻的。

顺英的儿子本来就有些残疾，再加上在偏远小城上专科大学，受尽了世人的歧视和轻侮。如果我能出面把跟盛大哥之间的纠纷解决一点点，她儿子，也就是我的侄子的求学多多少少能顺利一些，也就能少遭受些痛苦煎熬。善礼也是，丈夫得了肝癌，没多久就发展成晚期，几个月前没了。“应该用的药都没照着用，哥。”听到善礼哭着说这些，我觉得都是我的责任。

“那，嫂子还好吗？”我撇开杂念，问盛大哥。

“她出去干活儿了，在医院做护工呢。”

“啊，是这样。”

嫂子的生活能力是大家都知道的。我也听身边的亲友们说盛大哥能有今天都是因为嫂子。她做姑娘那会儿就从忠清道农村跑到首尔的纤维工厂做工，认识盛大哥然后在一起。她一直拼命苦做，人们都说是她逼盛大哥上进，把日子越过越好，也是因为她贪心才把生意的摊子越铺越大。

我看他拄着拐杖站在那里挺可怜的，赶快掏出钱包把钱都塞给了他。

“我也是领死工资，没什么钱，就只能给这么多了。”

“没事儿，你别这样，别这样。”

那一刻，我看到盛大哥迟滞的动作、偏向一边的目光，顺英的三千万、善礼的五千万，连同她们那些埋怨在我脑海中都已化为乌有。不，是我将其抛诸脑后。尽管她们说那些钱当时就能在蚕室买一套楼房了，现在再开发后房价大涨差不多值十亿（韩元）了……跟盛大哥眼前的状况相比，又算得了什么呢？当然，或许更大原因是这些跟我的切身利益并没有关系吧。

“孩子们呢？怎么样？”

他生意失败，又进监狱走了一遭，夫妇像亡命徒一样跑到日本去还不得不分开各自讨生活，是何其艰辛啊。父亲入狱，家也垮了，子女们的日子又该是多么苦不堪言呢。我内心充满同情，非常想安慰安慰他。

盛大哥似乎没有察觉，自顾自地说着，不觉间还露出自豪的表情。

“大女儿从梨花女大毕业进了外企，后来和首尔大毕业的研究员结婚，现在在美国生活呢。两人都是博士，女婿在普林斯顿大学任经营学教授；女儿在达特茅斯学院读完社会学博士，现在跟女婿一起在普林斯顿。”

我像突然被钝器砸中了后脑勺，一时间有些发懵。这一反转也太极端了，让我一下子反应不过来。

“你说孩子们怎么着了？”我又问了一遍。

盛大哥好像刚尝到生活的滋味儿，更自信地说道：

“那是老大，你知道老二是儿子吧，从初中高中时一直就学习很好，从科学技术院（KAIST）毕业，现在在大企业上班。老三也像哥哥姐姐那样学习好，通过了竞争激烈的公务员考试，在财政部做企划呢。”

我又受到刺激，真是当头棒喝。我真不知道自己为什么站在这儿同情安慰盛大哥，只觉得自己是个不折不扣的傻瓜。他一副骄傲自负的嘴脸，表明自己绝不是被债主逼得走投无路的可怜虫，我真是一刻也待不下去了。

顺英的儿子五岁时，刚好是她把辛辛苦苦攒下来的钱都借给盛大哥那会儿。一天儿子突然得了脑膜炎，送到偏僻落后的小医院，条件差没有得到及时的治疗。医院嫌孩子总是哭，喂了过量的安眠药，脑膜炎虽然治好了却留下了智力低下的后遗症。想到顺英为孩子日夜流泪伤心，甚至想过干脆跟孩子一起死了算了，一腔愤怒便要爆发出来，我强忍住心中翻江倒海的愤怒，只想赶快离开。

善礼的情况更是让人难过。前不久她刚失去了丈夫，是肝癌晚期，好不容易坚持了三年，花光家里所有的积蓄走了。他生前开旧货店，每天凌晨出门绕着村子捡废品，为了要到百货商店的废纸箱，把杂活儿都揽了下来。

“我孙子，才五岁就能用英语跟外国人对话了。虽然在首尔长大，和美国人一模一样。”

“哦，是吗。我该走了。”

“别着急啊，我们家孩子就快来了，不见一面……”我好像找错地方一样，慌里慌张地从盛大哥“家”里跑出来。

“真是狼狈……”

我勉强拖着不住发抖的双腿逃了出来，蹲在快要成熟的稻田边，呕了好一会儿。我后悔没有转告盛大哥顺英和善礼这些年的境况，不过眼前还是停止呕吐更加紧迫。

【蛇足】

电影《密阳》是讲述这样一个故事：跟妈妈从首尔来到不大不小的

城市密阳生活的孩子被绑架并杀害了。经查是孩子的老师，口才学院的院长贪图钱财犯下了罪行。失去儿子的母亲极度伤心悲痛，在亲友的劝说下开始去教会。她慢慢恢复，终于有一天下决心宽恕杀死儿子的院长去监狱探视，然而见到的却是一个微微发福，脸上洋溢着幸福的凶手。

“夫人，我进来以后开始真心相信上帝了。应该说是上帝降临于我这个罪人，多么值得感恩。上帝向我伸出手并宽恕了我，使我的内心得到了平和安宁，每天都能安然入梦。您不知道我有多么感恩，多么幸福。”因被赦而感到平和安宁幸福的杀人犯！在敌不过苦痛只得选择原谅的受害者面前，宣称已经得到宽恕并欣喜的杀人犯。让人不得不质疑，这是否构成了另一种非人道？

写作笔记

我出生在韩国，很小的时候就移民到美国，青年时期都是在美国度过的。那我是谁？我的根在哪里？什么是幸福呢？故国是我文学创作的源头，我如同一条洄游的鲑鱼，始终对它心心念念，于是我的小说注定写满了对韩国的眷恋。《伊甸园之西》讲的是一个韩国富二代来到美国留学，之后如何一步步堕落的故事。我想通过书写这个青年在往返于韩国美国之间所经历的时代、文化差异与冲突，客观地揭示现实社会的弊病。

姜松和，世界韩人作家联合理事、韩国小说家协会、韩国文人协会、国际 PEN Club 协会韩国会员。获《韩国日报》美洲小说作品征选小说佳作奖（2007 年），《海外文学》短篇小说新人奖（2007 年），《文学与意识》文学新人奖（2009 年），《中央日报》时调写作大赛状元（2011–2012 年），《月刊文学》时调新人奖（2015 年）等。著有小说集《居斯塔夫·库尔贝的〈沉睡者〉》（2010 年，Dart N）。

伊甸园之西

姜松和 著　周洋 译

睁开眼睛。

白色的天花板，白色的墙面，只见满眼的白色。这是天堂？瞬间惊诧、安心、绝望快速地在脑海中交错，不过没过一会儿她就确定自己并没有越过生死的界限去到另一个世界，而是躺在医院病房里。

“呃……”失败了。还没死掉这一事实，让她感到恐惧。正是这种恐惧让她紧闭双眼把一大把红红白白的药丸一股脑塞进嘴里，然后轻松地合上眼睛。

“你知道我父母很有钱，13岁那年就把我扔到举目无亲的美国留学。”

嗓音很阴沉，每当悲伤抑郁的时候他都像演员一样用一种要滴下水来的嗓音讲述自己的过去。虽然不想听，可巢螺连捂住耳朵的力气都没有。

“低龄留学说出来好听，想象一下，13岁的小孩儿只身在万里之外的异国他乡生活，语言也不通，面对的只有接连不断的害怕、恐惧和孤独。对他而言，这跟被遗弃没有什么区别。那时的我，就像是广袤的沙漠上空划落的流星。”

这故事已经反复听了好多遍了。他的声音阴沉潮湿如同眼泪顺着病房雪白的墙壁淌下来，像梅雨季节的雨水那样一点点渗进去。“一点点适应，几年过去了……”，“几年过去了？他想说什么呢？每次都说到这儿就没下文了……”巢螺闭着眼睛，不得不听下去。说不定在那些独白里，能够寻找到一点点真实。

“……高一夏天的某一天，我无缘无故被同校一伙白人男孩儿拉到一个空仓库里。他们好几个人扑上来，我没有一点儿反抗能力，被扒光了衣服然后……你想，那时我还是一个没有任何性经验，沉浸在对异性朦胧幻想中的少年，却遭受了同性的性侵……怎么可以那样？他们……简直不是人，是动物，不，是地球上最丑恶的怪物。我想死。可他们骗父母说我是要好的东洋朋友，连续几天带我回家监视，我找不到任何机会。他们强迫我加入同性恋俱乐部，只要我拒绝，就把我拉到破仓库里欺负一顿，最后我只得就犯。那时我对这个世界充满了恐惧，想逃，又不知道能逃到哪里去，只能躲到阴暗潮湿的隧道里，把自己封闭起来。”

高中一年级的话，应该 17 岁吧。他那么小年纪就遭到同性恋们，还是外国青少年的集体性暴力，实在是可怕的经历。这让身心俱疲的她也感到震惊。巢螺睁开眼睛看在民，他坐在椅子上，双手捂着脸哽咽着。虽然觉得在民可怜，需要安慰，但她的内心依然是干枯的，于是又闭上了眼睛，装作睡着了。

“我相信你睡着了也会在梦里听到我的告白……美国这个国家，给我带来了巨大的冲击。在这里，有着说不清楚的欺生、种族歧视，还有文化差异带来的偏见与鄙视。面对这些只能忍受，然而其中的苦痛是无法用语言形容的。就连令人信赖的老师和蔼可亲的面具背后，也是冰冷的利己主义，让我痛苦绝望。在这举步维艰的世上，我惟一可以拥抱的只有彻骨的孤独。”

巢螺虽然在装睡，但听了这些想也想不到的事，心里还是泛起涟漪。同性……性暴力……哽咽的他开始抽泣，由于悲伤的情绪不住翻涌，他的话也时断时续。

“都是钱闹的！如果没钱，我就得每天出去打工辛苦劳作攒学费。如果说这只是借口，那就太残忍了。‘自我’正开始形成的少年一个人被扔在异国，怎么才能长成内心健康强大的人呢？当时我无论是精神上，还是身体上都很脆弱。若是没有钱，得为生存奔波，就不会掉进颓废的陷阱。不幸的是，父母总是按时给我充足的生活费。有时我还会撒谎要更多的钱……不仅如此，进了大学，为了向践踏过我的同性恋们报复，我用花不完的钱换了一个又一个女朋友，有白人也有黑人。后来跟一个白人女友同居，沾上了毒品。在堕落的路口虽然也有过犹豫和不安，不过很快药物的作用就把这些全都抛到脑后。虽然清醒之后心里会更矛盾和自责，为了逃避，我又会求助于毒品。那是消解我无穷无尽的孤独的通路。吸进毒品的瞬间，是那么幸福，放下了心里所有的包袱。一种只要下定决心就能随心所欲的感觉，让我无比幸福。然而这次的事儿，让我真正认识到：过去是抹不掉的，也不是能轻易就摆脱的，必须要付出相当的代价。”

他是在请求原谅吗？还是不堪忍受自己的悲伤才一直哭着倾诉呢？

都说完了吗？他轻轻地往病房外走。面对陌生的国家、文化差异和语言的障碍、沟通的缺乏，在本该受保护的年纪，他觉得自己被父母抛弃了，这种被遗弃的恐惧感该是多么可怕啊。低龄留学，到底是为了谁呢？送他出去的父母可能还自认为是尽了自己的责任吧。

离开，还是留下，这似乎都取决于巢螺的决定。呆呆地看着天花板的她，缓慢地起身，后脑勺发沉发僵，好像被谁在后面拽着。不知道睡了有多久，一定是有人发现了，使劲摇晃她也毫无反应，送到急诊室洗了胃。睡觉应该是安眠药的作用，两天，不，大概人事不省地睡了整整三天。

她注意着手臂上的针头，按下遥控器把床背立起来，然后靠着床背坐起来。窗外是佛罗里达的秋色，就像韩国的秋天。水杉树叶像黄颜色的雪片随风飘舞，故乡的银杏树叶到秋天也会像这样变黄……那天情景像放电影一样，在秋天风中飞舞的黄色银杏叶之间回闪。

把巢螺逼上飞往佛罗里达航班的，实际上是贤圭和继父吴氏。一个是以爱的名义；一个是像随时可能爆炸的定时炸弹一样伺机侵犯她的凶犯。她爱过贤圭，那算是爱吗？她不能接受贤圭的爱，那意味着又要跟已经受够了的贫穷做斗争，她没有那个勇气。每天夜里她门前都会响起浓重的呼吸声，那是继父在窥伺时机，为了从他的掌心逃脱，她只能选择去佛罗里达找在民。

第一次跟在民见面，是相亲。那是8月的一个午后，天气闷热。两人相互了解了一番，对话暂时停住的片刻她把望向窗外的目光收回来，瞟了一眼在民，突然产生了一种感应：在民对自己是有好感的。巢螺也觉得他是个不错的男人，不，作为她永久的避难所在民的条件实在是不赖。

在民父母在济州岛和首尔两处都经营着知名酒店，相当富有；更重要的是在民是佛罗里达最大的综合医院的计算机工程师兼大学教授，还奢求什么呢。两个人就这样偶然地通过熟人介绍的相亲结识，匆匆举行了婚礼，然后巢螺就跟着在民逃也似的飞到了佛罗里达。经过长达 19 个小时的飞行，终于到达在民生活的佛罗里达可可海岸。

在那里，她没有任何威胁，每天都充满了新婚的幸福，每一刻都像喝了蜜般甜蜜。他们住的房子，是欧洲哥特式的，就像中世纪的宫殿。房子前面是宽阔的草地，高大的松树和一些热带植物；后面则流淌着水晶一样清澈闪亮的江水，江边有很大的沙滩；房子四周被郁郁葱葱的植物包围，似乎是在保护这一宫殿的女王——巢螺。从玄关到客厅要走过拱形的回廊，与欧洲贵族的豪宅别无二致。

回廊墙面上大大地挂着梵高、高更、雷诺阿、塞尚、马蒂斯等印象派画家们的作品，虽不是真品，但提高了房子的品位。客厅里，不，说是大堂更为贴切，偌大的空间放着三角钢琴，室内经典的红木装饰给人沉静的感觉，这很令巢螺满意。特别吸引她的是挂在紫红色意大利大理石壁炉上方那幅画，是奥地利画家的《少女与独角兽》。（啊！那时还不知道画里藏着的暗示……）这个家无一处不散发着豪华的贵族气息。

“今天你想做什么？想做什么都随你。”

巢螺随着丈夫走进庭院，就看到已经准备好的早餐放在青绿色的古董桌上。他让她坐在椅子上，给她的马克杯里倒满了咖啡，此刻她浑身的细胞都感受到了温暖的爱意。江边摆着阳伞和为阳光浴准备的躺椅、摇椅，庭院的尽头还有个小码头，在民的船停靠在那里，随时准备载着主人出海。

一天，她决定跟在民坐在码头的桌子边望着波光潋滟的江水吃一顿浪漫的野外晚餐。要准备一顿丰盛的晚饭！食物中她最在意的就是九折板餐盘，多亏家里备着韩餐需要的炊具和餐具。她快准备停当了，在民也下班回来了。

“今天过得怎么样？”

“真是糟透了！我做报告的时候，一个白人娘们儿总是插话！连计算机的计字都不知道怎么写！更过分的是，旁边那些人还总是给她帮腔。混蛋！就瞧不起我是东洋人！”

“肯定很难过吧。怎么没教训他们一下？”在民看着巢螺笑了。

“本来心情像踩到了狗屎似的，不过看到你气就消啦。哇！看着真香！”他看到桌子上的饭菜，不住地感叹。

“好吧，要是这安慰了你，也算是值了。”

他们吃晚饭喝红酒，巢螺看到晚霞落在江面上，反射出金色的光芒。

这时，她想起来白天在家里转悠发现走廊墙上有一扇奇怪的门。这一发现实属偶然。那门乍一看去会以为是墙面，再仔细一看，才看出来那不是墙，而是做得跟墙面一样的门。是秘密之门？

“对了！走廊北墙上有一扇奇怪的门呢，那儿也有房间吗？”最后的判断词还没说完，正喝咖啡的在民身体就一抖，有一点儿洒到了他的膝盖上，接着瞪大了眼睛看着巢螺：

“千万不要进那个房间，知道了吗？”

在民的过度紧张让巢螺更好奇了。到底那里面有什么让他如此慌张？

“答应我，快！”

“知道了。我保证。”

在民反复和巢螺确认后才安心。那房间里究竟藏了什么，那个房间又是什么？巢螺整夜都在想着那个奇怪的门，不能入睡。早上在民上班后，巢螺在那房门前徘徊了许久，想起在民反复叮嘱仍是放心不下的表情，她反反复复好几次走近那扇门又转身回去。在民再三叮嘱她不要进去，肯定是有原因的吧。

虽然理性告诉她要遵从丈夫的话，她还是决定打开那扇房门。它像一般的墙壁那样，没把手，不可能用钥匙打开。紧紧地关着，不容巢螺靠近。她努力寻找着开门的办法，用手摸索门的四周，什么都没有。

她越发急切，觉得自己一定有办法打开它。她的视线转向旁边的大理石壁炉，想从那里找到什么线索，她看到大理石上有一个黄色按钮，小心翼翼走近，按了下去。啊！“咔”的一声门开了，就像电影里的密室一样。她心脏跳得厉害，蹑手蹑脚地走了进去。

房间里挡着窗帘，昏暗而凌乱，一眼无法判断是做什么用的。她狂跳的心稍微平复下来，才看到到处乱扔的女人的内衣、散乱的床、吸毒的痕迹，还有镜头对准床的自动摄像机、AV 系统，巢螺看到插着的

CD便按下了播放按钮。电视一直播放空白的监视画面，于是她起身去取出空CD。

突然，响起了要震塌房子的怪叫和Rap音乐，她被吓得瘫坐下去。然后看到画面里有人跳着狂乱的舞，两个光着的金发女郎随音乐跳起了性感的舞，画面上满是色欲。对于眼前这一幕，巢螺虽然有些惊讶，但想不过是成人电影罢了，因为第一次看这种东西，还有些好奇。这时一个光着身子的男人出现了，自然地把那两个女人搂在两边，然后他转头看向摄像机。那张脸！瞬间巢螺被吓得尖叫起来。

“啊！那男人？那男的是……”

在密室里，巢螺看到了不该看的东西。真是不该看的！跟吸了毒的两个女人做爱的男人……她手足无措，都不知道是怎么关掉CD跑出来的，从那以后，可可海岸再也不是巢螺的宫殿了。“女王”的话开始越来越少，而在民再也不是救赎她的天使。每当在民要碰到她的身体，她都害怕得发抖。对于巢螺突然的变化，在民很惶惑。

她后悔不顾丈夫的强烈反对和他们的约定走进密室。那都是过去结婚前的事了，现在丈夫非常正常，家庭也很和睦，只要她睁一只眼闭一只眼装作什么都没发生就行了。她决心原谅、理解丈夫。

但事情总是不像想得那么简单。她的理性告诉她，这些只不过是丈夫年轻时一时冲动的胡闹，可印在她脑中在民淫乱的样子实在是……那些令人作呕的画面遮不住，反而更加沉重地撞击着她的心。

就连窗外照进来的月光都让她感到恐惧。巢螺想躲进影子里，不，她把自己锁在影子里。但影子也不肯站在她这边，反而像是在劝说她与恶魔和解。她做不到。她感觉焦虑和不安蚕食着她，恐惧的潮水袭来，连呼吸都变得困难，呼哧带喘的她难受得大声痛哭。那时门突然被推开，她看到丈夫暴怒的神情，看到他的脸在月光下颜色铁青像个怪物。

“我们不要再这样冷战下去了！不要再这样折磨我。你说这到底是为了什么？”感觉在民粗暴的声音把月光都砸碎了。

“……”

“说话啊！”他的喘息更加粗重，嗓门儿更大，巢螺感觉心脏快要爆炸了。

“对不起，我想一个人待一段时间。”坚持说完这一句，她就向客厅走去。

在民紧跟在后面，他身上散发着一种奇怪的味道。她看到在民额头上的毛细血管在跳动，有一种不祥的预感闪过。

“你不会是？”

瞬间在民有些惊慌，脚步也摇摇晃晃，看着走近自己的丈夫，巢螺害怕得直往后躲。

“为什么躲着我？过来！”他变得很粗鲁。

第一次见到他如此恶劣的态度，她吓到了。在民想要抓住巢螺，她躲开了。他扑空后重心不稳，趔趄了几下，丈夫此时的模样让她一阵眩晕。

“我是瘾君子？你是不是在问这个？那现在我就让你看看我的真面目。看看我到底是谁。哈哈哈！”

她还是被在民抓住了手腕，用尽全力挣扎，还是没能摆脱。

“你疯了！现在你已经失去理智了！放开！”她拼命挣扎，想甩开丈夫。

丈夫的陡然变脸，让她非常害怕，最后她用尽全身力气，咬了他手臂一口。

“啊！”在民大叫一声，松开了巢螺。

“你真要这样？”在民一把把巢螺拽过来。

她跌在地上，在民的拳头抡过来，眼前直冒金星，一拳打过来，她几乎要失去意识，感觉睡衣被一下下撕成碎片。在民此时如同一头疯狂的野兽，又一拳打在下巴上，她感觉嘴里流满了湿热血腥的液体，一下子满脸是血。就这样，他的拳头无休止地落在她身上。

“我知道你到那个房间里都看见了什么。是你不遵守约定，这都是你自找的！”

“……”

客厅地上、撕破的睡衣上沾满了血迹，在民撕掉浑身是血，一动都动不了的她身上仅剩的内衣。她就那样赤裸裸地躺在地上，失神地望着在民。他俯视着光着身子的巢螺，缓缓地放下裤子，然后像电钻一样钻进她僵硬的身体。

“啃！”

在民气喘吁吁地把温热的液体射在巢螺体内，抽离，然后倒在一边。时间如噩梦一分一秒过去，她的身体无法动弹，只得看着挂在墙上的画，试图回想之前不寻常的预感。最难以忍受的是那畜生的精液还在身体隐秘之处积着，她想动，却一点力气也没有。干脆就这样死了算了……

“老婆，我错了，原谅我！”在民跪在地上，竟然在求她原谅。

“去首尔的时候，我真没想到我们会结婚一起回来，所以还没来得及整理那个房间。没错，我是那样过来的。在美国实在是太孤独了！现在有了你，我爱你！求你也替我想想。”在民的声音在靠近。

“我爱你。没有你我真的不行。我是真心爱你的，原谅我吧！”

这是毒品的作用，他是麻醉在毒品里的禽兽。已经忍无可忍了。巢螺用尽全身力气推开抚摸她的在民跑了出去。不知道什么时候下起的大雨拍打着她的身体。闪电劈开漆黑的夜幕，巢螺伤痕累累的身体在闪电下，白亮地一闪，又消失了。

每当雨水打在伤口上，巢螺都痛得一缩，然而更痛的是心。过去的日子都被凶恶的禽兽践踏了！她萌生强烈地想要自残的想法，如同受洗，或者把被在民玷污的灵魂洗干净。那夜，光着身子在雨中颤抖的她打定了主意，然后回到家，把自己洗得干干净净。那一刻，她忽然想起了贤圭。

“都是梦！是一场混杂的噩梦！”

不，也许这是对她的惩罚。抛弃贤圭的惩罚！嫌弃贫穷抛弃爱情的惩罚！沉溺于对富有的生活和成为美国公民的幻想而玷污了爱情的惩罚。巢螺用手背抹了一下两颊流下的泪水，吞下一把安眠药。

这会儿天色暗了下来。窗外只有有灯光的地方才隐约能看到水杉泛黄的叶子，故乡山坡上满是黄叶的银杏树，在巢螺的脑海中只剩下光秃的树干，随即消失了。她放下靠背，躺了下去，拿起桌子上的镜子照了照自己的脸，想看看被在民打的伤口是否还在。镜子里是一个披头散发的陌生女子，被打得出血的下巴还有嘴里面都像洗过了一样，好利索了。

就这样活下去？她又想到了自杀。不行，巢螺决定不再寻死，她又蓦地想起贤圭，一种想要随风逃到什么地方的冲动在她胸中激荡。回到首尔去。她饱受了一通爱情的折磨，最终因为嫌弃他的贫穷而背叛，选择了在民。她想念贤圭，去找他？

不。就算他现在还是孤身一人，也不可能再去找他了。那继续留在美国吗？留在这里的话，原谅在民继续在佛罗里达生活下去吗？她沉浸在思索中，门开了，在民和护士一起走了进来。护士确认药液基本上都输完了，拔掉她胳膊上的针头就出去了。房间里只剩下他们两个人，再就是凝重的沉默。

“我知道我没脸再站在你面前，我是罪人。那天晚上的我真是禽兽不如，真是没脸请求你的原谅。”说完，在民走出了房间。

“美其名曰留学，实际上父母是把只有 13 岁的我抛弃在这陌生的国家。就像骑着流星落在沙漠里的小王子，我的生活只有绝对的孤寂。”

他哽咽的声音，他高一时被白人同学性侵的告白一直在巢螺的耳边回荡……她忍不住流下眼泪。巢螺再一次下了决心，原谅他吧。如果连自己都不原谅在没有爱、不被关爱的环境中长大才会走上歧途的他，又有谁会原谅他呢。

巢螺从医院回到了家里，可多少还是有些尴尬，他们的生活似乎又恢复了以往的平静。巢螺努力多理解在民，给他多一点爱，在民像以前一样踏实。但问题在巢螺身上，无论怎样努力原谅在民，她还是忘不掉那晚的事情。

只要在民靠近她的身体，她就不自主地想起那天夜里令人恐惧的一幕，做爱成了让她痛苦的义务。巢螺几乎每个夜晚都是很艰难地熬过去的，那不堪的记忆不仅挥之不去，反而在每个夜晚扇动着黑色的翅膀用重新勾起的愤怒将她吞噬。她试着去想些别的事情，也很难做到。

肉体和精神的双重折磨使巢螺变得越来越虚弱。她想起了在民用过的毒品。毒品！对她来说是一种强烈的诱惑。巢螺摆弄着毒品，深吸一口气，心想服了它就能忘掉现实吧。终于她把毒品倒进嘴里，刚开始没有什么感觉，过了一会儿，她感到整个身体都飞了起来，笑容像爆米花噼噼啪啪不断地爆开。

她觉得一下子冲上了天空，整个世界都美好起来。所有的事情仿佛都是发生在梦里一样，一切看起来也没有那么丑陋了。虽然第一次很难，但毒品毕竟是毒品，她很快就开始想念那种飞一样的感觉。于是她一次一次地，把手伸向毒品。

到了假期在民提议去旅行。虽然他看上去是有意在为之前的事情赎罪，但巢螺不想去。

“那我们出海钓鱼吧。”

“那好吧。”她没法连这也拒绝。

“准备好啦！我们出海吧！我来教你钓鱼！”在民带着巢螺出海了。

他把鱼竿递给巢螺，然后帮她穿上渔饵。

“来！这样把它甩出去。”

在民从后面搂着巢螺的肩膀，双手轻轻扶住她的手臂把钓竿举到背后，然后教她怎么向前甩竿。神奇的是，渔线还甩得挺远。阳光、绿树环绕的海面，此时连海腥味闻起来都有一丝清新。在民已经钓到两条比目鱼了，巢螺还一条都没有钓上来。即便如此，也是享受，蔚蓝的海水、和棉花糖一样的云朵都触手可及……

“在那儿歇一会儿再走怎么样？”在民边发动船边说。

巢螺把手搭在额前顺着在民手指的地方看去，远处是一片小树林，树下是绿茵茵的草地。

“好啊，就随您吧！”

船一靠岸他们就拿着准备好的野餐篮和垫子走了下去。

“大海中间，能有这种树林，真是稀奇。”

这风景使在城市里生活的巢螺沉醉，她好像暂时忘记了现实。这地方一定就是《圣经》里才有的伊甸园，那么这对男女就是亚当和夏娃了。她看着在民，一种久违的、接近幸福的感觉涌上心头，接着环顾大海和树林，脸上露出笑容。

在民让巢螺赶快坐在铺在树荫下的垫子上，她真的成了夏娃。在民在跟她低声耳语，顺势一下把可卡因灌进她的鼻腔。只是那么一瞬间的事。巢螺已被点燃，应该是可卡因的力量。

“哎呀，要是被人看见了怎么办？”巢螺微嗔道。

“这儿没人！……很久之前就想在这里做爱呢！”

巢螺的身体比以往任何时候都温润潮热，在民进入了她已然张开的身体，她全身的寒毛都竖起来。在幻觉中看到的世界是那么美仑美奂。在民粗重的呼吸声如同歌剧里演奏的管弦乐，微风掠过裸露的肌肤，唤醒了体内的每一个细胞，它们翻涌，起舞。

“啊啊……”巢螺在高潮中呻吟着。

“是谁？怎么有女人的声音？不，这里是伊甸园，这里……一定是看错了。”

“亲爱的，有人过来了！”

巢螺只能望着两个女人走近，嘴里说不出话来。而在民只顾气喘吁吁地在巢螺的身体里游走。两个女人走到跟前，她们看起来很熟悉，似乎在哪里见过。是 CD 里的那俩女人。她们脱光自己，抚弄在民的背，告诉他她们来了。

不，不可以这样。虽然这样想，但她的身体、嘴巴此时都不受自己支配了，反而陷入了从未经历过的恍惚之中。在民放开她，转向那白人女子，巢螺诡异地笑着。那两个白人女子与在民滚作一团，纠缠在一起的三人又向巢螺靠近……

在民经常把两个女人叫来，与巢螺一起摆开毒品与性爱的盛宴，密室再也没有秘密，成了他们的乐园。巢螺比在民的毒瘾还厉害，一清醒过来，她就要受自责的折磨。渐渐地，她对毒品和性爱的依赖越来越严重了。

现在该离开了。该离开了。怎么离开呢？染上了毒瘾又能去哪儿呢？巢螺清醒的时候就会被罪恶感折磨得浑身发抖。

某一天。

巢螺自己去了医院，开始接受戒毒治疗。两个月后出院回到家中，卧室里空荡荡的，只有阴郁的沉默。床和推到一边的桌子、乱七八糟的梳妆台，他脱下的睡衣，翻开扔到一边的书，一切就像是别人的房间一样陌生。

灰蒙蒙的天空下着绵延不绝的冬雨，就像她心中的雨一样。巢螺提着大大的背包走到玄关前，手臂鼓出长长的青筋。她讨厌这个城市的冬天，讨厌这个不下雪的城市。讨厌没有雪把世间所有都变得纯净洁白的、这个城市的冬天。这条街道将会记住巢螺的一切。

她知道，这个城市不会给她复活的机会，不会把被虚无的物欲冲昏头脑的她还原回最初洁白的样子，哪怕是短短的一瞬间。她放弃了贫穷的真实而选择了富有的空壳，此刻，她清清楚楚地看到以富为名的撒旦对自己过往进行的审判，她正在离开。而冰冷的大地只是看着这一切发生。

写作笔记

为什么活着？在我用绳子缠绕脖子之际，最后一次抓住这个话题在人迹罕至的智异山洞窟中只以喝水维持生命，不吃不睡。望着挂在松树枝椏间的绳子，勇猛地生活了一周。最终将绳子套在了脖子上……

在彻底绝望的门槛处，似梦非梦中，有一双手臂向我伸来，看到有个女人的幻影全力呼喊着向我扑来。原来是母亲！在那个瞬间，如烈火炙烤的铁棍从头到脚贯通闪电般炽热强烈的一束光。手掌和膝盖都磨破，鲜血汩汩直流，匍匐着，爬下了沉浸在暴风雨中的智异山。中途几次晕厥之时，都用像老母亲那顽固的固执般坚韧不拔地抓住了几近失去的意识……

李永喆，1984年步入“韩国文学”文坛，韩国文人协会理事，青语出版社代表。获得第三十八届韩国小说奖，第六届韩国文协作家奖。著有小说集《如果雨停》，长篇小说《青鱼与嘤嘤花》《雨中肖邦》《双击》。

成佛

李永喆 著　周洋 译

“青岩，过得还好吗？

“大师！”

天啊！

在事务长的引领下，石木大师进屋，站到我的面前。我吃惊地一下子站了起来。这是多少年了啊。鼻子一酸，眼泪流了下来。实在是太高兴了，我一个箭步冲过去抱住了大师。大师像抱着孩子一样，拍着我的肩膀：

“呵呵，我说，喘不上来气了啊。”

过了好一会儿，我才松开了大师，他合掌。

“南无观世音菩萨。”

我也赶忙站好，合掌。

“有些口渴呢，给我杯茶吧！”

大师打量了一番我的房间，微笑着点头。我拿出平时很珍视的绿茶。我当年下山的时候，听到了大师进了无孔房（为了修行，进去之后六年不允许再出来的房间）的消息。那之后，十多年间，再没有见到过大师，也没有他的消息，岁月真是不知不觉就这样过去了。

虽然过了这么久，大师的容颜还是没有什么变化，干净的脸庞，眼神如同晚秋的湖水一样清澈。他看起来还是很健康，我安下心来。喝茶的时候，我们都沉默了。想问的、想说的虽然堆积成山，但我并不想妨碍他喝茶。我比谁都再清楚不过，对于简朴的大师来说，茶是他惟一的奢侈品。

过了一会儿，大师放下了手中的茶，说道：

“这是春雨前在智异山脚下求礼郡采来的啊。”

“是的。有一位在智异山泉隐寺附近制陶的朋友，每年都会给我拿来一袋茶。这是在竹园边上的石山上，喝着露水长大的野生茶树的第一批茶。”

大师还是和以前一样，对茶有着深入的研究；仅仅品尝了味道，就能知道这是雨前的茶叶。雨前茶的香气如春日般清新，我也只是在特殊的日子才拿出来喝的。能够一下就品出这茶的茶人，国内又能有几位呢，更何况是准确地辨出这是从智异山脚下的石山摘来的。

“虽然不是最上等，也是相当好的茶了。”

大师轻轻放下茶杯。我又给他倒了一杯，也给自己满上。大师身上的长衫还是和当年分开时一样破旧，补丁叠补丁，白胶鞋后跟开裂处密密地缝着白线，像破碎的瓷片抵到脚踝，看了让人心疼。放在沙发另一端那空空的褡裢也没好到哪儿去。石木大师这节俭的习惯，比起一根牙签能用十多年的盛哲大师真是有过之而无不及。

“大师，我在九佛寺住持大师那里听说，您在无孔房的那段期间，身体不是很好，现在还好吗？”

“这都是因为内心修行不够啊。总归将来是要涅槃成土和风的，这无法丢掉的肉身，能有什么办法呢，已经好很多了。”

“啊，真的很担心您。”

“呵呵，看来我是让你心里不好受了呢。南无观世音菩萨。”

石木大师闭上眼睛，手里捻着佛珠。看着他干枯的手里拿着的佛珠，我瞬间觉得十分羞愧，我也是十多年前，受到大师的影响，抓着一个话头不放，为了得到一点醒悟，在窑洞里打坐一周呢。那时真是不吃不喝，就为了得到那么一个觉悟，做了要死的准备。

回想起第一次在九佛寺遇见石木大师的场景，就像昨天的事一样。

又流鼻血了，最近经常会这样。我急忙合上被突然的鼻血染红的法典，用水沾湿额头后，拿手纸堵住了鼻子。我感到一阵眩晕。看着被染红的法典，突然觉得，本来应该十分美好的青春却在这蜂窝一样的考试村的书桌前默默度过，令人感到寒心。

我每天只是看书，不见阳光的脸已经蜡黄，没有了青春的模样。我总是在怀疑，是不是在自己埋头苦读的时候，人生中一些重要的东西已经溜走了？究竟司法考试是否重要到在人生最美好的时候，花这么多时间和精力耗费其中？就算每天这样流着鼻血埋头苦学，也不能保证就一定能通过司法考试啊。司法考试不是只有学习就能通过的，还要有运气。大学四年间都名列前茅的法律专业前辈也是次次落榜。就如同他说的，这辈子真是连个狗屎运都没有。

看着流下的鼻血，我突然想问，人活着是为了什么，为什么活着，为了什么活着，为什么要这样活着，这一连串的问题，如同火山一样，在我28岁的胸口就要爆发。看着赌上了青春窝在这破屋子里的自己，我感到真是再悲惨不过了。就为了抓住比兔子尾巴还要短的权力的一端，死死挣扎，我感到十分厌恶，再也坚持不下去了。

泪水在眼里打转。我满脑子都是这些想法，马上就要爆炸，要疯了。我像破茧的蝉蛹一下子跑出窝了几个月的小屋。太久没有见到太阳，刺得睁不开眼睛，市中心车水马龙，人潮涌动，那声音如同噪音一样刺耳，我一下捂住耳朵。与连咳嗽都要小心翼翼的考试院相比，这种感觉，如同瓢虫不停地撞在玻璃上一样，撞击着我的头。

我愣在人行横道前面，任由信号灯变换，没挪动一步。没有可以去的地方。看着前方那格格不入、与我完全没有关系的陌生风景，我忽然失去了方向。额头上的汗水流进眼睛，模糊了视线。发白的视野里，忙碌的人们好似钢铁长城一样在抵触着异乡人，不允许他人进入。

已经不记得，这是时隔多久的外出。考试村的饭店、洗手间、小屋、还有书……在那里，我如同团团打转、没有出口的松鼠一样。被动地随着人流过了马路，在混乱的车站愣了一会儿，又不知不觉地随着人坐上巴士。没有目的地，也无所谓去哪里。就这样看着窗外，不知不觉到了终点，我又随便坐上一辆巴士到终点，又换了一辆……就那样毫无目的地直到最后一班巴士，终点便是九佛寺的入口了。那也是后来才知道的。

外面下着大雨，雾气缭绕，我没有打伞，浑身都湿透了，顺着黄土路走着。走了好一阵，前面突然出现一柱门。那柱门右边，偌大的岩石上坐着一座荷花池。我已经饿得两眼昏花，耳朵里如同有蜜蜂一样嗡嗡作响，脑中像乱七八糟的电线混在一块儿一样混乱。

不知道就那样在雨中坐了多久。有位穿男士白胶鞋的人从我前面路过，过了一会儿又走了回来，站在我面前。我一直低着头，他还是站在那里一动不动。我慢慢抬头，看了看白胶鞋的主人，是个僧人，看起来虽然有些岁数，但身材有些魁梧，他打着黑伞，低头看着我。惟有打在雨伞上的水滴声在变得越来越大。

"起来吧。"

僧人用手比画着让我起来。把伞给了我之后又走回了那扇门。我跟着他走了好一段，来到了寺庙里。因为淋了太久的雨，虽然是夏天，也在打着寒战。进屋后，他给了我一身叠得整齐的僧衣，我脱掉湿透的衣服，换上了僧服。衣服太大，像稻草人穿衣服一样晃荡着，还得挽起袖口和裤腿。他让童子僧摆来一桌简单的饭菜，等着我就着热乎乎的汤，泡着米饭全部吃掉后，给我倒了一碗锅巴汤，才开口道：

"这么晚了，怎么坐在那里呢？"

"……"

我不知道该说些什么。

“哦，原来是有太多的苦恼啊。是想出家吗？”

我混乱的脑子如同被雷击了一下。我从没想过要当和尚。但是他这么一问，突然有种想要出家的冲动。这一刻，我这样一个每天如同浮萍一样随风飘荡，不知道为什么存在，不明白为什么活着的人，仿佛找到了答案。虽然从首尔来到了九佛寺是偶然，却有一种早有此打算的感觉，仿佛成为和尚是命中注定。

我点了点头。

刚才一直嗡嗡在耳朵里回响的声音，也瞬间消失了，周围变得很安静。

“想当和尚吗？”

当他问我那一刻，我差一点儿哭了出来。仿佛在那没有尽头的疑问中，抓住了一丝希望。

“明天下午大师父会从庵堂下来，也许没有那么容易，若是有缘的话……那时你再好好地征求他的同意，今天就先睡下吧。”

“你这小子，为什么想出家呢？”

一位如同秸秆一样瘦削的僧人，穿着破破烂烂的僧衣，逆光站在大雄殿土廊上，问我。他那光亮的额头，在太阳光下，格外地晃眼。虽然穿的衣服破得不能再破，但是他的眼神有着修行多年的锐利。看着他那透澈的眼睛，我感到一种前所未有的羞愧，羞愧于自己的青春就荒废在了那巴掌大的屋子里，羞愧于为了出人头地而浪费的时间。就这样，我迫切地想要得到他的同意，一定要得到他的同意。

“我也不知道为什么。但就是想当和尚，请给我一次机会。”

“呵呵，这小子还真是荒唐。连自己为什么想出家都不知道，竟敢冒犯菩萨？真是幼稚！赶紧回去吧！这里不需要你这种人，菩萨是你随随便便就挂在嘴边的吗？”

他说过这话后，转身走向大雄殿拐角处。几名僧人像影子一样紧随其后，他们的光头如经年在岁月河流中冲刷过的石头，浑圆光滑。他若走出这里，我便永远都不能得到他的同意了。我站在那里嘴唇发干，惶急不安。我为了见到大师父，为了得到他的允许，已经在大雄殿上跪了三个小时了。

7月的天气，让人热得如同热油里面的炸鸡，在这酷暑中，我强挺着咬着嘴唇坚持着，只是为了得到他的允许，我一直在这里坚持着。汗水顺着脸颊流下，浸湿了衣服，被风吹干的地方结成盐颗粒，泛着白。双腿已经没有了知觉。

我不能就这样白费三个小时的等待，满脑子只有这一个念头。真不知道为什么冒出了与想法相悖的话。

“呀，你这强盗！你这大强盗又有什么资格说我这小贼冒犯菩萨？”我猛地站了起来，指着他大声喊道。

好像是在酷暑中跪了太久，热得糊涂了，站起来指手画脚的。是不是因为不甘心就这样结束了，太绝望了才这样的吗？

为什么会这样呢？

突然说的是什么混账话啊？我被身体里的另一个自己吓到了。已经马上就要走出去、只能看见衣角的大师突然停住，回过头看着我。我眼前发白，模糊中看见他，朝我笑着……

我所能记住的就是这些。

“清醒一点儿了吗？”

睁开眼睛，看见旁边站着几位年轻的僧人正看着我。有些恍惚，几个月不见天日，窝在小屋里只顾学习的我，一下子跪了这么久，身体撑不住晕倒了。身子如同被开水烫过的菜叶一样没有力气，长时间被太阳晒过的脖子，火辣辣的。手指也没有力气动一下。胸口发闷，恶心。

“刚才真是被你吓死了。你竟敢说出那样无礼的话！”

一位身材有些健壮的僧人严肃地对我说道。其实我也觉得有些不可思议。为了得到大师父的同意，竟然冒出了“强盗”这样的话，也真是太离谱了。说来也奇怪，在我朝着大师父喊出那句话的时候，一直堵在胸口的什么东西，嘭的一下通了。责备我的这位僧人扶起我，给我端来了冰凉的西瓜露（韩国传统食物）。

“太阳下山后，大师父让你去庵里一趟。”

山里的太阳很快落下。我拖着疲惫的身躯，顺着山路，向山里走去。大概走了一个小时，眼前突然出现了一座小庵，坐落在一个能容得下百人左右的大岩石旁。院子里点着煤油灯，土房前面放着两双旧胶鞋。

“偷饭那小贼来了吗？进来吧。”

在我还不知道怎么进去的时候，就听见大师父在屋里说道。我小心翼翼地进了屋，看到大师父和一位六七岁的童子僧，面前摆着茶盘。

“坐吧！”

我跪下，一点一点向前挪着。虽然大师父瘦得只剩下皮包骨，但他那清澈又深邃的眼睛，看得有些让人眩晕。

“……寺庙里没有免费的饭菜……你做好当强盗的准备了吗？”

“是的，大师父。”

我突然起身，额头叩地面，行了大礼。师父的声音不像白天那样冰冷，好似爷爷在责备淘气的孙子一样和蔼。听了他的话，我不知所措地红了眼眶。听懂了他话里的意思后，我做好了接受一切的准备。

“知道了，既然都来到这了，喝杯茶再走吧……院里有口大缸，你若想出家，那就用你能填进去的东西，把它填满之后再下山去！”

师父给我倒了一杯绿茶。我双手接过，慢慢地喝着茶。师父也没再说什么，只是安静地喝着茶。四周寂静如江水流过险滩之后，我小心翼翼地与师父的目光相对，他嘴角似乎挂着笑容，又收了回去。这茶与平时喝的绿茶完全不一样，有着不一般的味道与香气。虽然对茶叶没有什么见解，但我知道这肯定不是普通的茶。

喝过茶，行了大礼后，我退出房间，来到院子里，找到了那口缸。这缸的高度到了我的肩膀。犹豫片刻，我从后山搬来了石头，怕打碎了缸，又从厨房拿来了绳子，一块一块地把石头拴起来，吊进缸里。不知道师父为什么让我这么做，也不能去问他原因。过了两个来小时，填满了大缸之后，我离开庵堂下了山。

住持师父在院子里焦急地等待着，看见我回来，赶忙跑过来问我：

“见到大师父了吗？”

“见到了。”

“没说什么？”

“是的，没说什么。”

本来想告诉他大师父让我把缸填满的事，不过还是没有说。

“……嘴里说着想要出家的人，竟然向大师父喊了‘强盗’……今天就赶快睡下吧，明天你去山里捡柴火吧。”

住持师父告诉了我镰刀和背架的位置。僧人们住的屋檐下，已经堆了高高的干柴火，应该是用来过冬的。

我来到师父给我安排的房间。从昨天到今天，所有事情好像做梦一样。虽然只是从新林洞移动到了寺庙里，但周围的环境完全变了。估计这时候家里和考试院为了找我，已经乱套了。

为了“交饭钱”，一次都没有砍过柴的我来到了后山。用镰刀砍了废柴火，装满了背后的架子。从来都没有拿过镰刀的手，很快就起了水泡，手背和手臂也被刮出一道一道的血印。

我从一早就开始砍柴，用劳动充饭钱。洗掉一整天的汗臭味，结束傍晚供养后，就睡着了。

第二天也是这样，第三天也是……没有任何约定时间，就这样重复着，砍了一周的柴火，我已经完全成了散发着汗臭味的动物。寺里的师父们看到累得如同打蔫的玉米一样的我，微笑着合掌行礼。我一手拿着长棍，一手拿着镰刀，尴尬地向他们合掌回礼。

那时，我对镰刀已经不再陌生了，不好掌握平衡的背架也能轻松地背起来了。那天，砍完最后一根柴火回到庙里时候，住持师父告诉我，大师父让我去一趟庵里。连澡都没来得及洗，我赶忙跑去了庵里，跪在大师父面前。

大师父看着满头大汗的我，倒了一杯茶。

“嗯，这段时间，用劳动交了饭钱了？”

“是的，大师父。”

我再一次低下头。

“院里那口缸，你都填满了？”

“是的，师父。”

师父走出月亮下被照的发白的土廊，走向院子里。在首尔难以看到的星星，像爆米花一样挂满了天空。鸟儿、昆虫、月光和星光、烟雾融合在一起，仿佛仙境一般。雾气从山下缓慢升起，不知不觉已到了半山腰。

师父边咂着嘴边探头看着大缸。我好想做错了什么事一样，脸红心跳，不敢正视他的眼睛。

“……?”

“在你看来，这已经是装满了吗？”

“……?”

“石头与石头之间的缝隙呢，怎么办？”

“……我再重新填一下。”

“都填满后再下山吧！”

师父转身走回了房里。我连傍晚供养都没有做，捡回栗子大的石头，一点一点填到大石头之间的缝隙里。大石头之间，放进去了许多小的石头，都填满之后，下了山。不知道花费了几个小时，回到寺庙里后，我累得直接倒下了。

第二天，和往常一样拿着镰刀要去砍柴的时候，住持师父叫住了我。

“大师父说，从今天开始，你也可以一起准备供养了。”

我赶忙脱下背架，走进厨房，淘米洗菜，帮助师父们准备饭菜。就那样又过了一天。在倒掉淘米水的时候，因为残留的几粒米，被负责斋饭的师父责备过，因为扔掉苍蝇落过的食物，也被骂过。在寺庙里，是没有随随便便就扔掉任何东西的说法的。就这样，跑腿帮忙度过了一周后，被住持师父叫了过去。

“大师父叫你过去，上山去看看吧。”

我跑向庵里。第一次跑上庵里的时候还气喘吁吁的，现在已经习惯了。一口气跑了上去。

大师父和平常一样，给我倒了杯茶。

“缸都填满了吗？”

“是的，大师父。”

喝完一杯茶，师父走向院子里。看着缸里的时候，他又咂嘴道。

“呃呵，那大石头和小石头之间的缝隙，你要怎么办？”

听到这句话，我又脸红了。这是我没有想过的问题。他只是说让我把缸填满的啊。

“……啊，我会重新再把它填满的。”

我挫败地抬不起头来，说话也磕磕巴巴的。

“填满后再下山！”

我拿起屋檐下的锄头和簸箕，上山去挖起土来。来来回回跑了好几次，才把缸里的缝隙填满。这回安心了，大师父不会再说什么了吧。虽然不知道他为什么让我把这缸填满，但我认为他应该是想让我在这过程中领悟些什么吧。不管怎样，只要我填满这个缸，他就会接受我为这寺庙的一员吧。

“从今天起，你给师父们端斋饭吧。”

那是参加准备斋饭一周后，按住持师父的吩咐我开始端斋饭。师父们只往自己的饭钵里盛适量的大麦饭，和汤一起简单地进食。和禅杖声音同时开始的斋饭进行得很安静。因为碗筷是用木制的，不会发出叮叮当当的声音。用餐过后，师父们在碗中倒水，再用萝卜块刮干净碗里残留的食物，然后再把水喝光。他们这种做法，让之前随便就扔掉剩饭剩菜的我很是震撼。

甚至在刷碗的时候，若有一点残留的米粒或者菜，他们都不会扔掉，而是一起倒在一块大石头上，留给鸟儿们吃。所以每天斋饭时间后，鸟儿们都会飞到石头上叽叽喳喳地等待着。这些野生的鸟儿一点儿都不怕人。

就这样，又过了一周。

早上住持师父告诉我晚上斋饭时间后，大师父让我去庵里一趟。我带了一包烤得金黄的锅巴给大师父。我已经渐渐习惯了不紧不慢的寺庙生活了。

“呵呵，我看的真没错呢。你这家伙还真是“小贼”。现在还让我一起成为共犯吗？”

师父看着我拿出包好的，还有着热气的锅巴，大笑着说道。我从住持师父那里听说，大师父特别喜欢锅巴，所以特意在锅里涂上苏子油，精心调好火候，烤了锅巴带来了。

我喝着茶，“啊，张嘴。”师父把锅巴放进童子僧的嘴里，如同燕子喂食一样，“师父也吃啊。”童子僧也放一块锅巴在师父嘴里，他们互相喂着。这场面，如同普通家庭的爷爷和孙子一样温馨。

“这回看看，缸里装满了吗？”

师父如同小孩子一样，拿着手里的锅巴走向院子。我内心期待着，看到已经填满的缸的师父会说些什么。但是他低头看过之后，又和之前一样咂着嘴。我的心一下子凉了一大截，本来以为很完美地成功了，不知道这回又怎么不对了。

“在你眼里，这缸已经填满了吗？”

“……”

为了以防万一，上次填过土之后，我还使劲摇晃过那缸，让土和沙子能够填得更实更均匀。无论怎么看，都不会再有任何缝隙了。可是师父还是这样问我是否填满了。

“到现在为止，你这吃白饭的家伙的眼睛还是不够明亮啊。连自己肉身的眼睛都不能擦亮，怎么能够修行能够擦亮心灵的佛法呢？还差得远着呢……下山去吧。等你认为能够填满这缸的时候，再来吧。”

我合掌，向师父行过礼后，有气无力地退了出来。

问题到底在哪里呢，我觉得很混乱。放进大石头后，再用小石头塞进空隙，最后又用土和沙子填进缝隙……那缸里还有什么空隙能够放进别的东西呢？这就好似禅机问答，需要大悟，用心才能“看到”话头。但这话头不是真正成为僧人之后才能给的吗？

从庵里下山回去这段路上，我脑子里全是那口缸的问题，仿佛气球要爆炸了一样。“肉眼都不能擦亮，怎么能够擦亮心眼出家？”大师父的这句话一直在耳边反复回荡。

回到庙里后，看见我的表情不是很好，已经熟了的几位师父走过来问原因。我把缘由告诉他们后，他们也是一脸不知所以然的表情。但也还是说着，既然大师父那样问，就一定是有他的道理的。

第二天，刷完碗筷后，我跑到庵子。绕着那口缸一圈一圈地走着，第三天，第四天也是……随着一天天时间过去，我越来越焦急。不管怎么看，怎么琢磨，都不知道还有什么可以放进去。这期间，大师父出来过几次，都装作没有看到我。因为不能填满这口缸，我也没有脸面走到师父面前。我每天晚上都拿锅巴塞给童子僧，然后就绕着缸一圈一圈地转着。

“我现在在做什么？我为什么会在这里？”

准备供养时间过后，有些清闲的时候，我想起了考试院。对自己的这些疑问，如同渐渐升起的迷雾，让人迷茫。现在离开这里也还来得及，也没有谁会留我。进来时候很困难，但离开是我的自由。也许就是因为没人挽留，才更执着吧。

现在应该为司法考试流鼻血的，在这儿做什么呢？想到这些，我不自觉叹了口气。然而，在这热血沸腾的青春时刻，“比起有把握的一部分”，我更想要抓住“没有把握的全部”。可以确信的一部分是通过了考试，不确信的全部是“我到底是谁”这一根本性的问题。在得到答案之前，我一步也不想走出山门。

为了再看看那口缸，我向庵子跑去。

夜色下月亮被云遮住，已经再熟悉不过的庵子前，有一座人形的石头。正怀疑着，屏住呼吸走近一看，原来是大师父。他如同青竹一样直直地坐着，十指交叉，落在丹田处，半闭着眼睛，一动不动。

我躲到树后观察着，师父如同深深扎根的、挨过千年风霜的人形岩石一样。在月光下，他的脸庞泛着银色的光。啊，世上怎么会有那么美的脸庞呢。师父的脸庞如同一块无瑕的玉一般高雅，如同清晨石泉水一般明亮。我忽然觉得内心澎湃，鼻子有些酸。他和与童子僧一起吃锅巴时判若两人，似乎已经超越了凡世，就是我在迫切寻找着的，菩萨的样子。

“都填满了吗？”

“啊，还没有，大师父。”

那天，我还是照旧把锅巴塞给童子僧，然后围着缸一圈圈转的时候，撞见了大师父。他去过解忧所回来时，问了我那一句话后，就转身进屋了。我在他进屋之后，眼睛还是久久不能离开缸。就那样，我每天夜里都很绝望。还可以填进去东西的，大师父的话，对我来说，是“希望拷问”。倒不如直接告诉我已经没有希望了，就此放弃，给了我希望，却让我继续在这无法解开的疑问中痛苦又绝望。

不知不觉，一个月的时间过去了。

可是我仍然每天夜里去围着那口缸打转，就算做梦也在那里一圈一圈地转着。不论是坐着，站着，还是做其他事情，我满脑子都是这件事情，好似拴在缸上，围着它打转的山羊。

填满了吗？

填满了吗？

填满了吗？

每天满脑子回荡的都是大师父的这句问话，就快承受不住，感觉脖子要断了。也有些怀疑，真的存在着正确答案吗？

那年夏天，天旱尤其严重。连日酷暑，不下雨。灰尘扬起，树叶没有水的滋润，也耷拉了下来，田里的植物也都干枯了。去往庵子路上路过的溪水，也明显减少了。还是没有得到答案的我，也如同田里的植物一样，慢慢干枯。

“大师父在进入无孔房之前，让我把这个转交给你。”

正在我打包好锅巴，要去庵里看看那口缸之前，住持师父把我叫了过去。

“无孔房是什么啊？”

“无孔房就像它的名字一样，进去了，六年不能迈出一步。菩萨也是在那六年期间，修行结束后悟道的。所以许多僧人也是为了得到一个答案，追随菩萨，自觉地修行六年啊。”

“大师父还没有悟道吗？”

“很久之前就已经大觉了。他去无孔房，也是为了给我们这些底下的僧人们做个榜样，以身传教吧。”

我从住持师父手里接下用韩纸做的一个信封。信封有些沉。我赶快回到屋里打开了信封。里面放着大师父经常握在手里的佛珠，还有一封手写的信。

人生如同浮云，如同云随风飘动一样，随内心走，便是大丈夫要走的路。所以，为了自己的觉悟，你还是走你该走的路去吧，去带领更多的人走上正途。待到雨季，再去庵里看一看。等到你的肉眼和心眼都擦干净，你的法号就叫作“青岩”。南无观世音菩萨。

一想到大师父不在了，仿佛这寺庙也空了。虽然没有和大师父说过太多的话，但他是我人生的目标和榜样。寺庙仍在，但怎么少了大师父一人，就如此空虚呢？我内心矛盾，没有了大师父，也就没有了迫切想要出家的念头。

几天后的夜里，正睡着的时候，我被沉重的雷声吵醒了。开门一看，电闪雷鸣，下着暴雨。酷暑之后，久违的暴雨。我出神地看着外面的雨，突然想起大师父在进无孔房之前给我留的那封信，让我在雨季的时候去看看那口缸。

我冒着雨跑向庵子。山路漆黑，根本看不到前方，中途我滑倒了好几次，衣服很快就沾满了泥水。平时只走一小时的路途，不知道走了几个小时才到，到时已经摔得浑身是伤。

东方渐渐发白。如同山里的动物，在暴雨中走了几个小时的我，已经虚脱了，被冻得直咳嗽，还发着抖。我打开了房门，如预想的一样，一切空空如也。没有大师父，也没有童子僧。暴雨中的庵子，有些寂寥。师父为什么让我在下雨的时候，来到这什么都没有的庵里呢？我为了躲雨，一直在空房间里等待着，望着东边发白的天空。

我突然看到院子里的大缸，每天供养结束后，我都会上来绕着它转几圈，这是大师父给我留下的作业。

“填满了吗？”

在念想中想起我和师父的对话，实在是无法解开的苦恼。我走进雨中，慢慢地走近缸子。在这没有大师父的庵子里，这缸对我来说也就没有什么意义了。它是拴住我的缰绳，也是希望拷问。大师父到最后也没有告诉我答案就离开了。

我和平常一样，低下头，看向缸里面。

啊！

那一瞬间，我如同被雷击中一样，跪了下来，跌坐在泥水里。那一瞬间，终于知道为什么大师父让我在雨季的时候来这里看看。原来我一直苦苦追寻的，让我夜不能寐的答案，就是用水来填满缸子啊。

“填满了吗？”

大师父的话如同惊雷一般在耳边响起。

我顺着那条路，走进了庵子后面的窑洞。拿着师父给我的佛珠，开始打坐。我忘记了时间，一直没有出来，最后出来的时候应该是一周以后了。我每天除了喝一点水以外，什么都不吃，不睡觉，想要到达无念无想的境界。经过长时间与饥饿、睡魔做斗争……别说顿悟，就连菩萨的脚趾都没能抓住，就悲惨地失败了。

我也不记得是怎样从那洞里爬出来的。我尖叫着，哭着，欢呼着，扑进家人的怀抱就昏厥了过去，再次醒来已经是在急救室躺了两天以后了。

一直抱在怀里的，大师父给我写的信已经淋湿，破旧不堪，身体恢复之后，我又开始备战考试了。那之后，在我的书桌上，一直摆着大师父给我的佛珠。两年之后，我通过了司法考试，进修之后成了一名法官。

那之后，我去过好几次九佛寺，但也只是见到了住持师父和其他师父们，到最后也没能见到大师父。听说他从无孔房出来后，没有在庵里继续住过。九佛寺的师父们，没有谁知道他的行踪。他也没有联系过住持师父，听说是孤身一人，像云水衲子一样在万行途中。

那时每天晚上都会分给他锅巴的童子僧，也长高了长大了。每次见我都合掌，噘着嘴，哭丧着脸抱怨着。

“大师父真讨厌，连我都不带走……”

不知不觉，时间流逝，准确地说，是我从那窑洞里出来的第十个年头了。这期间，我没有一刻忘记过石木大师。当法官执法的时候，律师事务所开业时，都会想起他也没有忘记他说过，让我去走我自己的路，进而带领更多的人走正确的路。我记住了他的话，在律师事务所开业后，就算有再多的钱可赚，也没有做任何违背良心的事儿。像他说的一样，不想成为“吃白饭”的。他留给我的佛珠，也从学习的书桌上，移到了现在的办公桌上。每当我有些懈怠，它都像标尺一样，鞭策着我，守护着我。

“大师，真的是很想念您啊。”

我又给师父倒了一杯茶。这距离我们在庵堂一起喝茶，已经10年了。他和那时一样，眯着眼睛，品着茶。握着茶杯的手，还是那么瘦削，身子也和那时一样，只剩下皮包骨。

“聚散皆为缘，何必贪恋呢。”

“大师父，我还只是一个充满困惑的凡人。”

“呵呵，你说了禅俗不异啊。觉悟不一定非要在寺庙里啊。努力过好日常生活中的每一瞬间，也可以说是修行和参悟啊。”

“我现在还是吃白饭的呢，大师父。”

“说什么呢，青岩不是都填满了那口缸了吗？已经开眼了啊，非要剃光了头去庙里，才是修行者吗？”

“大师，不是的。最后填满那口缸的不是我，是雨水啊。”

“呵呵，从肉眼看是那样的……填满那口大缸的，也不是雨水，而是青岩你那热诚的心啊。与为了醒悟，青岩磨破了十根手指，用尽全身力气奉行供养，就算残留一丝贪念又如何呢？一心想要填满水缸那份诚心才是最重要的啊。”

我把大师进无孔房之前，留给我的那串佛珠拿了出来，摆在了他的面前。

“大师，这佛珠，还给您。从九佛寺主持大师那里，您也应该听说了……您进无孔房之后，过了一周，我自己下山了。现在只不过是一介凡夫。您给我留下的这串佛珠，实在是受之有愧。”

“在佛门，已经离开我手的东西，就再也不属于我了。现在它是青岩的啊，南无观世音菩萨……”

师父手里握着新佛珠，带着慈爱的眼神看向窗外。我恳切地说道：

“大师父，今天您就留在我这儿吧。就算只有一晚上，您也在我这儿待一下再走吧。我亲手给您准备您爱吃的锅巴，“吃白饭”的我这些年结了婚也有了两个孩子。我经常给他们讲您的事，您留下来，他们也会很高兴的。”

“就当我已经收下锅巴了吧。虽然是以前的事了……青岩做锅巴的手艺可是最好的呢，是因为用了心才会好吃的。虽然像我这样的杂僧住一晚也没什么……不过还是把两个孩子当作青岩一直恳切寻找的菩萨吧……万行的时候，不能太沉迷于缘分，只当路过渴了，讨口茶喝，该走了。”

“大师！”

我不由自主地站起来握住了大师父那瘦削的手。不能就这样让他走了。我知道，就算他嘴里那么说，也是因为想见我才来的。可他甩开我的手，拿起褡裢，径自朝门口走去。我没能拦住他。他开门后路过办公室。我赶忙追过去，他没有坐电梯，径直下了楼梯，穿过大堂，转进旋转门。看着他那穿着长衫的瘦削背影，我眼睛湿润了。如果可以的话，我只想抱住他不放手。

“石木大师！”

我带着哭腔，第一次没有叫他“大师父”，而是叫了他的法号。他突然在前面停下来，看着他穿着和之前一样的白色胶鞋，我哭了。

师父慢慢回过头，看了看我。仿佛当年在大雄殿，在逆光下转身看着我的时候一样，发着光芒。后会无期。也许是今世最后一次见面了。

难道是我的错觉？！

师父站在那里，看着无法忍住泪水的我，眼神如同烛火一样，晃动着。

他收起那眼神，向我合掌，低着头：

“保重，青岩。南无观世音菩萨！”

我也赶忙合掌向他行礼。

他再次转身，走进人流中。我如同当年，在下着暴雨的院子里，在那口缸旁边望着黎明一样，望着师父，回过神来再次追上去，朝着他的背影，低下头，咬牙强忍着泪水，合掌与他作别。

“请一定成佛，石木大师！”

写作笔记

再一次，我试图在文字上寻找一条路。我在文字丛林中席地而坐，看着来来往往的人们，洞察着世间的同时也看到了茫然站着的自己。走在空气清新的林间小路，我身心愉悦，如果能将美丽的文字化为温暖的树丛，治愈走在其中的人们该多好。写作就是品尝苦恼中的乐趣，敞开胸怀跟世界沟通，与人生对话，我在这条路上走到哪里了呢？坐在文字丛林中我陷入了沉思。

申师明，小说家，翻译家，明知大学文艺创作学毕业，东国大学大学院硕士，中国中央民族大学博士，曾获“韩国 PEN 文学”小说新人奖（2008 年），国际 PEN Club 协会韩国会员，现代文学批评学会会员，韩中文艺咨询协会国际合作理事，Topikexam.Com 代表，韩国文学新闻中国特派员，东国大学韩国语教育中心委员，北京中央民族大学外籍教授。

姐姐

申师明 著/译

“长得真像！”

她向这边走来，像树懒一样缓慢地拖动着身体，虽然很瘦，但看起来却非常迟缓。与其他从 1 号出口匆匆走出来的游客相反，她那慢吞吞的动作看着真让人着急，只有脚下那双新买的运动鞋闪闪发光，带来生气。

她迈出左脚，定在那里，看了一圈站在门口接机的人们，似乎在寻找自己的名字。而我却把手里拿着的纸握成一团，看到她的瞬间我不由自主地这么做了。纸上面用黑色签字笔写着的“金徐熙”三个字被攥成了一团，我这是怎么了呢？

她犹豫着停下已经迈出的左脚，应该是没有找到自己的名字吧，她拉着行李箱，发出咯吱咯吱的声响，头也不回地向前方走着。她穿的那双蓝色运动鞋，如同浮在水面上，轻飘飘地挪动就像童话书里的穿山甲一样陌生。我快速地跟上了她。

她的侧脸像一张露出 45 度角的照片一样，静止了，如同没有感情的雕像。她为什么不再找找我，就直接走掉了呢？而我又为什么把写着她名字的名牌团在手心里？不管怎么说，她那坚定的行为激发了我的好奇心。只见她走到附近的等候室，慢慢坐下。白色半袖 T 恤衫，棕色棉布裤子，她是一位普通的韩国女人。

她斜背着紫色挎包，包里面隐约可以看到一顶粉红色棒球帽。垂到肩膀的卷发，染了浅褐色。应该是刚刚烫过的吧，波浪很好看。细长的双眼，因为小下巴而向前微微突起的嘴，平凡的表情。真的很像！我如同间谍一样嗅到了她的一切。

她从紫色挎包的前口袋里拿出纸张，翻开看着，似乎要确认些什么。她翻开的正是我之前给她写的信，她这时的表情就像迷了路的孩子，有些无助。是在后悔吗？后悔只凭着手里的那封信，就飞到这个陌生的国家，后悔自己是那么幼稚？而我为什么不能像其他接机的人一样，张开双臂欢迎她呢？有时候，我真的很讨厌如此消极的自己。

她双手捂住脸蜷在那里。是哭了吗？我应该走过去抱抱她的。不是我邀请她来的吗？但我还是没有勇气。她会怎么看我呢？我又该怎样去看待她呢？过了好久，她站起来又坐下了。如果她真的起身走掉了怎么办呢？我好不容易鼓起勇气向她走去，紧张地站在她的面前，她像树懒一样，慢慢地抬起头，看着我。

我们四目对视，她像是被吓到一样，睁大了眼睛。我把刚才团皱的纸张重新打开，给她看了写着“金徐熙”三个字的名牌。她的眼睛瞪得更大了。之前黑白照片似的脸，瞬间闪过水蜜桃般的感动。

“那个，您好。我叫金凡凡。你是金徐熙吧？”我一字一句，像韩国人一样说着韩语。

她似乎觉得站也不是坐也不是，以一种非常别扭的姿势向我打开拿着的纸张：“你是写这封信的人吗？”

她的声音与她有些生硬的姿势相反，很温柔，让我悬在半空中的心渐渐落了地。那柔和又温暖的音色，也是我喜欢的，于是抱以肯定的微笑。她开始从上到下打量我，我也像她那样，打量着她，我们仿佛猎狗一样嗅着彼此的气味。

穿着橘黄色连衣裙，系着白色腰带的我，在她的眼里是什么形象呢？这可是我攒了好久的零花钱买来的，高中生穿这样的衣服会不会显得有些老气？还不如牛仔裤加衬衫的打扮？我有些不自在。

“你是中国人吗？”原来是我的样子怎么看都不像韩国人啊。

“是的，我是中国人。”

“你怎么知道我来这里呢？”

“我看到邮件了。你不是往那张纸上的邮箱写信告诉了我航班时间了吗？”

她似乎是为了再次确认通邮件的人到底是不是我。

“是的，没错。你韩语说得真好。”

“语调还是有些奇怪吧？”

她没有回答我，而是摸着脸颊，歪着头，貌似在整理思绪。

“你认识金纯铁先生？”

她看起来好像还是有些怀疑，带着狐狸一般的眼神试探着。说出这个名字之前，她该有多么苦恼啊？这也是我最想问的三个字。也许我们就是因为这个名字，才会如此宿命般地相见。

一群游客在导游的带领下向我们这边走来，我示意她一起到另一边去。因为偷偷穿妈妈的皮鞋出来，鞋子小挤得我脚趾很痛。她缓慢的步子，才让我的脚步看起来没有那么尴尬。我们一起来到人比较少的地方，刚一坐下我就又端详起她的脸。

“没错，我的爸爸是金纯铁。”我尽量轻快地回答道。为了不让她尴尬，我努力装作很平静，但是下一句又不知道该怎样接下去。喉咙里堵着，心跳加速，呼吸困难，好像马上要晕过去一样难受。

“啊！”她的回答虽然简短，但眼神里多了一丝安心，似乎是看出了我的不安，她以微笑回应我，仿佛是在告诉我不要紧张。

“谢谢你，能够告诉我他离开的消息。”她说这话的时候，我能感受到她的真心。这反而让我有些惶恐，心跳加速，眼泪在眼里打转。我努力隐藏的情绪，一下子崩塌了。本以为已经接受了爸爸的离开，可想起他最后的微笑，我还是没忍住，大声哭起来。她有些紧张，尴尬地抱着我，看起来僵硬的她是如此的温暖。

“实在对不起，现在去我们家吧？”我用手背擦了擦眼泪说道。她缓慢地点了点头。

我们家在距离机场 20 分钟的顺义。北京的出租车在 2008 年奥运会的时候，大部分都换成了韩国现代，换车的日子还特意定在 8 月 8 号那天，这里出现了三次中国人最喜欢的“8”。可偏偏停在我们面前的是辆捷达，因为这个捷达，我准备好的话题又减少了一个。本来想着，如果坐的是现代车，可以借这个话题聊一聊。不过也没有办法了。

“你好，去顺义！”

司机师傅皱了皱眉头。其实顺义是出租车师傅们最不喜欢去的地方。在机场等了那么长时间，就等来一个去顺义的活儿，车费连五十块都不到，要是去了，就是赔钱。

我前面的这位司机，摆出了一副不情愿的表情，我只好咽下来之前准备好的话。她也一样，安静地坐在车上。路边的树木因为雾霾有种褪色的感觉，虽然天气很热，可看起来却有些阴冷。快到家的时候，她好像想说些什么，欲言又止。我等着她开口。

“金纯铁先生，怎么去世的？”

她是在为我考虑吗？她叫自己的爸爸为“金纯铁先生”。

“是肺癌。”

她看向窗外，我看到了她没有血色的侧脸。

“师傅，在前面停下就可以了。”

司机猛地把车停在了路边，带起了地上的灰尘。三年前，这里还是一片荒凉，随着房地产经济的发展，这里盖起了高档小区，通了地铁，变得车水马龙。一些邻居因为拆迁分到了好几套房子，一夜之间成了暴发户，开始穿名牌衣服，开高级轿车。我们家好不容易按揭买了房子，但是父亲突然住院，花掉了不少钱。她看到小区楼房林立，停着大量进口名牌轿车，不禁瞪大了眼睛。

“欢迎欢迎，快进来！”

妈妈没有脱掉围裙就出来等着了，在走廊里都能闻到烤牛肉的香味。

“这是我妈妈，她只会用韩语说你好。”

她慢慢地低头打了招呼，妈妈小心翼翼地带她进了屋。

“穿鞋进来就行，在韩国不是这样吧？”

她犹犹豫豫地站在门口，我把她的行李放进我的房间。她一动不动，慢慢地打量着我们家，眼神落在摆在客厅的钢琴上。客厅里只有沙发、电视和一张三人饭桌，与这简单的摆设相反，黑色大钢琴占了很大的比重。

“这是爸爸给我买的。可是我弹得不是很好，在语言上还有点天赋，音乐就不行了。我是跟爸爸学的韩语，说得还行吧？”

她仍然站着，视线没有离开过钢琴。那表情，像是生气，又好像要哭了似的。我想说些什么，又怕打扰到她。妈妈催促我们赶快洗手过去吃饭，她这才跟我进了里屋。简单整理下行李后，我们三个坐到了饭桌上。妈妈时隔好久才一展身手做出的烤牛肉味道不错，但她却没怎么动筷子。

她看起来很疲惫，虽然时间尚早，我还是让她到我的房间去睡一会儿。应该是见面之前过于紧张的缘故，她躺下后，马上就睡着了。妈妈从一开始就知道爸爸在韩国也有家室，所以看到和我长得很像的她，并不觉得很陌生。

爸爸因为事业失败，从韩国逃到了中国。由于欠了太多的债，信用记录不良，爸爸没能再回到家乡，而在这里照顾爸爸的就是妈妈。那时候，妈妈是个小饭店的老板，与每天来吃早餐的爸爸自然而然地相识，慢慢地了解爸爸的情况，就留他在饭店帮忙，就这样，两人很快地走到了一起。

我是在爸爸被医院诊断为肺癌晚期，即将住院的时候才知道这些的。那不就是与已婚男同居吗？妈妈从一开始就瞒着我。我对这件事厌恶透了，感觉像遭到了背叛。我把所有的怨气，都发泄在了躺在病床上的爸爸身上，甚至离家出走。快要高考的我，再也没心思学习，考大学这件事也没有了意义。我用这种堕落的方式报复着他们。是爸爸重新挽回了我，连行动都变得困难的他，第一次在我面前哭，他告诉我，他十分想念在韩国的家人。

“在韩国，你还有个姐姐。她一定很孤单，我死以后，一定要找到她，告诉她我很对不起她，让她恨我也好。”

听到爸爸讲述的一切，我慢慢地理解并原谅了他。在那样万不得已的情况下，换作是我，也会做出同样的选择。爸爸离开时，留下了一封信，那里面写着姐姐在韩国的地址。苦恼一番后，我终于给那个地址写了封信。抱着万一会回信的想法，我在信中留了邮箱地址。没想到不到一个月，她就给我发了邮件说要来北京。

“那个……起来吃早餐吧？”

我还不知道该怎么称呼她，直接叫“姐姐”？她会怎么想呢？不知道面对这一切，她是什么想法，我一直小心翼翼。妈妈准备了中式早餐，豆浆油条，还有煎饼。她的脸色看起来比昨天好很多，虽然还像做梦一样，但貌似已经慢慢接受现实。

“谢谢，谢谢你们能这样招待我。”

“不客气，你就把这当你自己家！”

妈妈虽然不会说韩语，但还是能听懂的。她看到妈妈那么热情，第一次宽心地笑了，吃起了油条和豆浆。

“我是第一次吃这些，还挺好吃的呢。”

“那就多吃点儿！”

妈妈感到很欣慰，又给她加了一些油条和豆浆。她恭敬地接过去。慢慢地，我开始喜欢上不知道哪里和我长得很像的姐姐。不是，应该说是在寻找我们的共同点。

她的眼睛总是落在那架钢琴上，似乎是在回忆着什么。

“啊，对了，那个钢琴，是爸爸两年前一声不响买回来的。他弹得比我还多呢。中国有首民歌叫《茉莉花》，他特别喜欢这首歌，几乎每天都会练。我还录了一段视频，你要看吗？”

视频里，只能看见爸爸的背影和侧影，一晃一晃的。他单手弹的茉莉花，听起来有些悲伤。她陷入沉思，这似乎勾起了她很久以前的回忆。她在想些什么呢？

当她反应过来后忽然抬起头，尴尬地看了看我，又看了看妈妈。

“吃过早饭，做点什么呢？”为了缓和气氛，我问道。

她想了想：“我可以去看看爸爸经常去的地方吗？“

“嗯，那咱们去看看我们家以前开的饭馆吧。还有爸爸曾经工作过的地方，还有骨灰堂，也就是爸爸现在所在的地方。”

其实早在她来之前，我就已经计划好了要带她去哪里。突然多了个姐姐，我多少是有些紧张和兴奋的。我穿好灰色衬衫和牛仔裤，拿起阳伞，她还是和昨天的打扮一样。出门时妈妈特别嘱咐让我带她好好转转，晚饭一定要回家吃。自从不开饭馆后，妈妈就一直在一家高级餐厅当厨师，做饭还是有两下子的。

妈妈是四川人，那里的女人不仅烧得一手好菜，过日子也是好手，而且性格爽朗，人缘也是很好的。所以，从照料生病的爸爸到最后他的离开，妈妈都很平静地接受了，貌似我也遗传了妈妈积极乐观的性情。我决心要在这短暂的时间里，尽最大努力让这位姐姐认可我这个同父异母妹妹。

我们像普通姐妹那样一起出了家门。妈妈送我们出来时，看起来安心了不少，这位姐姐也笑得很灿烂。我首先带她去了我们一家三口曾经生活过的饭馆，附近都在施工，乱糟糟的。她边走边仔细观察着周围，在她眼里，一切都是那么新奇。

“你是第一次来中国吗？”

“是的，其实也是第一次出国。”

我有些惊讶，因为在我印象中韩国人都是经常去海外旅游的。

“我也没有出过国。以后要是有机会的话，真想去一次韩国。”

“因为那是爸爸的家乡！”我心里面这样想着，但没有说出来。她没有接话而是笑了一下。我是真心的，想去爸爸的家乡看一看，这难道不是理所当然的吗?

“我喜欢权志龙，姐姐有喜欢的歌手吗？”

她的笑使我有勇气继续聊下去。

“没有，我不喜欢艺人。”

“不用对我说敬语的，因为我是妹妹嘛。”

她笑得比刚才更灿烂了。

“上个月权志龙来北京了，本来想去看演唱会，但是门票太贵了，就没去成。妈妈让我去，但是我想到自己学习不好还让她操心，就没去。”

为了让她开心，我一路上一直在自言自语，可她还是那种一贯的不冷不热的态度。走了大半个小时，到我们家以前小饭馆所在的位置了，拆迁后这里已经变成了商住小区。

“这里就是原来我们家饭店的位置。做的是火锅，很有名的四川料理。据说在韩国叫呷哺呷哺，韩国人也很喜欢呢。下次我们一起吃吧？”

她好像无法想象在这么大的居民楼的位置，曾经有过一个小小的饭馆。她呆呆地站在那里，在找着什么。是在寻找爸爸的气息吗？早知道这样，就留张照片了。我们一家三口其乐融融的回忆消失得无影无踪，覆盖这些的只有周围这些崭新的建筑。这就是所谓的“沧海桑田”吗?

我提议既然来了就顺便到附近的百货商店逛逛，她拒绝了。我们如同树懒一样，向前走着，像双脚被套住了脚铐一样吃力，缓慢。起风了，带起地上的灰尘，吹到脸上与汗液一起粘在脸上，有些不舒服。

“你说金纯铁先生曾经工作过的地方是哪里？”她转身轻声问我道。

“嗯，从这里坐公交车过去，大概有五站地吧。我们去坐公交车？”

我们一同走向公交车站，她的步子比刚才快了许多。公交车进站，她走在我前面，可是刚要从前门上去就被制止了，这种两节的公交车，前后门是下车门，中间的门才是上车的。她知道后，有些尴尬地笑了，我也跟着笑了，我们仿佛更亲近了一些。

“爸爸和妈妈一起经营这家火锅店，直到三年前，因为要拆迁他们不得已关了门。妈妈去了别的饭店当厨师长，爸爸做起了古董家具批发的生意。”

因为公交发动机的噪音，她好像听不清我在说什么，瞪大了眼睛，努力在听。她好奇地看窗外的风景和售票员的一举一动，可能是因为韩国的公交车没有售票员吧，一切在她眼里都很神奇。我也跟着一起看着车内的光景，就在几年前，人们的打扮还很普通，现在人们的着装、发型也随潮流快速变化着，像电视明星一样华丽多彩。

“下车吧，我们到了！”

马路对面，就是一家挨一家的家具批发市场，我把右边最后一家商店指给她看。

“爸爸就是在那家店里工作，我根本没想到他会对古董家具感兴趣。”

我笑得像个傻瓜，她看起来有些迷茫，难道是我太小了，读不懂她的心思？

“那个，你现在在韩国做什么工作呢？”

为了转换话题我问道，话一出口就后悔了，怕她会不高兴。

“我在出版社工作。”

她很自然地回答道，我一度很担心她会向我投来“关你什么事”的眼神。

“编辑吗？”

“也不是，就是做一些校正工作……很小的一家出版社。”

“那个，请不要和我说敬语了，我可以叫你姐姐吗？”我小心地问道。

她似乎还没有准备好，转头避开我的目光。空气仿佛瞬间凝固了。

“我们去吃午饭吧，有点饿了呢。”

这么快都过中午了。她看出我的尴尬，故意先问道，语间还流露着小心。

“你有想吃的吗？”

“我也不太知道，麦当劳，汉堡也行。”

“别去麦当劳了，去吃麻辣香锅吧，四川特色，有点辣，韩国人都喜欢呢，爸爸也很喜欢。”

我们坐上公交车准备回到市区，外面轻风拂面，暖暖的，她还是和之前一样，好奇地看着售票员。我带她来到以前和爸爸经常光顾的麻辣香锅店，过了午饭时间，人不是很多。要是往常，这里人多到需要排号等座的。她和爸爸一样能吃辣，流着汗吃得很香，和爸爸很像。她对爸爸的记忆有多少呢？忽然觉得她有些可怜。

“好吃吗？”

“好吃，虽然有点儿辣，但又和韩国辣椒酱的辣不太一样。”

“这是麻辣，‘麻’是让舌头没有知觉，‘辣’是辛辣。看到这里圆圆的东西了吗？这个叫花椒，就是它让舌头变得麻木，加上辣味儿，就是麻辣。”

“你韩语说得真好。”

“是跟爸爸学的，他经常用韩语和我说话，还一起看许多电视剧，听很多歌。上小学时第一次和爸爸一起看的电视剧就是《冬季恋歌》。那里的演员又帅又漂亮，所以我觉得韩国人都是那个样子，还为爸爸是韩国人骄傲呢。”

她听到我说这些，本来笑着的表情慢慢黯淡了，像孩子一样。我只顾着自己说得起劲，不小心触及到她的感情想挽回又不知道该说些什么，真着急。

“对不起，是我说错话了。”我向她道歉，在对面的玻璃中看到坐立不安的自己。“是你抢走了她的爸爸啊，还在她面前炫耀以前那些美好时光吗？傻瓜！”镜子里的那个人仿佛在嘲笑我。

“这有什么好对不起的啊，我没关系的。你是叫凡凡吧？”她温柔地问我，也没有用敬语。我点了点头，眼泪已经在眼中打转了。

“谢谢你，能够找到我。多亏了你，我才重新找回了已经从记忆中抹去的爸爸。”

我的脑子突然一片空白，中国话和韩国话一句都想不起来了。我的心就像在蹦极，无助与紧张过后是安心和感动，几种情绪交织在一起，快要爆炸了。

“吃完了我们一起去看看爸爸吧！”

“好的！”

虽然回答得很自信，我的声音却是颤抖着的。她看着我，嘴角上扬，眼睛如同半月一样微笑着，我也跟着笑了，从镜子里看到的我和她看起来很像，这就是血缘吗？

供奉爸爸的地方是公共骨灰堂。因为在郊区，许多出租车司机都不愿意去，被拒载多次后出了两倍的价钱才有司机同意送我们过去。可是一会儿回来打不到车怎么办呢？

“我听说，中国有‘天葬’这一说法？”

“是的，那是西藏的一种习俗。韩国人应该是叫那里 TEBET 吧，那里也有水葬。”

“天葬是说去世的人的灵魂去了天上吗？”

“没错，是的。”

她仿佛在想象着那神秘的场景。我们到的时候已经是下午五点多了，幸好是夏天，太阳仍然高高挂着，要等到八点多才会落山。这周围没有人，只有我们两个，我也只和妈妈一起来过一次而已。在骨灰堂里找爸爸的位置很不容易。来来回回，在这迷宫一样的地方找了好几遍，一看到爸爸的名字，之前所有的情绪都爆发了，我大声哭起来。她却一动不动地低着头站在那里，头发挡住了脸，不知是闭着眼还是默默地流着泪。

我红着眼睛下了山，不管是打车还是坐公交，都要走出去好远，看来是要太阳落山后才能到家了。我们一言不发地走到公交站，公交牌上写着每隔十五分钟一趟车，也不知道什么时候能来。妈妈来电话问我们什么时候能到家，还嘱咐我们一定要回家吃饭。这时天空被夕阳染成了橘红色。

“我可以叫你姐姐吗？”

她慢慢转过头看着我。这是我第二次问她，她的眼神没有那么犀利了。

“汉语里，姐姐怎么说？”

“姐姐！”

“姐姐？听起来很亲切，你就那么叫我吧！”

我曾经练习过无数次这个称呼，说出来的那一刻还是哭了。那是开心的眼泪，我又哭又笑的。挽起她的手臂，她也流着泪握紧了我的手。这时公交车却没有眼力见儿地来了。

“姐姐？还真是奇怪，我们国籍不一样，也不是一个妈妈，但我们却是姐妹，而且是长得很像的姐妹呢！这就是血缘吗？”

本来是想逗姐姐笑的，但气氛重新变得严肃起来，我们肩并肩，过了9点才回到家，妈妈一直在饭桌前等着我们。我们吃光了已经凉掉的饭菜，一同睡下了。

第二天，我被钢琴声吵醒。出去看到是她在弹钢琴，很熟悉的旋律，却想不起来在哪里听过。

“姐姐，这是什么曲子啊？好像听过很多次似的。”

“《雨中漫步》，这是《冬季恋歌》里面的插曲。”

“啊，原来是这首曲子，难怪会耳熟。”

她钢琴弹得不是一般的好，接着她又弹了《茉莉花》，只听我弹过一次，她就能准确地弹出来。

“汉语叫‘绝对音感’，姐姐是乐感特别好吗？”

她向我眨了眨眼，站了起来。

“现在该回去了。”

“去哪儿？回韩国吗？这么快？”

“已经买好机票了。”

“待几天再走不行吗？”

她紧闭着嘴，好像在想些什么，然后摇了摇头。

“凡凡，能有你这样的妹妹，我真的很高兴。”

她的脸色比刚见面时明朗了许多。

“姐姐就这样走了，我真的很舍不得。”

“凡凡，我以后会常来看你们的。你是我惟一的妹妹。我回去后马上给你们发邀请函，你的妈妈也就是我的妈妈，不是吗？”

虽然我和妈妈都想让她多住一段时间，她还是执意要走，我把她送到机场。

徐熙姐进了安检门我才打开她给我的信，信中讲述了她二十几年前，最后见爸爸时的场景。

“徐熙啊，谁敲门也不要开知道吗？爸爸马上就回来。你在家一直练琴就可以了，知道了吗？

“爸爸说了这些话匆匆走了。到了深夜，一帮寸头混混穿着鞋就闯了进来，翻遍了整个家。妈妈坐在角落里默默地流泪。在那几天前，家里所有的家具和家电都被贴了红条子，被要债的一直追讨的爸爸再也撑不下去，逃到了中国。

“钢琴上有些天赋的我，小学一年级，也就是七岁的时候，作为年龄最小的参赛者入选了韩国国内知名钢琴比赛。那时我正准备欧洲国际比赛，但连钢琴也被贴上了红条子。虽然我年纪还小，但已经知道了家里落败了。我和妈妈就算躲到了乡下姨母的家里，追债的混混们还是会追到我的学校，有很长一段时间，我常常感到恐惧。

“我放弃了钢琴，妈妈放弃了爸爸。没能和爸爸离婚的妈妈，艰难度日，在我高中毕业那年出车祸离开了。接二连三的苦难和不幸向我压来。记得大概是我小学四年级的时候，姨母对我说：‘孩子，你保管好这个，这是你爸爸寄来的信，等你长大了，你就会理解了。’我背着妈妈，还给信中的地址写过信。那是最后一次与爸爸联系。”

她缓慢地走进安检门里面，乘坐电梯时，我们对视了一下。我们的眼神要比那年夏天的阳光更炙烈。

写作笔记

《查拉图斯特拉如是说》中尼采让“超人”出世，尼采在进入精神病院不久之前，在都灵广场上看到了被马夫鞭打的马，无论马夫多么用力鞭打，那马还是纹丝不动，尼采跑向那匹马，抱住马脖子开始痛哭最后晕倒，此后显露出精神异常的征兆。还有一种没有得到证实的说法是，尼采在他母亲去世前不久，呜咽着说：“妈妈，我一直是个傻瓜。”他为什么那样说？我们梦想做超人，可是却成不了超人。查拉图斯特拉期冀人类能过超人般的生活，但是大多数人都满足现状，生活在典型的空虚的末日中。创作小说恰恰是对生活在末日里的人们的生存痕迹进行记录。

张在延，小说家，攻读东国大学国语国文专业硕士课程，韩中文化艺术 Contents 咨询协会理事，韩国小说家协会中央委员。1997 年获得月刊《艺术世界》小说新人奖，2013 年获得亚洲金狮文学奖优秀奖。

著有小说作品集《长而结实的手臂》《我们无法反抗的东西》。E-book：《小心 Boto <Pink River Dolphin>》。

制作个人作品集的时间

张在延 著　周洋 译

灵魂的碎片

他的眼睛望着天空。胳膊上的肉已经被剥掉，只剩下骨头，胸口也只剩下两块血肉，肋骨部分露了出来，喉咙也鼓了起来，可是他的嘴角却是上扬的，仿佛遇到喜事一样。难道太痛苦了反而麻木了吗？

“大家来看，正如大家所看到的，这幅照片拍下的是一个被处以刑罚、身体被撕成碎片的中国人形象。”

大屏幕里出现了尹老师的身影，在他那头鬈发后面，映着受刑者那流着血的肋骨和仰向天空似笑非笑的脸。

“他的名字叫普秋里，因暗杀蒙古族王子被处以四天的凌迟刑罚，被一点一点地剐掉骨头上的肉。”

学生们不禁低声唏嘘。

若是暗杀的话，那么他那样的表情，难道是在向众人表示自己不会屈服于这般苦痛吗？他忍受着这种剧痛，期待的也许不是怜悯，而是尊敬的欢呼声。这世间，有多少人没有信念，只是茫然地、不知缘由地等待死亡。比起随随便便死掉，受酷刑而死会让人记得更长久，正是因此，他才会有那种让人无法理解的喜悦表情吧。“这照片，令人实在不忍心继续看下去。巴塔伊曾经数次拿出这张照片说，观看这张痛苦的照片是因为这……尹老师停顿了一下，他没有完全记住所要讲的内容，拿起书来继续念了下去。

“既能帮助人们克服自身情感弱点，又能获得不被了解的知识，所以乔治·巴塔伊毕生珍藏这张照片。嗯，真是个令人困惑的问题。虽然读了很多遍，但我还是不能理解。这个知识和感受是指哪方面呢？哈哈哈。”

尹老师笑得有些夸张，大屏幕照片中黑色的血迹看上去似乎和他的头发连在了一起。他回到讲台，放下手中的书，我能看清他书中的标记。黑色书角那里，白色的空白处写着“他人的苦痛”几个红字，笔触有些抽搐。他人，无论如何深爱的人，到最后除了自己，全都是他人吧？就算怀胎十月，从一个身体分离开的母子，对彼此来说也终究是“他人”吧？

“重要的不是刚才说的那些，我给大家看这张照片，是因为这张照片拍摄于1905年，拍摄者不详。不管怎样，通过这张照片，我们可以知道，1905年时，在中国的土地上曾经有着这样的人，发生过这样的事情。因为这不是画，是照片。那么，谁能说说那个时候在其他人身上发生了哪些事情呢？”

“啊？老师和我们怎么可能知道当时发生了什么呢？那个时候还没有我们呢。”语速很快，像是教英语的末姬老师。

“可以说说与世界史不同的个人史，祖上的祖上，也包含那些祖先的故事，不一定只是自己的。”在江南经营学院的金院长说道。“没错，回答得很正确。”尹老师滑稽地说道，数十名学生也跟着一起笑了。

我闭上眼睛，再次回想起大屏幕里那个人，他的眼睛一直注视着天上，他的眼神中渐渐无所谓渴望和喜悦，仿佛变得虚无缥缈。

“请带我走吧，拜托带我离开这里吧。”电话另一端传来母亲的声音，那声音近似于哀求，我却无话可说。近半个月，每天数十通电话，重复着同样的话，而我，什么都做不了。电话另一端无声，我也能感觉到母亲的苦痛一点点在扩大，最后变得虚无，我真的一句话也说不出来。

“所以，我想说的是，如苏珊·桑塔格所说，在特定历史事件中，寻找那些展现个体生命的照片。例如，若是拍摄于 1900 年的照片，感动了当时的人的话，原因在于被拍摄物；若是也能感动当今的人，就不同了，打动人心的是发生于 1900 年的这一历史事件。我是想让大家找这样的素材。”

“那么，老师是说，那照片是令人感动的吗？谁看了那照片会感动呢？只会感到悲惨呢……”墨熙着急地插话，像要刨根问底。

“不是，也不是那样。”

“啊，这里所说的感动，是指‘痛点’与‘认知点’吗？”坐在角落的一位学院派学生缓慢地说。

“啊，当然在一张照片里，是能看到这些的。但今天我们所讨论的，并不是这方面。啊，对了，这张照片的‘认知点’是感受过伤痛的人都能充分理解的，至于怎么理解，就因人而异了。”

今天尹老师看起来有些慌慌张张，是换季的原因吗？每当换季时，他就饱受鼻炎的折磨，还会头痛。

“1905 年的话，那年签署了乙巳条约吧。日本在俄日战争中取得胜利，还发生了‘流血星期日’事件。”一位退休好久了的老教授的话救了尹老师。

“是吗？啊，原来是这样啊。还有没有能够回忆起个人事件的人呢？”

没有人回答。

“看来我今天是选错照片了呢。昨天偶然在家里翻到这张照片，实在是感慨万千。我想找到大概那个年份的照片，也是想要有自身的代入感。当然，历史悠久的事件，若是个人史的话，就要追溯到祖先的祖先了吧。嗯，不管怎样，这是最后一个作业。这之前其他的作业，大家都完成得很好，这最后一次报告的主题，就按照我的想法，来讨论下历史与个人吧！”

“哎呀，不行啊，实在是有点摸不着头脑。再加上，老照片不能与自己拍的照片混淆吧？是要我亲自照的才算吧？”

“那就要看照片的年代了啊。现在也能拍下许多具有历史意义的照片，也就是说，刚才那张照片就能和祖上的照片联想到一块儿。这也是一种记忆实验。当十年、二十年后看自己的照片，会是一种什么样的感受呢？那时的感受是正确的吗？还是现在的感受才是正确的呢？是要比较这两者的不同。今年到现在为止，不是已经发生了许多历史性的事件了吗？像俄罗斯等许多国家发生了地震、教皇选举、冬季奥林匹克，像我们国家的女总统上任，英国撒切尔夫人的去世等等，值得抓的主题有许多。”

尹老师正说得来劲，那位退休教授突然说道：“哈哈，应该挺有意思的啊。是要证明，我曾经在这个年代生活过啊。真是可惜对于我们岁数大的人来说，没有多少机会了呢……”

“啊，当然不是了。对于教授您来说，肯定比年轻人有更多的照片啊。您生活在意义非凡的教育现场呢。若是自己没有能够用得上的具有世界历史性的照片，在杂志或者报道上曾刊登过的照片也是可以的。很有意思吧？历史上这些大事件虽然被一一记录下来，但普通人的一些事情却很难为人所了解。他们曾经是怎么生活的，谁又能记得住呢？甚至有多少人，连是否存在过也不为人所知。所以我是想让大家，找到这样的照片，作为自己当时存在于某个时间的证明，我们虽然会离开，但照片却永远定格在那个时间，来证明我们的存在。那好，今天就到这里，大家都知道怎么做这次报告了吧？”

尹老师收起笔，走向身后的白板，边写边读着自己所写的东西：“首先，要有主题。还要有作者笔记，场所介绍或者简介。啊，若是同一场所的话更好。10 张当中，要有全景照片和细节特写照片，如果有一些特别的照片更好。还有要写出为什么要选择这些照片。最后，标出能够令人记住的关键词，就再好不过了。最好是脱离固有方式，以新颖的手法来表现。”

他最后回过身来，对身后这些表情阴沉的学生们，嘻地一笑。岁月不饶人，他那曾经少爷般年轻的脸庞，不知何时，也爬上了数条皱纹。

生病期间

“刚才为什么哭了啊？上课时怎么还流眼泪呢，更年期吗？”

他红着眼放下烧酒杯。虽然是红着眼，但并不是生气的表情，而是带着微笑。逆光下，他那头鬈发被照成了银白色，后面是一排红红黄黄的遮阳伞，只有我们两个坐在伞外面。风还是有些凉，但却没有那么冷。因为说要一起吃午饭，他带我来了这里。

“你的工作呢，还顺利吗？”我不冷不热地问道。他最近沉浸在“穿越”题材的创作中，正在制作短片。

“啊，穿越，啊，好难啊。我们什么时候去看《十二只猴子》吧。之前不知道来着，听说这电影的灵感来自实验性短片《Jetée，La》，我们去看看这电影到底是怎么创作出来的吧。之前觉得名字有些奇怪才没看的，现在想去看一看呢。”

“爱因斯坦都下结论说穿越是不可能的了，还执迷不悟吗？”

他装作没听到，已经是第四杯酒了。不知道为什么，今天他没什么话，看起来有些忧郁，我想我还是别操心了。

附近的码头，驶进一艘小船，应该是去附近的小岛钓鱼回来的人们。堤坝上，钓鱼的人们排成一排。以前跟着他坐船出海打过鱼，他其实是为了采访船长，我只是出于好奇心跟着去罢了。他要拍摄一些纪实照片时，偶尔会叫上我当助手，或者带我去散散心。

一年虽然只有一两次，但这样过了十来年，我们不知不觉彼此熟悉了。记得有一次是去巫婆那里采访，巫婆见到我俩就问我们是不是夫妻。他夸张地摇着手说不是，真不知道有必要那样吗，我还有些不好意思地笑了笑。最近两三年，我们没有任何联系，后来偶然间在课堂上遇见了。

偶然？其实并不是偶然。我可以在报纸上看到他的名字，他却不可能看到我的名字，对他来说是偶然吗？不知道他是否记得，十年前，第一次见面时突然拥抱的场景。那时候，十来个人一起吃过晚饭，握手道别，他最后带着酒气，说见到你很高兴的时候还挺好的，但没有伸出手而是像要拥抱一样张开双臂向我走来。我忽然被他这一举动吓到，向后退了两步，最后一步脚下是空的。记得那是石头台阶，我心想自己要踩空掉下去了，还没反应过来，他已经走了过来，就在他伸出手俯身那一瞬间，我急忙抱住了他，搂住了他的脖子。

“嗯？什么啊？这是什么情况？”“啊，这里有些人的进度有点儿快哦。”大家在周围半开玩笑地说道，我却没有解释说脚下没有台阶。反正谁也不会记得这件事情，我也没有必要去解释什么。

“那个，文熙啊！我到现在还记着呢。我们第一次聚会时上映的电影，是《死后就没人议论我们了》吧。咣咣咣……”

他半闭着眼睛，把手架在桌子上比画着拿枪的姿势。这是什么呢？心有灵犀？我记的是那次拥抱事件，而他却想着那时上映的电影……

他是在说梦话吧？说不定是梦到了如同《Jetée，La》中那样，从未来回到过去，一切还是好好的，朝着面熟的女人跑过去的梦。“未来”是不满于现状的人做的梦，而于他，或许是因为现实的不痛不痒才憧憬未来的吧。

电影中，因为没有遇见那女子穿越就结束了，主人公像麦比乌斯带一样，反复地从未来中回到过去，要寻找那模糊记忆中的女子。喝掉一口果汁后，他拿起笔记本写道，“时间旅行，Jetée，La，终结者，我将回来”，等等，然后蓦然写下“我们死后，谁也不会说起关于我们的话题”。

这是什么呢？啊，是这样啊。这是电影《死后就没人议论我们了》的原来的名字啊。在电影中，与主人公格洛丽亚的曲折经历相比，拿起枪，毫不犹豫地射死周围人的场面更令人印象深刻。不知是毒贩还是什么的人们坐在一起喝茶的时候，最后接过杯子的人突然站起来，咆哮着持枪扫射着。“什么啊！没有茶杯啊！我母亲经常拿茶杯倒茶的！”看来这也能成为他杀死好多人的理由。我的丈夫偶尔也会掀掉饭桌吵着说：“没有我母亲的诚意啊，诚意！”我最近经常会想，我没有抛弃丈夫，却先抛弃了我的母亲。

我喝光了剩下的橙汁。撕掉涂鸦的纸，塞进瓶子里，又拿出来在背面写道，“妈妈，对不起”和“妈妈，我爱你”，重新把纸塞回瓶子里，盖上盖子。我把围巾解下来盖在他的肩膀上，并把相机背包放在老板那里。“不用担心，过二十分钟就会醒来的。”

店老板的表情有些讶异，我转过身向沙滩走去。在阳光的照射下，远处海面有些发白，海上漂着一艘船。我用手里的相机照了下来。他若是看到了这相片，一定会责备我的。他讨厌画面宽阔又传达不了任何信息的照片，他不能够认同照片内的意象。那是因为他所经历的和别人所经历的不同。

走过沙滩，露出了满是脚印的泥滩。本打算拍一下泊在那里的废船，不知从哪里传来歌声，“妈妈，妈妈，若是我睡去了，不要哭，要笑啊。就算是湖边的树叶都落了，也不要忘记我。”一位穿着破旧衣服的短发少女从船后面走出来，见到我后，停住了歌声，在那里笑着。仔细看才发现，她头上插着花儿，那褪色的纸花不知是康乃馨还是玫瑰。我抬起相机，准备拍下她。黝黑的皮肤，脸上长满了雀斑，我刚要离得近一些照下来，她忽然笑了一下，在我按下快门那一瞬间，跑掉了。

开始涨潮了。海水拍打着涌上来。海鸥在岸边盘旋，不知哪里跑出来一只狗，追赶着海鸥。打着花阳伞，穿着长裙的女子，挽着身边的男士，悠闲地散着步。这场面就如同莫奈的印象画派一样，我按下了快门。那只狗回到主人身边，追着主人，玩耍着，对于这只狗来说，今天一定有很美好的回忆。

海浪打在聚成U字形的岩石上，发出哗啦啦的声音。我把拿来的果汁瓶子扔了过去。它随着浪Z字形漂远了又回来，在原地打转。瓶子里的字也在海浪的泡沫中打转。“妈妈对不起，Jetée，什么都没有，死的时候，我们，话，没有……”这些字在里面打着转，我给浮在水面上的瓶子拍了几张特写，透明的瓶子后面，水花溅起，蓝蓝的天空，飘着白云。

海水渐渐漫到了脚踝。那瓶子不知什么时候，离开了U字形岩石，随着海浪漂远了。看着海浪翻动越来越远的瓶子，眼睛有些酸。明天真的要去医院看看了。安眠药吃完已经一周了。在脚全部被浸湿之前，我赶快退了回去，耳边有浅浅的波涛声，慢慢地，那声音越来越大，仿佛在说着“带我走吧，把我带走吧”。我慌忙地跑出沙滩，看到他在远处正用相机对着我。

Portfolio

由照片构成的时间报告。是谁说过，照片里所呈现的只是百分之五十的真实。而我却在母亲的照片中，看到了百分之百以外的东西。有时候在想，我和母亲在前世是不是恋人呢，所以我才会对她的幸与不幸如此敏感。但是，没有任何东西是恒久不变的。变到最后，谁也不知道会是什么结果。我在母亲哀求着我帮助她的时候，没有向她伸出援手。现在母亲的肉体已经离开，只剩下凄惨的灵魂了。

第一张照片是夏天。大姨妈和母亲围着大圆桌坐在一起，我站在她们中间，扶着她们的肩膀。已经不记得那天为什么用三脚架拍下这个画面。但那时大姨妈和母亲的表情是很像的。大姨妈经常会傲慢地嘲笑母亲，而那天她那上扬的嘴角变得柔和了。反而母亲的表情相比其他时候，显得有些高傲。也许是因为孩子，这是她值得骄傲的事情吧。母亲在没有结婚、也没有孩子的大姨妈面前，惟一值得骄傲的，就是自己的子女了。

仔细看，照片里，左边晾着的衣服虽然不是很好看，但人物后面的背景是个有着八十年历史的老宅子，仍然端庄体面，整体上，给人一种富贵的感觉。每年或隆重或简单，我们都会修缮几次这个宅子。最后一次维修则是把露天的 D 形院子用铝合金窗子给盖上，变成了带透明窗子的大厅。一到夏天，阳光透过窗子照射下来，室内就会变得像温室一样热，我们在那上面盖上了麦秆，看起来很是奇怪。

在新的大厅里，大姨妈摆上藤制家具，在圆桌上铺了蕾丝桌布，放上白瓷坛子。那白瓷坛子上画着黄色野百合，从照片里能清楚地看见花纹。白色瓷坛子后面，是我做的藤木整理箱。后面有个通向厨房的推拉门，旁边的柱子下面是一个古董坛子，里面插着粉红色的玫瑰。

母亲是在父亲去世后才来到这个宅子里的，大姨妈一生都没有沾过一滴水，对于过着有佣人的生活感到十分骄傲。最后一位保姆离开之后，大姨妈再也没有可以使唤的人了，所以才叫母亲过去生活。母亲卖掉了原来的房子，把钱分给两个已经结婚的儿子后，到这里过起了佣人般的生活。因为再也不用伺候那出名的老处女了，其他的姨妈们十分高兴，对于不用伺候母亲的两个弟弟来说，这无疑也是件好事。只有我一个人不喜欢这个结果。

第二张照片是春节。那是在弟弟家过节时母亲自己照的相片，她的表情和毕加索画里的女子有些相像。她做下人将近 20 年了，大姨妈到了晚年，还是要指使母亲做这做那，而不是像其他和和睦睦的姐妹一样平和地相处。八十岁的母亲，再也干不动了，说想去首尔的儿子家住一段，但是却没人关心她，回应她的要求。

第三张照片是穿着灯笼裤的母亲，她拄着拐杖站在大门前，面带笑容挥着手。衣服又薄又大，这大概是在儿子家刚刚过完春节回来后照下的。留在照片里的母亲的笑容，让人觉得有些刺眼。拍完这张照片的一个月后，房子被卖了，母亲的灵魂也被撕碎了。房子一被卖掉，小姨妈的儿子说要照顾没有孩子的大姨妈，把大姨妈连着她的财产一起接走了，不是，应该说是全部都拿走了。他们是担心有一部分会落在母亲的手里，所以有计划地突然一下全挪走的。

这是个快要塌掉的老房子，下水道出了故障，电灯也时有时无，屋子里变得陈旧不堪，潮湿阴暗。但母亲没有想要轻易地离开这里。不是不想离开，而是无法离开。母亲表面上看起来是在等着大姨妈分给她一部分财产，实际上是因为哪个孩子也不愿意和她一块儿生活，带她离开这里。

母亲每天夜里与恐惧做着斗争，等着有人能够来带她离开。在那破旧的老房子里待得久了，母亲像灵魂出窍了一样，患上了梦游症，还常常会出现幻觉。就这样一个月，两个月，曾令母亲骄傲的孩子们，只是几天来看她一次，没有任何承诺地又离开了。不管是没有吃的了，还是没有电了，母亲只能一直等。过了三个月，买下这个地方的人威胁她说要拆房子了，她才鼓起勇气，去了小儿子家。

第四张照片是母亲节那天，母亲在胸前别了一朵红色的康乃馨，在小区游乐场坐着。她满头白发，没有任何表情，眼神也是呆呆的，大弟弟虽然站在她旁边，她却像全世界只有自己一人一样，望着远处。为了防止她老年痴呆，我们给她报名参加附近大学的画画班，还给她买了画笔和画纸，但她一张画都没有画过。她到小弟弟家时，小弟弟那责难的话语和蔑视的目光，让她感到意外。她的大儿子也没有出面解决纷争，因为他担心那样会失去妻子，他的妻子早就已经准备好行李，要挟说如果母亲来了就离开。

“我为什么要活这么久呢？让我安乐死吧。”每当母亲悄悄对我说这些的时候，我的心里在默默流泪。

“妈妈原来是想活得更久啊。通常这话可是想活得更久的人才说的呢。”我感到非常自责，却无法做任何决定。

第五张照片是一个小山坡。在烟气弥漫的山坡边上，母亲笑着。很少见的，母亲看起来很幸福。在那儿点火的人是同父异母的哥哥。他在烧一些衣服和木头，那天应该是寒食节。她难道是因为再也不用照顾生病的父亲才笑得这样安心吗？是因为孩子们都聚在了一起？还是因为幽默的哥哥讲了什么笑话呢？过了太久了，已经记不得了。母亲在笑，弟弟们也在笑，侄子们也在笑。看着都在笑的照片，为什么我会流泪呢？

面对母亲的去处问题我们几个子女产生了分歧，我告诉他们由我来带着母亲生活吧，大家都吓了一跳，说这是不可能的事情。我说，我可以在这附近租个房子，经常走动，大家也就没了意见。可当我说起租房的钱由大家平分时，嫂子却开口说道：“那是你们的妈妈，为什么要我们来负担呢？”

第六张照片里母亲穿着病号服，坐在床上。她的表情里带着对陌生环境的恐惧，好似并没做好开始新生活的准备。可我当时却没有发现，我与母亲的想法并不一样。我那时认为，比起在弟弟家受白眼，在疗养院有人聊天解闷的日子对母亲来说，会更好一些。她在弟弟家时，每天大家都上班或是上学后，因为儿子提出要节省煤气费、电费，她就只是独自躺在昏暗的房间里度日。就连开灯，看电视，在厕所待得太久，都要看儿子的脸色，她只能每天躺在自己的被子里面，不让他心烦。就这样过了半年，小儿子决定送她去附近的疗养院，向大哥要了更多的赡养费。我想着她再也不用自己一人守着偌大的空房子了，这样对母亲更好，于是投了赞成票，我真是太晚才知道，老人们是那么讨厌疗养院。

第七张照片是五个人的病房。母亲整理着因长时间卧床而凌乱的头发，望着站在病床前的哥哥和大弟弟。拍照当天，最小的弟弟向我抱怨，为什么同样是子女，你却不交一分住院费。大弟弟一直在劝解着，母亲忽然抬起头说道："你们不要忘了大姐的恩德。你们难道忘了，小时候，是她挣了钱，才能让你们有学可上的。你们现在明知道她的难处，还在这儿抱怨吗？她还要照顾生病的丈夫，她容易吗？我做过，所以我知道！再加上白女婿那性格，她能有什么自由？要还债，还要挣钱养家，交孩子学费，你们不帮她，还要在这儿说长道短吗？"

母亲刚要接着说下去，小弟弟大声说起来："谁让她像傻瓜一样做那些了吗？谁逼她重新接受已经离婚的丈夫，还帮他还债了吗？比我们聪明又娇贵的人，最后就是这个下场吗？都几年了，还要连累我们啊？

傻瓜，姐姐要是能照顾母亲的话，不是很好吗？”

第八张照片，母亲躺在四方形的菊花中间。在这张看起来像是已经过了 20 年的老照片中，母亲带着似笑非笑的表情。住院几个月后，每当子女来看她时，她都几乎是哭着哀求我们：“就算让我一个人守在空房子里也好，让我回家吧。”但是没有一个子女理会她。她每不到 10 分钟就会去一次厕所，但什么也没有排泄出来，身体像气球一样逐渐肿得越来越大。病室里一片寂静。同一病房的患者，死的死，回家的回家，接连着都离开了。只有母亲自己一个人留在病房里，到夜里就会哭着给我打电话，说自己一个人害怕。还说像之前自己一个人在大姨妈的老宅子里一样，会出现幻听和幻觉。任由母亲哀求，子女们都坚持认为，母亲能待的地方，只有那里。我每次去医院的时候，虽然都会要求医院把母亲的病床移到有人的病房，但他们也一样并不关心母亲的感受。

那时，赶上在集体宿舍生活的孩子打工时伤到了腰，需要回家休息一段时间，我逐渐疏于医院看望母亲。正当我因为孩子的手术而焦头烂额的时候，母亲开始每天给我打电话：“孩子啊，带我离开这吧，求你带我离开这里吧。”

那时我无暇想太多，坚韧的她是有多么难熬才会给我打电话的呢。像要被人抓走一样，她每天连着给我打二三十通电话，就算我和她不断解释着我自己的情况，她也听不进去。严重的时候，挂掉电话五分钟后，她马上就又会打来。好像我是最后一个能够解救她的人一样，哀求着：“孩子啊，带我离开这吧。求你带我离开这里吧。”

在她打了将近半个月的电话后，我决定把她接来。和其他子女商量，就算再小的房间，我也会在短时间内照料母亲，拜托他们开车去接一下。他们找着各种借口推脱，拖了四天后，说要把母亲送到好一些的医院去，那里能治疗她的浮肿，还找来了看护，以为就此可以放心了。几天后却传来母亲去世的消息。据说是因为她总要拔掉流食管，所以医院把她绑在了床上。她拒绝进食，再加上一些并发症，突然就走了。

第九张照片是一张老的黑白照片。日本强占时期，接受过缝纫学院高等教育的母亲穿着自己亲手做的白色裙子，头发也是新式的烫发。通过我小时候的照片里所穿的褶边裙子就能看出母亲的手艺不是一般的好。在她那微笑着的眼睛里，仿佛可以看到有些迷惘的期待。也许那时的她正在爱慕着某位男子。

第十张照片是那海浪中的果汁瓶。天很蓝，在远处水平线的地方漂着船，波浪向前拍打着，泛起白色泡沫。焦点并没有在那瓶子上，而是在海浪上，不管怎样，这照片的主人公是漂向远方的瓶子。那瓶子里装的是时间。

那瓶子里的时间，会随着海浪去往未来吗？还是回到过去呢？如果回到过去，我多么希望能够回到母亲去世之前，回到她的灵魂开始一点一点被吞噬的那个时间。左右都是要离开，我希望让她在离开之前感受到世间所有的美好，而不是背叛、恐怖与寂寞。

被爱过的、爱过的记忆，笑声，树叶飘落的声音，歌声，还有一直叫着“妈妈”的孩子们的声音……如果坐着时光机器回去的话，不知是否可以回到那些美好之中呢？

今晚，要朝着右面睡了。我要避开左面，避开听到母亲噩耗的那个时间，那个方向。我想乘着海浪，漂向满是阳光的地方，漂向曾经承载着母亲鲜亮人生的地方。

写作笔记

是什么让我们如此饥渴？是生计？死亡？生活？还是爱？我长久以来不断寻求，却仍在起点。我感到迈出每一步时都瞻前顾后、犹豫不决，越深入审视追求自我解放的自己，就越是无法赞美生活，正是这种痛苦孕育出作品。而作家，是自己的读者，他对作品主人公的爱胜于自己。在懒散变老之前，我要与我的爱、我的主人公们进行更深刻的对话。真诚地写作本是作家的本分，若这些悲伤的“主人公”又能得到读者的喜爱我将心怀感恩，继续反思过往，更加敏锐地捕捉这“苦痛”。

金庆姬，毕业于韩国釜山大学心理学系，首尔艺术大学剧作（戏剧创作）系。曾获2011年《月刊文学》新人奖、釜山大学文学奖小说奖；有剧作《凌晨两点之舞》（音乐剧）在军浦市公演。

悲伤的服务员

金庆姬 著　崔有学 译

就是这个冷冻公司。我在公司周围转了好几圈，在约定好的时间来到了办公室。办公室里有一个男的正坐在火炉旁取暖。外面还是夏末的天气，看到烧红的火炉，仿佛来到了另一个陌生的世界。

“我是昨天接到电话的崔阳秀。”

这个男的好像刚刚从冷冻仓库里出来一样，搓着双手站了起来。

“啊，您来了啊。那个，我们社长，怎么看都有些不正常呀。”

这个男的个子有些矮，还有些口吃，自我介绍说是这里的出纳。也许因为我是社长的弟弟，虽然他看起来已经快五十了却还是对我使用敬语。他和一名管理冷库的技术人员在这里打杂，勉强维持公司到现在，如今已经到了不可挽回的地步。

公司已经失去了所有客户，连电费都交不起了，社长却完全不关心任何事情。工资倒是都按时发，但据说那不是靠赚来的钱，都是从银行贷款得来的。

“这几年我们和老板相处得如同家人一样，看到公司这个样子心里很过意不去。现在又没有什么活儿，不能白白拿别人的钱，正好有人愿意租下整个仓库。但老板总是在找弟弟，嘴里总挂着弟弟，说弟弟会回来处理的。所以才给您打的电话。”

我低下了头。我当初背着崔氏退了学，又偷了他的钱离家出走到现在，已经八年多了。从仓库里又走出来一个人，他一边走过来一边说道：“留着地又有什么用啊，应该先治病才对呀。”

我一边向他道谢，一边询问了崔氏的病情。那两个男的同时指向冷冻仓库说道：“请您亲自进去看一下吧。真是搞不明白他这是怎么了。”

我穿起挂在墙上的防寒服，走进了冷冻仓库。仓库里挂着没有头的猪肉块。我找了一圈，终于找到了崔氏。他正在角落里抚摸着冷冻的猪肉，姿势如同给人按摩一样，正用手摁压着死猪僵硬的身体。我觉得很奇怪，就走近仔细看了看。“爸爸，我不能那样做，爸爸。”崔氏嘀咕着。我一下子呆住了，好长时间都无法动弹，心里像被什么东西电击到了一样，被冻在了那里。崔氏起身时看到了我，他的脸色一下子变得苍白无比，慌忙要逃到外面去，不小心狠狠地撞在了没有打开的冰库门上。他打开门，摇摇晃晃地出去了。我跟着跑了出去。崔氏连身上的防寒服都没脱就要走出办公室，出纳看到就伸手抓住了他，他手一挥甩开了出纳，想继续往外走，出纳一下子抱住了他。

“这是你弟弟啊，弟弟。是你一直在找的弟弟啊。”

“如果感觉晕的话，他就吃药。”另一个男的翻着崔氏的抽屉，找来了药。

“闹腾一阵后会清醒过来的。以前也偶尔会这样子犯病，但是最近变得更频繁了。”

“今天才发现他会这样的。若是装作不知道，让他在仓库待一会儿，他自己就会清醒过来的。”

在他们的帮助下，我把他的防寒服脱下来，喂了药。我拿好药盒，自己也脱下防寒服，拜托职员们叫了辆出租车。不知是镇定剂还是安眠药，崔氏吃了药之后微微动弹了几下，但感觉他时醒时昏，脸色苍白。我想都没想过崔氏会是这副模样。我还以为这里的土地升值后，一向干净利落且沉着冷静的他，会过上富裕安逸的生活。

我把地址告诉出租司机，决定还是先回家，等崔氏醒来后再问问他的意思。空旷的柏油马路上一辆车都没有，出租车载着我们来到了位于山脚下的家。在我离开的这八年里，周围变成了中心区，街边到处都是娱乐设施。在宫殿般的汽车旅馆之间，崔氏那间瓦房像只老狗那样凄凉。到达后，司机亲切地帮我扶着崔氏下了车。

不知道是不是平时大门也不锁，轻轻一推，门“嘎吱”一声开了。院子看起来像没人住，堆满了落叶杂草。花盆被丢在角落里，没人照料，到处是垃圾，干枯的花枝上挂着蜘蛛网，几株开花的看起来也很是凄凉。家变得如同凶宅一般让我不禁打了个寒战。我和司机一人一边扶着瘫软的崔氏走进里屋。

房间里堆满了破烂，没生火的屋子里没有一点热气，地板也是潮湿阴冷的。为了让崔氏舒服躺下，我打开柜子翻出被褥，一股难闻的味道扑鼻而来。我的胸口突然像被重击，堵得难受，一种不祥的预感向我袭来，令我紧张万分。究竟这被子有多久没有拿出来过，才会有这样的味道呢？对干净利落的崔氏，这是不可能的事情。实在不能让崔氏盖着满是霉味儿的被子了，我拜托司机去帮我买一床新的被子回来，然后我先让崔氏躺在地板上，盖上了外套。他睡着了。

我从房间里出来，坐在地板上，深深地叹了口气。接着打扫了院子，收拾了垃圾和蜘蛛网，把落叶扫到一堆。清理院子里的杂草时，一条受惊吓的蜥蜴蹦了出来。我一抓到它，它就咬断自己的尾巴逃跑了，留下一截尾巴在那里蹦跳了好一会儿。我什么时候曾有过为了自救切断尾巴的果敢呢？

离开家的这段时间，我决心忘掉这令人厌恶的地方，却什么都没有做成。如果不是靠偷来的存折，我根本不能在首尔生活下去。崔氏并没有去挂失存折，以前我总是去银行跑腿，知道存折的密码，他不仅没有更改密码，甚至还往存折里存了钱。崔氏显然知道存折是我偷走的。最后我也没能切断自己的尾巴，没出息地一边做着临时工一边在学院准备考冷冻专业资格证。在这个家里，我从小耳濡目染的都是冷冻仓库的工作，所以只能准备从事这行。我接上水管，清扫了庭院，灰尘也少了许多。现在多少有些以前的样子了，我又仿佛回到了过去。

村子里人与人的感情还是和以前一样温暖，司机买了被子后，用剩下的钱买来了吃的和喝的。还递给我一张自己的名片，告诉我需要帮忙时，不要客气，尽管打电话。回到屋子里，我铺好松软的新被子，把崔氏移到被子上。应该是药物起了作用，他轻声说了一句："亲爱的，为什么这么晚啊？”

我瞬间以为崔氏疯了，脑子里一下很乱。

七岁的时候，小学一年级的运动会结束后，保姆阿姨来接我回家，路上我问她，我的父母是谁。按她的说法，我是被丢在别人家门前的孩子，是大叔把我带回家，给我吃给我穿，养大我。

阿姨说，她也是从前一任保姆阿姨那里听来的。我偷偷想过，难道崔氏是我的父亲吗？因为翻看相册里的照片，崔氏小时候的样子和我十分相像。家里连称呼都很奇怪，崔氏比我大 21 岁，我却叫他哥哥，叫崔氏的父亲为大叔，而不是爷爷。

当时崔氏 28 岁，父亲生病后，他放弃再攻读硕士，自愿从首尔回到家乡代父亲管理冷冻公司。还有传闻说他曾跟一位女老师陷入热恋，那位女老师是他的高中同学。但是直到我离开家乡，崔氏也没有结婚。崔氏家族曾是村子里的名门望族，重视传宗接代。但不知道为什么，崔氏的父亲早早离了婚，他连堂亲都没有。也许就是这个原因，崔氏和大叔都非常疼我，拿我当作亲生的孩子。

大叔由于脑神经方面的病，受尽折磨。他的脖子偏向一边，眼睛也很难睁开，嘴巴和脸部肌肉不受控制，不自主地抽动。病情扩散到全身后，连睡觉都变得困难了。我本来是和阿姨生活在一个屋子里的，大概八岁以后，就和大叔在一个房间了，喂他吃饭，照顾他排便，还用毛巾给他擦身体。大叔经常躺着不动，只艰难地抬起胳膊，抚摸着我的头，嘴唇一张一翕地说，男人就应该勇敢地活着，还给我讲了很多英雄故事。我心里想着，连厕所都不能自己去的人，再勇敢又有什么用呢？虽然努力装作认真在听他讲话，心里却十分难过。即便全身肌肉都麻痹了，那时大叔的精神还是很好的。

崔氏虽然买来了轮椅，但在农村坑坑洼洼的路上却不好用。大叔指挥我，把椅子腿锯掉，用钉子把它固定在手推车上，上面铺上厚毯子，就把手推车改造成了外出用的板车。大叔坐上去，靠在椅背上，腿一伸，我把被子盖在他身上。他戴上墨镜和帽子，挡住了有些歪斜的脸，看起来十分帅气。

崔氏说这样病情会恶化，不喜欢大叔外出。但是大叔总是在我放学回来后嚷着要出去。保姆阿姨推着大叔到江边散步，我在手推车边上颠儿颠儿地跟着。

到了江边，大叔只是呆呆地望着流动的江水。我在边上背着小九九或是向江里投石子打水漂玩，要么就是吹着口哨赶着鸟儿打发无聊的时间。看到望着夕阳的大叔，我心里不禁有些害怕，还会滋生莫名的悲伤。一年四季，我们都会去那个江边。

大叔十分喜欢初夏时滚滚流淌的清凉水流。江边的小坡，从浅绿色变成青绿色，江风吹来时，大叔的脸上就会泛起笑容，有时还会大舒一口气。他心情看起来很好的时候，我也会跟着感到很愉快。我叫喊着要抓水边的鸟儿，挥舞着捕蜻蜓的网跑来跑去。

下过暴雨后江水水流湍急，他结结巴巴地叮嘱我绝对不可以去水边，不然会掉下去的。阴天时水边升起雾气，我的心情也随之变得低沉和迷茫。大叔的病情日渐严重了，太阳落山后，阿姨来叫我们才一起回了家。晚上先和崔氏一起给大叔洗澡，再给他喂点粥或者米饭，接着保姆阿姨收拾餐桌，我的一天就结束了。

我小学毕业那会儿，大叔身体上的肌肉变得更僵硬了。难受得连睡觉都变得很困难，每天都要吃一大把药，住院又出院，却一点都不见好转。我虽然自己能推动手推车了，大叔却再不能出去散心了。我想，疼到那种程度，一般患者都会发脾气的，但他却很平静。躺在那里，让我给他念特别难懂的《西藏度亡经》，我并不知道是什么意思，只是用手指着书一个字一个字地读给他听。

偶尔他会凄然地说，如果有人神不知鬼不觉地把他杀死，那个人便是让他摆脱痛苦的恩人。但每次说完他一定会补充一句，你可要勇敢地活着啊，要活很长很长的时间。我很想从这个家逃走，但又担心如果我走了，不知道谁来照顾大叔，何况我也没什么地方可去。

九年前，我十五岁。一天晚上崔氏穿着整洁的西服，走进里屋，对我说道："对于生命，我们应该尊重他本人的意志。放任没有任何解决办法的深重苦痛才是我们的懦弱。"那天晚上，大叔仍旧合不上嘴，流着口水，歪着下巴，着装却十分整洁。与平时不同的是，他喉咙里发出咕噜噜很粗的喘气声。

"爸爸，那就开始了。阳秀也在。"大叔平和又严肃，虽然其他人不明白他的表情，但我却能看懂。

崔氏说："你也希望爸爸能够解脱吧，我相信你。"然后用毛巾堵住了大叔的嘴和鼻子。崔氏的脸有点肿，眼睛也红红的，就像刚刚大哭了一场。他将毛巾摁紧，大叔的眼里流出了黄色液体，嗓子里发出的声音慢慢地消失了。崔氏跪在地上趴在大叔的鼻子边，听不到呼吸声了，突然把头狠狠地撞向地面，大声痛哭起来。他的眼睛充满红血丝，我摇晃着躺在那里的大叔，但他却再没了反应。

殓葬师把大叔擦干净后包上了白色的缎子。穿上白色寿衣的大叔，安静地躺在桧木棺材里，看起来比活着时候更加干净整洁。

葬礼那天，挂满白花的灵车缓缓地向前驶，还伴着丧舆歌。据说近来很少有人办这样的葬礼，村子里的人都出来跟在灵车后面观望。灵车夫唱着哀怨的调子，随着那调子，灵车一上一下，沿着山路行进。

那时正好是秋天，枫叶把山装扮得格外漂亮。大叔却已走上不归路，送葬的人唱着悲凄的曲子，抚慰着亡灵。到了山顶秋天的太阳很是烫人，鸟儿们穿过红黄的枫树林飞了过来。

远处的江水，如同刚从梦中苏醒的孩子一样，在晨光下抖动着。每一片绿叶上都挂着清晨的露水，玲珑闪烁，崔氏瘫倒在棺材边上不能起身。人们扶起悲痛的崔氏，而我穿着丧服在远处呆呆地望着那江水。从山上往下望去，江水优雅地画出一道曲线，绕着村子，穿过树林，缓慢地流淌。我想，人死了就可以舒服地休息了吧，要比活着受折磨好一些。又胡乱地想到，以后我就要自己一个人自由地独享那个房间了。真够荒唐的，在这个节骨眼儿上我竟然还会想起这些。大叔的棺材被埋入松软的黄土里面，人们在上面盖上了一层厚厚的土，最后又移来了一些绿绿的新草盖在圆圆的坟茔上面。一个安息处就这样诞生了。

回到家里，一个人睡在没有大叔的房间里，我却做起了噩梦。梦里面，大叔在我面前，溃烂的眼睛怪异地一眨一眨，周围都是恶鬼，他们恶狠狠地盯着我。大叔的身体已经变得皱巴巴，他用变形了的手臂摇晃着我的脖子：“他害死我，你为什么看着不管？难道你也希望我快点死掉吗？”我的脸也像大叔那样变得奇怪起来，嘴和下巴也歪曲了。每天晚上我整宿整宿地在恐惧中颤抖和挣扎，直到早上到了学校，才敢安心地睡一会儿。大家都说我像傻帽一样，只知道白天睡觉，给我起了外号，叫“傻睡王”，还被老师叫去批评了一顿，但我毫无办法。就算白天在家，那些鬼也会从树影里、岩石缝里冒出来，伸着长舌头追我。虽然害怕，但我和谁都没有说过这些。我想，这一切都是因为崔氏。是他故意把大叔捂死，然后可怜的大叔死后就找上我了。从那时起，我见到崔氏就十分不舒服，所以每天都和朋友们在外面瞎混，不愿在家里待着。我再也没有去过那条江边，但只要到了日落时分，夕阳下江水流动的样子就在我眼前晃动，眼泪会不知不觉地流下来。

第二年春天，我和朋友们一块去山里玩，因为庙里免费提供年糕吃，就一起去了庙里。除了年糕，还有什么其他的呢，怀着这样的好奇心我在寺庙里面转悠着。我走进一间佛堂，抬头看到佛像，被吓得当场晕倒了。醒过来以后，我看不顾朋友们的担心，一起身就一溜烟跑掉了。我看到佛像的手，那不是简单的手，竟然是长着眼睛的手！数十只长着眼睛的手伸向我，一起逼问我：大叔真的那样该死吗？

我抬头仰望夜空的星星，它们仿佛变成了数千数万只手，那些手仿佛都知道我心里在想些什么。我的耳边响又起了流水声。我想起自己曾经十分讨厌照顾大叔，厌倦和他一起生活，不止一次地盼望他快一点死掉。那天，我平生第一次喝了许多酒，第二天早上一睁眼就逃离了那个家。

我回过神来看着眼前的崔氏，只听见他恍恍惚惚地说着梦话：“对于生命，我们应该尊重本人的意志。”“对于生命，我们应该尊重本人的意志”，那是大叔时常挂在嘴边的话。

“父亲，我不能那样，我做不到啊。”崔氏揪着自己的头发蜷缩了起来。

原来崔氏一直认为自己是害死爸爸的杀人犯，痛苦得发了狂。崔氏在冷冻仓库里的动作，分明是他给父亲做指压按摩的手法。每当我觉得自己是杀人行为的旁观者，感到罪责难逃时，我都安慰自己：是大叔自己想要了结生命的，崔氏只是帮手而已，我只是旁观者罢了。

然而不知道为什么，本来崔氏可以自己一人隐秘地完成的事情，却让我参与其中，连累我成了共犯。我越想越觉得冤枉，不停地怨恨他，对他的称呼也从哥哥变成了崔氏。

崔氏好似掉进无意识的大海里，胡乱地挥动着胳膊说道：“不可以，不要走。我不是杀人犯。”我忽然担心是不是给他吃了太多药了，如果他就这样死了的话……啊，想想就觉得恐惧、难过。我心里呐喊着绝对不可以。我吓得浑身起了鸡皮疙瘩，如果连他都没有了，那么在这个世上我也就没有了着落。就是因为有他的存在，我才可以从他那里逃跑，我想到这一丝凉意猛地涌上心头。

他们待我如家人，我享受着他们给予的恩惠，但也时常因自己并不是他们的亲骨肉而感到孤单，心里面总是在斗气，不时在心里算计着，我照顾大叔也就算偿还了他们的养育之恩，我并不是他们真正的家人。

崔氏蜷在那里，我靠过去给他按摩着胳膊和腿，他是因为连我都不理他，才会变得如此痛苦的。人到了该死的时候，自然而然就会死掉，但是大叔为了减轻自己的痛苦却把负罪感留给了儿子，这是应该的吗？难道大叔没有想过，这一行为会给活着的人带来深深的痛苦吗？看到比实际年龄显老许多的崔氏，我突然怨恨起大叔来。忠实的性格使他无法离开这个留有父亲生活印迹的家。一个人留在这儿，守着这个家，成天抱着对于过去的悔恨，该有多么痛苦啊。我一直认为，崔氏是稳重规矩的，在任何事情上都不会动摇，但却万万没想到，他也像我一样，因负罪感而深陷于自虐之中。

“那天，因为你要酒疯，一切都变得很糟糕。邻居们都在背后议论着，我怕他们怀疑我，没有办法逃离这里。我也想离开这里，到没有人认识的地方重新开始。”崔氏竭力解释着什么，比刚才说话要清楚许多。我本以为他醒过来了，仔细观察他的脸，发现他眼睛还是在闭着。我不理解他话中的意思，所以感到很纳闷儿。显然，在我离开的这八年里，他的身上也发生了变化。

他似乎回过神来，抓住我的手。他的手有些潮湿，眼睛里带着泪水。

“是阳秀吗？”他问道。

“是的，哥。那时一句话都没留下，就跑掉了，是我错了。”我跪了下来。

“最后还是让你看见了我这样子……”

“为什么没有结婚呢？一直到现在都是自己一个人吗？”

“不是连你也说没有办法和杀人犯一起生活，逃跑了吗？”

崔氏苦笑着，“我讨厌杀人犯。”恍惚间，我的耳朵里幻听一样传来这句话，又响起流水的声音。

“看到你回来了，就安心了。谢谢。”

“您身体怎么样？”我想知道他是否意识到自己的状态。

“房子和土地都移到你名下了。你自己看着办吧。”我想起之前那些因为担心要继承家业和土地，夜夜不能安睡的日子。

“我去了办公室，听说现在情况不是很好啊。”

“我现在想歇一下了。”

“您应该去医院。”

崔氏又躺了回去。我从房间里出来，盘坐在檐廊台上。虽然是夏末，但天很阴沉，风也凉了。我有些明白他为什么把我变成杀死大叔的共犯，为什么在丧礼上给我穿上丧主的衣服。家人，他那时已经把我当作真正的家人了。既然是家人，那么就要一同承担痛苦，但我却没有那么想过。我觉得我没有义务，把所有的责任一股脑儿地推给了他一个人，甚至还怨恨他。我没有成为家人的资格，而他到现在还视我为家人。虽然他说是我让他变得很糟糕、自己是杀人犯，但我决定从此刻起要守住崔氏。傍晚的风有些阴，怕崔氏着凉，我来到厨房想要打开暖炉。厨房里积了厚厚的灰尘，一点都没有人进出过的样子，取暖用的燃气炉已经坏掉，老式烧火的灶孔显然也废弃了。过去这八年里，真不知道他是怎么过日子的。一定是我一走掉，他就辞退了阿姨。轻轻把房门推开一条缝，我看到崔氏躺在那里，好像已经睡着了。

隔壁是生鱼片餐厅，我告诉老板自己是隔壁瓦房的，他变得异常热情。他不认得崔氏，说这里来了很多外地人，现在居住的大部分都是外地来的。还一再嘱咐我，如果想卖掉房子，一定要先告诉他。经过旁边的汽车旅馆，我去了对面的排骨店。那家老板一听到我到对面那家打听过情况了，脸上露出很不耐烦的表情，说因为对面那家，自己家的生意很冷清，还说都没见过那家人。邻里之间怎么连照面都没打过，真是很无语。走过娱乐街，我来到小胡同内房地产公司旁边的一家破旧的酒吧，点了瓶酒，和一位老头儿打听旧瓦房的事情。他说如果我想买那个房子，还是趁早死了这条心好。他告诉我有不少人想要买那房子，但是那家主人精神上有问题，很难沟通。

“您知道那家主人吗？他精神上有问题？”我觉得能得到些线索，满心欢喜，便请他过来坐，又点了几道下酒菜，给他倒了杯酒。他喝了一杯，开始说道：“俗话说，带毛的禽兽不能养，这家人刚好是个例子。原来住这里的人们背后议论了好久呢。”

“这话是什么意思呢？”

我斟满他的酒杯，他又喝了一杯。这时刚点的菜也端上桌了，他嘴里嚼着菜说道：“那家老人去世前长期卧床不起，有个小子耍酒疯说那家的儿子是杀人犯，弄得邻里们无人不知。太荒唐了，哪有说儿子是杀死父亲的杀人犯的，连医院也说那老人家没什么希望了呢。真是混蛋。”

我忽然胸口一阵疼痛，难以呼吸，双手不禁发抖。心里七上八下的，好像要想起了什么似的。

“是哪个小子啊？”

“据说是那家人以前领养的一个小孩。那混蛋小子耍了一夜的酒疯后，第二天一早就跑掉了。从那以后，他家儿子就缠绵病榻，精神也恍惚。被人说是杀死自己父亲的杀人犯，被人背叛，能不生病吗？是不是？”

“那小子为什么说那家儿子是杀人犯啊？”

我多么希望老人嘴里的那混蛋不是我。

“自己护理的老人家死了，怕是无处栖身没有脸再混饭吃了，心术不正呗。听说那老人家活着的时候做了不少好事，晚年结局却不太好啊。惟一的儿子也成这样了，真是挺可怜的。”

我摇摇晃晃地从酒吧里出来，耳朵里再次传来了流水声，我瘫坐在胡同里。一直不愿想起的记忆也一点点回来了。

从寺庙回来后，我一个人喝了很多酒。看着自己的手，忽然忍不住心里的愤怒，大声嚷嚷了起来。“杀人犯！杀人犯！大叔并不是病死的啊！我讨厌杀人犯！”我大喊大叫，村子里的狗也跟着嚎叫，天上有无数双带着眼睛的手伸向我。清晨醒来，我发现自己躺在胡同里，摸回家偷偷拿走了存折和名章，逃到了首尔。以后的日子里，每当听到崔氏在找我的消息或是接到他的电话，我就会换掉原来的手机号码，换住所。我这次回来，并不是因为他找我，而是因为公司职员说崔氏需要治病。

崔氏缠绵病榻——老人的这句话如同数千根针一样扎在我身上。别说守住秘密，连最基本的礼节都没有遵守，我厌恶这样的自己，真想打死我自己。因为我那些轻狂的话语，崔氏一直忍受着别人怀疑的目光。这样的我，千刀万剐都不为过。

我急匆匆地坐出租车来到冷冻仓库，想向这里的职员仔细打听崔氏这些年是怎么生活的。办公室的门关着，我给职员打了电话，那个出纳走了出来，“正要给您打电话呢。老板一直寻找的弟弟既然回来了，我们也该走了。正在这里整理东西呢。”他把整理物品的目录递给我。

“重新开始联络客户也是可以的。这是客户的账本，其他资料也都放在这儿了。社长呢，怎么样了？”

“他的病是什么时候开始的？”

“我来这里工作有三四年了，以前他工作很认真。但是最近，是不是得了什么抑郁症，吃不进饭，总发呆，一个人在冷冻库嘴里不停嘀咕，也不怎么接客户的电话。这几个月以来，也不进货，只卖库存。我虽然向客户解释社长有些不舒服，但做生意的，这样怎么能行呢？现在连库存也没有了。”

“他为什么没有结婚呢？”

“这个我就不知道了。社长人品好，财产多，人又善良，真是可惜了。我们一提女人，他就只是笑笑就过去了。”

“您没听说过关于女老师的事吗？”

“说来也怪，他从不提以前的事。不管怎样，一定要治好社长的病啊。社长在我困难的时候帮了很多忙，现在为了生计就这么离开，我也很过意不去。办公室和仓库的钥匙都在这里了。”

“那他自己吃什么，怎么过日子的？”我焦急地问道，声音有些尖，眼前的男人是不会明白我此时的心情的。

“一般在这里一起叫外卖吃，夜里呢，有时候就在办公室的床上睡。干这行的都是这样的。您要来一碗血肠汤吗？”

我摇了摇头，男人觉得交接得差不多了，打过招呼就走了。我茫然地坐在办公室里，心里直打冷战，崔氏是因为我才疯掉的。从办公室出来天色已晚，我心里十分难受，想要快点儿回去，却打不到出租车。快到家时，才想起崔氏一天没吃东西。看了看周围，有一家粥店，便进去点了崔氏最爱喝的南瓜粥。我的眼眶突然湿了，那一刻我真的很后悔离开这个家。

我提着南瓜粥回到家，屋里没有一点亮光，十分安静。崔氏的里屋也黑着灯。我走进去，崔氏还睡着。我开灯想叫醒他，喂他喝些粥。可是不管怎么叫，他都没有醒来，也没有一点反应。我突然有种不祥的预感，把耳朵贴到他鼻子上听，他已经没有呼吸了。我晃了晃他，一个信封从他的上衣口袋掉落下来。我振作起来叫了救护车，不知再做些什么才好。早上真不应该带他回家，应该直接去医院才对。

我轻率的判断又误了大事。“就算搭上我的命也可以，祈求老天能再给我次机会。”我一边哀求着，一边给他做人工呼吸。我试着把手指放进他的喉咙，还尝试着像电影里面一样，用刀割破手指，把血滴进他的嘴里。在救护车到来之前，我用尽全身的力气摇晃他的身体，可是他就是一动不动。我心中突然一阵愤怒，我到底做错了什么！为什么又要在我面前死！我抱着他痛哭起来。

救护车来了，洗胃后，把他送到了医院。在急救室门前，我打开了崔氏给我写的信。

“对不起，由于我的懦弱，没能坚持下去，我的葬礼就拜托你了。把我葬在父亲坟下，让我能够跪着请求他的原谅。你是父亲的儿子，所以才让你为父亲送终。父亲曾经很担心你因为他不知病因的病没法好好成长，所以打算隐瞒你是他的亲生儿子的事实，一直到你长大成人。你的生母是谁我也不知道。我的母亲抛弃了你和父亲，也抛弃了我。父亲一直以你为荣，因为你，也一直很幸福。我很想你，我的弟弟。”

大叔是我的父亲，崔氏是我的亲哥哥，这事对我来说是个奇迹。我曾经不知道自己的父亲是谁，孤苦伶仃，如同一个无处可去的过客。望着周围的男人，想象着自己的父亲，那种滋味不知道有多凄惨，崔氏是不会知道那感受的，那感受就如同落叶被吹进垃圾桶里一样无助。

就算我不是大叔的亲生儿子，只要崔氏说我是大叔的儿子，那我就是他的儿子。想到我是他们的亲骨肉，我心里有种莫名的感动和悲恸。那个不知原因的病到底有多可怕，居然冒着随时都有可能出车祸死掉的风险，隐瞒真相，离婚弃子，不能和自己爱的人结婚，这到底是为什么！现在，我反而希望自己身上也出现那种病的征兆，来证明我们是一家人。不管是什么病，比起对自我存在的否定、没有亲人的空虚，其实都算不了什么。我站在急救室外面，祈求我的哥哥能够好起来。

最后，他还是丢下我一人走了，就像我那时丢下他跑掉一样。

结束了工作，我从冷冻仓库走出来，隐约看见他站在走廊里。我恍惚了一下，惊讶地眨了眨眼。他的样子比悲剧电影里的主人公还要疲惫和痛苦。我欣喜之余，感觉整个身子都要融化了。没错，就是他。在我脱下防寒服的时候，他问道："这房子，原来就没有窗户吗？"

这是冷冻仓库，本来就不是人生活的地方。这里不能有太阳照射，也不能让热空气进来。我想喝热乎乎的汤，就带他来到市场里面的餐厅。市场的路很泥泞，耳朵里响起了流水声。

在冷冻仓库，通常是两个人成组工作。人们不喜欢和我一组，不是因为我是社长，而是因为我喜欢对着猪的身体自言自语，没想到这会让他们那么不自在那么不舒服。所以我都选在人们不太工作的夜间或者公休日一个人干活儿。猪身上那蓝色的印章，像 A23、V34 一样，都是它们的名字。就算没有头，死了以后它们也会有自己的名字。猪肉要在零下 25 度以下的温度迅速冷冻，才能保持好猪肉的新鲜度。

快速冷冻时，身体细胞组织才能保持原样。在冷冻仓库工作一年之后，我开始时不时觉得自己的身体肌肉变得有些僵硬，还伴随着抽搐。健忘症也更严重了，还很嗜睡。除了冷冻仓库的工作，我没有办法专注于其他的事情。休息在家睡觉时，我总是重复做同一个梦，像是某部电影的一部分在脑海里浮现，分辨不出到底是电影，还是记忆。旁边那桌从一大早开始就喝起了酒。一个年轻人和一位老人红着脸，一边喝酒一边大声说话。“哎，大哥。现在都是什么时代了，在过去得这种病不好治容易死，可现在不一样了。一般的病都可以治好的。”

“有点累了，想歇一歇了。”

“累了，去医院吧。”

我感觉自己好像作了会儿梦，抬头看了一眼他们。崔氏脸上的微笑变得异常清晰，正慢慢向我走来。这个我宁死也不想分开，一直渴盼重逢的电影主人公正向我缓缓走来。只要能见到他，不管是在梦里，在电影里，还是在冷冻仓库里，我都无所谓。我的哥哥，他还在我的冷冻库里沉睡着。

写作笔记

公寓村是现代社会的典型住宅形态。表面看上去，这里的人们居住在同一空间下，都是个人主义者，但主妇们形成了紧密的共同体，是个活跃的共享生活信息的公共舆论场所。妇女会就是公寓村居民共同体的代表性组织。有时候在这里会发生权力介入和权利冲突，甚至对特定居民形成“隐性孤立”。如果成为风言风语的对象，人们就很可能难以再继续居住在这个小区里了。小说就是以此为素材，描写妇女干部之间种种传闻的扩散和传播，结合亲身接触到的故事，窥探小集团内的利害关系。

白松林，小说家，文化艺术企划，教育硕士，汉阳大学硕士毕业。曾获《朝鲜文学》小说新人奖、“冬柏文学奖”、大韩民国文学院奖、教育发展功劳奖。著有长篇小说《玛雅之旅》《蓝色之星恋歌》《孩子》等。

光与影

白松林 著　董慧 译

1

午饭过后，我与一度走得很近的邻居在市场见了一面，订下食材后，再回到家，已经是傍晚五点左右的光景了。进了屋，打开门窗通风换气。也许因为进入初夏，太阳这时还没有完全落山。虽然早上还阴着天，但现在大大的太阳，真是后悔为什么没有洗被子。唉，还是算了吧。

电话铃响起，原来是楼下的智秀妈妈。真是奇怪在邻居聚会上偶尔见到也没什么话可说的人，怎么会突然给我打电话呢？于是一边纳闷儿一边提起电话。

“您好，我是智秀妈。”

“嗯嗯，您好，有什么事吗？”

“也没什么，只是有点事想问问您。”

“啊，是吗？您说吧。”

“不知道您听说了璨娜妈的事情了吗？”

璨娜妈？那不是妇女会会长吗？不对，是哪个洞的代表？反正应该是一位管理我们小区的上了年纪的人吧。

“璨娜妈的事情吗？怎么了呢？”

“啊，原来您还不知道呢。那算了。一会儿我们喝杯茶吧？”

“好的。”

挂掉电话后，四周突然安静下来。偶尔会有像智秀妈这样打来电话的邻居，好像肚子里有话要说的样子，可是碍于邻里之间的目光与口舌，把话又咽了回去。但是，一旦到了可以说出来的时候，她们便会无所顾忌地表达自己的意见。大概两年前，一些所谓的全职主妇，每天早上会聚到妇女会馆地下教室练瑜伽，后来她们成立了和睦会，智秀妈就是这其中的一员。

她是那种平时话不多，但问题有关利害关系时，会毫不犹豫地展现出极强的正义感、冲在最前面去解决问题的人。所以大家都叫她“赞”妈。这位“赞”妈在给我打电话的时候虽然显得漫不经心，但一定是有什么不寻常的事情。不论是什么事情，也早晚有一天会传到我的耳朵里吧。

既然没有什么大的动静，就说明也不是什么天大的事儿，不过她打电话专门来问我，想必也是个问题。好吧，还是先不要去想了。几天前就想着，在天气热起来之前要买一些刺绣蕾丝布料来做夏被被罩，妆点一下家里，今天就赶紧做吧，这就到东大门葵花商店去看看。穿好衣服正往外走着，就看见了熟悉的脸庞。

“您好，这是要去哪里，这么着急呀？”

原来是房屋中介商铺里的草莓老板娘。出来办事时会遇见她，心里很是高兴，所以顺便就到她的店里去喝了杯茶，聊聊天。

“啊，出去办点事情。生意最近还好吗？”

“冬季、春季都很忙来着，最近就比较闲了。可是，小区里发生什么事了吗？”

“我们小区吗？没有啊，我不太清楚呢。怎么了，谁说什么了吗？”

“哎呀，您也是的，最近这一带都有奇怪的传闻呢，您怎么能不知道呢？”

“奇怪的传闻？”

“原来是真的不知道啊。这个小区妇女会长您知道吧，有些上年纪的那位。”

“是啊，知道的，她怎么了？”忽然回想起来，智秀妈打来的那个电话。

清晨的阳光安静地照进店里，显得清澈透亮。真是个美好的早晨。看到笼罩着如此静谧的阳光的景色，我的心也跟着静下来了。店里面视线所及之处，都摆着不知名的花盆，里面种着娴雅的野花野草。咦？那其中还有结着小小的、手指盖大小的辣椒呢。与其他花儿相映衬着，还真有意思。

“谁知道呢？听说前天夜里，逃了？”

“是吗？会因为什么事情逃跑呢？”

“别提了。就在昨天，住在这一带的洞代表和妇女会成员们，像捅马蜂窝一样，挨家到房屋中介里去找呢，别提有多乱套了。”

“这又是为什么呢？”

“还能因为什么呀？就是为了找她当时入住时候的合约呗！找到合约才能找到她的居民登录号码呀，也就能知道她逃到哪里去了呀！”

“去居民中心查一下不就能马上知道了吗？”

“哎，看来您还不知道呢。现在的居民自治中心哪会告诉别人的居民登录号码啊？都为了保护隐私，要是没有委托授权，是不会随便透露信息的。”

“逃到哪里去。这是怎么了呢？难道有什么利害关系吗？”

“那就不知道了。我猜也许是她利用了什么不正当的权力吧。等着瞧吧，今天或者明天，也许就知道了呢。”

谁知道呢，在这疲于为生活奔波的社会里，究竟什么事情会让这么多人因为一个人费那么大的心思呢？回头看看时间，真的该走了。连忙道个别，顺便称赞了那些美丽的花草。

2

换乘地铁后从东大门历史文化公园站下车，通过地下通道，人们在出入口行色匆匆地上上下下，传统市场是最能真切目睹首尔市民们如何繁忙生活的地方。这里的小姑娘们，不仅手里要提着比自己大几倍的包裹，还要双肩扛上大大小小的包，看到她们有着如此大的力气，我不禁瞪圆了眼睛。

这力气是从哪来的呢？虽然不知她们的力量来自哪里，但还是感受到了那无限的活力。走进布料市场，问了下商人们哪里有卖刺绣蕾丝布料的地方。他们告诉我一般卖毛织物的都在商铺的最尽头。以前我小时候，随便哪个社区有一定规模的市场里都会有卖布料的。特别是用来缝被子的材料，不论是用于被罩的布料，还是塞在被子里面的棉花，只要有需要，就没有买不到的。可是现在的社区市场里，不管怎么找，都找不到卖布料的地方了。也不知道从什么时候起，需要布料时，最常来的地方就是坐着地铁就能到达的这家葵花商店了。

这里面最下面一层主要是卖结婚用的彩礼嫁妆一类的，还有一些卖杂货的商街，二层是专门卖韩服的商家和一些批发专门布料的商家。在最里面的那些商家是裁缝店一类的，如果拿着布料过去，他们会以很便宜的价格加工出客人所需要的东西，比如床上用品、生活用品一类。顺着狭窄的胡同小路走进卖布料的商家，看到了堆在那里出售的蕾丝布料。看过两家店铺后，第三家店铺的女售货员很热情地走了上来。

“顾客，您需要点什么呢？”

一般情况下，店员如此热情，也基本就会在这家买了。看到她走过来，我用眼睛大略扫了一下该选哪个。

“我想看看好一点的，用于床单或者桌布装饰的蕾丝布料。”

“那来我们家是来对了呢。我们家是专门卖这种布料的，您一看就应该知道，这种是国产，那种是法国产的网纱，也有很便宜的中国产的。”

“能给我看看国产的吗？”

“这儿呢，您别光站在那儿，进来看吧。进来看一下，摸一摸，感受下布料的质量。这个是我们国家最好的蕾丝工厂做出来的。一流婚纱店来拿得最多的就是这个。您看，这蕾丝的线就像法国产的一样做工细腻而且很漂亮，很多客人也找这一款呢。这边这个呢，做床单上的装饰再好不过了。”

我听得晕头转向的，到底要选哪一个呢。虽然颜色都差不多，根据用途不同，我还是买了大小式样不同的几块蕾丝布料，店员热情地给我写了便签，教我回去如何加工。回来路上，觉得托那店员的福，真是买到了好东西。又走进一家花纹和颜色都不错的棉布店，一开始只是想饱饱眼福，后来觉得很好看，也买了几件。这种东西买着放在家里，缝缝补补时还是有用的。

没有再去想璨娜家突然搬家的事情，但这两周已经风声四起。喜欢说人闲话的这些人，只要一聚到一起，就对璨娜妈的所作所为品头论足。我的消息并不灵通，每当有只言片语传到耳朵里时，我都想，这只是个谣言罢了。

后来有一天，在做床单蕾丝边的时候，我心想趁热打铁，连床单都一起换掉，就再次找到了上次的葵花商店。想着把上次在葵花商店买到的白色和淡灰色的缎子搭配起来，又走向了缝纫店。忽然被人叫住了。

“哎呀，是您吗？”

回头看过去。天哪，站在我面前，笑得如此灿烂的这位，不正是被大家议论纷纷的那位璨娜妈吗？

“璨娜妈？”

“是呀，在这里还能见到您呢！真是好久不见了。您来这里有什么事吗？”

“想要换床单来着，就来这里看看布料什么的。那么，璨娜妈呢？您怎么来这呢？”

“我也是想重新做一下被子才来的呢。刚好在这里等着这家店铺给我裁布料，这不，就见到您了吗？”

看她的样子，明显不是像小区那些人所说的那样躲起来的人。相反，不仅堂堂正正，还貌似有着平时少有的活力，看起来很平静。这让我也变得好奇起来，在等着布料做完的这段空闲时间，我们决定找个地方坐下聊一聊。

“真是的，您这是去哪儿了呀？全小区的人因为您璨娜妈，都紧张得不得了了呢。”

“我的人气那么高吗？本来也是想着要见一下妇女会副会长和总务的，总有一些东西要交接，但一直忙着家里的事，也就没顾得过来。”

“刚搬了新家，当然要有很多事情要做了。您身体还吃得消吗？”

“说来话长。我也不是那种到处去和别人说我的处境、到处炫耀的人。这次急着搬家，把房子一租出去就离开了，心里也是纠结了好一阵呢。可是搬家到新的地方后，慢慢的好了很多，也许是因为在他人面前变得更堂堂正正了吧。”

听过璨娜妈的话，我反而对一开始的疑惑更加不解了。这话到底是什么意思呢？那天下午和璨娜妈聊了很久，很晚我才去店里取回东西。大概可以捋清来龙去脉的时候，璨娜妈有些着急地要先回去了，我们一起走到地铁站后就各自搭乘了反方向的列车分开了。

那天晚上，简单清洗了新买的床单后，我边熨烫着床单，边陷入了沉思。璨娜妈有着曲折的人生。希望真如她所说，选择现在的生活是在还债。很久以前，璨娜妈从乡下刚来首尔时，在一家公司任秘书，后来不知不觉被公司的老板吸引，成为了他的女人。她明明知道老板是有家室的人，却以第三者的身份过着日子，后来还取得了原配夫人的宽容。由她所生的璨娜，被写入老板家的户口，被大大方方地抚养长大，据说都要感谢那位夫人，让她窘迫的生活得以喘息。正是由此，伴随她的是深深的负罪感。她常常觉得非常对不起原配的孩子们，甚至在他们面前都抬不起头来。但是随着正室夫人的健康恶化，那一家的生活也出现了问题，这也给了璨娜妈赎罪的机会。

最初，正室夫人拜托她帮忙的时候，她是怀着负罪感去的。但是随着正室夫人的病情恶化，家里所有的事情都需要帮忙。所以她说服了正在准备考试的女儿，打包行李走进了这个家中，开始了自己的赎罪之旅。

一起喝茶的时候，她告诉我，自己好像挣脱了束缚一样，开始了新的生活。对于不能堂堂正正抬起头生活的她来说，能有这样的机会是千载难逢的，她是那么的感谢上苍。想到璨娜妈，我就想起了时刻与光一同存在的影子。生活中，我们随处可见，有光照亮的地方就会影子，我们有真正地看过它们吗？璨娜妈说过，她就是像影子一样带着负罪感生活至今的。

她说自己就像海斯特一样，衣服上仿佛印着朱红色的大字，写着“通奸”两个字，不是罪人也要像罪人一样活着。可以想见，在女儿面前都无法抬起头来的人生是多么的凄惨和艰难。为了能得到社会的认可，她经常毛遂自荐担当一些社会性职务，像学校母亲会的成员、妇女会成员等。

大概见到璨娜妈一周之后，妇女会成员们找到了我家。她们貌似对于璨娜妈一声不响突然离开的原因仍然很感兴趣。原来，璨娜妈给大家打了电话，向她们道了歉，也告诉了她们和我的会面。这帮人接过电话后，是有多么好奇，才会不顾脸面地找到我家来。

“嗯，大家真是来对了呢。来杯咖啡怎么样？”

“听说你们在葵花商店遇见了？”

“是的，世界还真是小呢。就在我做床单那家旁边的商店，璨娜妈也刚好在那里做被褥呢。一个小区的邻居见面，别提多高兴了。”

“是吗？她有说为什么像偷食的猫一样逃跑的原因吗？”

“婆婆家老人得了癌症，还是晚期，指不定哪天就不行的样子，没想那么多，就把这里的房子租出去后，回去过日子了呢。老人生病期间，跟上班一样，总是早出晚归的，也照顾不到孩子，大概也是为了孩子好，就搬了过去。”

“那些话怎么能全部相信呢？我们家的孩子和她们家女儿是一所学校，听孩子们说，她们家孩子没有爸爸呀？”

“是吗？那我就不太清楚了。这是我这次亲手做的呢，怎么样？”

为了堵上大家的嘴，我指着桌子上的小毯子问大家。绣着白色蕾丝的地方，是那么的漂亮。大家顺着我指的方向看过去，你一嘴我一嘴地讨论着。说最近在墙上做装饰很是流行，还说在江南的有钱人家，在西洋装修风格的基础上混合韩式装饰品的东洋风也甚是流行，就这样，说了好一阵。

总算是把谈论璨娜妈的话题转移开了，我边问大家那些小东西怎么样，边给大家看了以前家里老人送给我奶奶的首饰。在大家忙着欣赏这些首饰时，我也就随便编了一下，说起璨娜妈去的地方就是她总是挂在嘴边的明伦洞那边。

3

一早上，夫人就清理了放进房间里的梅花盆。就在前天，正二月的雪下得正大的时候，他们刚好急着去娘家，就没能顾得上院子里的花花草草。看着周围的花草，声称不怕冷、被叫作雪中梅的梅花已经奄奄一息了。一般放在室内的东柏和芝草没有什么大碍，可梅花却看起来不行了。

这梅花可是先生最喜欢的东西。他每次来这边都会很细心地照料梅花和芝草，这貌似属于士大夫的爱好，却如同婆婆的唠叨一样顽固倔强。此时外面传来丫鬟端着水进屋的脚步声。她看到坐立不安的小姐不免有些担心起来。

“小姐如此担心的样子，是有什么事情吗？”

“原来是这样。”

“到底是怎么了呀？”

“是我把梅花弄死了吧？”

“那该怎么办呢？”

“不知道呢。今天他结束学习后会来，真是怕他看见呢。”

“现在把它放回先生房间怎么样？”

“那还能活过来吗？”

“虽然不知道会不会活过来，但总比在这个房间要好吧。”

“好吧，反正都是要生气的，就做好挨打的准备吧。你去把它放到先生屋子的柜子上吧。”

“好的，小姐。”

丫鬟匆忙地把梅花移到了先生的房间。到了傍晚时分，先生才回来。他好像今天有什么好事情一样，带着轻快的步伐，回到房间。她并不想破坏他的好心情，所以决定还是好好伺候先生。她看他换了一身舒适的衣服，正很严肃地看一幅画。

“那是什么呀？”

“哦？你也对这本书感兴趣吗？”

“是的。”

“这本书讲的是利用近代的技术如何去搭建桥梁。”

“说到桥的话，是指水标桥一类的吗？”

“是比那还大的桥，你可否听说过舟桥？”

“舟桥是？”

“正祖大王时期，皇上以及一行人出行华城行宫时，用舟临时建造的渡江用桥。”

“还有那种桥啊？”

“在那时，虽然是临时用的桥梁，但这里所说的，是为了永久使用而建造的桥梁。来，过来看看。”

先生把她叫到了自己的身边。她其实并不关心什么桥梁，但为了能够与先生有共同语言，提升自己的教养，她还是收起裙角坐到了先生边上。她闻到先生身上淡淡的烟草味，这是令人心悸的男人的味道。她沉醉在这种味道里，顺着先生俊秀白皙的手指所指的地方看去，忽然被看到的画面惊呆了。

“这是哪里的桥呢？”

“哦，据说这是一座建在意大利罗马的桥，是世界上历史最悠久的石桥。长度有 64 米，宽 5.5 米。看起来怎么样？”

“真的是很美呢。您是在哪里买到这幅画册的啊？”

“通过从燕京来的中国朋友那儿买来的。摄影技术很不一般吧？中国也有一种叫作灞桥的桥梁，汉朝时期建造的，是世界上历史最悠久的桥梁。长度有 386 米，能想象到那有多大吗？每个桥墩之间有拱形的洞口，一共有 64 个。我觉得世界上没有比这个桥更美的桥了。”

“您怎么突然对桥梁感兴趣了呢？”

“家里的地不是在江华吗？每次坐船出入那里的时候，别提有多不方便了。如果在金浦和江华之间距离最短的部分建一座桥的话，那不是很好吗？百姓们的生活也会便利些。仔细一想，虽然是建桥，但如果把进入江华的路口堵上，开垦出一片地怎么样呢？”

“那里是大海，能够建桥吗？”

“听说日本早就填海造地后分给农民们了，怎么样，听上去难道不激动吗？”

先生光是沉浸在想象中就已经很有满足感了，他闭上眼睛，捋着胡须陷入了沉思中。她忽然觉得先生是在构思一件非同小可的事情，不免有些紧张。她是知道的，先生家非常富有，是什么都不缺的那种大户人家。

虽然是那样，家里面要拿出钱来，让没有当官、一介书生的儿子去建桥、开垦农地，可不是一件容易的事儿。她认为，不论老爷如何见多识广，如何有影响力，都不会放手，让儿子毫无计划地去做这件事情的。好吧，想到这里，她舒了一口气。

“我们朝鲜到现在为止，还没有填海造田的先例，这件事一定会成为留存在历史上的大事，你怎么看？”

“对于别人不关心的事情就不要参与了吧。”

“啊，怎么如此消极呢？据我了解，你是那种对自己信念很明确的人，怎么会如此消极呢？”

“我不是很了解这么宏伟的事情，但我知道饿肚子的人生是有多么痛苦。我与先生不同，我是很现实的，我只知道如何生活得更好才是更重要的。”

“就是那个呀。我想要做的是，为朝鲜的百姓们创造更好的生活环境。”

“先生您有一定要做这件事情的理由吗？”

“这是受到君王恩典的大臣们应当去做的事情，也就是义务。”

“但是先生您有那么多的财物吗？”

“我打算把一同学习的书生们聚起来，研究一下。然后报告父亲大人后，我再来想办法。”

“那就是说，先生要挑大梁？”

“嗯，可以这么说吧。怎么，不喜欢吗？”

“万一进展不顺利呢？”

“到那时候就要你来养我了。”

“我不做活已经好久了，您是知道的呀。”

“娘家给你送来的那些东西是怎么处理的呢？”

“在置办这个家的时候，娘家也帮了不少忙，现在也不剩什么了，难道先生连娘家给我的也要用掉吗？”

听到这话，先生握了握她的手。

“我只是这么一说，不会发生那样的事情的，你就不要担心了。难道大丈夫会穷到让爱人来费心吗？”

“那我就相信您说的话了。”

“来，看看这个。这个地方位于意大利，是个历史很悠久的城市，叫佛罗伦萨。据我所知，这里是欧洲文艺复兴发源地。那时候有个叫作梅迪奇家族的名门，资助了当时很多艺术家，同时借此增强了民族自豪感。接受资助的画家中，有一位叫作米开朗基罗的艺术家，他后来去了罗马，在晚年的时候，带着眼疾完成了圣堂的天顶画。”

“听了这些，让我想起了朝鲜的张承业。他不愧是国家的画工，在他努力的过程中也是受到了很多财阀的资助呢。”

“你还知道那些呢？”

“只是简单听说过。”

“嗯，话说回来，梅迪奇家族通过世界贸易积累下了雄厚的财力，才能在政治上发挥如此大的影响力，继而才能资助当地的艺术家，也给了当时建造圣堂的技术人员相当一部分奖赏。这为佛罗伦萨逐渐成为意大利的中心奠定了基础。听了这些，你难道没有什么感想吗？”

“您是指朝鲜在统治国家方式上有问题吗？”

“那种话我哪敢说。我想说的是，我也想做一些对朝鲜的发展有贡献的事情。”

“那其中就包括，填海造田吗？”

“没错。”

那时，她的直觉告诉她，她所深爱的先生是不会改变主意的。最后，先生还是不顾家里的反对，拿着自己的那份财产，聚集了朝鲜有实力的建筑师们，一同去了江华。用现在话来说，就是为了围海造田，他成立了项目组。

但是，想要造桥的这个计划，由于江华的大海与金浦连接的陆地均比想象的要宽许多，利用先生所构想的方法，是怎么也行不通的。如同旧金山的金门大桥，始建于19世纪80年代后期，但直到1930年才完工。不管怎样，先生也是投入了所有力气去挡住大海来造田了。

他不过是在理论上事无巨细地规划了围海造田。开始总是好的，但问题出现在了排水上。虽然施工地点选择在了潮水比较弱的地方，但堤坝上的排水管门不能及时打开，实实在在难住了技术人员。后来通过把排水管埋在水里解决了这个问题。再后来，埋入排水管的地点，在涨潮海水泛滥时，沙袋都随着潮水漂走了。为了解决这个问题，几年来不知道多少钱都撒到江华的大海里了。那时刚好是大韩帝国初立时期，期间老先生从重要的官职退下来，得知二儿子偷着做的这些事情，又浪费那么多钱财之后，就一病不起了。

家里的氛围如同丧家一样。在那混乱的情况下，先生还是把母亲所持有的财物拿了出来。临终前，老先生告诉老婆婆不要再背地里偷着给二儿子任何支援时，老夫人没有做任何回答。老先生去世没多久后的一天，管家看到有条蛇穿过家后面的院子，越过墙逃跑了。

这话霎时间传遍了整个家里，听到这些的老夫人，觉得这是家要破败的象征，也一下子病倒了。后来，管家告知大儿子，家里需要减少开支来节省财物了。自那以后，家里人过上了多少有些简朴的生活，嫁过来的夫人们，拿出了进家门时候得到的东西，甚至高档衣服和首饰等都在努力地维持着生活。

这些事情，也是后来通过下人传到了她的耳朵里。突然有一天，该来的还是来了。那天早上的雨，洗去了一时的燥热。不允许出入家门的先生，几乎都是在明伦洞这里落魄度日的。突然门外变得喧闹起来，下人们纷纷走了进来，她被告知，是家里的大伯来了，从认识先生起，从来没有过这样的事情。瞬间，夫人的脸色苍白。

“似乎是有什么不好的事情发生了。”

“能有什么事？别担心，你快去我屋里摆好酒菜吧。”

那时，刚好她是有孕在身，一开始，她是绝望的，但想到肚子里的孩子，还是决定坚强地生活下去。那年秋天，女儿出生了。三年后，她给先生写了一封悲痛欲绝的信。

先生！

是我，素珍。您还安好吗？我和孩子过着安静的生活。孩子长得很像您，每当看到她，都会想起您，难免有些伤心。现在，我在考虑去做商人的妾，这样就不用担忧吃喝了。

请不要责备我竟敢忘记您的恩惠。这一切都是为了生活而不得已做的决定。但是，请把甲善带走吧，她需要在先生那样的家庭里长大。也请不要责备我是抛弃孩子的母亲。孩子上学后，为使她不忘记我这个母亲，请每个月送她到我这里来两次吧。

我不会忘记您的恩惠，很感谢您那么爱惜我。曾经生活过的明伦洞的家院，还有曾经收藏的一些东西，我一并还给您，请不要拒绝，用您宽大的胸怀收下吧。另外，一起送过去的还有托人从海外带来的咖啡和白糖，请您收下。我时常会回想起一起和先生喝咖啡的场景，很是想念那咖啡的香气。不知道还会不会有那么温馨的生活了呢。就说到这儿吧，请先生一定保重身体。

所有事情，通过这一封信，全部结束了。夫人自此离开了刘氏家门。那时，先生望着和夫人所生的女儿甲善，落泪了，也许是陷入了失去爱人的痛苦之中。甲善在父母之间来回走动着度过了青春期，很久以后，夫人代替先离世的大夫人来照顾先生时，家里人才知道，他们是多么相爱。

4

“要再来一杯咖啡吗？”

说了那么多，面对大家聚精会神的倾听，我又问了问她们。大家都说好。把咖啡放进研磨机中打碎后，飘散出浓浓的香味。这次是用家用咖啡机给大家冲泡的咖啡，咖啡咕嘟咕嘟地漏下去，我拿出从奶奶那时候流传下来的茶杯，分别给大家倒了一杯。看着这个场面，妇女会总务低声问道。

“我听着明伦洞夫人的故事，觉得总是和璨娜妈有着一定的关系呢。”

“是吗？我也这么想呢！”妇女会副会长连忙附和着。

与她们有同感的我并没有说话，只是轻轻吹着咖啡，然后小心地说道。

“耶稣对向默达玛利亚扔石头的人们说过：请没有罪过的人向这女人扔石头。瞬间大家都安静下来，放下了手里的石头。

“所以，您是在拐弯抹角地说我们没有责备或批评璨娜妈的资格吗？我们对璨娜妈失望的是她连招呼都不打就离开，而不是因为其他什么原因。一同在一个小区生活了好多年的邻居，多少也会有些感情的啊。对于一声不响就离开的人，多少是有些失望的。”

“我哪敢有那个意思呢？我只是说，在议论其他人的话语里，多少有一些是不符合实际的。”

“我们当然也是希望璨娜妈过得更好呢。那位癌症晚期的老人不会是璨娜的父亲吧？”

“好像不是呢。大家就当作是婆家的老人吧。”

“您在给我们讲明伦洞的故事的时候，多少有一些不寻常呢。好吧，既然听过了，重病的人不是璨娜父亲的话那就安心了。对了，我们是不是应该开会重新选举一下妇女会长呢？既然璨娜妈决定不再做这里的妇女会长了，我们总该重新讨论一下了。”

“那么我们是不是贴出告示，重新调整妇女会领导呢？”

大家都在忙着讨论如何重新组建妇女会领导组，我慢慢退下，准备给大家再倒些咖啡。刚好不知从哪里传来鸟叫声，声音清脆足以打破这种寂静。真是舒坦，这既不是乌鸦也不是麻雀的、特别的叫声，让人别有一番舒畅的感觉。

虽然不知道是什么声音，但这也正是我喜欢的。不知在这一瞬间，坐在同一屋檐下的客人们是否也感受到了。鸟儿读懂了我们的心思吗？它们好像想要飞进屋里来诉说什么一样，大声地叫着。在那叫声和沉默之间，一切慢慢恢复了平静。

写作笔记

父亲为了修行抛妻弃子，成为山僧，尘世中的妻子和女儿对他十分思念。没有父亲的生活里，她们受尽辛苦也积累了很多怨恨。过了很久之后，父亲成了有名的高僧，随后与世长辞。在父亲的葬礼上，女儿坐在众信徒中间，生活的点点滴滴以及多年积蓄的怨恨都伴随着绵长的思念一一浮现。时间长河里刻骨铭心的感情与怨恨，因着父亲功德圆满离开，慢慢融化消解。

尹贞玉，小说家，中央大学艺术大学院结业。国际 PEN Club 协会韩国会员，文协南北文学交流理事，韩国小说家协会理事，作品当选 2014 年文化观光部优秀图书。曾获韩国小说作家奖（韩国小说家协会）、江西文学大奖、韩国网络文学奖。

著有长篇小说《须弥山脱去衣裳》《那个女人的传说》，小说集《又一次告白》《最后的记忆》《不顾一切的爱》《野花飘香》等，散文集《再次拾爱》，童话集《被孤立者万岁》等。

莲纹瓦

尹贞玉 著　董慧 译

青瓦房檐上的冰雪融化了，水珠顺着屋檐落下。那是画着莲花的青瓦，那莲花可以洗涤污水。虽然是对古高丽时期瓦匠工艺的模仿，但现代匠人的手法仍然惊人的细腻。如此熟悉的莲花纹路，在哪里见过呢?记不起来了。瓦缝里长出了青绿色的苔藓。寺庙随着山势，建得越来越小，青瓦精致地落在较矮的围墙上。

人们完全无暇顾及周围的景致，争先恐后地往山顶爬。银星也夹在登山的大队伍之中。流连于青瓦的银星，渐渐地落到拥挤的人群后面了。

不知不觉，来到了寺庙的入口。怎么上来的呢？身体虽然跟着人流一直向前走着，但思绪却早已飘到远方，这会儿才貌似回过神来。

……

不要太执念于眼前所看到的。脱离了欲望，才会醒悟。

……

不要问界限是什么。你所站的地方就是界限。

在僧人诵经的声音中，银星加快了脚步。不知老僧人的声音是从远处传来，还是从自己身体里冒出来的，难以区分。很久一段时间里，那声音总是蒙蒙地笼罩着她，又渐渐消失了。

现在还是早春，山里面的植物似乎还没有从冬天里走出来，厚厚的落叶堆积在干枯的树枝下，挨过严冬的松树，凄凉地立在山腰。山下拥来一批又一批人。

大雄宝殿还是原来的样子。银星径直走向茶毗场。

年轻的僧人抬着已经圆寂的成韩大师的灵柩，走在最前面，后面许多信徒排着队，沿着半山腰缓缓跟随。整座山笼罩在一片悲伤之中，莲花灵柩过了桥，桥下流动着透亮的溪水。水里倒映着灵柩，让人悲伤。盖在棺材上的莲花虽然是手工制作的，白的像春光中的天空，粉的像新媳妇的衣裳，是那么漂亮。银星穿过人群，坐在半山腰的石头上。

棺材被放在半山腰下的平地上用木头搭建的火葬台上，举办葬礼的僧人们悲伤地念着经文，看来一切都已经准备好了。

“大师准备火化。”

随着年轻的僧人高声下令，火焰蹿起来了。

“真的是走了啊。”

银星闭上眼睛，告诉自己忍住要流下的眼泪。

“直到最后都还是装作不知道，您成功了。”

记者们为了抓到更好的角度，在草地上走来走去，不断按快门。母亲晶顺现在会怎样呢？说不定就在这人群中吧。晶顺的心也像银星一样肝肠寸断。

“一定要走吗？”

听到丈夫要去庙里的话后，晶顺哀求着。最终他也没有改变自己的主意。“一定要去吗？”这句话最后成了晶顺绝望的呐喊。

“……”

“我们家门中没有这样的。忘记一切继续活下去？那么小的孩子怎么办……”

“遇到这样没出息的人,委屈你了。余生找一个好人,好好过日子吧。”

成韩说出了埋在心里许久的想法，晶顺呆呆地跌坐在了那里，连最后一丝希望也被扑灭了。她在地上放声痛哭，躺在一边的银星被哭声吵醒了，成韩打开房门，头也不回地走了出去。突如袭来的悲痛压得晶顺喘不过气来。

火苗熊熊包围着莲花灵柩，在远处也能听得到木头燃烧的声音。银星想到带着遗憾独自生活的母亲，眼泪顷刻间奔涌而出。

“这难道重要到能够让你舍弃父母妻儿，放弃这世上的一切吗？看到有这么多人来送您，大韩民国各大新闻媒体争相报道，您求道成功了啊。”银星擦了擦顺着脸颊淌下的眼泪。

这眼泪是为可怜的母亲而流的，而不是成韩大师。

“妈妈，爸爸什么时候回来呢？”

“怎么了？”

正叠着衣服的晶顺回头看了看从窗户里探出头的女儿。

“上次释迦诞辰日的时候，不是给你拿来了笔记本和童话书吗？才回来过没多久，怎么能马上再来呢？”

“唉，爸爸来的时候让你叫醒我的，怎么没叫醒我呢？爸爸为什么总是赶在我睡着的时候，在枕头下放了礼物就走掉呢？真是郁闷。”

“……”

“你给他看我给他画的画像了吗？”

“当然给他看过啦。”

“他说什么了吗？”银星感到十分好奇。

“夸你画得很好呢。”

“只说了这一句话吗？难道没有说我画的和照片里一模一样吗？”

“说了，一模一样呢。怎么画得那么好呢？”这下银星笑开了花。

银星一次都没有见过父亲。在她的印象中，父亲是一个在国外工作、很会赚钱的人。可是银星画的父亲怎么和成韩大师那么像呢？“我是照着我的脸画的呢，与父亲长得很像的我的脸。”晶顺听到这话，突然愣了一下。

本来已经沉睡的痛苦好像伸起了懒腰，猛然触碰到晶顺的伤口，她不禁流下眼泪。

成韩放下背包，盘腿坐在溪边岩石上。

一片落叶顺水漂流而去。

只有这一条路可以走。对于成韩来说，下定决心，放弃自己的家人也是非常痛苦的。抛妻弃子，一个人来到深山中修道，这是可以得到他人祝福的事情吗？修行这条路，是那么遥远，现实又那么不如人意。菩萨的手如同漂在水上的落叶一般渺远。

修行者需要自我觉醒，自觉洗涤内心，为了真正的觉醒，就不能违反菩萨的教诲。经书里说，就如同种子要想破土，就需要水、土、阳光一样，要想觉醒，就需要跟随菩萨的教诲，这话深深地印在成韩的心里。

“山何高立水何流，雨在十方空里浮。”吞虚大师说过，世上最不幸的人是内心痛苦的人。就算他不说这样的话，众生也要默默忍受痛苦。成韩觉得这所有痛苦的来源都是因为不能放下俗世的烦恼，太阳快要落山时，他决定忘记这所有，起身而去。

落叶的声音，一点一点地碰撞着他的心，他一步一步默默地向山中走去。此生如果不能完整，来生也是无法完整的。不要再回头了。踏着落叶向山中走去的他，如同已经流向远处的溪水一样，走向修行之路，没有再动摇过。

晶顺并不是没有想过他的痛苦，但是抛弃自己的孩子去修行，是她无法理解的。这一切都是菩萨的错。她觉得如果不是疯了，他是不会做出这样的决定的。曾经与丈夫一起经历的幸福时光，一幕一幕地在眼前闪过。

生下银星后坐月子时，每天清晨鸡鸣后，丈夫都会出去捡回两个刚下的鸡蛋，怕变凉了，小心地握在口袋里，进屋后就让晶顺赶快吃了。

在里屋的婆婆听见声响总是会唠叨几句，说他只知道疼自己的老婆。公公接着会干咳两声，哼，当然是生孩子的人要吃了啊。看来婆婆是有些失落呢。刚坐了 15 天月子，婆婆洗碗时总是故意发出很大的声响，咕哝着不就是生了个姑娘吗，难不成还生了个将军。但晶顺是幸福的，丈夫一生的疼爱现在全都给了她。她时常会想起那个时候，应该是人生中最幸福的时刻了。

但是到银星三岁的时候，幸福的时光戛然而止了。

已经没有灵魂的大师的遗体在火光中燃烧，冒出滚滚黑烟，随风飘散了。在凸起的葬场四周，围着一圈松树，无精打采地斜立在那里。人们手里捻着念珠，口中念着佛经，悲怆地看着大师的离去。还有很多用衣袖拭泪的人，坐在草地上观望着大师的葬礼。火中熊熊燃烧的木头，也只是完成了自己的任务而已。是虚无呢，还是荒诞呢？黑色的烟如同鬼神的发丝一样，飘向空中。

那时正是银星的青春期，晶顺正在市场给银星挑选衣服。天气渐渐变冷了，她想给女儿选一件合适的外套。有两个人走进店里，看起来是母女。不知是有什么不顺心的事情，和银星年龄差不多的女儿一脸不高兴的样子。妈妈翻来翻去，找到一件夹克，让女儿穿上试试。女儿不情愿地把胳膊伸进去，穿上衣服。真漂亮呢，一脸满足的妈妈问衣服的价格。店老板急忙夸着漂亮，还说会给修整一下长短。女儿不满地瞪了妈妈一眼，说道：“不就是因为便宜吗？谁还穿这种东西啊？丢死人了，别人家孩子都穿牌子的，你没看到吗？”

“穿着暖和就行呗，要什么牌子啊？”

“朋友们都会嘲笑我的！”

“谁敢嘲笑你？”

女儿脱下身上的外套，跑了出去。妈妈叹着气放下衣服，跑出去追向女儿。曾经在市场里面卖过炒年糕、紫菜包饭、饺子等小吃的晶顺，突然手一松，正看着的衣服掉了下去。银星知道自己没有父亲，但她从来没有表现出来过，只是偶尔和朋友路过妈妈开的小吃店装作不认识直接走掉。刚才这对母女，让晶顺想起了令她心痛的往事。这种心情，孩子能理解还是丈夫能够理解呢？唉，连封信都没有，真是无情的出家人……

银星快高中毕业时，还是很为母亲的遭遇难过，也无法理解抛弃了自己和母亲的成韩大师。她把这一切都化为对父亲的厌恶，甚至一度也很讨厌菩萨。对于银星母女来说，父亲的选择是一根尖锐的刺，带来的只有憎恨。银星觉得就连带着慈悲笑容的菩萨，也是伪善的。

父亲成韩大师，或许是得了妄想症？他们所谓的成佛之路，若是那么难、那么痛苦的话，为什么还要造出人类？要么就别让他们知道成佛这一回事啊……难道是存在着银星所不知道的境界？那是什么呢？教人如何活得像人才是真正的圣人之道吧？银星只要一想到父亲，脑子里就乱得有如一道解不开的数学题。

在“家庭环境调查表”中父亲的职业一栏写下“僧人”时，周围人都说银星是和尚破戒生下的孩子。银星对此十分反感，上高中后，父亲一栏就再没填过。班主任却总是督促她写得详细一些。

毕业照片上有些寒酸的晶顺和捧着花的银星站在教学楼前，背景里却有很多人，一位父亲搂着女儿的肩膀大笑着和家人拍照，被晶顺挡住一半的那一家人中有一位是朋友的哥哥。银星因为觉得自己和母亲太寒酸，急忙催着晶顺离开，所以毕业照也只有这么一张。

那天回到家，换了衣服的银星坐了下来开始给成韩大师写信。结果写了满纸怨言，觉得作为久违的书信不太合适，于是撕掉重写，这次写好了又涂掉，最后一次都装进信封了，犹豫再三还是又拆开了。

这时房门打开了，晶顺看过银星后，红着眼睛走了出去，脸上挂着泪痕。看到拿着笔准备写信的银星时，晶顺大概也明白了吧。还是写简单点吧，只有那样才能隐藏真情。

“成韩大师，您还好吗？

“我高中毕业了。我多想拉着父亲的手一起去购物，在同学面前骄傲地说，我也有父亲……就一次，哪怕一次也好”她刚写上去又擦掉了。

“——您离成佛还远吗？家人都那么伤心，您成佛有什么意义呢？

请您还是先治愈我和妈妈的心病吧。

希望这封信不会寄到。

请保重身体。

银星 敬上。”

纸上还有很大一部分空白，她印上了用地瓜刻的莲花章。粘着印油的莲花，泛着蓝光。

后来，她又寄去了毕业照，大学的几年里都没有收到过父亲的回信。想要忘记，却又不断地如影随行的，就是家人。家人是血脉，亦是痛苦。

虽然这葬礼来了这么多人，但为什么会有一种空虚感？他决定断掉所有尘缘，独自一人上山时，一定是挣扎了好一番的。为了所谓的解脱、得道、大自在、寻找本我，为了不再轮回……

晶顺一整夜都在痛苦中挣扎，神志不清地叫着成韩和银星。夜里银星迷迷糊糊地到奶奶房间叫醒了奶奶。被吓到的婆婆看到晶顺的样子，以为她疯了。

晶顺枕边放着一个已经打好的包袱。

“妈，我这次一定去要见一下孩子他爸。好好谈一谈，要么拉他回来，要么就干脆死了这条心。”

“你身体这么不舒服，还是我去吧？”

“我去吧。”

就这样，晶顺去了成韩修行的地方。反复打听，才找到成韩深山中的住处。那里用铁丝网围着，连个人影都没有。她心想着如果找不到人，就求铁丝网里面房子的主人让她住一晚继续等。成韩在这深山中耗尽青春的决定，是她无论如何都理解不了的。

晃了很长时间门，也不见人出来，晶顺翻墙跳了进去。随着一声水缸打碎的声音，房门开了，出来的不是成韩，一个上座僧打扮的人问来者何人。

“我是从成韩僧人的俗家来的。”上座僧进去传达，不一会儿，成韩走了出来。

他看到晶顺后大声命令道：

“我不认识这个人，赶快请她出去，关门！”

成韩大发雷霆，晶顺脸色变得很苍白。

“菩萨也不会这样的。连亲人都不认的教法，是哪门子教法？”晶顺边说边颤抖着。趁今天全都说出来吧，没什么可怕的，晶顺深呼吸了一下。

“我今天打算好了，若是你今天不随我下山，我就在这儿耗上几天。”

成韩再次大声令人把她送出去。不知从哪里出来几位年轻的僧人，驾着晶顺把她赶了出去。门死死地关上了。晶顺在门外失声痛哭，过了一个来小时，出来一位僧人。晶顺已经预料到成韩是不会跟她回去的，把手里包袱推给了那位僧人。

“这里有成韩师父的内衣和冬季僧服，请和他说这是我亲手做的。我是不会再来的。希望他一定成佛……”

那位年轻僧人说会一一转达的，收下了包袱。晶顺沿原路下山，走了一段路回头看到那位年轻僧人仍拿着包裹在原地望着她。晶顺的眼眶湿了，那僧人看起来也神色凄然。

不知不觉，天色渐晚，大火燃烧后只剩下灰烬，闪着几点火星。死亡是什么呢？银星不愿相信会有来生。因为此生一去不复返，所以死亡才是人们最大的恐惧。因为无法预见来生，他们才认为今世是最后也是全部。如果人们死后可以再次见到的话，他们的人生也会不一样吧。当然历史也会被改写。银星在星星点点的火星中看到了成韩师父的灵魂。

晶顺最后一次见到成韩僧人是几个月之前。有人告诉她附近的光明寺有法会，到时成韩大师会来讲经。晶顺有些激动，一夜辗转反侧，第二天她穿上了藕荷色的改良韩服。这是成韩离家 40 年第一次来到家乡的寺庙做法事。这次不会像最后一次去山里那样，装作不认识吧？晶顺到现在还是无法放弃。

随着银星慢慢长大，步入中年的晶顺也没有了憎恨。她一再压抑着胸中的思念之情，在她的心目中，从前丈夫的形象还没有褪色。

她下了公交车，走了好一段路，才看见在山腰的光明寺大雄宝殿。晶顺揪着心，呼了一口气，站在灰色青瓦下。莲花叶形的青瓦，经过时间的洗练，姿态很美。牝瓦和牡瓦覆盖着屋顶，屋檐以凸瓦和水滴样凹瓦收尾仰向天空，这所有的一切都好似在追怀过去先人的足迹。

晶顺把鞋脱在石阶上，进入法堂盘坐在角落，法堂内坐着许多信徒，双手合十，虔诚地向大师行着礼。看到坐在高处的成韩大师那威严的姿态，晶顺也不自觉低下了头。他面庞仍然瘦削，只是经过岁月的洗礼，上面也布满了皱纹，只有眼睛炯炯有神。

晶顺害怕有人会认出她，像罪人一样低着头，不敢直视。内心不知哪个地方却低声说着，你能成为有名的大师，都是我的牺牲。我怕妨害你，再也没有去找过你第二次。不，你是抛弃孩子，没有责任感的父亲，抛弃糟糠之妻、为宗教发狂的疯子，让母亲抑郁成疾至死的不孝子！这样都喊出来让他丢人？算了……现在说这些还有什么用呢？我这一辈子都在努力地原谅他，到最后也要忍住啊。晶顺反而想法会结束后要邀请他回家，这时她的身体颤抖起来。

法会开始了。

“许多人这样问过菩萨。很多人都希望自己是最幸福的，所以他们让菩萨告诉他们什么是最幸福的事。菩萨是这样回答的：不要与愚蠢的人打交道，要与智慧的人相交，尊重应该敬重的人，这就是最幸福的。在与自己相符的地方生活，累积公德，树立正确的方向，这就是最幸福的。广泛地学习，练好技术，用戒律约束自己的身心，进行有意义的对话，这就是最幸福的。恭顺地孝敬父母，照顾好家人，维持生计，这就是最幸福的。”

虽说这是菩萨的话，但好像已经嵌入成韩大师的身体，变成了从他内心发出的声音。这法文很平凡，听起来甚至有些伪善，却是实践起来很难的生活哲学。大家边听，边点头，只有晶顺心里在反驳着：所以你为了所谓的“大”就牺牲“小”吗？“小”都无法实现的人，怎么能够去完成“大”呢？

晶顺越是这样想，越觉得坐不下去了。她起来推开一扇门准备出去。凉风顺着门吹进来，旁边的几个人看了看她。她走出来关上了门，望着大雄殿下面的五层石塔。石塔在阳光下反射着耀眼的光芒。晶顺合掌绕着石塔，忽然哭了出来。分不清是身体跟着思维在绕着石塔转，还是思想跟着身体在打转。

阳光逐渐变弱的时候，法堂的门被打开了，听到人们议论的声音，晶顺赶快走到门前，等着成韩大师出来。一位年轻的僧人扶着成韩大师走了出来。晶顺合掌，弯腰行了礼。大师的目光只是瞬间闪烁了一下，便跟着前面带路的年轻僧人走了出去，一阵凉风顺着他的法衣吹来。晶顺愣在那里，这场景仿佛和 40 年前成韩离家时那无情的场景重叠在了一起，她再一次感到痛彻心扉。

晶顺跟着到了成韩大师的住所，她恳求服侍大师的侍僧转达请成韩大师到家里去坐一坐的请求，然后便在门外焦急地等待。侍僧出来告诉她说，成韩大师一口回绝了。

回到家的晶顺，坐在地上大哭起来。不只是因为委屈，还因为离别好似就在昨天，可一晃 40 年过去了。得道的成韩大师看起来也只是位可怜的老人了，人自己的老去让她伤心，成韩的衰老也令她感到虚无，一股悲戚之情充溢着她的内心。这时，银星回家看到大哭的母亲，问起原因。

“……拿着做好的僧服和内衣去庙里找他，也不理睬就把我赶了出来。那之后我没有再去找过，他也没有来过。虽然没有期待什么，既然到了家附近，就想请他来家里坐坐啊。想让他看看这里的样子，也看看长大了的你啊……”银星脑海里浮现出当时母亲受伤的样子。

“妈妈你到现在还没有放下吗？真是不懂啊，又恨又哭的。为了健康，我全都忘了啊。”

“无情！”

银星冷冷地走了出去。

晶顺躺下来，真切地感受到了孤独，好像只身站在无人岛上。多么可怜。她流着眼泪：“难道您真的忘了我们母女吗？”

晶顺来回翻着大师们的经文，想从中找出一句话来安慰自己，不，想找到一句为自己写的经文。平时那么震憾她的经文也无法安抚晶顺的心。

——没有人能摆脱生老病死，所有人最终都要抛开一切所爱与所有离开人世。善恶终有报，积善业者来世生于天界乐土，积不善业者来世生于地狱，积德行善才能超离众生。

很久之前，晶顺看到银星的包里放着刊登成韩大师的法文和讲演照片的报纸，她仿佛被电击到一样。她虽然表面上像父亲一样无情，但内心是相反的，都是装的。她是多么思念自己的父亲，才会一直留着已经发黄、折叠处都磨出毛边儿的报纸啊。真可怜。

晶顺对于自己没有丈夫的福气已经认命，但还是不想给孩子带来任何伤害。小时候在银星生日时或是初八的时候，都骗她父亲来过，在枕边放下礼物就走了。就算自己咒骂丈夫也不希望孩子怨恨父亲的她又是出于一种什么心理呢。

还要多久，惟一的女儿才能理解母亲呢？啊，人类变化无常的悲伤、痛苦、愤怒、喜悦……可能我的修行还着得远呢吧。了断这一切循环反复的痛苦，去天上过幸福的生活才是捷径吧？说不定成韩大师并不是在幻想中疯掉了，而是作出了非常明智的选择啊！晶顺的独白经常这样以自嘲告终。

银星站了起来。许多人都在小道上，踩着脚下冒出来的嫩苗，一点点向下移动着。为了理解父亲独特的人生，她上大学时曾经特意去图书馆，翻看佛教书籍。

现有的物质并不是存在，自我这一幻象绝非自我。故一切有事物都是幻象、无知、卑下。觉知是在冥想的最高层次才能获得的“洞见”。涅槃则是这洞见所带来的最后解脱，也是解脱的目的……银星试图回忆到现在还铭记在她脑海中的这些字句，却感觉脑袋越来越沉。

她随人群移动，突然萌生了喝一杯的念头。这一切都是没有意义的。这样的来来往往、欢笑与痛苦，一切烦扰，都是徒劳。人生苦短……

人生的意义是什么？对我来说，有意义的是什么？母亲的意义是什么？那么父亲呢？母亲真的原谅了父亲吗？怨恨父亲是不是反而是在苛责自己。法句经里有这样一句话：

——“恨不止恨，唯爱能止。这是永恒真理。”

这很难践行的佛语之义为何？宽恕何来？不是有爱才能宽恕吗？那么这跟唯爱至上又有什么不同呢？对成韩大师，母亲的爱在恨之上，而银星的恨胜过爱。

那么觉知应该是经历痛苦之后才能得到的吧，如果生活只有幸福，便不会有阿罗汉。纷乱的思绪缠绕着银星，晶顺宽恕了成韩，自己为什么不能？为什么？是因为自己的内心已经长满了荆棘？荆棘密布的内心再也容不下成韩的痛苦、对他的宽恕，容不下佛的教诲……

——“究心不求无障，心无障则所学躐等。解障助益怨妄之心，故佛祖因障而悟道。避难求易如弃佛之法宝，何其悲哉，何其哀哉！”银星虽然无法反驳这法文，但对于实践这里所说的事情，内心还是有异议的。怎么能够就那样被别人扔来的石头打到呢，那又不是自己扔的，我们是人啊，真是太过分了……

在字字珠玑的经句面前银星无言抗辩，但内心却充满了蠢蠢而动的力量阻止她去实践。怎么能教人甘心被别人投来的石头砸到呢。我们是人，您太过分了。您就……

银星很晚才回到家。躺下后，四十多年的人生如走马灯一样一一浮现，她不知不觉睡着了。第二天太阳照亮客厅一半的时候，她打开电视，刚好在播放成韩大师的纪录片。

标题是《大师之路》，接着介绍了他的经文、求道生涯，镜头在他的遗物上一一掠过，银星突然“唔”摒住呼吸，画面停在她几十年前给成韩大师寄的信上，介绍说大师俗家有一个女儿，这些年他一直珍藏着女儿写给自己的信。已经发黄破损的信纸上，蓝色的莲花仍然鲜活。正是屋瓦上的莲，上面抚摸过的痕迹仿佛带着成韩的气息。哦，原来如此。

果真如大师所说的那样，人与人之间的缘在于心与心相接吗？所以他才那样轻易地就离开家的吗？

成韩的背叛、因背叛自己遭受的伤痛、阴影笼罩着的人生之苦，交织在一起在胸中酿成的毒像白色的烟雾瞬间消散。她关上电视，从冰箱里拿出冰块，倒上点儿水喝了下去。阳光照进客厅，很暖很柔软，她似乎是生来第一次见到阳光，有些陌生。

人都死了还能怨恨什么呢。人在，对他的怨恨才成立，不是么。没有对象的怨恨像空空如也的仓库一样。银星感到一股悲伤冲出喉咙，她像丢了妈妈的孩子突然坐在地上失声痛哭，在茶毗场压抑的情绪一下都宣泄出来了。

……啊，父亲！我会努力铲除心中的荆棘，让那里长出新芽。她想知道这喃喃低语是说给谁听的，看了看周围。一个人都没有。阳光仍暖暖地照着，父亲的体温也这样暖吗。

写作笔记

超人气作曲家柳胜宇和词作家惠美是一对恋人，洛杉矶来的歌手志愿生闵禄后闯入了他们的生活。一番迂回曲折后，禄后终于成为了成功的歌手，他与柳胜宇也陷入了火热的爱情……

李殷执，高丽大学国文系毕业。韩国文人协会版权委员会委员长，国际PEN Club协会韩国本部理事，韩国文艺学术版权协会理事。曾获忠清文学奖、加缪文学奖、黑塞文学奖、韩国文学新人文学奖、丽水海洋文学奖等十一项文学奖。著有《无头脑的人》《后裔》《一滴眼泪》《明星的诞生》《回答吧！爱情啊！婚姻啊！》《统一家族，统一南北》等三十卷。

明星的诞生

李殷执 著　周洋 译

落日的余晖洒在海面，如梵高的画作一样色彩浓烈。年轻人在海水浴场光着身子玩耍，被晒得像是南太平洋的原住民。由音乐节目《MUSIC TV》主办的选秀《超级夏日！明星的诞生》的现场录影正在这里进行。

"啊！终于出现了！" 评委组组长胜宇差点大声叫了出来。

录像已经开始两个多小时了，上来的选手净是些连大学歌唱比赛选手都不如的乌合之众。不过最后一位选手着实让胜宇感到吃惊，他穿着破破烂烂的牛仔裤和紧身白 T 恤，更让人难以接受的是他像刚刚从海里爬上来一样，全身都湿透了！他就是这样"性感"地高歌一曲李承哲的《呐喊》。

"也许总是会想你 / 总是会念你 / 也许会难过 / 也许会心痛……只能一个人呐喊！

也许一个人 / 把你藏心底 / 装作不曾相识 / 装作已经忘记

大声说，你别走 / 我曾说不要走 / 我曾说我爱你 / 我爱你 / 我只爱你 /

大声说，快回头 / 我曾说快回头 / 我曾说我爱你 / 我爱你 / 大声说，我只爱你……！"

一开始被他的着装和身材吸引的观众们，不知不觉地陶醉在他的歌声中。海风一般粘稠的声音一下抓住听者的耳朵，如电影角色那般伤心欲绝的表情和肢体动作让胜宇寒毛都竖了起来。

“胜宇，怎么样？有希望获大奖吧。”这时旁边的评委词作家惠美低声说。

“大奖？得了吧……我看人气奖都悬……!”

“哎，这唱功、音准、节奏、台风，还有观众反应……那胜宇的评审标准是什么？”

“全交给我这个评委组长，你就跟我打差不多的分数就行了！”

“好吧，不过万一有人说评委不公平你可得负责！”

“当然！那样才是救那小子！” 胜宇微笑着回应，惠美有些讶异。

“……得大奖上几次电视试试！经纪公司还不一窝蜂地拥向他，结果他膨胀起来还不得落得个昙花一现的下场？

“那连人气奖都不给他，外一他陷入绝望了怎么办？”胜宇还没回答，他的《呐喊》唱完了，马上该打分了。

他不像一般的选手，向着鼓掌欢呼的观众们挥挥手，就走向后台，消失了。

“嗯……这就是减分原因！”胜宇会心一笑，在8后面加了个0，给他打了80分。

“这里是寻找光芒四射的新星，音乐节目《MUSIC TV》主办的选秀节目《超级夏日！明星的诞生》的录制现场，下面请评委组组长，人气作曲家柳胜宇进行点评。掌声欢迎。” 主持人说完，胜宇像人气歌手一样在掌声中走向舞台。

“每位选手都唱得很好。但不单纯地是大家来展示歌唱才华的地方，而是《超级夏日！明星的诞生》，是挖掘新人歌手的歌唱比赛。所以，我们要选拔的不是唱歌好听的，而是可以成为歌手的人！也就是说，第一，不能模仿而是要有自己的“个性”；第二，不只是俊男靓女，而要有自己独特的“魅力”；第三，也是最重要的条件，要想成为歌手，就要唱出自己的“灵魂”。因此，惟妙惟肖地模仿其他歌手获得观众的欢呼，或是像已经成为歌手了似的向台下挥手的傲慢举动都是减分项。点评完毕。”胜宇的一番高谈阔论，得到了观众的热烈掌声。接着进行了颁奖仪式。

“好，我们走吧！” 胜宇首先站起来，惠美笑着说：

“呵呵！因为最后那小子，心虚了吧？”

“哪有！我是想向主办方打听点事。”

“什么事？评审费吗？有线电视还能给多少？就当来旅行避暑吧！不是还给我们定了酒店了吗？呵呵！”惠美似乎有所期待，兴致勃勃的。

胜宇听着但又像没听到一样，急急忙忙去舞台边上找活动负责人去了。

“这都是骗人的！混蛋！”

“没错！禄后唱得多好啊！观众都摒着呼吸听，波浪都跟着静下来了呢……”

“那个评委！人气作曲家就了不起啦？把禄后弄惨了！”

“可不是吗，他肯定收了哪个选手的贿赂！为了给人家奖，故意给禄后差评，是不是？”朋友们用扎啤杯哐哐敲着桌面，纷纷为他鸣不平。

“别吵啦！是我没唱好！是我光模仿原唱耍帅来的！”禄后使劲地敲着桌子说。

“吓死了！你这小子……唱了《呐喊》，还真喊上了！”

“是吗？那你直接跳海得了！那才解恨！”

“禄后这小子，平时都好好的，怎么就这德行了！你的歌怎么了？好得让我们发狂！”

“没错，还有致命的身材！连男的也想的致命身材！”大家吵得更欢了。

一群傻瓜！没料到是这个结果，还计划着拿奖杯当酒杯在海边的大排档通宵庆祝呢……禄后越想越上火，一个劲地猛灌啤酒。

“嗯？不在海里淹死，想在酒杯里淹死是不是？行啊！喝吧！摊上那个二百五评委落选多冤啊，

不是一般的郁闷啊！”一个朋友安慰他说，可他听了更气愤，终于爆发了。掀翻桌子大声吼道：

“你们滚！拿我开涮呢？故意挑事儿是不是？实力不够被刷下来了，就老老实实呆着得了！你们这群混蛋！”

“真是的！禄后这小子！喝醉了吧！酒疯真够瞧的！”

“对，我醉了！不！干脆喝死算了！……呜呜呜！”说完禄后站起

来，大哭着踉踉跄跄朝漆黑的大海走去。

“那小子，不会出什么事吧？”

“不用担心！就算是为了唱歌，他也绝对不会出事的！”

没错！朋友们！我为了成为歌手，离开了父母，连国外的生活都抛弃了！所以不能就这样垮掉！禄后边走边抹眼泪，一直到波涛汹涌的海边。这时电话铃声响起来，他以为是朋友们问他在哪，不耐烦地接听：

“你们先睡吧！我待会儿再回去！”

“啊！……是刚才在比赛上唱《呐喊》的闵禄后同学吗？”

啊！这是谁啊！不是那个人吗？一句话把我的梦想全打翻的评委，叫柳胜宇那人气作曲家……！喝醉了的禄后还是保持着猎犬般的听力，一下子就听出了胜宇的声音。

“是的，怎么了？您怎么知道我电话？”

“是从活动主办方那里……对不起，你现在在哪儿呢？”

“怎么了？怕我死了吗？……没错，现在正要自杀，在海边呢！都是因为你！”

很奇怪。禄后此时忘记了刚才的自责和反省，对着电话大放厥词。这时胜宇边合上手机盖边从不远处跑了过来。

“闵禄后！真的因为我的点评！不，因为没能得奖就要自杀吗？”

“没错！音乐对我来……不，唱歌就是我的命！可是你盖棺定论！说我不过是在模仿！……呜呜……”

为什么他一边放着狠话，一边还止不住哭声？是的，禄后是太难过了，只想得到一些安慰。只要我国最厉害的人气作曲家柳胜宇老师说一句“不，你是可以唱歌的！”，他马上就会冲过去拥抱他！但胜宇却意外地向他下了命令：

“闵禄后！唱歌是你的命？可就因为我让你淘汰出局你就要寻死？那你干脆去死吧！”

“什么？您说真的？”

啊啊！好啊。本来死得不为人知还觉得有点冤呢，现在逼我寻死的元凶在这儿，正好了！禄后突然攥紧双拳跑向大海，胜宇只是呆呆地看着。夜海的波涛更加汹涌，禄后虽是不速之客，但海好像很高兴向他张开了怀抱。咸咸的海水没过禄后的脖子在他嘴边飞溅，突然他唱起歌来：

“也许总是会想你／总是会念你／也许会难过／也许会心痛

闭上双眼／只能想起你／因为想见你／只能一个人呐喊……！”

刚刚在舞台上，他是给爱人唱的，这会儿他明白歌词其实是唱给自己的，眼泪一下流了下来。唱歌的梦想，渴望唱歌，无法唱歌的痛苦，不得不放弃的伤心……如果都不能唱歌，那倒不如就闭上眼永不睁开！可他还是想要唱！歌唱，置生命于不顾！哪怕只是短暂的瞬间也很幸福！禄后灌了几口海水，挣扎着。

“这小子！闵禄后！真要寻死？”这时远处，不，就在耳边传来了叫喊声。他软绵绵的身体被胜宇拖回到沙滩上。

“啊！这可怎么办呢？”

莫非真是我害死了一个充满梦想的年轻人？跪下来准备给禄后进行人工呼吸。破旧的牛仔裤、紧身棉T恤都湿透了，就像刚才在舞台上一样，看起来像没穿衣服。他的脸在水银灯光下，像是墨色画出的眉毛，精致的额头上面茂密的棕发湿湿地闪着亮光，挺拔的鼻梁漂亮的鼻孔，那下面是呈心形的厚嘴唇，椭圆下巴下是消瘦的脖子。比起男性，他的身材更接近中性，时装模特都要逊色三分。

“闵禄后！你得活着！你要唱歌！我给你写最好的歌！哎！你不能死！”胜宇边喊着边给禄后做人工呼吸。

他双手反复按压禄后的胸部，揉搓他的身体，祈求他能够醒过来。不知过了多久，禄后咳了两下醒过来了。

“啊，谢谢你！禄后！谢谢你醒过来！”胜宇喃喃说着，最后一次吸住了他的嘴唇。

“你去哪了现在才回来？这都几点了？”胜宇一打开酒店房门，就看到惠美瞪大眼睛看着他，有些意外似乎又正如所料。

胜宇脱下上衣，边挂到衣橱里边说：“哎，这还没结婚呢就开始唠叨啦？”

“哎呦！你真结婚呐？我觉得现在这样挺好的呢！……呵呵呵！”

这时惠美才缓和了表情，走过来准备帮胜宇脱白衬衫。但胜宇却转过身生硬地说，“我是你弟弟吗？大五岁，哥哥也算大哥了！”

“知道啦！快去洗个澡吧！哥哥要发挥保护本能……”

今天惠美话怎么这么多？胜宇将身体泡进浴缸里，心里不禁纳闷。他又想起刚才跟禄后的事。

“不！差点出大事！如果把他带到房间里来……” 想想都后怕，他草草洗完一出来，惠美就打开夜灯，裸身躺在床上。

“快点……！我都等了多久了！哼！”

对两人的秘密活动轻车熟路的惠美打算略过热身，直奔主题。这姑娘不简单。两人是5年前在KMS歌谣节上以大学生选手身份认识的，跟今天认识禄后的情景差不多。

“抱住我！等不急了！”

她山坡一样平坦的小腹，还有两边光滑的骨盆，性感极了。全身沸腾血液催促胜宇上前。

“啊！好像要出来了！” 惠美像只小猫紧紧搂住胜宇的肩膀，喃喃自语。

“哼嗯！是不是台词反了啊？女的先……？”

“我不是说那个，是作品！歌词要自动流出来了！呵呵！”

是的，胜宇和惠美作词作曲的那么多首人气歌曲，几乎都是在激情之后完成的。

“等等！先吻我！再急也得有个顺序吧……！呵呵呵！”她不知羞地说，胜宇听话地把嘴唇凑过去。怎么回事儿？感觉不对！完全没有刚刚在给海边禄后做人工呼吸时紧张激动。

“禄后！你醒醒！我要把你救活！”现在想起他流着眼泪给禄后人工呼吸的情景，竟有些甜蜜。令人意乱情迷的人工呼吸，不，是吻。

“行了，胜宇，下面……”胜宇甩了甩头从禄后那摆脱出来，应和着惠美。胜宇和惠美不仅仅是靠头脑认知对方的面孔，他们的身体也彼此打量着感觉着，似乎在说，“我来了。”此时胜宇的身体如同天一样高，而惠美如同大地一样辽阔，他们正一起将天地合一。

“唱得那么好，不是故意把他淘汰了吗？但你今天真的很奇怪啊！像丢了魂一样！”

呜哇！警察！不对，怎么像被抓到情报院一样被追问着！继续这样马上就会被拆穿的啊！那可不行！有什么方法能挡住她呢？就在这时，惠美和禄后重叠在一起。就是这个！得救活禄后！首先人工呼吸……

“惠美，这是我们时隔好久的旅行呢。我是真的很爱你！”

惠美！不是，看到有着禄后影子的惠美后，胜宇马上就有了反应。

“再用力些！……今天怎么了？”她有些不满，胜宇想要尽力表现得如往常一样。这时他看到了禄后，还是呛了海水后昏迷不醒的样子。

“不行！禄后！你得活着！赶快醒过来！”最后胜宇的天和惠美的大地还是没能合二为一。胜宇长叹一声从惠美的身体里出来，就听她嘀咕道：“真是奇怪！……胜宇！你刚刚见谁来的？是不是他？唱《呐喊》的闵禄后？”

“胡说什么？你怎么还记着他的名字？”

“唱得那么好，你不是故意把他淘汰了吗？你今天真的很奇怪啊！像丢了魂一样！”

“惠美，我们好久没有出来旅行了呢。我爱你！”

惠美，不，惠美身上的禄后激起胜宇的“斗志”，开始了狂乱的攻击。

“闵禄后！请回复！是唱歌的事情！柳胜宇”胜宇在犹豫了好多天之后，终于给禄后发了短信，发出去马上又后悔了。这算什么呢？大韩民国著名人气作曲家先给在选秀中连个鼓励奖都没得的选手发短信！真伤自尊心。短信发出不到 1 分钟，就有了回信。

“哥！我等了你好久了！在哪见面呢？可爱的闵禄后！呵呵！”

这小子！管比他大十三岁的我叫哥？我又不是演员宋钟基，看起来有那么年轻吗？哼！不过还是很高兴。这是机会，也是危机。要让禄后唱出有灵魂的歌，还是要有个过程的。百炼成钢嘛。胜宇切断跟禄后的联系。

“哥！怎么回事？收到我的短信了吗？”禄后委婉地追问道。

“禄后要急死了！请回短信！嘿嘿！”又开始拍马屁了。

“哥！我要去那片海，变成水鬼折磨你！”禄后又发来短信威胁。好，该回短信了。再拖下去他真去自杀也说不定！胜宇拼出元音辅音，然后点了回复。

“禄后，对不起！外出创作中！柳胜宇大哥！”发出后又有些后悔了。我怎么承受为唱歌赌上性命的小子？不到 30 秒就有了回信。

“现在不见我的话，哥会上新闻的！杀死禄后！呜呜！”胜宇再没有理由了，只能回信。

“1号线大方站！NEW STAR公寓707号！柳胜宇作曲室！”不到三十分钟禄后就出现在了胜宇的工作室门前。一个大男人，手里居然还捧着一把玫瑰。

“哥！你真坏！害我等得真是要疯掉了。呵呵呵！”禄后笑着抱怨着。

嘴上虽然在抱怨，脸上却满是喜悦，笑容如同向日葵“哗”地绽开。胜宇亲手泡了咖啡，跟禄后一同品尝的咖啡味道比往常更加香醇。过了一会，禄后神色一变，说道：

“柳胜宇老师！我可以再唱歌吗？我是说我有做歌手的潜力吗？”

嗯？这小子突然怎么了，疯了吗？怎么突然变了？之前叫大哥怎么改称呼老师了，还说能不能唱歌？傻小子，我为什么费这么大力气找他？还问这些没用的？胜宇虽然气得想给他个巴掌，但还是不禁握住他双手保证似地说：

“你唱歌多棒自己还不清楚？我是想给你好歌才叫你的！傻瓜！”

“啊？真的吗？哥？”

话音刚落，禄后高兴得冲上来亲了胜宇脸蛋一下，这可把胜宇吓到了。这时禄后才不好意思地辩解道：

“哎呀！胜宇哥和我还是有代沟的啊！我是实在太感谢你了才……！呵呵呵！”

“好吧！你这小子！你时不常地这样“感谢”我，我才能给你写出好歌来哈！呵呵呵！”可能是被禄后传染了，胜宇也“呵呵”地笑了。

“那是当然啦！哥！”禄后咋咋呼呼地回答。

不知这小子是在什么环境下长大的，嘴甜得很？

“禄后，除了你那天唱的《呐喊》，还有什么拿手的歌？”

“有！其实我更喜欢李胜基的《拜托》！”

“好！那你唱一遍《拜托》，我给你伴奏怎么样？”

“不用！清唱不是最考验实力的么？”说着禄后突然露出与恋人诀别时悲伤的表情，唱了起来。

“因为不能忘记你 / 才尝试着去忘掉 / 流着泪想你 / 对不起 / 因为不会忍耐 / 对你发脾气 / 你说只要有我就可以 / 那些苦涩的记忆 / 真怕它因别人被淡忘 / 不管怎样拜托你回来……”

胜宇闭着眼听着禄后投入的歌声，他睁开眼睛时差点叫出声来。刚唱了三分钟，禄后就全身湿透了，脸上沾满了泪痕。为何泪流满面？看着让人心疼。唱完最后的几句“拜托！拜托！拜托！”，禄后终于一晃晕了过去。

“喂！禄后！你怎么啦？醒醒！”胜宇赶紧抱住禄后，大声叫道。这时禄后才缓缓睁开眼睛，虚弱地说：

“哥，求你让我唱歌吧！帮帮我！给我写一首好歌吧！哥！”

“别担心！禄后！我一定会尽全力写一首适合你的歌！你要先调理

好自己的身体。歌手不仅仅要唱得好，体力也非常重要。”

“真的吗？真的会给我写一首最好的歌吗？谢谢你！我真想亲亲你！这不是讨好，是认真的哦！”说罢，禄后不知哪来的力气，反过来抱住胜宇向他的双唇压下去。

“你真是的？这有点……”

“要想唱哥写的歌，得先爱上哥，不是吗？呵呵！”与胜宇分开的禄后竟没心没肺地说。

这时，工作室的门开了，惠美边走进来边质问道：“哼！这场面真是让我难以理解！刚才你们两个人，是开玩笑？还是认真的？”

一切都一团糟，不，确切地说是一切都乱了套。胜宇把高度洋酒直接倒进啤酒杯里，没有下酒菜，直接一饮而进，他想借着酒劲让自己的神精缓一下。

“喂！你是谁啊，敢这样侮辱我们？”禄后红着脸顶了惠美一句。

“好哇，你就是歌唱比赛时那个闵禄后吧？你来这才是对我们的侮辱，知道吗？你这小子！”

不可理喻，惠美就像遭丈夫背叛了的原配，一边大骂一边给了禄后一巴掌。

“哥！对不起！……但我对哥哥是真心的！呜呜……”说完禄后哭着跑出了工作室。

那之后就失踪了，已经有一个月之久。

“这小子！把我看成什么了？”

胜宇先是侥幸，后来是担心，再后来是愤怒！现在已经自暴自弃了。他每天在工作室里过着醉生梦死的生活，这天外面下着大雨，使他愈发想念禄后。他想起那天把禄后唱的《拜托》录下来了，便重新播放。

“因为不能忘记你 / 才尝试着去忘掉 / 流着泪想你 / 不管怎样拜托你回来 / 让一切回到最初 / 会等你 / 但不要太久 / 不要走的太远 / 离近一些 拜托 /”

他歌曲里看到了浑身湿透、泪流满面、声嘶力竭地唱着的禄后！

“啊！站住！站住！……禄后，求你快回来！”胜宇突然“忽”地一下站起来，用拳头“咣”砸在桌子上。这时，有很急的敲门声传来。

“大晚上的，谁啊？”

胜宇醉醺醺，摇摇晃晃地走去打开门。接着他被吓得，不，是高兴得叫出声来。

“你这小子！臭小子！”胜宇胡乱地边骂着，边把被雨淋得直抖的禄后拥在怀里。

“哥！好冷！你要让我一直站在外面吗？”

“啊！快进来！” 胜宇这才把禄后让进屋。

“你得先洗澡换一身衣服。”

“知道了，哥，对不起！”差不多过了一小时，禄后从浴室出来上了床。他看也没看胜宇给他的睡衣一眼，直接钻进被窝里。

“你这样我要生气了啊，快点穿上睡衣！”

“哎呦真是的！哥还活在旧社会吗？我穿衣服是睡不着的！呵呵呵”

“体质真奇怪！”

“啊！我真是太喜欢哥啦！抱抱你吧？”

真是拿这小子没办法。但过了一秒，是胜宇先抱住了禄后。当两个胸膛贴在一起，他们感受着对方的体温和皮肤，心脏的搏动将快感推向高潮，感觉血液正向身体某处迅速聚集。不可以……！胜宇回想起在军队时的事情，摇了摇头。

“哥！能答应我一个请求吗？”

“什么请求？”

“哥，请占有我，然后为我写一首好歌吧！”

四天过去了，胜宇灵感迸发，打开电脑和乐谱开始作曲。他以跟禄后灵肉交融的夜晚为源泉，五线谱上很快出现了乐章。这时，他感觉肩膀上方有温暖的呼吸声，缓缓抬起头，是经历了爱情的危机和痛苦的惠美微笑着站在那里。

“这么快就完成给禄后的歌了吗？快打出来我看看，我给你填词。”

“真的？那真是太感谢了……！”胜宇说不下去，轻轻站起来抱住她，给了她一个深情的吻。

又过了四天，惠美在胜宇的曲子里填进了词。老练了一些的禄后跑来练习。

“哥，惠美姐，我这是真的要成为歌手了吗？好害怕！”

“别担心！姐姐给你写的题目是什么？《爱的丘比特》，它已经把箭射出去了啊！”

“来，这不是悲伤的歌曲。而是表现人生第一次被丘比特之箭射中的那种开心和激动的，把你之前悲伤的表情全都收起来。”

“怎么收？这样吗？”

啊！禄后怎么一下子就能做出那样的表情呢？真怕是成歌手之前，被选去做演员了呢。《泰坦尼克》的莱奥纳多，《王的男子》的李准基，《太阳的后裔》里的宋钟基！反正是集合了世上所有美男子的脸。禄后就以那样的表情，在胜宇的指导下一小节一小节地练习着表达初恋的欢喜的《爱之丘比特》。

又过了6个月，被MAJOR娱乐公司挖掘的禄后的MV开始逐渐火了起来。他已经不是当初胜宇和惠美认识的禄后了。才三个月，有专门的化妆造型师和舞蹈老师的禄后就在青少年音乐排行榜中斩获了第一名，娱乐和体育新闻也争相报道禄后的新闻。

“说我的名字特别？我在LA生活的时候，不，妈妈和爸爸去落基山旅游后有的我，所以给我起名叫禄后……。我的作词作曲老师？都是有名的作词作曲家！柳胜宇老师和姜惠美老师！非常感谢他们。……我怎么认识的？那可是秘密！不是都说，艺人不再神秘性了就失去生命了么？呵呵呵”

采访一结束，禄后就像模特一样优雅地走上舞台，熟练地演唱最近排名第一的歌曲《爱的丘比特》。他用尽浑身招数和丰富的表情，在成千上万粉丝兴奋的欢呼尖叫声中陶醉于无我之境。

“爱的丘比特！爱的丘比特！哦！令人眩晕的爱的丘比特！

我被你射出的箭击中了吧！

爱的丘比特！爱的丘比特！哦！令人恍惚的爱的丘比特！

我突然觉得世界都变了！

现在突然变得很伤心

看到星星也会想流泪

现在这一瞬间好像我怀里的开心多出来了

现在这一瞬间不知怎的我的心好幸福

爱的丘比特！爱的丘比特！哦！令人眩晕的爱的丘比特！

难怪会想你，无法忍耐！

爱的丘比特！爱的丘比特！哦！令人恍惚的爱的丘比特！

真的开始喜欢你！无法忍耐！”